»Aufklärung ist der Ausgang des Menschen aus seiner selbst verschuldeten Unmündigkeit. Unmündigkeit ist das Unvermögen, sich seines Verstandes ohne Leitung eines anderen zu bedienen. Selbstverschuldet ist diese Unmündigkeit, wenn die Ursache derselben nicht am Mangel des Verstandes, sondern der Entschließung und des Mutes liegt, sich seiner ohne Leitung eines anderen zu bedienen. Zu dieser Aufklärung aber wird nichts erfordert als Freiheit; nämlich die: von seiner Vernunft in allen Stücken öffentlichen Gebrauch zu machen. Denn jeder Mensch ist berufen, selbst zu denken.«

Immanuel Kant (1783)

»Der König vertraute mir an, daß es eine Frau sei, die auf geheimnisvolle Weise das Universum lenke. Desgleichen, daß es einen Kreis von Männern gebe, die dazu ausersehen seien, alles Böse in der Welt zu tun, und daß sieben unter ihnen, von denen er einer sei, besonders auserwählt seien. Fasse er Freundschaft zu jemandem, beruhe das darauf, daß auch dieser jenem Kreis von Auserwählten angehöre.«

U. A. Holstein: Memoiren

Per Olov Enquist

Der Besuch des Leibarztes

Roman

Aus dem Schwedischen
von Wolfgang Butt

Fischer Taschenbuch Verlag

Limitierte Sonderausgabe
Veröffentlicht im Fischer Taschenbuch Verlag,
einem Unternehmen der S. Fischer Verlag GmbH,
Frankfurt am Main, Juni 2005

Die Originalausgabe erschien 1999 unter dem Titel
›Livläkarens Besök‹ bei Norstedts in Stockholm

Druck und Bindung: Clausen & Bosse, Leck
Printed in Germany
ISBN 3-596-50892-4

Teil 1
Die Vier

Kapitel 1

Der Keltertreter

1.

Am 5. April 1768 wurde Johann Friedrich Struensee als Leibarzt des dänischen Königs Christian VII. angestellt und vier Jahre später hingerichtet.

Zehn Jahre danach, am 21. September 1782, als der Ausdruck »die Struenseezeit« bereits ein Begriff geworden war, berichtete der englische Gesandte in Kopenhagen, Robert Murray Keith, seiner Regierung über eine Begebenheit, deren Augenzeuge er gewesen war. Er fand die Begebenheit bestürzend.

Deshalb berichtete er.

Keith hatte eine Vorstellung des Hoftheaters in Kopenhagen besucht. Unter den Zuschauern waren auch der König, Christian VII., sowie Ove Høegh-Guldberg, der eigentliche politische Machthaber in Dänemark, de facto Alleinherrscher.

Er hatte den Titel »Staatsminister« angenommen.

Der Bericht handelt von der Begegnung des Gesandten Keith mit dem König.

Keith gibt einleitend seinen Eindruck vom Äußeren des erst dreiunddreißigjährigen Königs Christian VII. wieder: »Er sieht schon wie ein alter Mann aus, sehr klein, abgemagert, mit eingefallenem Gesicht, und seine brennenden Augen zeugen von seinem kränklichen Geisteszustand.« Der, wie er schreibt, »geisteskranke« König Christian war vor dem Beginn der Vorstellung durchs Publikum geirrt, murmelnd und mit eigentümlichen Gesichtszuckungen.

Guldberg hatte die ganze Zeit ein wachsames Auge auf ihn geworfen.

Das Bemerkenswerte war das Verhältnis zwischen den beiden gewesen. Es ließ sich als das eines Pflegers und seines Kranken beschreiben, oder als das eines Geschwisterpaars, oder als sei Guldberg ein Vater mit einem ungehorsamen oder kranken Kind; aber Keith gebraucht die Worte »fast liebevoll«.

Gleichzeitig schreibt er, daß die beiden auf eine »fast perverse« Art und Weise verbunden zu sein schienen.

Das Perverse war nicht, daß die beiden, die während der dänischen Revolution, wie ihm ja bekannt war, so wichtige Rollen gespielt hatten, jetzt in dieser Weise voneinander abhängig waren. Das »Perverse« war gewesen, daß der König sich wie ein furchtsamer, aber gehorsamer Hund verhalten hatte, und Guldberg wie dessen strenger, aber liebevoller Herr.

Die Majestät hatte sich auf ängstliche Weise unterwürfig gezeigt, beinah zu Ohrfeigen einladend. Die Hofgesellschaft hatte dem Monarchen keine Ehrerbietung erwiesen, sondern ihn eher ignoriert, oder war lachend zur Seite getreten, wenn er sich näherte, als wolle sie der Peinlichkeit seiner Anwesenheit entgehen.

Wie bei einem lästigen Kind, dessen man seit langem überdrüssig ist.

Der einzige, der sich des Königs angenommen hatte, war Guldberg gewesen. Der König hatte sich ständig drei, vier Meter hinter Guldberg gehalten, war ihm unterwürfig gefolgt, offenbar darum bemüht, nicht verlassen zu werden. Zuweilen hatte Guldberg mit Handbewegungen oder Mienen dem König kleine Zeichen gegeben. Jedesmal wenn dieser zu laut gemurmelt, sich störend aufgeführt oder zu weit von Guldberg fortbewegt hatte.

Auf ein solches Zeichen hin war König Christian eilends und gehorsam »herbeigetrippelt«.

Einmal, als das Murmeln des Königs besonders laut und störend war, trat Guldberg zu ihm, ergriff sanft seinen Arm und flüsterte ihm etwas zu. Daraufhin fing der König an, sich zu verbeugen, mechanisch, immer wieder, mit ruckhaften, fast spastischen Bewegungen, als sei der dänische König ein

Hund, der seinem geliebten Herrn seine völlige Unterwerfung und Ergebenheit bezeugen wolle. Er verbeugte sich so lange, bis Guldberg mit einem erneuten Flüstern die eigentümlichen königlichen Körperbewegungen zum Stillstand brachte.

Danach hatte Guldberg dem König freundlich die Wange gestreichelt und wurde dafür mit einem von Dankbarkeit und Ergebenheit derart erfüllten Lächeln belohnt, daß sich die Augen des Gesandten Keith mit Tränen füllten. Die Szene, schreibt er, sei von so verzweifelter Tragik gewesen, daß es fast unerträglich war. Er hatte Guldbergs Freundlichkeit oder, wie er sich ausdrückt, »verantwortungsvolle Fürsorge für den kleinen kranken König« beobachtet und von der Verachtung und dem höhnischen Lachen, die das übrige Publikum zur Schau trug, bei Guldberg nichts bemerkt. Dieser schien als einziger für den König Verantwortung zu übernehmen.

Ein Ausdruck aber wiederholt sich in dem Bericht: »wie ein Hund«. Man behandelte den absoluten Herrscher Dänemarks wie einen Hund. Im Unterschied zu den anderen schien Guldberg eine liebevolle Verantwortung für diesen Hund zu zeigen.

»Sie zusammen zu sehen – und beide waren ihrer physischen Gestalt nach eigentümlich kleinwüchsig und verwachsen – war für mich ein erschütterndes und eigentümliches Erlebnis, weil die gesamte Macht im Land formell und praktisch von diesen beiden sonderbaren Zwergen ausging.«

Der Bericht hält sich jedoch vor allem bei dem auf, was im Verlauf und im Anschluß an die Theatervorstellung geschah.

Während der Vorstellung, man gab ein Lustspiel des französischen Dichters Gresset, *Le méchant*, war König Christian plötzlich von seinem Platz in der ersten Reihe aufgestanden, auf die Bühne gestolpert und hatte begonnen zu agieren, als sei er einer der Schauspieler. Er hatte posiert wie ein Schauspieler und Sätze rezitiert, bei denen es sich um Repliken handeln konnte; die Wörter »tracasserie« und »anthropophagie« waren zu verstehen gewesen. Keith war besonders der zweite Ausdruck aufgefallen, der, wie er wußte, Kannibalismus bedeutete. Der König hatte sich anscheinend lebhaft in das Stück hineinversetzt und glaubte, einer der Schauspieler zu sein; aber Guldberg war ganz ruhig auf die Bühne gestiegen und hatte freundlich die Hand des Königs genommen. Dieser war darauf sofort verstummt und hatte sich wieder zu seinem Platz führen lassen.

Das Publikum, das ausschließlich aus Mitgliedern der Hofgesellschaft bestand, schien an diese Art von Unterbrechung gewöhnt zu sein. Niemand hatte mit Bestürzung reagiert. Vereinzeltes Lachen war zu hören gewesen.

Nach der Vorstellung wurde Wein serviert. Es hatte sich so ergeben, daß Keith in der Nähe des Königs stand. Dieser hatte sich an Keith gewandt, in dem er offenbar den englischen Gesandten erkannte, und stammelnd versucht, ihm den zentralen Gehalt des Stücks zu erklären. Das Stück handele davon, sagte der König zu mir, daß diese Menschen am Hof so tief in Bosheit versunken seien, daß sie Affen oder Teufeln glichen; sie ergötzten sich am Unglück anderer und beweinten deren Glück, dies sei zur Zeit der Druiden Kannibalismus genannt worden, Anthropophagie. Deshalb befänden wir uns unter Kannibalen.

Der ganze »Ausbruch« des Königs sei, in Anbetracht der Tatsache, daß er von einem Geisteskranken kam, sprachlich bemerkenswert gut formuliert gewesen.

Keith hatte nur genickt und eine interessierte Miene aufgesetzt, als sei alles, was der König sagte, interessant und vernünftig. Doch war ihm aufgefallen, daß Christians Analyse des satirischen Inhalts des Stücks nicht ganz falsch gewesen war.

Der König hatte geflüstert, als vertraue er Keith ein wichtiges Geheimnis an.

Guldberg hatte ihr Gespräch die ganze Zeit aus einigen Metern Abstand mit Wachsamkeit oder Unruhe beobachtet. Er hatte sich ihnen langsam genähert.

Christian sah dies und versuchte, das Gespräch zu beenden. Mit lauter Stimme, fast provokativ, rief er:

»Man lügt. Lügt! Brandt war ein kluger, aber wilder Mann. Struensee war ein feiner Mann. Nicht ich habe sie getötet. Verstehen Sie?«

Keith hatte sich lediglich stumm verneigt. Christian fügte noch hinzu:

»Aber er lebt! Man glaubt, er sei hingerichtet worden! Aber Struensee lebt, wußten Sie das?«

Zu diesem Zeitpunkt war Guldberg ihnen so nahe gekommen, daß er die letzten Worte hören konnte. Er hatte den König fest am Arm gefaßt und mit einem steifen, aber beruhigenden Lächeln gesagt:

»Struensee ist tot, Majestät. Das wissen wir doch, oder? Wissen wir das nicht? Darauf haben wir uns doch geeinigt? Oder?«

Der Tonfall war freundlich, aber zurechtweisend. Christian hatte daraufhin seine eigentümlichen mechanischen Verbeugungen wieder aufgenommen, dann aber innegehalten und gefragt:

»Aber man spricht doch von der Struenseezeit? Nicht von der Guldbergzeit. Der Struenseezeit!!! Eigenartig!!!«

Guldberg hatte den König einen Augenblick lang schweigend betrachtet, als wisse er nicht, was er sagen solle und müsse die Antwort schuldig bleiben. Keith meint, er habe angespannt gewirkt, oder empört; doch dann hatte Guldberg sich wieder gefaßt und ganz ruhig gesagt:

»Majestät müssen sich kalmieren. Wir meinen, daß Majestät jetzt das Bett aufsuchen sollten, um zu schlafen. Ganz bestimmt meinen wir das.«

Anschließend hatte er eine Geste mit der Hand gemacht und sich entfernt. Christian hatte daraufhin seine manischen Verbeugungen wieder aufgenommen, dann jedoch innegehalten, wie in Gedanken, sich dem Gesandten Keith zugewandt und mit vollkommen ruhiger und ganz und gar nicht überspannter Stimme gesagt:

»Ich bin in Gefahr. Deshalb muß ich jetzt meine Wohltäterin aufsuchen, die Herrscherin des Universums.«

Wenige Minuten später war er verschwunden. Dies war die gesamte Episode, wie der englische Gesandte Keith sie im Bericht an seine Regierung beschrieb.

2.

Kein Monument erinnert heute in Dänemark an Struensee.

Im Laufe seines Besuchs in Dänemark wurde eine große Anzahl von Porträts von ihm angefertigt: Grafiken, Bleistiftzeichnungen und Ölbilder. Weil die Porträts vor seinem Tod entstanden, sind die meisten idealisiert und keines infam. Das ist auch natürlich; vor dem Besuch hatte er keine Macht, da gab es keinen Grund, ihn zu verewigen, nach seinem Tod wollte niemand sich daran erinnern, daß er existiert hatte.

Warum sollte ihm auch ein Denkmal errichtet werden? Ein Reiterstandbild etwa?

Von allen Herrschern Dänemarks, die so oft zu Pferde verewigt wurden, war er sicher der beste Reiter und derjenige, der Pferde am meisten liebte. Als Struensee zum Schafott auf Østre Fælled geführt wurde, war der General Eichstedt, vielleicht um seiner Verachtung Ausdruck zu geben oder in einem Akt subtiler Grausamkeit gegenüber dem Verurteilten, auf Struensees eigenem Pferd Margrethe vorübergeritten, einem Schimmel, dem Struensee diesen für ein Pferd ungewöhnlichen Namen selbst gegeben hatte. Doch falls Eichstedt beabsichtigt hatte, dem Verurteilten einen zusätzlichen Schmerz zuzufügen, so schlug dies fehl; Struensees Gesicht hatte sich aufgehellt, er war stehengeblieben, hatte die Hand gehoben, als wolle er dem Pferd das Maul tätscheln, und ein schwaches, beinahe glückliches Lächeln war über sein Gesicht geglitten, als hätte er geglaubt, das Pferd sei gekommen, um Abschied von ihm zu nehmen.

Er hatte dem Pferd das Maul streicheln wollen, war aber nicht nah genug herangekommen.

Aber warum ein Reiterstandbild? Nur Sieger wurden damit bedacht.

Man könnte sich ja ein Reiterstandbild von Struensee auf Fælleden denken, wo er hingerichtet wurde, auf seinem Pferd Margrethe, das er so liebte, auf dem Feld, das es noch heute dort gibt und das für Demonstrationen und Volksvergnügungen dient, neben dem Stadion, ein Feld für Sport und Feste, fast wie die königlichen Parks, die Struensee einst einem Volk öffnete, das dafür wenig Dankbarkeit empfand. Fælleden gibt es noch heute, ein wunderbares, noch unbebautes Feld, wo Niels Bohr und Heisenberg an einem Oktoberberabend 1941 ihre berühmte Wanderung unternahmen und das rätselhafte Gespräch führten, als dessen Ergebnis Hitler nie seine Atombombe bauen sollte; ein Scheideweg der Geschichte. Es existiert noch heute, auch wenn das Schafott verschwunden ist, ebenso wie die Erinnerung an Struensee.

Und kein Reiterstandbild erinnert an einen Verlierer.

Guldberg bekam ebenfalls kein Reiterstandbild.

Dabei war er doch der Sieger und derjenige, der die dänische Revolution zerschlug; aber man errichtet kein Reiterstandbild für einen kleinen Emporkömmling, der Høegh hieß, bevor er den Namen Guldberg annahm, und der Sohn eines Leichenbestatters aus Horsens war.

Emporkömmlinge waren sie übrigens beide, aber wenige haben so deutliche Spuren in der Geschichte hinterlassen wie sie; Reiterstandbilder, wenn man sie mag, verdienen beide. »Niemand spricht von der Guldbergzeit«: natürlich war es ungerecht.

Guldberg hätte zu recht reagiert. Er war doch der Sieger. Die Nachwelt sollte tatsächlich von der »Guldbergzeit« sprechen. Sie dauerte zwölf Jahre.

Dann endete auch sie.

3.

Guldberg hatte gelernt, die Verachtung mit Gelassenheit zu tragen.

Die Feinde kannte er. Sie redeten vom Licht, verbreiteten aber Dunkel. Seine Feinde meinten sicher, die Zeit Struensees werde nie zu Ende gehen. Es war ihre charakteristische Infamie und ganz ohne Bezug zur Wirklichkeit. Man *wünschte*, es wäre so. Aber er hatte sich stets zu beherrschen gewußt, zum Beispiel wenn ein englischer Gesandter zuhörte. Dazu war man gezwungen, wenn man äußerlich unbedeutend war.

Guldberg war äußerlich unbedeutend. Seine Rolle in der dänischen Revolution und der Zeit danach war jedoch nicht unbedeutend. Guldberg hatte sich immer gewünscht, daß eine Schilderung seines Lebens mit den Worten »Guldberg hieß ein Mann« eingeleitet würde. Das war der Ton der isländischen Saga. In der isländischen Saga beurteilte man die Größe eines Mannes nicht nach seinem Äußeren.

Guldberg war einhundertachtundvierzig Zentimeter groß, seine Haut war grau und vorzeitig gealtert, von kleinen Falten durchzogen, die er schon in jungen Jahren bekommen hatte. Er schien vorzeitig ein alter Mann geworden zu sein; deshalb achtete man ihn zuerst gering und übersah ihn wegen seiner Bedeutungslosigkeit, später fürchtete man ihn.

Als er Macht bekam, lernte man, von seinem unbedeutenden Äußeren abzusehen. Als er die Macht übernommen hatte, ließ er sich mit eisernem Kiefer abbilden. Die besten Bilder von ihm stammen aus der Zeit, als er die Macht hatte. Sie bringen sein Inneres zum Ausdruck, das groß war, und mit eisernem Kiefer. Die Bilder demonstrieren seine Brillanz, Bildung und Härte, nicht sein Äußeres. Das war auch richtig so. Das war, meinte er, die Aufgabe der Kunst.

Seine Augen waren eisgrau wie die eines Wolfs, er blinzelte nie und blickte unverwandt auf den, mit dem er sprach. Bevor er die dänische Revolution niederschlug, nannte man ihn die »Eidechse«.

Danach tat man es nicht mehr.

Guldberg hieß ein Mann, von kleinem äußeren Wuchs, aber erfüllt von innerer Größe; das war der richtige Ton.

Er benutzte selbst nie den Ausdruck »die dänische Revolution«.

Auf den Porträts, die es von ihnen gibt, haben sie alle sehr große Augen.

Weil die Augen als Spiegel der Seele galten, wurden sie sehr groß gemalt, allzu groß, sie scheinen aus den Gesichtern herauszuquellen, sie sind glänzend, einsichtsvoll, die Augen sind bedeutend, fast grotesk aufdringlich. In den Augen wird ihr Inneres dokumentiert.

Das Deuten der Augen ist Sache des Betrachters.

Guldberg selbst hätte den Gedanken an ein Reiterstandbild voller Abscheu von sich gewiesen. Er haßte Pferde und fürchtete sich vor ihnen. Er hatte nie in seinem Leben auf einem Pferd gesessen.

Seine Bücher, sein Œuvre, das er vor seiner Zeit als Politiker und danach schuf, war Monument genug. Auf allen Abbildungen wird Guldberg als stark, blühend, keineswegs vorzeitig gealtert dargestellt. Er hat ja auch selbst die Abbildungen beeinflußt, indem er Macht besaß; Anweisungen bezüglich des Charakters der Porträts brauchte er nie zu geben. Die Künstler fügten sich, ohne dazu aufgefordert zu sein, wie immer.

Künstler und Porträtmaler hielt er für Diener der Politik. Sie sollten Fakten gestalten, in diesem Fall die der inneren Wahrheit, die von seiner äußeren Kleinheit verdunkelt wurden.

Die Kleinheit war indessen lange von einem gewissen Nutzen. Er war derjenige, der während der dänischen Revolution durch seine Bedeutungslosigkeit geschützt wurde. Die Bedeutenden gingen unter und vernichteten sich gegenseitig. Übrig blieb Guldberg, unbedeutend, aber dennoch der größte in der Landschaft von gefällten Bäumen, die er betrachtete.

Das Bild von den großen, aber gefällten Bäumen fand er bestechend. In einem Brief äußert er sich über die relative Kleinheit der groß wachsenden Bäume und ihren Untergang. Viele hundert Jahre hindurch waren im Königreich Dänemark alle großen Bäume gefällt worden. Besonders die Eichen. Man fällte sie, um Schiffe zu bauen. Zurück blieb ein Reich ohne bedeutende Eichen. In dieser verwüsteten Landschaft sieht er sich emporwachsen wie einen Busch, der sich über die Stümpfe der gefällten und besiegten großen Bäume erhebt.

Er schreibt es nicht, aber der Sinn ist klar. So entsteht Größe aus dem Unbedeutenden.

Er betrachtete sich als einen Künstler, der seiner Kunst entsagt und das Feld der Politik gewählt hat. Deshalb bewunderte er Künstler und verachtete sie zugleich.

Seine Abhandlung über Miltons *Paradise Lost*, 1761 während seiner Zeit als Professor an der Akademie Sorø publiziert, ist eine Analyse, die jede fiktive Beschreibung des Himmels zurückweist; fiktiv in dem Sinne, daß die Dichtung sich Freiheiten nimmt gegenüber den objektiven Fakten, die in der Bibel festgestellt werden. Milton, schreibt er, war ein prächtiger Poet, ist aber als spekulativ zu tadeln. Er nimmt sich Freiheiten. Die »sogenannte heilige Poesie« nimmt sich Freiheiten. In sechzehn Kapiteln weist Guldberg mit Schärfe die Argumente jener »Apostel der Freiheit des Denkens« zurück, die etwas »hinzudichten«. Sie schaffen Unklarheit und bewirken, daß die Dämme bersten und der Schmutz der Dichtung alles besudelt.

Die Dichtung darf die Dokumente nicht verfälschen. Die Dichtung beschmutzt die Dokumente. Er meinte damit nicht die Bildkunst.

Bei Künstlern kam es häufig vor, daß sie sich Freiheiten nahmen. Diese Freiheiten konnten zu Unruhe, Chaos und

Schmutz führen. Deshalb mußten auch die frommen Poeten zurechtgewiesen werden. Milton bewunderte er jedoch, wenn auch widerwillig. Er wird als »prächtig« bezeichnet. Er ist ein prächtiger Poet, der sich Freiheiten nimmt.

Holberg verachtete er.

Das Buch über Milton wurde sein Glück. Es wurde besonders von der frommen Königinwitwe bewundert, die seine messerscharfe und fromme Analyse schätzte, und sie ließ Guldberg deshalb als Informator des Erbprinzen anstellen, König Christians Halbbruder, der geistesschwach war, oder, mit einem häufig benutzten Wort, debil.

So begann er seine politische Karriere: mit einer Analyse des Verhältnisses zwischen den Fakten, den klaren Aussagen der Bibel, und der Fiktion, Miltons *Paradise Lost*.

4.

Nein, kein Reiterstandbild.

Guldbergs Paradies war all das, was er auf seinem Weg vom Leichenbestatter in Horsens nach Christiansborg erobert hatte. Es hatte ihn ausdauernd gemacht und ihn gelehrt, den Schmutz zu hassen.

Guldberg hatte sich sein Paradies selbst erobert. Nicht geerbt. Erobert.

Er wurde einige Jahre lang von einem böswilligen Gerücht verfolgt; man hatte eine boshafte Interpretation seines anspruchslosen Äußeren angestellt, dieses Äußeren, das jedoch am Ende korrigiert wurde und wuchs, mit Hilfe der Künstler, als er 1772 selbst die Macht übernahm. Das Gerücht behauptete, er sei im Alter von vier Jahren, als seine Singstimme jeden mit Staunen und Bewunderung erfüllte, von seinen liebevollen, doch armen Eltern, die erfahren hatten, daß es in Italien für Sänger große Möglichkeiten gebe, kastriert worden. Zu ihrer Enttäuschung und Verbitterung habe er jedoch von seinem fünfzehnten Lebensjahr an sich geweigert zu singen und sich auf das Gebiet der Politik hinüberbegeben.

Nichts von alledem traf zu.

Sein Vater war ein armer Leichenbestatter in Horsens, der weder je eine Oper gesehen noch von Einkünften durch ein kastriertes Kind geträumt hatte. Die Verleumdungen, das wußte Guldberg mit Bestimmtheit, stammten von den italienischen Opernsängerinnen am Hof in Kopenhagen, die alle Huren waren. Alle Aufklärer und Lästerer, besonders die in Altona, das ja die Brutstätte der Aufklärung war, bedienten sich der italienischen Huren. Von ihnen kam aller Schmutz, auch dieses schmutzige Gerücht.

Sein eigentümliches vorzeitiges Altern, das jedoch lediglich in seinem Äußeren zum Ausdruck kam, hatte früh eingesetzt, im Alter von fünfzehn Jahren, und die Ärzte konnten es nicht erklären. Er verachtete deshalb auch die Ärzte. Struensee war Arzt.

Was das Gerücht von der »Operation« angeht: das wurde er erst los, als ihm die Macht gegeben wurde und er also nicht mehr als unbedeutend galt. Er wußte, daß die Behauptung, er sei »beschnitten«, seine Umgebung mit einem Gefühl des Unbehagens erfüllte. Damit hatte er zu leben gelernt.

Er hielt sich jedoch an den inneren Gehalt des Gerüchts, so unwahr es auch war. Dessen innere Wahrheit bestand darin, daß ihm von seinen Eltern die Rolle des Leichenbestatters zugedacht worden war, er aber darauf verzichtet hatte.

Er selbst dachte sich die Rolle des Politikers zu.

Das Bild, das der englische Gesandte im Jahr 1782 vom König und Guldberg zeichnete, ist deshalb nicht nur verblüffend, es besitzt auch eine innere Wahrheit.

Der Gesandte scheint seiner Verwunderung über Guldbergs »Liebe« zum König Ausdruck zu geben, dem er die Macht stahl und dessen Ansehen er vernichtete. Aber wie verwundert war Guldberg selbst stets über die Äußerungen der Liebe gewesen! Wie konnte man sie beschreiben? Das hatte er sich immer gefragt. Diese Schönen, Hochgewachsenen, die Strahlenden, die mit der Kenntnis der Liebe; und doch so verblendet! Die Politik war ein Mechanismus, man konnte sie analysieren, konstruieren; sie war in gewissem Sinn eine Maschine. Aber diese Starken, Hervorragenden, die mit dem Wissen um die Liebe, wie naiv ließen sie sich das klare politische Spiel von der Hydra der Leidenschaft verdunkeln!

Diese ständige Vermischung von Gefühl und Vernunft bei den intellektuellen Männern der Aufklärung! Guldberg wußte, dies war der weiche, verwundbare Punkt am Bauch des Ungeheuers. Und einmal hatte er verstanden, wie dicht er daran war, von der Sünde infiziert zu werden. Sie war von »der kleinen englischen Hure« ausgegangen. Er war an seinem Bett auf die Knie gezwungen worden.

Er würde es nie vergessen.

Dies ist der Zusammenhang, in dem er von dem Wald der mächtigen Eichen spricht, davon, wie die Bäume gefällt wurden und nur der unbedeutende Busch übrigblieb, als Sieger. Dort beschreibt er, was in dem gefällten Wald geschah und wie er, verstümmelt und unbedeutend, von dem Platz aus wachsen und herrschen durfte, wo er alles geschehen sah, zwischen den ruhenden Stämmen in dem gefällten Wald.

Und er glaubte der einzige zu sein, der es sah.

5.

Man muß Guldberg mit Respekt betrachten. Er ist noch fast unsichtbar. Bald macht er sich sichtbar.

Er sah und verstand früh.

Im Herbst 1769 schreibt Guldberg in einer Notiz, die junge Königin sei ihm »ein immer größeres Rätsel«.

Er nennt sie »die kleine englische Hure«. Den Schmutz am Hof kannte er gut. In der Geschichte kannte er sich aus. Friedrich IV. war fromm und hatte unzählige Mätressen. Christian VI. war Pietist und lebte liederlich. Friedrich V. zog in den Nächten durch die Kopenhagener Hurenhäuser und vertrieb sich die Zeit mit Trinkgelagen, Spiel und rohen, liederlichen Gesprächen. Er trank sich zu Tode. Die Huren scharten sich um sein Bett. Überall in Europa das gleiche Bild. In Paris hatte es angefangen, dann breitete es sich wie eine Krankheit an allen Höfen aus. Überall Schmutz.

Wer verteidigte da die Reinheit?

Als Kind hatte er gelernt, mit Leichen zu leben. Sein Vater, dessen Beruf es war, die Leichen herzurichten, hatte ihn bei der Arbeit helfen lassen. Wie viele starre, eiskalte Glieder hatte er nicht angefaßt und getragen! Die Toten waren rein. Sie wälzten sich nicht im Schmutz. Sie warteten auf das große Feuer der Reinigung, das sie erlösen sollte oder peinigen bis in alle Ewigkeit.

Schmutz hatte er gesehen. Aber nie schlimmeren Schmutz als bei Hofe.

Als die kleine englische Hure angekommen und mit dem König vermählt worden war, war Frau von Plessen zur ersten Hofdame ausersehen worden. Frau von Plessen war rein gewesen. Das war ihre Eigenschaft. Sie hatte gewünscht, das junge Mädchen vor dem Schmutz des Lebens zu schützen. Lange war ihr das gelungen.

Ein Vorkommnis im Juni 1767 hatte Guldberg besonders empört. Zur Geschichte gehört, daß bis zu diesem Zeitpunkt kein geschlechtlicher Umgang zwischen den königlichen Eheleuten stattgefunden hatte, obwohl sie seit sieben Monaten verheiratet waren.

Die Hofdame Frau von Plessen hatte sich am Vormittag des 3. Juni 1767 bei Guldberg beschwert. Sie war unangemeldet in das Zimmer gekommen, das er für seine Tätigkeit als Informator benutzte, und begann, ohne ein Blatt vor den Mund zu nehmen, sich über das Betragen der Königin zu beklagen. Guldberg gibt an, Frau von Plessen für ein durch und durch widerwärtiges Geschöpf, wegen ihrer inneren Reinheit aber für wertvoll für die Königin gehalten zu haben. Frau von Plessen roch. Es war kein Geruch wie von Stall, von Schweiß oder einer anderen Ausscheidung, sondern ein Geruch von alter Frau, wie Schimmel.

Sie war jedoch erst einundvierzig Jahre alt.

Die Königin, Caroline Mathilde, war zu diesem Zeitpunkt fünfzehn Jahre alt. Frau von Plessen war wie gewöhnlich in das Schlafgemach der Königin gegangen, um ihr Gesellschaft zu leisten oder Schach zu spielen und durch ihre Anwesenheit die Einsamkeit der Königin zu lindern. Die Königin hatte auf ihrem Bett gelegen, das sehr groß war, und an die Decke gestarrt. Sie war voll bekleidet gewesen. Frau von Plessen hatte gefragt, warum die Königin nicht mit ihr rede. Die Königin hatte lange geschwiegen, weder ihre voll angekleidete Gestalt noch ihren Kopf bewegt und nicht geantwortet. Schließlich hatte sie gesagt:

»Ich habe Melancholia.«

Frau von Plessen hatte daraufhin gefragt, was der Königin das Herz so schwer mache. Die Königin hatte geantwortet:

»Er kommt ja nicht. Warum kommt er nicht?«

Es war kühl gewesen im Zimmer. Frau von Plessen hatte einen Augenblick lang ihre Herrscherin angestarrt und dann gesagt:

»Der König wird sicher belieben zu kommen. Bis dahin können Majestät die Freiheit von der Hydra der Leidenschaft genießen. Sie sollten nicht traurig sein.«

»Was meinen Sie damit?« hatte die Königin gesagt.

»Der König«, hatte Frau von Plessen da mit der außerordentlichen Trockenheit verdeutlicht, die ihre Stimme so gut hervorzubringen vermochte, »der König wird seine Schüchternheit sicher besiegen. Bis dahin kann die Königin sich freuen, von seiner Leidenschaft befreit zu sein.«

»Warum mich freuen?«

»Wenn Sie von ihr heimgesucht werden, ist sie eine Qual!« hatte Frau von Plessen mit einem Ausdruck unerwarteter Wut geantwortet.

»Verschwinden Sie«, hatte die Königin nach einem Augenblick des Schweigens überraschend gesagt.

Frau von Plessen hatte daraufhin gekränkt den Raum verlassen.

Guldbergs Empörung bezieht sich jedoch auf ein Vorkommnis, das später am selben Abend eintraf.

Er hatte in dem Gang zwischen dem linken Vorzimmer der Hofkanzlei und der Sekretärbibliothek des Königs gesessen und getan, als ob er lese. Er erklärt nicht, warum er »getan habe als ob«. Da war die Königin gekommen. Er war aufgestanden, hatte sich verneigt. Sie hatte eine Handbewegung gemacht, sie setzten sich beide.

Sie trug das hellrote Kleid, das ihre Achseln frei ließ.

»Herr Guldberg«, hatte sie mit leiser Stimme gesagt, »darf ich Ihnen eine sehr persönliche Frage stellen?«

Er hatte genickt, ohne zu verstehen.

»Man hat mir gesagt«, flüsterte sie, »Sie seien in Ihrer Jugend von ... der Qual der Leidenschaft befreit worden. Deshalb möchte ich Sie fragen ...«

Sie hatte innegehalten. Er hatte geschwiegen, aber eine unerhörte Wut in sich aufwallen gefühlt. Unter Aufbietung äußerster Willenskraft war es ihm jedoch gelungen, die Ruhe zu bewahren.

»Ich möchte nur gern wissen ...«

Er hatte gewartet. Schließlich wurde das Schweigen unerträglich, und Guldberg hatte geantwortet:

»Ja, Königliche Hoheit?«

»Ich möchte gern wissen, ob diese Befreiung von der Leidenschaft ... eine große Ruhe ist? Oder ... eine große Leere?«

Er hatte nicht geantwortet.

»Herr Guldberg«, hatte sie geflüstert, »ist es eine Leere? Oder eine Qual?«

Sie hatte sich zu ihm vorgebeugt. Die Rundung ihrer Brüste war ihm sehr nahe gekommen. Er hatte eine Empörung empfunden, die »jedes vernünftige Maß überstieg«. Er hatte sie sogleich durchschaut, und dies sollte ihm während der Ereignisse, die später folgten, von größtem Nutzen sein. Ihre Verdorbenheit war offenbar: ihre nackte Haut, die Rundung der Brüste, die Glätte ihrer jungen Haut, alles war ihm sehr nahe. Nicht zum erstenmal wurde ihm klar, daß man bei Hofe böswillige Gerüchte über die Ursachen seiner körperlichen Unansehnlichkeit verbreitete. Wie wehrlos er dagegen war! Wie unmöglich, darauf hinzuweisen, daß Kastraten ja fetten Ochsen ähnelten, aufgedunsen und aufgequollen, und ganz der grauen, scharfen, dünnen und fast eingetrockneten körperlichen Deutlichkeit ermangelten, die er selbst besaß!

Man redete über ihn, und es war ans Ohr der Königin gedrungen. Die kleine Hure glaubte, er sei ein Ungefährlicher, dem man sich anvertrauen könne. Und mit der ganzen Intelligenz ihrer jungen Verdorbenheit beugte sie sich jetzt ganz nah zu ihm, und er konnte ihre Brüste beinah in ihrer ganzen Fülle sehen. Sie schien ihn zu prüfen, ob noch Leben in ihm war, ob ihre Brüste eine Verlockung waren, die die Reste des vielleicht Menschlichen an ihm zum Vorschein bringen konnten.

Ja, ob dadurch die Reste von Mann in ihm hervorgelockt werden konnten. Von Mensch. Oder ob er nur ein Tier war.

So sah sie ihn. Als ein Tier. Sie entblößte sich vor ihm, als wollte sie sagen: Ich weiß. Als wüßte sie, daß er verstümmelt und verachtenswert war, nicht mehr Mensch, nicht mehr in Reichweite der Lust. Und täte dies jetzt in ganz bewußter und böswilliger Absicht.

Ihr Gesicht war bei dieser Gelegenheit dem Guldbergs sehr nahe, und ihre fast entblößten Brüste schrien ihm ihren Hohn entgegen. Er dachte, während er versuchte, seine Fassung wiederzugewinnen: Möge Gott sie bestrafen, möge sie ewiges Höllenfeuer erleiden. Möge ein strafender Pfahl in ihren liederlichen Schoß getrieben und ihre ruchlose Intimität mit ewiger Qual und Pein belohnt werden.

Seine Gemütsbewegung war so stark, daß ihm Tränen in

die Augen schossen. Und er fürchtete, daß das junge liederliche Geschöpf es gewahr würde.

Vielleicht hatte er sie aber falsch gedeutet. Er beschreibt nämlich anschließend, wie sie schnell, beinah schmetterlingsgleich, mit ihrer Hand an seine Wange rührte und flüsterte:

»Verzeihen Sie mir. Oh, verzeihen Sie mir, Herr ... Guldberg. Das war nicht meine Absicht.«

Herr Guldberg hatte sich daraufhin hastig erhoben und war gegangen.

Guldberg hatte als Kind eine sehr schöne Singstimme. So weit ist alles richtig. Er haßte Künstler. Er haßte auch die Unreinheit.

Die starren Leichen erinnerte er als rein. Und sie brachten nie Chaos.

Gottes Größe und Allmacht zeigte sich darin, daß er auch die Kleinen, Geringen, Verkrüppelten und Geringgeachteten zu seinen Werkzeugen ausersehen hatte. Das war das Wunder. Es war Gottes unbegreifliches Mirakel. Der König, der junge Christian, schien klein zu sein, vielleicht geisteskrank. Aber er war ausersehen.

Ihm war alle Macht gegeben worden. Diese Macht, dieses Auserwählen kam von Gott. Dies war den Schönen, Starken, Strahlenden nicht gegeben worden. Der Geringste war ausersehen. Das war Gottes Mirakel. Guldberg hatte das verstanden. In gewisser Weise waren der König und Guldberg Teile desselben Mirakels.

Dies erfüllte ihn mit Genugtuung.

Er hatte Struensee zum erstenmal 1766 in Altona gesehen, an dem Tag, an dem die junge Königin dort an Land gegangen war, auf ihrem Weg von London nach Kopenhagen, vor ihrer Vermählung. Struensee hatte dort gestanden, verborgen in der Menge, umgeben von seinen Aufklärerfreunden.

Aber Guldberg hatte ihn gesehen: hochgewachsen, schön und liederlich.

Guldberg selbst war einst aus der Tapete hervorgetreten.

Wer unansehnlich gewesen, aus der Tapete hervorgetreten ist, wer das hinter sich hat, weiß, daß alle Tapeten Bundesgenossen sein können. Es war ein reines Organisationsproblem. Politik bedeutete Organisation, bedeutete, Tapeten horchen und erzählen zu lassen.

Er hatte immer an die Gerechtigkeit geglaubt und gewußt, daß das Böse von einem sehr kleinen, übersehenen Menschen zerschlagen werden mußte, mit dem niemand ernsthaft gerechnet hatte. Das war die Triebkraft in seinem Inneren. Gott hatte ihn ausersehen und ihn zu einem spinnengrauen Zwerg gemacht, weil Gottes Wege unergründlich waren. Aber Gottes Handlungen waren voller List.

Gott war der beste Politiker.

Schon früh hatte er gelernt, die Unreinheit zu hassen und das Böse. Das Böse, das waren die Liederlichen, die Gott verachteten, die Prasser, die Weltlichen, die Hurenböcke, die Trinker. Sie alle fanden sich bei Hofe. Der Hof war das Böse. Er hatte deshalb stets ein sehr kleines, freundliches, fast unterwürfiges Lächeln aufgesetzt, wenn er das Böse betrachtete. Alle glaubten, er betrachte die Orgien mit Neid. Der kleine Guldberg möchte bestimmt mitmachen, dachten sie, aber kann nicht. Ihm fehlt das – Instrument. Will nur betrachten.

Ihr kleines höhnisches Lächeln.

Sie hätten seine Augen ansehen sollen.

Und eines Tages, pflegte er zu denken, kommt die Zeit der Kontrolle, wenn die Eroberung der Kontrolle erfolgt ist. Und dann wird kein Lächeln mehr nötig sein. Dann wird die Zeit des Schneidens kommen, der Reinheit, dann werden die unfruchtbaren Zweige vom Baum abgeschnitten. Dann wird am Ende das Böse kastriert werden. Und die Zeit der Reinheit wird kommen.

Und die Zeit der liederlichen Frauen wird zu Ende sein.

Was er mit den liederlichen Frauen machen würde, wußte er allerdings nicht. Sie konnten ja nicht beschnitten werden. Die liederlichen Frauen würden vielleicht in sich zusammensinken und sich in Fäulnis auflösen, wie Pilze im Herbst.

Er mochte dieses Bild sehr. Die liederlichen Frauen würden zusammensinken und sich auflösen, wie Pilze im Herbst.

Sein Traum war Reinheit.

Die Radikalen in Altona waren unrein. Sie verachteten die Beschnittenen und Kleinen und träumten die gleichen geheimen Träume von der Macht wie die, gegen die sie zu kämpfen vorgaben. Er hatte sie durchschaut. Sie redeten vom Licht. Eine Fackel im Dunkeln. Aber aus ihren Fackeln fiel nur Dunkel.

Er war in Altona gewesen. Es war bezeichnend, daß dieser Struensee aus Altona gekommen war. Paris war die Brutstätte der Enzyklopädisten, aber Altona war noch schlimmer. Es war, als versuchten sie, einen Hebel unter dem Haus der Welt anzusetzen: und die Welt geriet ins Schwanken, und Unruhe und Schwüle und Dämpfe traten aus. Aber Gott der Allmächtige hatte einen seiner Geringsten ausersehen, den am wenigsten Geachteten, ihn selbst, um dem Bösen entgegenzutreten, den König zu retten und den Schmutz von dem von Gott Ausersehenen fortzuschneiden. Und, wie der Prophet Jesaja schrieb, *Wer ist der, der von Edom kommt, mit rötlichen Kleidern von Bozra, der so geschmückt ist in seinen Kleidern und einherschreitet in seiner großen Kraft? »Ich bin's, der in Gerechtigkeit redet, und bin mächtig zu helfen.« Warum ist denn dein Gewand so rotfarben und dein Kleid wie das eines Keltertreters? »Ich trat die Kelter allein, und niemand unter den Völkern war mit mir. Ich habe sie gekeltert in meinem Zorn und zertreten in meinem Grimm. Da ist ihr Blut auf meine Kleider gespritzt, und ich habe mein ganzes Gewand besudelt. Denn ich hatte einen Tag der Vergeltung mir vorgenommen; das Jahr, die Meinen zu erlösen, war gekommen. Und ich sah mich um, aber da war kein Helfer, und ich verwunderte mich, daß niemand mir beistand. Da mußte mein Arm mir helfen, und mein Arm stand mir bei. Und ich habe die Völker zertreten in meinem Zorn und habe sie trunken gemacht in meinem Grimm und ihr Blut auf die Erde geschüttet.«*

Und die Letzten sollen die Ersten sein, wie es in der Heiligen Schrift stand.

Er war derjenige, der von Gott gerufen worden war. Er, die kleine Eidechse. Und eine große Furcht sollte kommen über die Welt, wenn der Geringste und Verachtetste die Zügel der Vergeltung in seinen Händen halten würde. Und Gottes Zorn würde sie alle treffen.

Wenn das Böse, die Liederlichkeit fortgeschnitten waren, würde er den König reinwaschen. Und auch wenn das Böse dem König geschadet hatte, würde er dann aufs Neue wie ein Kind werden. Guldberg wußte, daß Christian in seinem Innersten immer ein Kind gewesen war. Er war nicht geisteskrank. Und wenn alles vorbei wäre und das von Gott auserkorene Kind gerettet, würde der König ihm wieder folgen, wie ein Kind, demütig und rein. Er würde wieder ein reines Kind sein, und einer der Letzten würde wieder einer der Ersten werden.

Den König würde er verteidigen. Gegen sie. Denn auch der König war einer der Allerletzten und Verachtetsten.

Aber ein Keltertreter bekommt keine Reiterstandbilder.

6.

Guldberg war am Sterbebett König Friedrichs zugegen gewesen, des Vaters von Christian.

Er war am Morgen des 14. Januar 1766 gestorben.

König Friedrich war in den letzten Jahren immer schwermütiger geworden; er trank beständig, seine Hände zitterten, und sein Fleisch war aufgedunsen und schwammig geworden, grau, sein Gesicht sah aus wie das eines Ertrunkenen, man meinte, Fleischstücke aus seinem Gesicht klauben zu können; und tief darinnen verbargen sich seine Augen, die blaß waren und eine gelbliche Flüssigkeit absonderten, als habe die Leiche bereits angefangen zu wässern.

Der König war auch von Unruhe und Angst ergriffen worden und verlangte ständig, daß Huren sein Bett teilten, um seine Angst zu lindern. Mit der Zeit empörten sich mehrere der Geistlichen an seiner Seite darüber. Diejenigen, die an sein Bett befohlen wurden, um Gebete zu sprechen, die des Königs Angst bannen sollten, entschuldigten sich deshalb mit Krankheit. Der König war, wegen seiner körperlichen Schlappheit, nicht mehr im Stande, seine fleischlichen Lüste zu befriedigen; dennoch verlangte er, daß die aus der Stadt herbeigeschafften Huren nackt sein Bett teilen sollten. Da meinten die Geistlichen, daß die Gebete, und insbesondere das Abendmahlsritual, blasphemisch wurden. Der König spie den Heiligen Leib Christi aus, trank aber tief von seinem Blut, während die Huren mit schlecht verhohlenem Ekel seinen Körper liebkosten.

Was schlimmer war, das Gerücht vom Zustand des Königs hatte sich in der Öffentlichkeit verbreitet, und die Geistlichen fühlten sich allmählich vom allgemeinen Gerede beschmutzt.

In der letzten Woche vor seinem Tod war die Furcht des Königs sehr groß.

Er benutzte dieses einfache Wort, »Furcht«, statt »Angst« oder »Unruhe«. Seine Brechanfälle kamen jetzt in kürzeren Abständen. Am Tag seines Todes befahl er, Kronprinz Christian an sein Krankenbett zu rufen.

Der Bischof der Stadt forderte daraufhin, daß sämtliche Huren entfernt werden sollten.

Der König hatte zuerst lange und schweigend seine Umgebung betrachtet, die aus den Kammerdienern, dem Bischof und zwei Geistlichen bestand, und dann mit einer so sonderbar haßerfüllten Stimme, daß sie fast zurückschraken, gerufen, die Frauen sollten dereinst mit ihm im Himmelreich sein, während er hingegen hoffe, daß diejenigen, die sich jetzt um ihn scharten, und besonders der Bischof aus Aarhus, von den ewigen Höllenqualen heimgesucht würden. Allerdings hatte der König die Situation mißverstanden: Der Bischof von Aarhus war bereits am Vortag zu seiner Gemeinde zurückgekehrt.

Dann hatte der König sich erbrochen und unter Mühen weitergetrunken.

Eine Stunde war er erneut aufgefahren und hatte nach seinem Sohn gerufen, den er nun segnen wolle.

Der Kronprinz, Christian, war gegen neun Uhr zu ihm geführt worden. Er war zusammen mit seinem Schweizer Informator Reverdil gekommen. Christian war zu diesem Zeitpunkt sechzehn Jahre alt. Er hatte seinen Vater voller Entsetzen angestarrt.

Der König hatte ihn schließlich entdeckt und zu sich gewinkt, doch Christian war wie versteinert stehengeblieben. Reverdil ergriff daraufhin seinen Arm, um ihn an das Sterbebett des Königs zu führen, aber Christian hatte sich an seinen Informator geklammert und unhörbar einige Worte von sich gegeben; die Lippenbewegungen waren deutlich, er hatte versucht, etwas zu sagen, doch es kam kein Ton heraus.

»Komm ... hierher ... mein geliebter ... Sohn ...«, hatte der König da gemurmelt und mit einer heftigen Armbewegung den geleerten Weinkrug zur Seite gefegt.

Da Christian dem Befehl nicht gehorchte, begann der König zu rufen, wild und klagend; als einer der Geistlichen sich seiner erbarmte und fragte, ob er etwas wünsche, wiederholte der König:

»Ich will ihn segnen ... zum Teufel ... den kleinen ... den kleinen Wicht!«

Nach einer kurzen Weile war Christian, beinah ohne Gewalt, an das Sterbebett des Königs geführt worden. Der König hatte Christian um Kopf und Nacken gefaßt und versucht, ihn näher an sich zu ziehen.

»Wie wird es ... dir ergehen ... du kleiner Wicht ...«

Der König hatte Schwierigkeiten gehabt, Worte zu finden, doch dann war die Sprache zurückgekehrt.

»Du kleiner Wurm! Du mußt hart werden ... hart ... HART!!! Du kleiner ... bist du hart? Bist du hart? Du mußt dich ... unverwundbar ... machen!!! Sonst ...«

Christian hatte nicht antworten können, weil er mit einem harten Griff um den Nacken festgehalten und gegen die nackte Seite des Königs gepreßt wurde. Dieser röchelte jetzt laut, als bekomme er keine Luft, danach aber stieß er zischend hervor:

»Christian! Du mußt dich hart machen ... hart ... hart!!!, sonst verschlingt man dich!!! Sonst frißt ... zermalmt ...«

Dann sank er zurück aufs Kissen. Es war jetzt ganz still im Raum. Das einzige Geräusch war Christians heftiges Schluchzen.

Und der König, jetzt mit geschlossenen Augen und mit dem Kopf auf dem Kissen, sagte sehr leise und fast ohne zu lallen:

»Du bist nicht hart genug, du kleiner Wicht. Ich segne dich.«

Gelbe Flüssigkeit rann aus seinem Mund. Einige Minuten später war König Friedrich V. tot.

Guldberg sah alles und merkte sich alles. Er sah auch, wie der Schweizer Informator den Jungen bei der Hand nahm, als sei der neue König nur ein kleines Kind, ihn an der Hand führte wie ein Kind, etwas, das alle verwunderte und worüber später viel geredet werden sollte. So verließen sie den Raum, sie gingen durch den Korridor, passierten die Hauptwache, die das Gewehr schulterte, und traten hinaus auf den Schloßhof. Es war jetzt mitten am Tage, gegen zwölf Uhr, tiefstehende Sonne, während der Nacht war ein leichter Schnee gefallen. Der Junge schluchzte immer noch verzweifelt und hielt krampfhaft die Hand des Schweizer Informators Reverdil.

Mitten auf dem Schloßhof hielten sie plötzlich inne. Sie wurden von vielen beobachtet. Warum blieben sie plötzlich stehen? Wohin waren sie unterwegs?

Der Junge war schmächtig und von kleinem Wuchs. Die

Hofleute, die die Neuigkeit vom tragischen und unerwarteten Ableben des Königs erreicht hatte, strömten hinaus auf den Schloßhof. An die hundert Menschen standen dort schweigend und fragend.

Guldberg unter ihnen, noch der unansehnlichste. Er war noch ohne Eigenschaften. Seine Anwesenheit verdankte sich lediglich dem Recht, das sein Titel als Lehrer des debilen Erbprinzen ihm gab; ohne anderes Recht, ohne Macht, aber mit der Gewißheit, daß große Bäume fallen würden, daß er Zeit hatte – und warten konnte.

Christian und sein Informator standen still, offenbar in tiefer Verwirrung, und warteten auf nichts. Sie verharrten dort im Licht der tiefstehenden Sonne auf dem Schloßhof, der von einer leichten Schneedecke bedeckt war, und warteten auf nichts, während der Junge mit seinem endlosen Weinen fortfuhr.

Reverdil hielt die Hand des jungen Königs sehr fest. Wie klein Dänemarks neuer König war, wie ein Kind. Guldberg empfand eine grenzenlose Trauer, als er sie betrachtete. Jemand hatte den Platz an der Seite des Königs eingenommen, der ihm gehörte. Eine große Arbeit stand ihm jetzt noch bevor, um diesen Platz zu erobern. Seine Trauer war noch grenzenlos. Dann hatte er sich gefaßt.

Seine Zeit würde kommen.

So war es, als Christian gesegnet wurde.

Am selben Nachmittag wurde Christian VII. zu Dänemarks neuem König ausgerufen.

Kapitel 2

Der Unverwundbare

1.

Der Schweizer Informator war mager, gebeugt und hatte einen Traum von der Aufklärung als einer stillen und sehr schönen Morgendämmerung; zuerst unmerklich, dann war sie da, und der Tag brach an.

So dachte er sie sich. Sanft, still und ohne Widerstand. So sollte es immer sein.

Er hieß François Reverdil. Er war der Mann auf dem Schloßhof.

Reverdil hatte Christian an der Hand gehalten, weil er die Etikette vergessen und nur Trauer über die Tränen des Jungen empfunden hatte.

Deshalb hatten sie still dort im Schloßhof gestanden, im Schnee, nachdem Christian gesegnet worden war.

Am Nachmittag desselben Tages wurde, vom Balkon des Schlosses, Christian VII. zu Dänemarks König ausgerufen. Reverdil hatte schräg hinter ihm gestanden. Es erregte Unmut, daß der neue König gewinkt und gelacht hatte.

Es wurde als unpassend angesehen. Für das anstoßerregende Verhalten des Königs wurde keine Erklärung gegeben.

Als der Schweizer Informator François Reverdil 1760 als Hauslehrer des elfjährigen Kronprinzen Christian angestellt wurde, gelang es ihm lange zu verbergen, daß er jüdischer Herkunft war. Seine beiden anderen Vornamen – Èlie Salomon – wurden im Anstellungsvertrag ausgelassen.

Die Vorsicht war sicher unnötig. Seit mehr als zehn Jahren hatte es in Kopenhagen keine Pogrome gegeben.

Die Tatsache, daß Reverdil ein Mann der Aufklärung war, war auch nicht angegeben. Er war der Auffassung, daß es sich um eine unnötige Auskunft handelte, die schaden konnte. Seine politischen Ansichten waren eine Privatangelegenheit.

Vorsicht war sein Grundprinzip.

Seine ersten Eindrücke von dem Jungen waren sehr positiv.

Christian hatte ein »einnehmendes Wesen«. Er war zart, klein von Wuchs, fast mädchenhaft, doch mit einem gewinnenden Äußeren und Inneren. Er hatte einen schnellen Verstand, bewegte sich weich und elegant und sprach fließend Dänisch, Deutsch und Französisch.

Schon nach einigen Wochen wurde das Bild komplizierter. Der Junge schien sehr schnell Zuneigung zu Reverdil zu fassen und behauptete schon nach einem Monat »keinen Schrecken vor ihm zu verspüren«. Als Reverdil sich über das verblüffende Wort »Schrecken« wunderte, meinte er zu verstehen, daß Furcht der natürliche Zustand des Jungen sei.

Das »einnehmende Wesen« kennzeichnete im folgenden nicht mehr das ganze Bild von Christian.

Auf den obligatorischen Spaziergängen, die zum Zweck der Kräftigung und ohne andere Anwesende durchgeführt wurden, gab der Elfjährige Gefühlen und Wertungen Ausdruck, die Reverdil zunehmend entsetzten. Sie wurden auch in ein eigentümliches sprachliches Gewand gekleidet. Christians manisch wiederholte Sehnsucht danach, »stark« oder »hart« zu werden, drückten keineswegs den Wunsch aus, eine kräftige körperliche Konstitution zu bekommen; er meinte etwas anderes. Er wollte »Fortschritte« machen, aber auch dieser Begriff ließ sich nicht auf eine rationale Weise deuten. Seine Sprache schien aus einer sehr großen Anzahl von Wörtern zu bestehen, die nach einem geheimen Code geformt waren, den ein Außenstehender unmöglich entschlüsseln konnte. Bei den Konversationen, die in Anwesenheit einer dritten Person oder bei Hofe stattfanden, fehlte diese kodierte Sprache gänzlich.

Aber im Gespräch unter vier Augen mit Reverdil kehrten die Codewörter fast manisch wieder.

Am eigentümlichsten waren »Fleisch«, »Menschenfresser« und »Strafe«, die scheinbar ohne Sinn verwendet wurden. Einzelne Ausdrücke wurden jedoch bald begreiflich.

Wenn sie nach den Spaziergängen zu den Unterrichtstunden zurückkehrten, konnte der Junge sagen, sie gingen jetzt zu »einer scharfen Examination« oder »einem scharfen Verhör«. Der Ausdruck bedeutete im Juristendänisch dasselbe wie Folter, die zu dieser Zeit in der dänischen Rechtspraxis nicht nur erlaubt war, sondern auch fleißig benutzt wurde. Reverdil hatte scherzhaft gefragt, ob der Junge glaube, von Feuerzangen gepeinigt und gezwickt zu werden.

Der Junge bejahte erstaunt.

Das war doch selbstverständlich.

Erst nach einiger Zeit begriff Reverdil, daß ebendieser Ausdruck kein Codewort war, hinter dem sich etwas Geheimnisvolles anderes verbarg, sondern eine sachliche Auskunft.

Man folterte ihn. Das war normal.

2.

Die Aufgabe des Informators bestand darin, dem absoluten Herrscher Dänemarks mit uneingeschränkter Gewalt Schulunterricht zu erteilen.

Doch war er nicht als einziger mit dieser Aufgabe betraut.

Reverdil trat seinen Dienst auf den Tag genau hundert Jahre nach der Umwälzung von 1660 an, die die Macht des Adels weitgehend gebrochen und dem König die Alleinherrschaft zurückgegeben hatte. Reverdil schärfte dem jungen Prinzen auch ein, welche Bedeutung seiner Stellung zukam; daß er die Zukunft des Landes in der Hand hatte. Er unterließ es jedoch aus Gründen der Diskretion, dem jungen Prinzen den Hintergrund darzustellen: daß der Verfall der königlichen Macht unter den früheren Königen, und deren Degeneration, jenen Personen am Hof die totale Herrschaft in die Hände gespielt hatte, die jetzt seine eigene Erziehung, Ausbildung und Denkweise kontrollierten.

Der »Junge« (Reverdil benutzt diesen Ausdruck) scheint angesichts seiner zukünftigen Königsrolle ausschließlich Beunruhigung, Widerwillen und Verzweiflung empfunden zu haben.

Der König herrschte zwar allein, aber die Beamtenschaft hatte die gesamte Macht in Händen. Alle fanden das natürlich. Die Pädagogik war, was Christian betraf, diesem Umstand angepaßt. Die Macht war von Gott dem König verliehen. Dieser übte seinerseits die Macht nicht aus, sondern delegierte sie. Daß der König die Macht nicht ausübte, war keine Selbstverständlichkeit. Die Voraussetzung dafür war, daß er geisteskrank, schwer alkoholisiert oder arbeitsunwillig war. War er das nicht, mußte sein Wille gebrochen werden. Die Apathie und der Verfall des Königs waren so gesehen entweder angeboren, oder sie konnten anerzogen werden.

Christians Begabung hatte seine Umgebung zu der Überzeugung gebracht, daß ihm Willenlosigkeit anerzogen werden mußte. Reverdil beschreibt die Methoden, die bei dem »Jungen« angewendet wurden, als »die systematische Pädagogik, die angewendet wird, um, zum Zwecke der Erhaltung des Einflusses der eigentlichen Herrscher, Machtlosigkeit und Verfall zu bewirken«. Er ahnte bald, daß man am dänischen Hof auch willens war, die geistige Gesundheit des jungen Prinzen zu opfern, um das Resultat zu erzielen, das man bei den voraufgegangenen Königen hatte sehen können.

Der Zweck bestand darin, in diesem Kind »einen neuen Friedrich« zu erschaffen. Sie wollten, schrieb Reverdil später in seinen Memoiren, »durch den moralischen Verfall der Königsmacht ein Machtvakuum schaffen, in dem sie selbst ungestraft ihre Macht ausüben konnten. Man hatte dabei nicht bedacht, daß in diesem Machtvakuum eines Tages ein Leibarzt namens Struensee zu Besuch kommen könnte«.

Es ist Reverdil, der den Ausdruck vom »Besuch des Leibarztes« benutzt. Er ist kaum ironisch gemeint. Im Gegenteil, er beobachtet mit klaren Augen, wie der Junge zerbrochen wird, und voller Zorn.

Von Christians Familie sagte man, daß seine Mutter starb, als er zwei Jahre alt war, daß er seinen Vater nur als ein übles Gerücht kannte und daß Graf Ditlev Reventlow, der seine Erziehung plante und leitete, ein rechtschaffener Mann war.

Reventlow war eine starke Natur.

Erziehung war seiner Meinung nach »eine Dressur, die der dümmste Bauer durchführen kann, wenn er nur eine Peitsche in der Hand hat«. Deshalb hatte Graf Reventlow eine Peitsche in der Hand. Großes Gewicht sollte auf »seelische Unterwerfung« gelegt werden und darauf, daß »die Selbständigkeit gebrochen« werden müsse.

Er zögerte nicht, diese Prinzipien auf den kleinen Christian anzuwenden. Die Methoden waren kaum ungewöhnlich in der Kindererziehung dieser Zeit. Das Einzigartige und das, was das Resultat auch für die Zeitgenossen so aufsehenerregend machte, war, daß es sich hier nicht um irgendeine Erziehung innerhalb des Adels oder des Bürgertums handelte. Derjenige, der zerbrochen werden sollte, durch Dressur und seelische Unterwerfung, um aller Selbständigkeit beraubt zu werden, mit der Peitsche in der Hand, war der von Gott ausersehene absolute Herrscher in Dänemark.

War er dann glücklich zerbrochen, unterworfen und willenlos gemacht, würde dem Herrscher alle Macht gegeben werden, und er würde sie seinen Erziehern abtreten.

Weit später, lange nach dem Ende der dänischen Revolution, fragt sich Reverdil in seinen Memoiren, warum er nicht eingriff.

Er gibt darauf keine Antwort. Er beschreibt sich als einen Intellektuellen, und seine Analyse ist klar und deutlich.

Aber keine Antwort, nicht auf diese Frage.

Reverdil trat seine Stelle als untergeordneter Sprachlehrer für Deutsch und Französisch an. Er konstatiert bei seiner Ankunft die Resultate der Pädagogik der ersten zehn Jahre.

Es ist wahr: er war ein Untergebener. Graf Reventlow bestimmte die Richtlinien. Eltern gab es ja keine.

»So vergingen fünf Jahre, und während der ganzen Zeit war ich traurig gestimmt, wenn ich das Schloß verließ; ich sah, wie man unaufhörlich die geistigen Fähigkeiten meines Schülers zu zerstören suchte und ihn nichts von all dem lehrte, was zu seiner Berufung zum Herrscher und seiner Machtausübung nötig war. Er hatte keinen Unterricht über die bürgerliche Gesetzgebung seines Landes erhalten; er hatte weder eine Vorstellung davon, wie die Regierungsbüros ihre Arbeit aufteilten oder wie das Land in seinen Einzelheiten verwaltet wurde, noch davon, wie die Macht von der Krone ausging und sich bis hin zu den einzelnen Reichsbeamten verzweigte. Man hatte ihm nie erzählt, in welchem Verhältnis zu den Nachbarländern er sich einst befinden würde, und er wußte nichts über die Land- und Seestreitkräfte des Reichs. Sein Oberhofmeister, der seine Ausbildung leitete und meinen Unterricht täglich überwachte, war Finanzminister geworden, ohne seinen Posten als oberster Kontrollant aufzugeben, aber er brachte seinem Schüler nichts von dem bei, was zu seinem Aufgabenbereich gehörte. Die Summen, die das Land zur Königsmacht beisteuerte, die Art und Weise, wie diese in den Haushalt eingingen, und die Zwecke, für die sie verwendet wurden, alles dies war dem Menschen, der einmal darüber herrschen sollte, vollkommen unbekannt. Einige Jahre zuvor hatte sein Vater, der König, ihm einen Hof geschenkt; aber dort hatte der Prinz nicht einmal einen Torwächter angestellt, geschweige denn einen Dukaten selbst ausgegeben oder einen einzigen Baum gepflanzt. Der Oberhofmeister und Finanzminister Reventlow leitete alles nach seinem eigenen Kopf und sagte mit guten Gründen: ›Meine Melonen! Meine Feigen!‹«

Die Rolle, die der Finanzminister, Landjunker und Graf von Reventlow während der Ausbildung spielen sollte, war, so konstatiert der Informator, zentral. Sie trug dazu bei, daß Reverdil das Rätsel, vor das die Codesprache des Jungen ihn stellte, teilweise zu lösen vermochte.

Immer auffallender wurden nämlich die körperlichen Eigenheiten des Prinzen. Ihm schien eine körperliche Unruhe eigen zu sein: er musterte ständig seine Hände, befühlte mit den Fingern seinen Bauch, schlug mit den Fingerspitzen auf seine Haut und murmelte, daß er bald »Fortschritte machen« werde. Er würde dann den »Zustand der Vollkommenheit« erreichen, der es ihm erlaubte, zu werden »wie die italienischen Schauspieler«.

Die Begriffe »Theater« und »Passauer Kunst« vermischen sich für den jungen Christian. Es existiert keine Logik, außer der Logik, die »die scharfen Verhöre« bei dem Jungen hervorbringen.

Zu den vielen eigentümlichen Vorstellungen, die an den europäischen Höfen dieser Zeit florierten, gehörte der Glaube daran, daß es Mittel gab, den Menschen unverwundbar zu machen. Der Mythos war während des Dreißigjährigen Krieges in Deutschland entstanden, es war der Traum von der Unverwundbarkeit, und er spielte in der Folgezeit nicht zuletzt unter den Herrschern eine wichtige Rolle. Dem Glauben an diese sogenannte Passauer Kunst hingen sowohl Christians Vater als auch sein Großvater an.

Der Glaube an die »Passauer Kunst« wurde für Christian zu einem heimlichen Schatz, den er tief in sich verbarg.

Ständig untersuchte er seine Hände, seinen Bauch, um zu sehen, ob er Fortschritte in Richtung Unverwundbarkeit gemacht hatte (»s'il avançait«). Die Kannibalen um ihn herum waren Feinde, die ihn unablässig bedrohten. Wenn er »stark« würde und sein Körper »unverwundbar«, könnte er für die Mißhandlungen des Feindes unempfindlich werden.

Feinde waren alle, besonders aber der Alleinherrscher Reventlow.

Daß er »die italienischen Schauspieler« als göttergleiche Vorbilder nennt, hängt mit diesem Traum zusammen. Die Akteure auf dem Theater erschienen dem jungen Christian als göttergleich. Die Götter waren hart und unverwundbar.

Diese Götter spielten ebenfalls ihre Rollen. Dann waren sie aus der Wirklichkeit herausgehoben.

Als Fünfjähriger hatte er nämlich ein Gastspiel einer italienischen Schauspieltruppe gesehen. Die imponierende Körperhaltung der Schauspieler, ihr hoher Wuchs und ihre prächtigen Kostüme hatten einen so starken Eindruck auf ihn gemacht, daß er sie als Erscheinungen einer höheren Wesensart sah. Sie waren göttergleich. Und wenn er, von dem man ja auch sagte, er sei der von Gott Auserkorene, wenn er Fortschritte machte, würde er sich mit diesen Göttern vereinen können, würde Theaterschauspieler werden und auf diese Weise von der »Qual der Königsmacht« befreit werden.

Er erlebte seine Berufung als eine ständige Qual.

Mit der Zeit kam auch die Vorstellung dazu, daß er als Kind verwechselt worden sei. Eigentlich war er ein Bauernjunge. Das war bei ihm zur fixen Idee geworden. Die Auserwähltheit war eine Qual. Die »scharfen Verhöre« waren eine Qual. Wenn er verwechselt worden war, müßte er dann nicht von dieser Qual befreit werden?

Gottes Auserwählter war kein gewöhnlicher Mensch. Also suchte er immer fieberhafter nach Beweisen dafür, daß er ein Mensch war. Nach einem Zeichen! Das Wort »Zeichen« taucht ständig auf. Er sucht nach »einem Zeichen«. Wenn er einen Beweis dafür fände, daß er ein Mensch war, nicht auserwählt, dann würde er befreit werden von der Königsrolle, der Qual, der Unsicherheit und den scharfen Verhören. Wenn es ihm anderseits gelänge, sich unverwundbar zu machen wie die italienischen Schauspieler, dann könnte er vielleicht auch als Auserwählter überleben.

Das war, so wie Reverdil ihn auffaßte, Christians Gedankengang. Er war sich nicht sicher. Aber daß er das Selbstbild eines zerstörten Kindes betrachtete, dessen war er sich sicher.

Daß das Theater unwirklich und deshalb das einzig wirklich existierende Dasein war, fand Christian immer deutlicher bestätigt.

Sein Gedankengang – und Reverdil folgt ihm hier nur mit Mühe, weil die Logik nicht ganz ersichtlich ist – sein Gedankengang besagte, daß, wenn allein das Theater wirklich war, alles begreiflich wurde. Die Menschen auf der Bühne bewegten sich göttergleich und wiederholten die Worte, die sie gelernt hatten; das war auch das Natürliche. Die Schauspieler waren das Wirkliche. Ihm selbst war die Rolle des Königs von Gottes Gnaden zugefallen. Dies hatte ja nichts mit der Wirklichkeit zu tun, es war Kunst. Deshalb brauchte er keine Scham zu empfinden.

Scham war sonst sein natürlicher Zustand.

Herr Reverdil hatte in einer der ersten Lektionen, die auf Französisch vor sich gingen, gemerkt, daß sein Schüler den Ausdruck »corvée« nicht verstand. Bei seinen Versuchen, ihn in die Erfahrungswelt des Jungen zu übersetzen, hatte er das theaterhafte Element in dessen eigenem Dasein angesprochen. »Ich mußte ihm also erklären, daß seine Reisen einem militärischen Aufgebot gleichkamen, daß Aufseher in jeden Distrikt geschickt wurden, um die Bauern aufzubieten, damit sie auftraten, einige mit Pferden, andere nur mit kleinen Wagen; daß diese Bauern Stunden und Tage an den Landstraßen und Halteplätzen warten mußten, daß sie viel Zeit vergeudeten ohne jeglichen Nutzen, daß die Menschen, an denen er vorüberfuhr, dorthin abkommandiert waren und daß, so betrachtet, nichts von dem, was er sah, wirklich war.«

Der Oberhofmeister und Finanzminister Reventlow hatte, als er von diesem Unterrichtsmoment erfuhr, einen Zornesausbruch bekommen und gebrüllt, dies sei unnütz. Graf Ditlev Reventlow brüllte oft. Sein Verhalten als Kontrolleur der Ausbildung des Prinzen hatte den schweizerisch jüdischen Informator überhaupt verwundert, der es jedoch aus natürlichen Gründen nicht wagte, Einwände gegen die Prinzipien des Finanzministers vorzubringen.

Nichts hing mehr zusammen. Das Schauspiel war das Natürliche. Man sollte lernen, aber nicht verstehen. Er war Gottes Auserwählter. Er stand über allen und war zugleich der Erbärmlichste. Regelmäßig waren allein die Prügel, die er ständig bekam.

Herr Reventlow stand im Ruf der »Rechtschaffenheit«. Weil er Auswendiglernen für wichtiger hielt als Einsicht, legte er großen Wert darauf, daß der Prinz Sätze und Feststellungen auswendig lernte, genau wie bei einem Theaterstück. Dagegen war es nicht wichtig, ob der Prinz verstand, was er gelernt hatte. Der Unterricht bezweckte, nach dem Vorbild des Theaters, das Auswendiglernen eines Rollentexts. Trotz seines rechtschaffenen und harten Charakters schaffte Herr Reventlow zu diesem Zweck Kostüme für den Thronfolger an, die in Paris genäht wurden. Wenn der Junge dann vorgezeigt wurde und seinen Text auswendig hersagen konnte, war der Finanzminister zufrieden; vor jeder Vorstellung des Thronerben konnte er ausrufen:

»Sehen Sie! Jetzt wird meine Puppe vorgezeigt!«

Häufig, schreibt Reverdil, waren diese Vorstellungen für Christian quälend. Als er eines Tages seine Tanzkünste vorführen sollte, ließ man ihn darüber im Unklaren, was bevorstand. »Dieser Tag war schlimm für den Prinzen. Er bekam Schimpfe und Prügel und weinte, bis zu dem Augenblick, da das Ballett beginnen sollte. In seinem Kopf verband sich das, was geschehen sollte, mit fixen Ideen: Er bildete sich ein, man bringe ihn ins Gefängnis. Die militärischen Ehrenbezeugungen, die ihm am Tor erwiesen wurden, der Trommelwirbel, die Wachen, die seinen Wagen umgaben, bestärkten ihn darin und machten ihm große Angst. Alle seine Vorstellungen gerieten in Unordnung, viele Nächte fand er keinen Schlaf und weinte ständig.«

Herr Reventlow griff, ebenfalls »ständig«, in den Unterricht ein, besonders wenn das Moment des Erlernens sich zu dem abmilderte, was er »Gespräch« nannte.

»Wenn er merkte, daß der Unterricht zum Gespräch ›ausartete‹, daß er in Stille und ohne Lärm vor sich ging und meinen Schüler interessierte, rief er von der entgegengesetzten Seite des Raums mit Donnerstimme und auf Deutsch: ›Königliche Hoheit, wenn ich nicht alles kontrolliere, wird nichts getan!‹ Dann kam er zu uns herüber, ließ den Prinzen die Lektion von vorn beginnen, wobei er seine eigenen Kommentare hinzufügte, kniff ihn heftig, klemmte seine Hände zusammen und versetzte ihm harte Faustschläge. Der Junge wurde dadurch verwirrt und verängstigt und konnte seine Sache immer weniger. Die Vorwürfe häuften und die Mißhandlungen verschärften sich, einmal weil er allzu wörtlich, ein andermal weil er allzu frei nachgesprochen hatte, dann weil er ein Detail vergessen, dann wieder weil er richtig geantwortet hatte, denn es kam oft vor, daß sein Peiniger die richtige Antwort nicht wußte. Der Oberhofmeister erregte sich dann häufig immer mehr, und das Ende war, daß er durch die Gemächer nach dem Stock rief, den er für das Kind benutzte und den er noch sehr lange weiter verwendete. Diese verzweifelten Auftritte waren allen bei Hofe bekannt, denn man hörte sie bis hinunter in den Schloßhof, wo der Hof versammelt war. Die Menge, die dort zusammenkam, um Der Aufgehenden Sonne zu huldigen, also dem Kind, das jetzt gezüchtigt wurde und schrie und das ich als ein schönes und liebenswertes Kind kennengelernt hatte, diese Menge hörte alles, während das Kind mit weit aufgerissenen Augen und in Tränen aufgelöst versuchte, vom Gesicht seines Tyrannen abzulesen, was dieser wünschte und welche Worte es benutzen sollte. Auch beim Mittagessen ließ der Mentor nicht nach, die Aufmerksamkeit des Jungen mit Beschlag zu belegen, indem er ihm Fragen stellte und seine Antworten mit Grobheiten erwiderte. So wurde das Kind vor seinen Dienern der Lächerlichkeit preisgegeben und mit der Scham vertraut gemacht.

Nicht einmal der Sonntag war ein Ruhetag; zweimal führte Herr Reventlow seinen Schüler in die Kirche, wiederholte die wichtigsten Schlußfolgerungen des Predigers mit Donnerstimme in das Ohr des Prinzen und kniff und puffte ihn unentwegt, um die besondere Bedeutung einzelner Sätze zu unterstreichen. Hinterher wurde der Prinz gezwungen, zu wiederholen, was er gehört hatte, und hatte er etwas vergessen oder mißverstanden, wurde er mit der vom jeweiligen Thema geforderten Härte mißhandelt.«

Das war »das scharfe Verhör«. Reverdil bemerkt, daß Reventlow den Kronprinzen häufig so lange mißhandelte, daß »Schaum auf die Lippen des Grafen trat«. Ohne Vermittlung sollte dann die ganze Macht dem Jungen übergeben werden, von Gott, der ihn auserwählt hatte.

Er sucht deshalb einen »Wohltäter«. Er findet noch keinen Wohltäter.

Die Spaziergänge waren die einzigen Gelegenheiten, die Reverdil hatte, um etwas zu erklären, ohne beobachtet zu werden. Aber der Junge wirkte immer unsicherer und verwirrter.

Nichts schien zusammenzuhängen. Auf diesen Spaziergängen, die sie manchmal allein, manchmal »im Abstand von rund dreißig Ellen« von den Kammerherren gefolgt, unternahmen, kam indessen die Verwirrung des Jungen immer klarer zum Ausdruck.

Man kann sagen: Eine Dekodierung seiner Sprache setzte ein. Reverdil konnte zudem feststellen, daß alles, was im sprachlichen Bewußtsein des Jungen »rechtschaffen« war, mit Mißhandlung und mit der Unzucht bei Hofe verknüpft war.

Christian erklärte, in beharrlichen Versuchen, alles dazu zu bringen, daß es zusammenhing, er habe verstanden, daß der Hof ein Theater sei, daß er seinen Text lernen müsse und daß er bestraft werde, wenn er ihn nicht auswendig aufsagen könne.

Aber war er *ein* Mensch, oder zwei?

Die italienischen Schauspieler, die er bewunderte, hatten eine Rolle in dem Stück sowie eine Rolle »außerhalb«, wenn das Stück zu Ende war. Aber seine eigene Rolle, meinte der

Junge, hörte wohl nie auf? Wann war er »außerhalb«? Mußte er die ganze Zeit danach streben, »hart« zu werden und »Fortschritte« zu machen, und sich »innerhalb« befinden? Wenn alles nur Text war, der gelernt werden mußte, und Reverdil gesagt hatte, daß alles inszeniert war, daß sein Leben nur gelernt und »aufgeführt« werden sollte, konnte er dann hoffen, jemals aus diesem Theaterstück herauszukommen?

Die Schauspieler, die italienischen, die er gesehen hatte, waren jedoch zwei Wesen: eins auf der Bühne, eins außerhalb. Was war er?

Es gab keine Logik in seinen Erklärungen, die jedoch auf eine andere Weise begreiflich waren. Er hatte Reverdil gefragt, was ein Mensch sei. War er, so gesehen, überhaupt ein solcher? Gott hatte seinen eingeborenen Sohn in die Welt gesandt, aber Gott hatte auch ihn, Christian, zum absoluten Herrscher auserkoren. Hatte Gott auch diesen Text geschrieben, den er jetzt lernte? War es Gottes Wille, daß diese Bauern, die auf seinen Reisen an die Landstraßen abkommandiert wurden, seine Mitspieler sein sollten? Oder welches war seine Rolle? War er Gottes Sohn? Wer war dann sein Vater Friedrich gewesen? Hatte Gott auch seinen Vater auserkoren und ihn beinah so »rechtschaffen« gemacht wie Herrn Reventlow? Gab es vielleicht noch jemanden außer Gott, einen Wohltäter des Universums, der sich in Stunden der äußersten Not seiner erbarmen konnte?

Herr Reverdil hatte ihm in aller Strenge klargemacht, daß er nicht Gottes Gesalbter war, auch nicht Jesus Christus, daß er, Reverdil persönlich, als Jude selbstverständlich nicht an Jesus Christus glaubte; daß der Prinz unter keinen Umständen jemals andeuten dürfe, er sei Gottes Sohn.

Das sei Lästerung.

Doch der Thronfolger hatte dagegen eingewandt, die Königinwitwe, eine Pietistin nach der Herrnhuter Richtung, habe gesagt, der wahre Christ bade im Blut des Lammes, seine Wunden seien Grotten, in denen der Sünder sich verbergen könne, und dies sei die Erlösung. Wie hing das zusammen?

Reverdil bat ihn sogleich, sich solche Gedanken aus dem Kopf zu schlagen.

Christian erklärte, sich vor Bestrafung zu fürchten, da seine Schuld so groß sei; primo, weil er seinen Text nicht beherrsche; secundo, weil er behaupte, von Gottes Gnaden zu sein, während er in Wirklichkeit ein vertauschter Bauernbursche sei. Und dann kehrten die Spasmen wieder, das Betasten des Bauchs, die Beinbewegungen und die Hand, die nach oben zeigte, und ein hervorgestoßenes Wort, immer wieder, wie ein Notruf oder ein Gebet.

Ja, vielleicht war dies seine Art zu beten: das Wort wiederholt sich wie die Hand, die nach oben zeigt, auf etwas oder jemanden, in diesem Universum, das dem Jungen so verwirrend und erschreckend und zusammenhanglos erschien.

»Ein Zeichen!!! Ein Zeichen!!!«

Christians beharrliche Monologe setzten sich fort. Er schien sich zu weigern aufzugeben. Wurde man durch die Bestrafung frei von Schuld? Gab es einen Wohltäter? Da er eingesehen hatte, daß seine Schande so groß war, und seine Fehler so zahlreich, wie verhielten sich da Schuld und Strafe zueinander? Wie würde er bestraft werden? Waren denn auch alle um ihn her, die hurten und tranken und rechtschaffen waren, waren auch diese alle ein Teil von Gottes Schauspiel? Jesus war ja in einem Stall geboren worden. Warum war es dann so unmöglich, daß er selbst ein Wechselbalg wäre, das vielleicht ein anderes Leben hätte leben können, bei liebevollen Eltern, unter den Bauern und Tieren?

Jesus war der Sohn eines Zimmermanns. Wer war dann Christian?

Herr Reverdil wurde von immer größerer Sorge erfaßt, bemühte sich aber, ruhig und vernünftig zu antworten. Dabei hatte er das Gefühl, daß die Verwirrung des Jungen wuchs.

Hatte nicht Jesus, fragte Christian auf einem der Spaziergänge, die Händler aus dem Tempel vertrieben? Die hurten und sündigten!!! Er hatte sie hinausgetrieben, also die Rechtschaffenen, und wer war dann Jesus?

»Ein Revolutionär«, hatte Herr Reverdil geantwortet.

War es dann seine Aufgabe, hatte Christian beharrlich weitergefragt, seine Aufgabe als Gottes auserkorener absoluter Herrscher, an diesem Hof, an dem man hurte und trank und sündigte, alles zu zerschlagen und zu zermalmen? Und die ... Rechtschaffenen zu vertreiben, zu zerschlagen und zu zermalmen? Reventlow war doch rechtschaffen? Konnte ein Wohltäter, der vielleicht der Herrscher des Universums war, sich erbarmen und sich dafür Zeit nehmen? Die Rechtschaffenen zu zermalmen? Konnte Reverdil ihm vielleicht helfen, einen Wohltäter zu finden, der alles zermalmen konnte?

»Warum willst du das?« hatte Reverdil gefragt.

Hier hatte der Junge angefangen zu weinen.

»Um Reinheit zu erlangen«, hatte er schließlich geantwortet.

Sie waren lange schweigend weitergegangen.

»Nein«, hatte Herr Reverdil schließlich erwidert, »deine Aufgabe ist es nicht, zu zermalmen.«

Doch er wußte, daß er ihm keine Antwort gegeben hatte.

3.

Der junge Christian sprach immer häufiger von Schuld und Strafe.

Die kleine Strafe kannte er ja. Das war »der Stock«, den der Oberhofmeister benutzte. Die kleine Strafe, das waren auch die Scham und das Lachen der Pagen und »Favoriten«, wenn er Fehler gemacht hatte.

Die große Strafe mußte für die schlimmeren Sünden sein.

Die Entwicklung des Jungen nahm im Zusammenhang mit der Folterung und Hinrichtung des Sergeanten Mörl eine beunruhigende Wendung.

Folgendes war geschehen.

Ein Sergeant namens Mörl, der mit verabscheuungswürdiger Heimtücke seinen Wohltäter, in dessen Haus er lebte, ermordet hatte, um die Regimentskasse zu stehlen, wurde in Übereinstimmung mit einer königlichen Verordnung und mit der Unterschrift König Friedrichs dazu verurteilt, auf eine besonders grauenhafte Art und Weise, wie sie nur bei ungewöhnlichen Morden praktiziert wurde, hingerichtet zu werden.

Viele waren der Ansicht, es handele sich hierbei um einen Ausdruck unmenschlicher Barbarei. Das Urteil sei ein Dokument von besonderer und grauenerregender Art; aber Kronprinz Christian war von dem Ereignis unterrichtet worden und hatte ein eigentümliches Interesse daran gefaßt. Es geschah in König Friedrichs vorletztem Regierungsjahr. Christian war zu diesem Zeitpunkt fünfzehn Jahre alt. Er hatte Reverdil gegenüber erwähnt, er wünsche, der Hinrichtung beizuwohnen; Reverdil war daraufhin sehr beunruhigt gewesen und hatte seinen Schüler beschworen, dies nicht zu tun.

Der Junge – er nennt ihn noch immer den Jungen – hatte jedoch das Urteil gelesen und war sonderbar fasziniert davon. Hier ist hinzuzufügen, daß der Sergeant Mörl vor der Hinrichtung drei Monate im Gefängnis verbracht hatte, wo genug Zeit gewesen war, ihn in Religion zu unterweisen.

Zum Glück war er dort einem Pastor in die Hände gefallen, der den Glauben des Grafen Zinzendorf teilte, also den, der allgemein Herrnhutismus genannt wurde und dem auch die Königinwitwe anhing. Sie hatte in Gesprächen mit Christian – solche Gespräche kamen vor, waren jedoch durchweg frommen Charakters – teils eingehend das Urteil und die bevorstehende Vorgehensweise diskutiert, teils erzählt, der Gefangene sei Herrnhutist geworden. Der Gefangene Mörl war zu dem Glauben gelangt, daß gerade die entsetzlichen Qualen, bevor das Leben entwich, ihn auf besondere Art und Weise mit Jesu Wunden vereinigen würden; ja, daß gerade die Folter, die Schmerzen und die Wunden bewirken würden, daß er von Jesu Schoß verschlungen, in Jesu Wunden ertrinken und von seinem Blut erwärmt werden würde.

Das Blut, die Wunden – all dies hatte in der Beschreibung der Königinwitwe einen Charakter angenommen, den Christian »lustvoll« fand und der seine nächtlichen Träume erfüllte.

Der Henkerskarren sollte ein Triumphwagen werden. Die glühenden Zangen, die ihn kneifen würden, die Peitschen, die Nadeln und schließlich das Rad, all dies würde zu dem Kreuz werden, an dem er mit dem Blut Jesu vereinigt werden sollte. Mörl hatte im Gefängnis auch geistliche Lieder geschrieben, die gedruckt und zur Erbauung der Allgemeinheit vervielfältigt wurden.

Während dieser Monate waren die Königinwitwe und der Junge auf eine für Reverdil abstoßende Art und Weise in ihrem Interesse für die Hinrichtung vereint. Er konnte Christian nicht daran hindern, insgeheim als Zuschauer zugegen zu sein.

Mit dem Ausdruck »insgeheim« hat es hier eine besondere, juristische Bewandtnis. Nach altem Brauch mußte der Gefangene begnadigt werden, wenn der König oder der Kronprinz auf die eine oder andere Weise am Hinrichtungsplatz vorüberkamen.

Christian hatte jedoch in einem gedeckten Mietwagen der Hinrichtung beigewohnt. Niemand hatte ihn bemerkt.

Der Sergeant Mörl hatte fromme Lieder gesungen und mit lauter Stimme seinen brennenden Glauben und sein heißes Verlangen bezeugt, in Jesu Wunden zu ertrinken; doch als die langgezogene Folter auf dem Schafott eingeleitet wurde, hatte er es nicht ertragen können, sondern verzweifelte Schreie ausgestoßen, besonders als die Nadeln »jene Teile seines Körpers und Unterleibs durchdrangen, die das Zentrum der größten Lust waren und den größten Schmerz hervorbringen konnten«. Seine Verzweiflung war da so ohne Frommheit und so besinnungslos gewesen, daß die geistlichen Gesänge und

Gebete der Allgemeinheit verstummt waren; ja, die fromme Lust, das Dahinscheiden des Märtyrers zu sehen, war verflogen, und viele hatten fluchtartig den Platz verlassen.

Christian war jedoch im Wagen sitzen geblieben, die ganze Zeit, bis der Sergeant Mörl den Geist aufgegeben hatte. Dann war er zum Schloß zurückgekehrt, zu Reverdil hineingegangen und vor ihm auf die Knie gefallen, hatte die Hände gefaltet und voller Verzweiflung und Ratlosigkeit, aber völlig stumm, das Gesicht seines Lehrers betrachtet.

Nichts war an diesem Abend gesagt worden.

Dazu kommt das, was am darauffolgenden Abend geschah.

Reverdil war an Christians Suite im Schloß vorübergekommen, um ihm eine Änderung des Unterrichts am folgenden Tag mitzuteilen. Er blieb in der Tür stehen und wurde Zeuge einer Szene, die ihn, wie er sagt, »lähmte«. Christian hatte auf dem Fußboden gelegen, ausgestreckt auf etwas, das ein Rad vorstellen sollte. Zwei der Pagen waren damit beschäftigt, »seine Glieder zu zerschmettern« – sie führten das Radebrechen mit Papierrollen durch, während der Verbrecher auf dem Rad flehte und stöhnte und weinte.

Reverdil hatte wie versteinert dagestanden, war aber dann ins Zimmer getreten und hatte den Pagen befohlen aufzuhören. Christian war fortgelaufen und hatte hinterher nicht über das Vorgefallene sprechen wollen.

Einen Monat später, als er Reverdil gegenüber erwähnte, daß er nachts nicht schlafen könne, hatte dieser ihn gebeten, ihm von der Ursache seiner Martern zu erzählen. Christian hatte ihm unter Tränen berichtet, er sei der Auffassung, »daß er selbst Mörl sei, der aus den Händen der Justiz entkommen sei, und daß man irrtümlich ein Phantom gefoltert und hingerichtet habe. Dieses Spiel, einen aufs Rad Geflochtenen und Gefolterten nachzuahmen, erfüllte sein Gehirn mit dunklen Vorstellungen und verstärkte seine Neigung zur Schwermut.«

4.

Reverdil kommt ständig auf seinen Traum vom langsam, unmerklich heraufziehenden Licht der Aufklärung zurück: das Bild eines heraufdämmernden Tageslichts, das langsam über dem Wasser aufsteigt.

Es war der Traum vom Unausweichlichen. Lange scheint er die Entwicklung vom Dunkel zum Licht als unausweichlich betrachtet zu haben, sanft und befreit von Gewalt.

Dann gibt er ihn auf.

Mit großer Vorsicht hatte Herr Reverdil versucht, ins Bewußtsein des Thronfolgers einige der Keime einzupflanzen, von denen er, als Aufklärer, wünschte, sie trügen Früchte. Als der Junge neugierig fragte, ob es nicht möglich sei, mit einigen der Philosophen, die die große französische Enyzklopädie geschaffen hatten, zu korrespondieren, hatte Reverdil geantwortet, daß ein gewisser Herr Voltaire, Franzose, sich vielleicht für den jungen dänischen Thronfolger interessieren könnte.

Christian hatte daraufhin einen Brief an Herrn Voltaire geschrieben. Er bekam eine Antwort.

Auf diese Weise ist der für die Nachwelt so bemerkenswerte Briefwechsel zwischen Voltaire und dem geisteskranken dänischen König Christian VII. entstanden; er ist vor allem durch das Preisgedicht bekannt, das Voltaire 1771 auf Christian schrieb, dem er darin als Fürsten des Lichts und der Vernunft im Norden huldigt. Das ihn eines Abends in Hirschholm erreichte, als er schon verloren war; aber das ihn glücklich machte.

Einem seiner ersten Schreiben hatte Herr Voltaire ein Buch beigefügt, das er selbst geschrieben hatte. Auf dem Nachmittagsspaziergang hatte Christian – von Reverdil dazu ermahnt, die Korrespondenz streng geheimzuhalten – diesem das Buch gezeigt, das er sofort gelesen hatte, und einen Abschnitt daraus zitiert, der ihn besonders angesprochen hatte.

»Aber ist es nicht der Gipfel des Wahnsinns, zu glauben,

man könnte Menschen bekehren und ihre Gedanken zur Unterwerfung zwingen, indem man sie verleumdet, verfolgt, sie auf Galeeren verbannt und versucht, ihre Gedanken auszurotten, indem man sie zu Galgen, Rädern und Scheiterhaufen schleppt?«

»So denkt Herr Voltaire!« hatte Christian triumphierend ausgerufen, »Das ist seine Meinung! Er hat mir das Buch gesandt! Das Buch! Mir!!!«

Reverdil hatte seinen Schüler flüsternd angehalten, die Stimme zu senken, weil die Hofleute, die ihnen im Abstand von dreißig Ellen folgten, Verdacht schöpfen könnten. Christian hatte daraufhin sogleich das Buch an seiner Brust verborgen und war im Flüsterton fortgefahren, Herr Voltaire habe in dem Brief erzählt, daß er gerade in einen Prozeß verwickelt sei, in dem es um die Gedankenfreiheit gehe; und daß ihm, Christian, als er dies gelesen habe, sofort die Idee gekommen sei, eintausend Reichsthaler zur Unterstützung von Herrn Voltaires Prozeß für die Gedankenfreiheit zu senden.

Er fragte jetzt seinen Lehrer, ob dieser seine Auffassung teile. Ob er das Geld senden solle. Herr Reverdil, nachdem er seine Verblüffung unterdrückt und sich gefaßt hatte, bestärkte den Thronfolger in seiner Absicht.

Das Geld wurde später auch abgeschickt.

Bei der gleichen Gelegenheit hatte Reverdil Christian gefragt, warum er wünsche, sich mit Herrn Voltaire in diesem Kampf zu vereinigen, der ja nicht gefahrlos war. Zumal dies mißverstanden werden konnte, nicht nur in Paris.

»Warum?« hatte er gefragt. »Aus welchem Grund?«

Christian hatte darauf ganz einfach und verwundert geantwortet:

»Um der Reinheit willen! Warum denn sonst? Um der Reinheit des Tempels willen!!!«

Herr Reverdil schreibt, bei dieser Antwort sei er von großer Freude erfüllt worden, die jedoch mit bösen Ahnungen vermischt war.

Am selben Abend schien es, als sollten seine Befürchtungen sich bewahrheiten.

Von seinem Zimmer aus konnte er einen ungewöhnlichen Lärm im Schloßhof hören, Geräusche wie von zerberstenden Möbeln und Geschrei. Dazu kam das Geräusch von splitterndem Glas. Als er aufsprang, sah er, daß sich dort draußen eine Menschenmenge sammelte. Er eilte zu den Gemächern des Prinzen und wurde gewahr, daß Christian in einem Anfall offenbarer Verwirrung in dem Vorzimmer links von seinem Schlafgemach Möbel zertrümmerte und die Teile aus dem Fenster warf, daß überall zersplittertes Glas herumlag und zwei der »Favoriten«, wie gewisse Hofleute genannt wurden, vergebens versuchten, den Thronfolger zu besänftigen und ihn dazu zu veranlassen, seine »Ausschweifungen« zu beenden.

Doch erst, als ihn Reverdil mit kräftiger und bittender Stimme ansprach, ließ Christian davon ab, die Möbel aus dem Fenster zu werfen.

»Mein Kind«, hatte Reverdil gefragt, »mein geliebtes Kind, warum tust du das?«

Christian hatte ihn schweigend angestarrt, als verstehe er nicht, warum Reverdil die Frage stellte. Alles war doch ganz selbstverständlich.

Der Vertraute der Königinwitwe, ein Professor an der Akademie von Sorø mit Namen Guldberg, der als Lehrer und Betreuer des Erbprinzen Friedrich Dienst tat, ein Mann mit eigentümlich eisblauen Augen, aber ohne andere besondere Eigenschaften und von kleinem Wuchs, war im selben Augenblick ins Zimmer gestürzt, und Reverdil hatte dem Prinzen nur zuflüstern können:

»Mein geliebtes Kind, nicht so! Nicht so!!!«

Der Junge war jetzt ruhig. Im Schloßhof begann man, die hinausgeworfenen Bruchstücke aufzusammeln.

Hinterher hatte Guldberg Reverdil am Arm gefaßt und ihn um ein Gespräch gebeten. Sie waren in den Korridor des Schlosses hinausgegangen.

»Herr Reverdil«, hatte Guldberg gesagt. »Die Majestät braucht einen Leibarzt.«

»Warum?«

»Einen Leibarzt. Wir müssen eine Person finden, die sein Vertrauen gewinnen und seine ... Ausbrüche verhindern kann.«

»Wen?« hatte Reverdil gefragt.

»Wir müssen suchen«, hatte Guldberg geantwortet. »Sehr sorgfältig suchen, die einzig richtige Person. Keinen Juden.«

»Aber warum?« hatte Reverdil wissen wollen.

»Weil die Majestät geisteskrank ist«, hatte Guldberg ihm geantwortet.

Und Reverdil hatte darauf nichts erwidern können.

5.

Am 18. Januar 1765 teilte der Minister Bernstorff dem jungen Thronfolger mit, daß die Regierung in ihrer Dienstagssitzung, und nach nahezu zweijährigen Verhandlungen mit der englischen Regierung, beschlossen habe, ihn mit der dreizehnjährigen englischen Prinzessin Caroline Mathilde, einer Schwester des englischen Königs Georg III., zu vermählen.

Die Hochzeit sollte im November 1766 stattfinden.

Christian war bei dieser Mitteilung des Namens seiner Zukünftigen in seine gewöhnlichen Körperbewegungen verfallen, hatte mit den Fingerspitzen seine Haut beklopft, auf seinen Bauch getrommelt und seine Füße wie in spastischen Zuckungen bewegt. Nachdem er die Mitteilung entgegengenommen hatte, fragte er:

»Soll ich zu diesem Zweck besondere Worte oder Sätze auswendig lernen?«

Graf Bernstorff hatte den Sinn der Frage nicht ganz verstanden, aber freundlich lächelnd geantwortet:

»Nur die der Liebe, Königliche Hoheit.«

Als Friedrich starb und Christian gesegnet wurde, hörte die scharfe Erziehung auf, und der junge König war fertig. Er war jetzt bereit, die volle Macht des absoluten Herrschers auszuüben.

Er war fertig. Er konnte in seine neue Rolle eintreten. Er war sechzehn Jahre alt.

Reverdil hatte ihn ans Sterbebett des Vaters begleitet, war Zeuge der Segnung gewesen und hatte Christian danach hinausbegleitet. Sie hatten lange allein zusammen dort im Schloßhof gestanden, Hand in Hand, im leichten Schneegestöber, bis das Weinen des Jungen nachgelassen hatte.

Am selben Nachmittag war Christian zu König Christian VII. ausgerufen worden.

Reverdil hatte schräg hinter ihm auf dem Balkon gestanden. Christian hatte auch hier seine Hand halten wollen, doch Reverdil hatte ihm erklärt, dies sei unpassend und verstoße gegen die Etikette. Aber bevor sie hinaustraten, hatte Christian, jetzt am ganzen Körper zitternd, Reverdil gefragt:

»Welches Gefühl soll ich jetzt ausdrücken?«

»Trauer«, hatte Reverdil geantwortet, »und danach Freude über die Huldigung des Volks.«

Christian hatte jedoch in seiner Verwirrung die Trauer und Verzweiflung vergessen und die ganze Zeit ein anhaltendes und strahlendes Lächeln gezeigt und dem Volk zugewinkt.

Viele hatten daran Anstoß genommen. Der neugekrönte König hatte nicht die gebührende Trauer gezeigt. Hinterher darauf angesprochen, war er untröstlich gewesen; er sagte, er habe seine erste Replik vergessen.

Kapitel 3

Das englische Kind

1.

Die für Christian auserwählte Königin hieß Caroline Mathilde. Sie war am 22. Juli 1751 in Leicester House in London geboren und hatte keine Eigenschaften.

Das war die Meinung über sie. Sie sollte jedoch in dem, was geschah, eine Schlüsselrolle spielen, was niemand hatte ahnen können und alle mit großer Bestürzung erfüllte, weil es allgemein als Tatsache galt, daß sie keine Eigenschaften hatte.

Man einigte sich hinterher darauf, daß es ein Unglück gewesen war, daß sie Eigenschaften hatte. Hätte man von Anfang an die richtige Einschätzung vorgenommen, nämlich daß sie Eigenschaften hatte, hätte die Katastrophe abgewehrt werden können.

Doch niemand konnte das ahnen.

Auf der Fensterscheibe ihres Schlafgemachs im Schloß Frederiksberg fand man, nachdem sie das Land verlassen hatte, einen eingeritzten Wahlspruch, den sie, so vermutete man, an einem ihrer ersten Tage in Dänemark geschrieben hatte. Dort stand:

»O, keep me innocent, make others great.«

Sie war am 8. November 1766 nach Kopenhagen gekommen und war die jüngste Schwester von Englands König Georg III., der 1765, 1788 und 1801 schwere Anfälle von Geisteskrankheit hatte, der aber sein ganzes Leben hindurch seiner Ehefrau Charlotte von Mecklenburg-Strelitz unverbrüchlich treu blieb und dessen Enkelin die spätere Königin Victoria war.

Caroline Mathildes Vater war zwei Monate vor ihrer Geburt gestorben; sie war das jüngste von neun Geschwistern, und die einzige Spur, die ihr Vater darüberhinaus in der Geschichte hinterließ, ist die Beschreibung, die der englische König Georg II. von diesem seinem Sohn gab. »Mein lieber Erstgeborener ist das größte Arschloch, der größte Lügner, die größte Kanaille und das größte Biest auf dieser Welt, und ich wünschte von ganzem Herzen, daß er aus ihr verschwände.« Ihre Mutter war von hartem und verschlossenem Wesen, und deren einziger Liebhaber war deshalb Lord Bute, der Informator ihres ältesten Sohns. Sie war von inniger Frömmigkeit und ganz von ihren religiösen Pflichten in Anspruch genommen und hielt ihre neun Kinder in strenger Abgeschiedenheit von der Welt in ihrem Heim, das als »Kloster« bezeichnet wurde. Caroline Mathilde durfte nur äußerst selten ihren Fuß vor die Tür dieses Heims setzen, und dann nur unter strenger Beaufsichtigung. Nach der Verlobung berichtete der dänische Gesandte, der sie aufgesucht und die Erlaubnis erhalten hatte, einige Minuten mit ihr zu sprechen, sie mache einen scheuen Eindruck, habe wunderbare Haut, helles, langes Haar, schöne blaue Augen, füllige Lippen, wenngleich eine etwas breite Unterlippe, und besitze eine melodiöse Stimme.

Im übrigen handelt sein Bericht hauptsächlich vom Gespräch mit der Mutter, die er als »bitter« bezeichnet.

Der englische Hofmaler Reynolds, der vor Caroline Mathildes Abreise ihr Porträt malte, ist im übrigen der einzige, der von ihren Eigenschaften aus jener Zeit zeugt. Er bezeichnet die Arbeit an dem Porträt als schwer, weil sie die ganze Zeit über geweint habe.

Das sind die einzigen negativen Züge, die zur Zeit der Abreise festzustellen sind. Etwas füllige Unterlippe und beständiges Weinen.

2.

Bei der Mitteilung über ihre Vermählung war Caroline Mathilde vor Schreck wie gelähmt gewesen.

Daß sie die Schwester des englischen Königs war, war ihre einzige Daseinsberechtigung, meinte sie, deshalb hatte sie sich den Wahlspruch ausgedacht: »O, keep me innocent, make others great.«

Sonst weinte sie meistens. Sie war etwas, nämlich Schwester, sonst war sie nichts. Bis zum Alter von fünfzehn Jahren existierte sie nicht. Sie erzählte auch später niemandem etwas über diese erste Zeit: außer, daß die Mitteilung, sie solle ein Liebesverhältnis mit dem jungen dänischen König eingehen, für sie wie ein Schock wirkte. Sie war in einem Kloster aufgewachsen. Das war auch nötig, hatte ihre Mutter befunden. Die normale Hurerei des Hofs war nichts für sie, weil sie auserwählt war. Ob zu etwas Höherem oder Geringerem hatte sie nicht verstanden.

Sie war sich jedoch darüber im klaren, daß sie ein Zuchttier war. Sie sollte dieses sonderbare kleine Land Dänemark mit einem König versehen. Deshalb mußte sie gedeckt werden. Am englischen Hof hatte man sich darüber informiert, wer der dänische Bulle war. Dann hatte man ihr dies mitgeteilt. Sie begriff, daß der Bulle, der sie decken sollte, ein zarter kleiner Junge war; sie hatte sein Porträt gesehen. Er sah lieb aus. Nicht wie ein Bulle. Das Problem war, hatte man gesagt, daß er mit großer Sicherheit verrückt war.

Wäre er nicht der von Gott auserwählte absolute Herrscher, wäre er eingesperrt.

Daß dänische Prinzen verrückt waren, war ja allgemein bekannt. Sie hatte David Garrick in der Rolle des Hamlet im Drury Lane-Theater gesehen. Daß es gerade sie treffen sollte, machte sie jedoch verzweifelt. Aus Dänemark war im Herbst 1765 die Oberhofmeisterin Frau von Plessen eingetroffen, um sie vorzubereiten. Sie war, dem Beglaubigungsschreiben zufolge, eine rechtschaffene Person. Frau von Plessen hatte sie zu Tode erschreckt, als sie Caroline Mathilde, ohne danach gefragt worden zu sein, sogleich wissen ließ, alles, was über den dänischen Thronfolger geredet werde, sei Lüge und Verleumdung. Die »Ausschweifungen« des zukünftigen Monarchen existierten nicht. Er zerschlage keine Möbel oder Fenster. Seine Gemütsverfassung sei gleichmäßig und stabil. Seine Launen seien ganz und gar nicht erschreckend. Da niemand um diese Richtigstellung gebeten hatte und die Aufklärung also unnötig war, war das Mädchen natürlich vollkommen entsetzt.

Im stillen hatte sie von sich selbst gemeint, im Besitz von Eigenschaften zu sein.

Auf der Überfahrt nach Dänemark hatte sie die ganze Zeit geweint. Keine ihrer Kammerdienerinnen durfte ihr weiter als bis Altona folgen. Man war der Meinung, sie würde das dänische Wesen und die Sprache besser verstehen, wenn sie direkter damit konfrontiert wäre.

Die Prinzessin, die zukünftige dänische Königin, also das englische Kind, das ausgesucht worden war, hieß Caroline Mathilde. Sie war bei der Hochzeit erst fünfzehn Jahre alt. Ihr Bruder, der englische König, den sie liebte und bewunderte, ertrug sie, konnte sich aber an ihren Namen nicht erinnern. Er hielt sie für einnehmend, schüchtern, willenlos sowie nahezu unsichtbar. Deshalb wurde beschlossen, sie mit dem dänischen König zu vermählen, weil Dänemark nach dem ›Kaiserkrieg‹ im siebzehnten Jahrhundert, als das Land von dem ständig betrunkenen Christian IV. regiert wurde, seine internationale Bedeutung völlig verloren hatte, und im übrigen auch den größten Teil seines Territoriums. Von Christian IV. hieß es am englischen Hof, er sei jedesmal von Melancholie befallen worden, wenn er glaubte, von seiner Ehefrau betrogen zu werden. Sie hatte ihn oft betrogen, seine Melancholie vertiefte sich. Um seine Trauer und seine Rastlosigkeit zu lindern, begann er daraufhin jedesmal einen Krieg, den er ebenso regelmäßig verlor.

Daß das Land ständig kleiner wurde, beruhte demnach auf

der sexuellen Maßlosigkeit seiner Ehefrau. Dies war charakteristisch für das dänische Reich, das folglich als unbedeutend angesehen werden mußte.

Das erzählte man ihr. Dänemark war durch die wiederholte Melancholie des Königs auf diese Weise sehr klein geworden. Die internationale Schwäche des Landes, bei der es seitdem geblieben war, erklärte, daß die Königin, die angeschafft wurde, ohne Eigenschaften und bedeutungslos sein konnte.

Das war ihr klar geworden. Allmählich war ihr auch klar geworden, daß ihre Zukunft in diesem nordischen Land, das man als ein Tollhaus beschrieb, nicht hell und strahlend sein würde. Deshalb weinte sie ständig. Ihr Weinen war eine Eigenschaft. Die erschreckte niemanden. Über ihre Intelligenz gab es unterschiedliche Meinungen. Aber vor allem meinte man, ihr fehle jeglicher Wille. Vielleicht auch Charakter. Die Rolle, die sie später bei den Ereignissen im Zusammenhang mit der dänischen Revolution spielen sollte, erfüllte deshalb alle mit großer Verwunderung und Bestürzung.

Sie wurde da zu einer anderen. Dies kam vollständig unerwartet. Jetzt, bei der Vermählung, war sie jedoch noch die Charakterlose und Willensschwache.

Sie scheint in ihrer Jugend einen Traum von Reinheit gehabt zu haben. Dann wuchs sie unerwartet.

Der Traum war auch ganz natürlich für eine Frau ohne Eigenschaften, ebenso die Tatsache, daß sie einen Gegensatz zwischen Unschuld und Größe sah, aber die erstere wählte. Was alle erschreckte, war, daß sie später, als sie ja schon als willensschwach und ohne Eigenschaften definiert worden war, eine andere wurde.

O, keep me innocent, make others great.

3.

Sie wurde von England nach Dänemark gebracht; nach einer beschwerlichen Seereise von sechs Tagen kam sie nach Rotterdam und war am 18. Oktober in Altona, wo sie von ihrem gesamten englischen Gefolge Abschied nahm.

In Altona übernahm die dänische Delegation die Bewachung der Prinzessin. Danach wurde sie im Wagen durch Schleswig und Fünen gefahren, von der herauskommandierten Bevölkerung »überall mit stürmischer Begeisterung begrüßt«, und traf am 3. November in Roskilde ein, wo sie zum erstenmal dem dänischen König Christian VII. begegnen sollte.

Man hatte zu diesem Zweck auf dem Marktplatz einen Glaspavillon mit zwei Türen aufgebaut. Durch je eine der Türen sollten die beiden jungen Liebenden eintreten und auf die Mitte zugehen, sich dort treffen und einander zum erstenmal erblicken. In einem Kaufmannshaus unmittelbar neben dem »Glaspalast« (wie das Bauwerk in diesen Wochen seiner Existenz fälschlich genannt wurde) waren die Vorbereitungen für die zukünftige Königin abgeschlossen worden; sie hatten zum Ziel, die Prinzessin zu beruhigen. Die Oberhofmeisterin Louise von Plessen, die der Bewachungsdelegation vorstand, hatte sich bemüht, die Tränen der kleinen Engländerin zum Stillstand zu bringen (der Ausdruck ›die kleine Engländerin‹ wurde jetzt am dänischen Hof durchgehend benutzt) und sie beschworen, ihren Schrecken nicht vor der Öffentlichkeit zu zeigen.

Sie hatte darauf geantwortet, ihr Schrecken gelte nicht dem dänischen Hof oder dem König, wohl aber der Liebe. Auf Nachfrage zeigte sich, daß sie zwischen diesen dreien nicht exakt zu unterscheiden vermochte, sondern daß der Hof, der König und die Liebe, diese drei, in ihrer Vorstellungswelt verschmolzen und sich im »Schrecken« vereinigten.

Frau von Plessen war schließlich gezwungen gewesen, sämtliche zeremoniellen Bewegungen der Prinzessin im Detail zu proben, als könne das Einüben der zeremoniellen Details das Mädchen beruhigen.

Sie hatte zu dem in Tränen aufgelösten fünfzehnjährigen Mädchen sehr ruhig gesprochen. Gehen Sie mit kleinen, langsamen Schritten auf die Majestät zu. Halten Sie die Augen niedergeschlagen, zählen Sie bis fünfzehn, schlagen Sie dann die Augen auf, sehen Sie ihn an, zeigen Sie ein kleines schüchternes, aber glückliches Lächeln, gehen Sie noch drei Schritte, bleiben Sie stehen. Ich befinde mich zehn Ellen hinter Ihnen.

Das Mädchen hatte weinend genickt, und schluchzend auf Französisch wiederholt:

»Fünfzehn Schritte. Glückliches Lächeln.«

König Christian VII. hatte bei seiner Thronbesteigung Anfang des Jahres von seinem Informator Reverdil einen Hund geschenkt bekommen, einen Schnauzer, an dem er schon nach kurzer Zeit sehr hing. Zu der Begegnung mit der kleinen Engländerin in Roskilde sollte er im Wagen eintreffen, mit großem Gefolge, direkt aus Kopenhagen.

In der Kalesche des Königs saßen außer Christian ein ehemaliger Professor der Akademie Sorø mit Namen Guldberg, der Lehrer des Königs, Reverdil, sowie ein Höfling namens Brandt, der im Verlauf der späteren Ereignisse eine bedeutungsvolle Rolle spielen sollte. Guldberg, dessen Platz unter normalen Umständen nicht in der Kalesche des Königs gewesen wäre, weil seine Position am Hof noch allzu unbedeutend war, begleitete den König aus Gründen, die noch zur Sprache kommen werden.

Im Wagen fuhr auch der Hund mit, er saß die ganze Zeit auf Christians Schoß.

Guldberg, der in der klassischen Literatur bewandert war, hatte nämlich aus Anlaß der Begegnung eine Liebeserklärung verfaßt, die auf Passagen eines Dramas von Racine aufbaute, und hatte im Wagen »die letzten beruhigenden Instruktionen vor der Liebesbegegnung« gegeben, wie Reverdil es in seinen Memoiren nennt.

»Beginnen Sie kraftvoll«, hatte Guldberg der Majestät gesagt, die fast ganz abwesend zu sein schien und verzweifelt den kleinen Hund an sich drückte. »Die Prinzessin muß schon vom ersten Moment an die starke Passion Eurer Majestät erkennen. Der Rhythmus! ›Ich beuge mich dem Liebesgott ... ich BEUG der Liebesgöttin mich ...‹ Der Rhythmus! Der Rhythmus!«

Die Stimmung im Wagen war bedrückt gewesen, und die Tics und Körperbewegungen des Königs waren zeitweise unkontrollierter denn je. Bei der Ankunft hatte Guldberg angedeutet, daß der Hund nicht an der Liebesbegegnung der Königlichen teilnehmen könne, sondern im Wagen zurückbleiben müsse. Christian hatte sich zunächst geweigert, ihn loszulassen, war aber schließlich dazu gezwungen worden.

Der Hund hatte gewinselt, und später sah man ihn heftig bellend hinter dem Fenster der Kalesche. Reverdil schreibt, dies sei einer der angsterfülltesten Augenblicke seines Lebens gewesen. »Der Junge schien jedoch am Ende so apathisch, als ginge er in einem Traum.«

Das Wort »Schrecken« kommt oft vor. Am Schluß hatten die Prinzessin Caroline Mathilde und ihr Verlobter Christian VII. trotzdem alles fast perfekt gemacht.

Ein Kammerorchester war neben dem Glaspavillon aufgestellt. Das Abendlicht war sehr schön. Auf dem Platz um den Pavillon hatten sich Tausende von Menschen versammelt; sie wurden von den Soldaten, die in doppelten Reihe die Wache bildeten, zurückgehalten.

Im exakt gleichen Augenblick, und begleitet von der Musik, waren die beiden jungen königlichen Personen durch die Türen eingetreten. Sie hatten sich einander exakt so genähert, wie das Zeremoniell es vorschrieb. Die Musik war, als sie drei Ellen voneinander entfernt standen, verstummt. Die Prinzessin hatte Christian die ganze Zeit angesehen, doch mit einem Blick, der leblos zu sein schien, als ginge sie – auch sie – in einem Traum.

Christian hatte das Gedicht in der Hand gehalten, auf einem Bogen Papier. Als sie schließlich still voreinander standen, hatte er gesagt:

»Ich will jetzt meine Liebe erklären, teure Prinzessin.«

Er hatte auf ein Wort von ihr gewartet, doch sie hatte ihn nur angesehen und geschwiegen. Seine Hände hatten gezittert, aber schließlich war es ihm gelungen, sich zu ermannen, und er hatte Guldbergs Liebeserklärung gelesen, die wie ihr literarisches Vorbild auf französisch abgefaßt war.

Ich beug' der Liebesgöttin mich, wo ich auch geh,
ich hilflos unter ihrem mächt'gen Willen steh.
Vor Eurer Schönheit kann ich nur verblassen,
Eu'r schönes Bild bleibt stets bei mir, nachdem Sie mich verlassen.
Weit in des Waldes Tiefe folgt Euer Bild mir sacht.
Am lichten Tag wie in kohlschwarzer Nacht
ist meine Lieb' zu Euch ein Licht, das nie wird schwinden.
Seht hier den Grund für neues zärtliches Empfinden.

Sie hatte an diesem Punkt eine Handbewegung gemacht, vielleicht versehentlich; aber er hatte sie als ein Zeichen aufgefaßt, daß er schließen solle. Er hörte deswegen auf zu lesen und sah sie fragend an. Sie hatte nach einer Weile gesagt:

»Danke.«

»Das reicht vielleicht«, hatte er geflüstert.

»Ja, das reicht.«

»Ich wollte Euch mit diesen Worten meine Leidenschaft bezeugen«, hatte er gesagt.

»Ich empfinde die gleiche Leidenschaft für Sie, Majestät«, hatte sie mit fast unmerklichen Lippenbewegungen geflüstert. Ihr Gesicht war überaus blaß, ihre Tränen waren überpudert, und das Gesicht wirkte wie weiß gekalkt.

»Danke.«

»Können wir dann die Zeremonie beenden«, hatte sie gefragt.

Er hatte sich verbeugt. Die Musik hatte, auf ein Zeichen des Zeremonienmeisters, wieder eingesetzt, und die beiden Verlobten hatten daraufhin, vor Schrecken starr und doch mit vollendeten Bewegungen, begonnen, sich der größeren Zeremonie entgegen zu bewegen: den Huldigungen, der Ankunft in Kopenhagen, der Hochzeit, ihrer kurzen Ehe und der dänischen Revolution.

Am 8. November um sieben Uhr dreißig betrat das junge Paar die Schloßkirche in Kopenhagen, wo die feierliche Eheschließung stattfand. Die Festlichkeiten dauerten sechs Tage.

»Unendliche Hoffnungen knüpfen sich an die einnehmende englische Königin«, schreibt der englische Gesandte in seinem Bericht nach London.

Man fand ihr Auftreten vollendet.

An Christian nichts auszusetzen. Keine Ausbrüche, keine Fehltritte. Der Hund während der Trauungszeremonie nicht anwesend.

4.

Christian hatte in seiner wachsenden Verwirrung das Hofleben wie ein Theater aufgefaßt; die Vorstellung, an der er und das kleine englische Mädchen jetzt teilnahmen, war auch eine Sittenschilderung. Das Stück handelte von Unsittlichkeit, oder »Rechtschaffenheit«, wie Christian es nannte; aber war es die Frömmigkeit, die die Liederlichkeit hervorlockte, oder war es der Überdruß?

Diese Wollust in den zeitgenössischen Beschreibungen von Liederlichkeit und Überdruß an diesem Hof! Diese schwüle Welt von Höflingen, Mätressen, Huren, Maskeraden, diese Intrigen, die auf Titel und Apanagen zielen, aber nicht auf Arbeit, dieser unendlich in die Länge gezogene Tanz von absurden Intrigen, die sich ineinander schlingen und sich für die Nachwelt nur in ihren offiziellen Texten spiegeln: will sagen in anständigen und gebildeten, formvollendeten Briefen, selbstverständlich auf Französisch, in schönen Bänden gesammelt. Es ist die Beschreibung dessen, wie die Akteure des Tollhauses auf höchst natürliche Weise ihre Absurditäten in Szene setzten, will sagen, Überdruß und Liederlichkeit.

Wie natürlich nehmen sich da aus heutiger Sicht, in die Szenerie des Tollhauses eingepaßt, die Ausbrüche und bizarren Handlungen des geisteskranken Königs Christian aus.

Und wie sich die Frömmigkeit, die Liederlichkeit und Menschen, die zerbrochen wurden, zusammenfügen.

Man machte sich große Sorgen um Christians Geschlechtsleben.

Immer wieder taucht eine ganz spezielle zeitgenössische Erklärung für Christians Melancholie, seine seltsamen Wutausbrüche, unerklärlichen Anfälle von Verzweiflung und schließlich tagelangen Perioden von Apathie auf. Er war schon als Dreizehnjähriger von dem Günstling Sperling, der hiernach aus der Geschichte verschwindet, zu einem Laster verleitet worden, das seine Willenskraft lähmte und seine Geisteskrankheit und zunehmende körperliche Schwäche verursachte. Das Laster taucht in sämtlichen Zeugnissen der Zeit auf. Das Laster wird selten direkt beschrieben, aber einzelne Zeugnisse wagen doch den Sprung; das Laster ist Onanie.

Christians manische Art und Weise, seine Melancholie mittels dieses Lasters zu dämpfen, schwächte langsam sein Rückgrat, griff sein Gehirn an und trug zu der kommenden Tragödie bei. Manisch, stundenlang, versuchte er, einen Zusammenhang herbeizuonanieren oder seine Verwirrung wegzuonanieren. Aber das schien nicht zu reichen. Die Ankunft der kleinen Engländerin hatte alles eher noch schlimmer gemacht.

Etwas war jetzt zerbrochen. Er schien nicht mehr ein noch aus zu wissen.

Reverdils Aufzeichnungen drücken Besorgnis aus, aber

nicht nur das. »Nach und nach entdeckte ich, daß das, was ich ›Erziehung‹ nannte, in seiner Vorstellungswelt aus den ›abhärtenden‹ Erlebnissen bestand, mit deren Hilfe er ›Fortschritte‹ machte. Sie bestanden im wesentlichen im Aufruhr gegen all das, was sein Heranwachsen gewesen war, vielleicht auch gegen den Hof, an dem er lebte. Es gab keine Verirrungen, keine Ausschweifungen, keine Roheiten, derer er sich nicht als Mittel dazu bediente. Für ihn war dies alles in dem Ausdruck ›ein Kerl sein‹ zusammengefaßt, das heißt befreit von Vorurteilen, Würde und Pedanterie. Ich beschwor ihn damals, seine Aufgabe bestehe darin, dieses Reich wieder auf die Beine zu bringen. Das Reich, das er erbte, war nach fünfundachtzig Jahren Frieden höher verschuldet und schwerer von Steuern belastet, als es nach einem Krieg gewesen wäre. Er sollte, beschwor ich ihn, versuchen, die Staatsschulden abzutragen und die Last des Volks zu erleichtern, ein Ziel, das er erreichen könnte, wenn er all die gänzlich unnötigen Ausgaben des Hofstaats striche, das Heer verkleinerte, die Bauern in Dänemark befreite und durch eine vernünftige Gesetzgebung Norwegens Fischerei, Bergbau und Waldwirtschaft förderte.«

Die Antwort war, daß er in seine Gemächer ging und onanierte. Die Königin wollte er nicht besuchen. Vor ihr empfand er nichts als Schrecken.

Christian hatte viele Gesichter. Eins leuchtet von Schrekken, Verzweiflung und Haß. Ein anderes ist gesenkt, ruhig, über die Briefe gebeugt, die er an Herrn Voltaire schreibt, den Mann, der ihn, wie er selbst sagt, zu denken gelehrt hat.

Enevold Brandt hatte auf dem Weg nach Roskilde in der königlichen Kalesche gesessen.

Er hatte dem Altonaer Kreis angehört, jenem Kreis von Aufklärern, die sich am Beginn der 60er Jahre des 18. Jahrhunderts um den Grafen Rantzau und den jungen deutschen Arzt Struensee sammelten.

Jetzt war er in Kopenhagen. Er ist jetzt ein Kletterer.

Er wurde von einer unbändigen Lust getrieben, den Damen zu gefallen und gleichzeitig bei Hof Karriere zu machen, und suchte deshalb nach dem Titel, der diese seine beiden Wünsche am besten befriedigen konnte. In einem seiner späteren Briefe an Voltaire schreibt Reverdil, die Titelsucht beherrsche den dänischen Hof wie sonst keinen. »Es ist sprichwörtlich, daß man in Frankreich fragt: Ist dies ein gebildeter Mann? In Deutschland: Kommt er aus guter Familie? In Holland: Wie groß ist sein Vermögen? Aber in Dänemark: Welchen Titel hat er? Hier ist das gesamte Leben von dieser Titelhierarchie geprägt. Geht man von einem Raum in einen anderen, geschieht dies in Rangordnung, ebenso, wenn man sich zu Tisch setzt, die Bedienung wechselt die Teller der Rangfolge entsprechend, trifft man einen begabten und kompetenten Mann, der zuletzt durch die Tür tritt, der mit anderen Worten keinen Titel hat, und man fragt, wer er sei, so lautet die Antwort: Er ist nichts. Dazu gehört, daß diejenigen, die etwas sind, großes Ansehen und hohe Apanagen haben, nichts arbeiten, sondern ganz und gar Parasiten sind, die ihre Rangordnung bewachen.«

Enevold Brandt sah sich indessen als Künstler, war von lebhaftem Wesen, spielte Flöte und eroberte glücklich den Titel Theaterdirektor, später »Maître de plaisir«, also Kulturminister, und Garderoben-Großmeister mit Anspruch auf die Anrede Excellenz.

Die Rolle des Kulturministers beinhaltete, im Unterschied zu anderen Rollen, praktische Aufgaben, also Macht. Darunter fielen die Berufung französischer Theatertruppen sowie die Veranstaltung von Lustbarkeiten und Maskeraden für den Hof. Man bekam auch Einfluß auf und Zugang zu den Damen der Theatertruppen, was für viele ein zwingender Grund war, die Theaterkunst zu fördern.

Der Titel »Maître de plaisir« war deshalb überaus begehrt.

Brandt kümmerte sich auch um das Geschlechtsleben des Königs. Hier ist zu erwähnen, daß es auch fünf Monate nach der Vermählung König Christians VII. mit Caroline Mathilde noch nicht zum geschlechtlichen Umgang zwischen den Königlichen gekommen war.

Es war der Schrecken.

Brandt hatte zu dieser Zeit ein Reiterturnier im Schloßhof arrangiert. Hierfür war eine Tribüne aus Holz errichtet worden, auf der man die vom Hof Eingeladenen nach Rangordnung plaziert hatte. In Ritterrüstung gekleidete Reiter traten gegeneinander an, und verschiedene Wettkämpfe wurden veranstaltet.

Einer dieser Wettkämpfe bestand darin, daß herangaloppierende Reiter mit Lanzen aufgehängte Ringe aufspießen mußten. Die Ringe hingen an Seilen und wurden ins Schwingen gebracht, was die Aufgabe der Wettkämpfer erschwerte.

Einer der Wettkämpfer scheiterte in seinen beiden ersten Versuchen, doch im dritten gelang es ihm, den Ring aufzuspießen. Er wendete triumphierend sein Pferd, ließ es sich auf den Hinterbeinen aufrichten und hob die Lanze schräg in die Höhe.

Die Königin saß an König Christians Seite. Schräg hinter ihr saß Enevold Brandt. Hinter dem König der Informator Guldberg; er schien sich während der letzten Monate auf eigentümliche Weise dem Zentrum genähert zu haben, war aber noch gänzlich unbedeutend.

Das Königspaar hatte die Wettkämpfer mit ausdruckslosen Gesichtern betrachtet. Christian, der unter anderen Umstanden sicher seine Freude an dem Schauspiel gehabt hätte, schien vor Schüchternheit und Widerwillen angesichts der intimen Anwesenheit der Königin wie gelähmt zu sein; sie saß nur fünf Zoll von ihm entfernt. Brandt beugte sich vor und flüsterte der Königin ins Ohr:

»Ich freue mich schon auf den Augenblick, wenn die königliche Lanze ebenso siegreich sein wird.«

Die Königin hatte sich daraufhin abrupt erhoben und war gegangen.

Nachher hatte Guldberg Brandt gefragt, was er gesagt habe.

Brandt hatte wahrheitsgemäß erzählt. Guldberg hatte ihn nicht getadelt, nur gesagt:

»In ihrer großen Angst und Verwirrung braucht die Majestät Unterstützung und Hilfe.«

Brandt hatte dies als Anweisung aufgefaßt, vielleicht als Rat. Guldberg war jedoch ein unbedeutender Mann. Wie konnte dies als Rat aufgefaßt werden, und von jemandem, der so unbedeutend war?

Brandt hatte vielleicht die Augen gesehen.

Am folgenden Tag hatte die Königin auf einem Stuhl im Schloßgarten gesessen.

Christian hatte sich langsamen Schrittes genähert.

Als er vorbeigegangen war, ohne ein Wort zu sagen, nur mit einer leichten Verbeugung, hatte sie mit leiser Stimme gesagt:

»Christian?«

Er hatte getan, als höre er nicht.

Daraufhin hatte sie mit lauterer Stimme, fast rufend, wiederholt:

»Christian!!!«

Er hatte nur seine Schritte beschleunigt.

Es war der Schrecken. Aber nicht nur dieser.

Frau von Plessen hatte während ihres Besuchs in England ein langes Gespräch mit Caroline Mathildes Mutter geführt. Sie hatten entdeckt, daß sie in vielerlei Hinsicht einer Meinung waren. Der Hof war ein Pestherd. Die Unsittlichkeit wucherte. Die Reinheit mußte geschützt werden.

Frau von Plessen war im Laufe der Monate von einer starken, vielleicht brennenden Zuneigung zu dem jungen Mädchen erfaßt worden. Die beiden hatten eine Gemeinschaft gefunden, verstärkt durch die Kälte des Königs. Frau von Plessen war über die Kälte des Königs nicht traurig. Im Gegenteil, sie hatte gesehen, wie dadurch die Zuneigung der Königin zu ihr, ihre Abhängigkeit von ihr wuchs, vielleicht mit der Zeit auch Liebe.

Vor der Königin hatte Frau von Plessen eine Strategie entwickelt, um die Liebe des Königs »zu vermehren« und die unerklärliche Mauer von Kälte zu durchbrechen, die jetzt zwischen den Eheleuten emporgewachsen war. Die Königin sollte sich unnahbar zeigen und damit seine Liebe hervorlocken. Ein Ereignis fünf Monate nach der Ankunft der Königin in Dänemark war ausschlaggebend.

Christian war, für alle sehr überraschend, eines Abends gegen zehn Uhr in die Suite der Königin gekommen und hatte erklärt, er wünsche die Königin zu treffen, bevor sie zu Bett gehe.

Die Absicht war nur allzu deutlich gewesen.

Frau von Plessen hatte daraufhin erklärt, die Königin beabsichtige, jetzt eine Partie Schach mit ihr zu spielen, und Christian müsse warten.

Sie hatten die Schachpartie begonnen.

Christian war mit immer irritierterer Miene im Zimmer auf und ab gegangen, was die beiden Frauen sehr belustigt hatte. Um zwölf Uhr war das Spiel beendet, und da hatte die Königin, auf den geflüsterten Rat der Frau von Plessen und während die beiden Verschworenen geheimnisvoll miteinander kicherten, gesagt, sie wünsche eine Revanchepartie.

Frau von Plessen hatte dem König dies mitgeteilt, »mit einem triumphierenden Lächeln«, worauf dieser wütend den Raum verlassen und die Tür hinter sich zugeschlagen hatte.

Vierzehn Tage lang hatte der König sich geweigert, mit der Königin zu sprechen. Er schaute fort, wenn sie sich begegneten, er sagte nichts. Da war die Königin von Verzweiflung ergriffen worden, aber auch von Groll auf Frau von Plessen.

Hiernach hatte sich das Vorkommnis ereignet, von dem Guldberg berichtet. Die Königin hatte apathisch auf ihrem Bett gelegen. Sie hatte gefragt, warum Christian nicht käme. Sie hatte Frau von Plessen aufgefordert zu verschwinden. Und dann hatte die Königin jenes unglückliche Gespräch mit Guldberg geführt, in dem sie diesen nach der Befreiung von der

Leidenschaft, nach der Ruhe und der Leere gefragt hatte; und so herausfordernd hatte sie sich zu ihm vorgebeugt, daß ihre zur Hälfte entblößten Brüste ihm wie ein Hohn entgegengelacht hatten, ihn dazu gebracht hatten, die Liederlichkeit der kleinen Engländerin zu durchschauen, wie gefährlich sie werden würde, und daß hier der Ursprung, der Ansteckungsherd lag, von dem die Sünde ausging.

Er hatte es gesehen. Da war die Quelle.

So war es zugegangen.

5.

Es war Reverdil, der Christian schließlich dazu brachte, seinen Schrecken zu besiegen.

Er hatte Christian gebeten, seinen Widerwillen zu überwinden und sich hart zu machen. Nur ein einziges Mal, um das Gerede verstummen zu lassen und zu beweisen, daß er ein Mann war. Später am selben Tag hatte Reverdil Christian auf dem Fußboden sitzen sehen, seinen Hund vor sich, eindringlich auf den Hund einmurmelnd, als lege er ihm ein wichtiges Problem dar; und der Hund hatte aufmerksam das Gesicht seines Herrn beobachtet.

Am gleichen Abend hatte Christian das Schlafgemach der Königin aufgesucht.

Er hatte nicht erklärt, aber sie hatte verstanden.

Er hatte den Beischlaf mit wütend geschlossenen Augen durchgeführt.

Die junge Königin versuchte hilflos, seinen dünnen weißen Rücken zu streicheln, aber er führte den Deckakt durch, trotzdem. Neun Monate später gebar sie einen Sohn, Friedrich. Er besuchte sie nur dieses einzige Mal.

Kapitel 4

Die Herrscherin des Universums

1.

Die Bilder, die es aus dieser Zeit von ihnen gibt, sind in gewisser Weise irreführend. Die gemalten Porträts scheinen erwachsene Menschen zu zeigen. So war es aber nicht.

Als der Konflikt zwischen den königlichen Eheleuten sich im Frühjahr 1767 verschärfte, war Christian achtzehn Jahre alt, Caroline Mathilde fünfzehn.

Man vergißt leicht, daß sie noch Teenager waren. Wenn die Porträts korrekt und wahr wären, würden sie Furcht ausdrücken, Schrecken, aber auch Unsicherheit und Suchen.

Noch nichts festgelegt. Als wäre alles noch möglich.

Frau von Plessen war ein Problem.

Etwas in ihrer übertriebenen Fürsorglichkeit hatte die Königin veranlaßt, sie, in Wut oder in Ratlosigkeit, aufzufordern zu verschwinden. Aber Frau von Plessen war die einzige, die sich kümmerte. Welche Alternativen zu ihr gab es? Außer dem Schweigen oder der Rhetorik des Hofs, die nur zum Ausdruck brachte, daß die Königin ein Gegenstand war. Sie war diejenige, die sprach, riet, sich kümmerte, zuhörte.

Frau von Plessen war ein Problem, aber sie war dennoch der einzige Mensch. Nach dem vorübergehenden Konflikt nahmen sie ihre vertraulichen Zusammenkünfte wieder auf.

Ein scheinbar unbedeutendes Ereignis, ein Vorfall, der drei Wochen nach dem geschlechtlichen Umgang des Königs mit der Königin eintraf, führte eine Krise herbei.

Folgendes geschah.

Christian war eines Morgens bei der Königin eingetreten, während sie sich ankleidete. Die Königin war damit beschäftigt – mit Unterstützung der Frau von Plessen – ein seidenes Halstuch anzulegen. Der König hatte dieses »mit seinem Gesicht« zur Seite geschoben und seine Lippen an ihren Hals gedrückt. Frau von Plessen hatte sich mit einer Miene abgewandt, als handele es sich dabei um einen Akt äußerster Unzüchtigkeit, und der Königin ein Zeichen gegeben, die jetzt ihrerseits eine zornige Miene zeigte und bemerkte, dies sei unziemlich und der Seidenschal verknittere.

Christian war gedemütigt worden. Die Situation hatte einen kindischen und komischen Eindruck gemacht, eines Monarchen wenig würdig. Er war zurechtgewiesen worden wie ein Kind. Er hatte sich die Geste nicht ausgedacht, aber vielleicht wirkte diese Liebeshandlung allzu ausgedacht, um als natürlich zu erscheinen.

Er hatte sich lächerlich gemacht und war zurechtgewiesen worden, wie ein Kind. Er hatte versucht, ihren Hals zu küssen. Es hatte peinlich ausgesehen. Es war beschämend für ihn gewesen. Frau von Plessen hatte triumphiert. Es war offensichtlich, daß die beiden Frauen einvernehmlich gehandelt hatten.

Christian war wütend geworden über diese schimpfliche Behandlung, hatte den Schal vom Hals der Königin genommen, oder eher gezerrt, ihn zerrissen und war verbittert seines Wegs gegangen.

Das war der auslösende Vorfall. Noch einmal: Sie waren achtzehn, beziehungsweise fünfzehn Jahre alt.

Am folgenden Tag fertigte der König ein Dekret aus, demzufolge die Oberhofmeisterin Frau von Plessen in Ungnade gefallen war, des Hofs verwiesen und aufgefordert wurde, Kopenhagen unmittelbar zu verlassen. Man sorgte dafür, daß sie keine Gelegenheit bekam, von der Königin Abschied zu nehmen.

Sie sollte sich in Celle niederlassen.

Die Königin erhielt die Nachricht von der Ausweisung am Tag nach Frau von Plessens überstürzter Abreise.

Sie wurde sogleich von rasender Wut ergriffen, stürzte zum König hinein und überhäufte ihren Gemahl mit wilden Schimpfworten. Christian wurde aufs neue von der Nervosität befallen, die sich in zuckenden Handbewegungen und Tics äußerte, und erklärte ihr stotternd, er habe Frau von Plessen im Verdacht, eine böse und perverse Person zu sein, die eine unnatürliche Liebe zur Königin hege. Diese antwortete ihrerseits schreiend, das sei eine Lüge, im übrigen sei ihr gleichgültig, was an ihrer Freundin Natur, Unnatur oder Perversion sei, besonders angesichts der Situation an diesem perversen Hof, aber Frau von Plessen sei die einzige, mit der sie reden könne. Die einzige, die ihr zugehört habe, und die einzige, die zu ihr gesprochen habe wie zu einem lebenden Menschen.

Es war ein furchtbarer Auftritt. Die Königin hatte Christian voller Wut verlassen und ihn bis zum Schluß mit Schimpfworten überhäuft. In den folgenden Wochen war sie ihm nur mit Verachtung und Widerwillen begegnet.

Sie weinte viel in der folgenden Zeit. Sie wollte nicht essen, weinte nur. Sie sagte, sie sei besonders verzweifelt darüber, daß sie sich nicht einmal von ihr habe verabschieden können.

Sie sollten sich jedoch noch einmal wiedersehen, Jahre später, in Celle.

2.

Hierzu kommt die Geschichte mit der Stiefel-Caterine. Sie nahm am 4. Mai 1767 spät am Abend ihren Anfang.

Ihr Name war Anna Catharine Beuthaken, ihr Stiefvater war Stiefelmacher, daher ihr Spitzname, sie war einige Zeit Schauspielerin gewesen, aber »von dieser Tätigkeit abgeglitten auf die Bahn des Lasters«.

Sie war Prostituierte.

Sie war über mittelgroß, kräftig, mit sehr weiblichen Formen. Sie war, als Christian VII. ihre Bekanntschaft machte, vierundzwanzig Jahre alt und »die berüchtigtste Person in Kopenhagen«.

Auf Bildern sieht man ein schönes Gesicht mit einer Andeutung von negroiden Zügen; ihre Mutter soll kreolisches Blut gehabt haben. Sie war willensstark und dafür bekannt, im Fall einer Kränkung mit überraschender Kraft auch Männer niederzuschlagen und zu mißhandeln, die anzugreifen keine andere Frau den Mut gehabt hätte.

Die Krise zwischen den königlichen Eheleuten war jetzt allgemeines Gesprächsthema bei Hofe. Der König schien auf eine unnatürliche Weise die Einsamkeit zu suchen; er versank immer tiefer in Melancholie, saß allein auf einem Stuhl, starrte murmelnd an die Wand. Er bekam unbegreifliche Wutanfälle, erließ launenhafte Befehle, wurde von Mißtrauen auch gegenüber seinen Nächsten ergriffen.

Immer mehr schien er von den Gesprächen mit seinem Hund in Anspruch genommen. Diesem gegenüber murmelte er ständig etwas von »Schuld« und »Strafe«. Niemand hätte jedoch die Strafe ahnen können, die er sich für seine Schuld auferlegte.

Es mußte derjenige sein, den er am meisten liebte, Reverdil.

Als die Kälte zwischen den beiden jungen Eheleuten nach der Vertreibung der Frau von Plessen unerträglich geworden war, war Christian eines Tages bei einer Theatervorstellung zu seinem früheren Schweizer Lehrer Reverdil getreten, hatte ihn umarmt und ihm mit Tränen in den Augen versichert, daß er ihn liebe und hochachte, daß Reverdil seinem Herzen am allernächsten stehe, und ihm einen Brief überreicht, den er ihn bat, später am Abend zu lesen.

In dem Brief stand, daß Reverdil nicht länger in der Gunst des Königs stehe, daß er unmittelbar den Hof und den königlichen Dienst verlassen müsse und sich nicht in Dänemark niederlassen dürfe.

Es war unbegreiflich. Reverdil war sogleich in die Schweiz zurückgekehrt.

Am darauffolgenden Tag hatte Christian Caroline Mathilde in ihrem Zimmer aufgesucht und erzählt. Er hatte sich auf einen Stuhl neben der Tür gesetzt, die Hände zwischen die Knie gehalten, um seine Zuckungen und Spasmen nicht zu zeigen, und ihr mitgeteilt, daß er Reverdil verstoßen habe. Dann hatte er geschwiegen und gewartet. Die Königin hatte nicht verstanden. Sie hatte nur nach dem Grund gefragt.

Warum hatte er Reverdil das angetan?

Er hatte geantwortet, das sei die Strafe. Die Strafe wofür? hatte sie gefragt.

Er hatte nur wiederholt, daß dies die Strafe sei und daß die Strafe notwendig sei.

Sie hatte ihn angestarrt und gesagt, er sei verrückt.

So hatten sie ziemlich lange dagesessen, schweigend, jedes auf seinem Stuhl im Gemach der Königin, und einander angestarrt. Nach einer sehr langen Weile war Christian jedoch aufgestanden und gegangen.

Es war vollkommen unbegreiflich gewesen. Nichts hatte sich im Verhältnis zwischen ihnen verändert. Was das Wort »die Strafe« bedeutete, begriff sie nie. Doch die Strafe veränderte nichts.

3.

Sie hieß Anna Catharine Beuthaken, wurde Stiefel-Caterine genannt und war Prostituierte. Die Unausgeglichenheit und Melancholie des Königs waren ein Faktum. Enevold Brandt und ein Höfling namens Holck, der für sein Interesse am Theater und an italienischen Schauspielerinnen bekannt war, waren da auf den Gedanken gekommen, die Stiefel-Caterine könnte eine Lösung für die Melancholie des Königs sein.

Sie beschlossen, sie ganz überraschend einzuführen, ohne ihre Person dem König gegenüber vorher zu erwähnen. Eines Abends hatte Brandt die Stiefel-Caterine zur Suite des Königs geführt.

Sie trug Männerkleider, ihr langes Haar war hennarot, und das erste, was der König bemerkte, war, daß sie einen Kopf größer war als die beiden Höflinge.

Er hatte sie sehr schön gefunden, war aber in erschrecktes Gemurmel verfallen.

Er wußte sogleich, was geschehen würde.

Seine Begriffe von dem Wort »Unschuld« waren sehr unklar. Er scheint es teils mit »Reinheit«, teils mit »Unverwundbarkeit« verwechselt zu haben.

Er meinte, abgesehen von der Erfahrung, die er sich beim Decken der Königin erworben hatte, zu diesem Zeitpunkt noch ganz Unschuld zu sein. Bei Hof hatte man viel darüber geredet über die Unerfahrenheit »des Jungen«; es hatte sich herumgesprochen. Bei den Maskeraden hatten häufig die Damen, die vielen Geliebten und die jeweils eingeladenen Kokotten mit dem König gesprochen und ihn ohne Zögern verstehen lassen, daß sie ihm zur Verfügung standen.

Der allgemeine Eindruck war, daß er freundlich, scheu, aber auch erschreckt reagiert hatte angesichts des Gedankens, in der Praxis durchzuführen, was sie vorschlugen. Es wurde viel darüber geredet, daß er durch sein Laster seine Kraft gemindert habe, und viele trauerten darüber.

Jetzt brachte man die Stiefel-Caterine zu ihm. Jetzt wurde es ernst.

Brandt hatte Wein in Bechern mitgebracht und versuchte, die Stimmung, die sehr angespannt war, durch Scherze aufzulockern. Niemand wußte, wie der König angesichts der Vorschläge, die jetzt gemacht werden sollten, reagieren würde.

Caterine war ans Bett getreten, hatte dieses ruhig geprüft und freundlich zum König gesagt:

»Kommen Sie jetzt, Majestät.«

Sie war dann langsam auf Christian zugegangen und hatte angefangen, sich auszuziehen. Sie hatte mit ihrer Jacke begonnen und sie auf den Fußboden fallen lassen, dann ein Stück nach dem anderen abgelegt, um schließlich vollkommen nackt vor der Majestät zu stehen. Sie war überall rothaarig, hatte schwellende Hinterbacken, ihre Brüste waren groß, sie hatte die Entkleidung langsam vollzogen, sachlich, und stand jetzt wartend vor Christian, der sie nur angestarrt hatte.

»Christian?« hatte sie mit freundlicher Stimme gesagt, »willst du nicht?«

Die unerwartete Intimität ihrer Anrede – sie hatte ihn mit du angesprochen – hatte alle schockiert, doch keiner sagte etwas. Christian hatte sich nur umgedreht, war zuerst zur Tür gegangen, hatte sich aber vielleicht erinnert, daß Wachen davor standen, und war dann umgekehrt und ans Fenster getreten, dessen Vorhang zugezogen war; seine Wanderung durchs Zimmer war ganz planlos. Seine Hände waren wieder in die pickenden, rastlosen Bewegungen verfallen, die so charakteristisch für ihn waren. Er trommelte mit den Fingern auf seinen Bauch, sagte aber nichts.

Es hatte ein langes Schweigen gegeben. Christian hatte unverwandt die Draperie des Fensters angestarrt.

Da hatte Holck zu Brandt gesagt:

»Zeig es ihm.«

Brandt, den Unsicherheit befallen hatte, begann mit gekünstelter Stimme einen vorbereiteten Text vorzutragen, der aber jetzt, in Caterines Gegenwart, fehl am Platz zu sein schien.

»Majestät, wenn die Königin möglicherweise aufgrund ihres geringen Alters zaudert vor dem heiligen Sakrament, zu dem das königliche Glied einlädt, sollte man sich mehrere historische Episoden in Erinnerung rufen. Schon der große Paracelsus schreibt in sein ...«

»Will er nicht?« hatte Caterine sachlich gefragt.

Brandt war da zu Caterine getreten, hatte sie umarmt und mit fast grellem Lachen angefangen, sie zu streicheln.

»Was zum Teufel tust du da?« hatte sie gefragt.

Sie hatte die ganze Zeit zu Christian am Fenster hinübergesehen. Christian hatte sich umgewandt und Caterine mit einem Gesichtsausdruck betrachtet, den keiner von ihnen deuten konnte.

»Ich will Majestät jetzt an diesem Objekt zeigen, wie die Königin ... falls sie von Schrecken vor dem königlichen Glied ergriffen ...«

»Schrecken?« hatte Christian mechanisch wiederholt, als habe er nicht verstanden.

»Streck den Hintern vor«, hatte Brandt zu Caterine gesagt. »Ich zeige es ihm.«

Aber Caterine hatte plötzlich und völlig unerklärlich einen Wutanfall bekommen, sich losgerissen und fast zischend zu Brandt gesagt:

»Siehst du nicht, daß er Angst hat??? Laß ihn in Frieden!«

»Halt die Schnauze!« hatte Brandt gebrüllt.

Er hatte, obwohl er einen Kopf kleiner war als sie, versucht, sie aufs Bett zu zwingen, und angefangen, sich die Kleider auszuziehen; aber Caterine hatte sich wie rasend umgedreht, mit aller Kraft ihr Knie gehoben und Brandt so exakt und geschickt zwischen den Beinen getroffen, daß er brüllend zu Boden gesunken war.

»Du zeigst gar nichts an irgendeinem verdammten Objekt«, hatte sie ihn angefaucht.

Brandt hatte sich auf dem Fußboden gekrümmt, mit Haß im Blick, und nach einem Halt getastet, an dem er sich aufrichten konnte; und da hörten sie alle, wie Christian anfing zu lachen, laut, als sei er glücklich. Nach nur einem kurzen Augenblick verwunderten Zögerns hatte Caterine in sein Lachen eingestimmt.

Die beiden waren die einzigen, die lachten.

»Hinaus!!!« hatte Christian zu den beiden Favoriten gesagt. »Verschwindet!!!«

Sie hatten schweigend den Raum verlassen.

Die Stiefel-Caterine hatte gezögert, aber nach einer Weile begonnen sich anzuziehen. Als sie ihren Oberkörper wieder bedeckt hatte, aber unten, wo ihre rote Behaarung das Auffälligste war, noch immer nackt war, hatte sie plötzlich innegehalten und Christian nur angesehen. Und schließlich hatte sie in einem Ton, der plötzlich sehr scheu zu sein schien und gar nicht der Stimme glich, die gerade zu Brandt gesprochen hatte, zum König gesagt:

»Scheiße, verdammt«, hatte sie gesagt. »Du sollst keine Angst vor mir haben.«

Und Christian hatte, mit einem Ausdruck von Verblüffung in der Stimme, gesagt:

»Du ... hast ... ihn zu Boden geschlagen.«

»Ja, schon.«

»Gereinigt ... den Tempel ... gereinigt.«

Sie hatte ihn fragend angesehen, war dann auf ihn zu gegangen, hatte ganz dicht vor ihm gestanden und mit der Hand an seine Wange gerührt.

»Den Tempel?« hatte sie gefragt.

Er hatte nicht geantwortet, nichts erklärt. Er hatte sie nur angesehen, noch am ganzen Körper zitternd. Da hatte sie, ganz leise, zu ihm gesagt:

»Diesen Dreck brauchst du dir nicht bieten zu lassen, Majestät.«

Es hatte ihn nicht empört, daß sie sowohl »du« als auch »Majestät« gesagt hatte. Er hatte sie nur angestarrt, aber ruhiger jetzt. Das Zittern seiner Hände ließ langsam nach, und er schien nicht mehr von Schrecken erfüllt.

»Du sollst keine Angst vor mir haben«, hatte sie gesagt. »Du sollst vor diesen Schweinen Angst haben. Das sind Schweine. Gut, daß du den verdammten Schweinen gesagt hast, sie sollen verschwinden. Stark.«

»Stark?«

Und da nahm sie ihn bei der Hand und führte ihn vorsichtig zum Bett, wo sie sich beide setzten.

»Du bist so zart«, hatte sie gesagt. »Wie eine kleine Blume.«

Er hatte sie angestarrt, wie in einer unsäglichen Verblüffung.

»Eine ... Blume???«

Er hatte zu schluchzen begonnen, vorsichtig, als schäme er sich; aber sie hatte, ohne sich darum zu kümmern, langsam angefangen, ihn auszuziehen.

Er hatte nicht versucht, sie daran zu hindern.

Sie zog ihm ein Kleidungsstück nach dem anderen aus. Er hinderte sie nicht. Seine Gestalt wirkte so klein, zerbrechlich und dünn neben ihrem Körper, aber er ließ es geschehen.

Sie hatten sich auf das Bett gelegt. Sie hatte lange, lange seinen Körper umarmt, ihn ganz still gestreichelt, und schließlich hatte er aufgehört zu schluchzen. Sie hatte sie beide mit einer Decke aus Daunen bedeckt. Er war eingeschlafen.

Gegen Morgen hatten sie sich geliebt, sehr still, und als sie ging, hatte er geschlafen, wie ein glückliches Kind.

4.

Zwei Tage später suchte er Caterine und fand sie.

Er kleidete sich in einen grauen Mantel und glaubte, so werde er nicht erkannt; daß zwei Soldaten ihm ständig im Abstand folgten, auch jetzt, ignorierte er.

Er fand sie in Christianshavn.

Er war am Nachmittag nach der ersten Nacht mit Caterine erwacht und hatte lange still in seinem Bett gelegen.

Er konnte das, was geschehen war, nicht einordnen. Es schien ihm unmöglich, es zu lernen. Dieser Text war neu für ihn.

Vielleicht war es kein Text.

Er glaubte, in einem warmen Wasser zu schwimmen, wie eine Leibesfrucht im Fruchtwasser, und wußte, das Gefühl, das noch in ihm war, kam von ihr. Als er die Königin gedeckt hatte, war der Schrecken so groß gewesen, daß ein Gefühl der Unreinheit zurückgeblieben war. Jetzt war er nicht mehr »Unschuld«, doch zu seiner Verwunderung war das nichts, was ihn mit Stolz erfüllte, nein, Stolz war es nicht. Er wußte ja, Unschuld, die kann jeder verlieren. Aber wer kann seine Unschuld zurückgewinnen? Er hatte in dieser Nacht seine Unschuld zurückgewonnen. Jetzt war er eine Leibesfrucht. Er konnte deshalb aufs neue geboren werden, vielleicht als Vogel, vielleicht als Pferd, vielleicht als Mensch, und dann als Bauer, der über einen Acker wanderte. Er konnte zur Freiheit von Schuld geboren werden. Er konnte aus diesem Fruchtwasser wiederauferstehen. Das war der Anfang.

Bei Caterine hatte er seine bei der Königin verlorene Unschuld wiedergewonnen.

Die Augenblicke, in denen er sich vorstellte, der Hof sei die Welt, und es gebe nichts außerhalb, diese Augenblicke hatten ihn mit Angst erfüllt.

Dann kamen die Träume von dem Sergeanten Mörl.

Bevor er den Hund bekommen hatte, war jeder regelmäßige Schlaf unmöglich gewesen; doch als ihm der Hund gegeben wurde, war es besser geworden. Der Hund schlief in seinem Bett, und vor dem Hund konnte er seinen Text aufsagen.

Der Hund schlief, er sagte den Text auf, bis der Schrecken verschwunden war.

Außerhalb der Welt des Hofs war es schlimmer. Er hatte immer Angst vor Dänemark gehabt. Dänemark war das, was außerhalb des Textes war. Außerhalb gab es keinen Text aufzusagen, und das, was außerhalb war, hing nicht mit dem zusammen, was innerhalb war.

Außerhalb war es so unfaßbar schmutzig und unklar, alle schienen zu arbeiten, beschäftigt zu sein, kein Zeremoniell zu beachten; er fühlte eine starke Bewunderung für das, was außerhalb war, und träumte davon, dorthin zu ziehen. Herr Voltaire hatte in seinen Briefen und Schriften erzählt, wie es im Außerhalb sein solle. Außerhalb gab es auch etwas, das Güte genannt werden konnte.

Im Außerhalb gab es die größte Güte und das größte Böse, wie bei der Hinrichtung des Sergeanten Mörl. Doch wie es auch sein mochte, lernen konnte man es nicht.

Es war der Mangel an Zeremoniell, der ihn lockte und zugleich erschreckte.

Caterine war die ausschließliche Güte gewesen. Sie war ausschließlich, weil es nichts anderes gab und weil sie ihn einschloß und alles andere ausschloß.

Deshalb suchte er sie auf. Und deshalb fand er sie.

5.

Sie hatte ihm, als er kam, Milch und süße Semmeln vorgesetzt. Es war unerklärlich.

Er hatte die Milch getrunken und eine Semmel gegessen.

Es war wie ein Abendmahl, hatte er gedacht.

Nein, der Hof war nicht die ganze Welt, aber er glaubte, das Paradies gefunden zu haben; es lag in einem kleinen Zimmer hinter dem Bordell in der Studiestræde 12.

Dort hatte er sie gefunden.

Es gab keine Tapeten wie am Hof. Es gab jedoch ein Bett; und während einiger Augenblicke, die ein bißchen wehtaten, durchfuhr es ihn, was in dem Bett geschehen war und wer es benutzt hatte; es war vorbeigeflimmert wie die Zeichnungen, die Holck ihm einmal gezeigt hatte und die er geliehen und danach benutzt hatte, wenn er das Laster ausübte; das Laster, wenn er selbst sein Glied berührte, während er das Bild betrachtete. Warum hatte denn Gott der Allmächtige ihm dieses Laster gegeben? War es ein Zeichen dafür, daß er zu den Sieben gehörte? Und wie konnte ein von Gott Auserkorener ein Laster haben, das schlimmer war als die Buhlerei am Hof; die Bilder waren vorübergeflimmert, als er ihr Bett sah, aber er hatte sich unverwundbar gemacht, und da waren sie verschwunden.

Er übte das Laster ja nur aus, wenn er unruhig wurde und an die Schuld dachte. Von dem Laster wurde er ruhig. Er hatte das Laster als Gott des Allmächtigen Art und Weise, ihm Ruhe zu geben, gesehen. Jetzt waren die Bilder vorübergeflimmert, und er hatte sie fortgestoßen.

Caterine war kein Teil dieser Bilder, die Laster waren und Schuld.

Er hatte ihr Bett gesehen, die Bilder waren gekommen, da hatte er sich hart gemacht, die Bilder waren verschwunden. Caterine hatte ihm das Zeichen gegeben. Die Milch und die Semmeln waren ein Zeichen. Als sie ihn ansah, war er wieder zurück in dem lauwarmen Fruchtwasser, und keine Bilder. Sie hatte nicht gefragt. Sie hatten sich ausgezogen.

Kein Text, den man vergaß.

Sie hatten sich geliebt. Er hatte sich auf ihr festgeklammert wie ein schmaler weißer Blumenstengel über ihrem dunklen Körper. Er erinnerte sich ja an das Unbegreifliche, das sie zu ihm gesagt hatte, daß er wie eine Blume sei. Nur Caterine konnte so etwas sagen, ohne daß er anfing zu lachen. Ihr war alles rein. Sie hatte in ihm, und in sich! in sich!!!, die Händler der Unreinheit ausgetrieben.

Also war sie ein Tempel.

Hinterher, als er verschwitzt und leer über ihr lag, hatte er geflüstert und gefragt. »War ich stark?« hatte er gefragt, »Caterine, du mußt sagen, ob ich stark war, stark???« »Idiot«, hatte sie zuerst geantwortet, aber auf die Art und Weise, die ihn glücklich machte. Da hatte er wieder gefragt. »Ja, Liebster«, hatte sie gesagt, »sei still jetzt, du mußt lernen, du sollst nicht fragen, nicht reden, fragt ihr denn so im Schloß, still, schlaf jetzt.« »Weißt du, wer ich bin«, hatte er gefragt, aber sie hatte nur gelacht. »Ich bin! Ich bin! Ein Bauernjunge, der vor achtzehn Jahren in Hirtshals von armen Eltern geboren wurde, und ich bin ein anderer, ein anderer, als du glaubst.« »Ja, ja«, hatte sie geflüstert. »Ähnele ich nicht einem Bauernjungen, du kennst doch so viele?«

Lange war es ganz still gewesen.

»Ja«, hatte sie schließlich gesagt. »Du ähnelst einem kleinen Bauernjungen, den ich einmal kannte.«

»Bevor …?«

»Bevor ich hierher kam.«

»Bevor?«

»Bevor ich hierher kam.«

»Caterine, bevor …«

Der Schweiß war getrocknet, aber er lag noch über ihr, und dann hörte er sie flüstern:

»Ich hätte ihn nie verlassen sollen. Nie. Nie.«

Er hatte angefangen zu murmeln, zuerst unverständlich, dann aber immer deutlicher und immer wütender; nicht gegen sie, sondern wegen dieses Verlassens, oder war es wegen des Weggegebenwerdens? Wie schwer es sei, verwechselt zu werden. Daß er verwechselt worden sei, daß er nachts nicht schlafen könne. Und von dem Laster und daß er sie eines Nachts in der Dunkelheit habe auf sich zukommen sehen mit dem Sergeanten Mörl an der Hand und daß dieser verlangt habe, die große Strafe solle von Christian eingefordert werden.

Der entlaufen war.

»Weißt du«, hatte er gefragt, kurz bevor der Schlaf ihn überwältigte, »weißt du, ob es jemanden gibt, der im Universum herrscht und über dem strafenden Gott steht? Weißt du, ob es einen solchen Wohltäter gibt?«

»Ja«, hatte sie gesagt.

»Wer ist das?« hatte er gefragt, schon tief im Schlaf.

»Das bin ich«, hatte sie gesagt.

»Die meine Wohltäterin sein will? Und die Zeit hat?«

»Ich habe Zeit«, hatte sie geflüstert. »Ich habe alle Zeit im ganzen Universum.«

Und er hatte verstanden. Sie war die Herrscherin des Universums. Sie hatte Zeit. Sie war Zeit.

Es war nach Mitternacht, als das Klopfen an der Tür zu hören war. Die königliche Bewachung war unruhig geworden.

Er war von ihrem Körper gerollt. Das Klopfen ging weiter. Sie stand auf, warf sich einen Schal über.

Dann hatte sie zu ihm gesagt:

»Du wirst gesucht. Mach dich jetzt hart, Christian.«

Sie kleideten sich beide schnell an. Er hielt vor der Tür inne, als habe der Schrecken ihn eingeholt und überwältigt. Da streichelte sie ihm die Wange. Und er öffnete vorsichtig die Tür.

Die beiden in Livree gekleideten Diener betrachteten das ungleiche Paar mit unverhohlener Neugier, grüßten ehrerbietig den Monarchen, aber der eine von ihnen begann plötzlich zu lachen.

Da tauchte Stiefel-Caterines eine Hand fast unmerklich in eine Tasche, ein sehr schmales Messer war plötzlich in ihrer Hand zu sehen, und mit einer für sie alle unerwarteten Schnelligkeit strich sie weich, als sei es der Flügel eines Vogels, mit dem Messer über die Wange dessen, der es für wert befunden hatte zu lachen.

Der Livrierte taumelte zurück, setzte sich. Der Schnitt war hellrot, und das Blut rann gleichmäßig und frisch; er schrie auf vor Verblüffung und Wut, und seine Hand fuhr zum Degengriff. König Christian VII. – denn in diesem Augenblick dachten sie alle vier genau so an ihn, als an den von Gott auserkorenen absoluten Herrscher – hatte jedoch zu lachen begonnen.

Und der Degen konnte damit nicht zur Anwendung kommen; nicht wenn der König auf diese Weise zu lachen beliebte.

»Jetzt, Christian«, sagte die Stiefel-Caterine ruhig, »jetzt malen wir die Stadt rot.«

Hinterher wurde viel davon erzählt, was vorgefallen war. Der Wille des Königs war das Gesetz aller, und Caterine war die Königin der Nacht gewesen.

Sie begleitete ihn den ganzen Weg bis nach Hause. Er war gefallen, lehmbeschmutzt und sinnlos betrunken. Die eine Hand war blutig.

Sie war noch schmuck gekleidet. Am Tor entdeckten die Wachen, daß es der König war, der da kam; sie konnte ihn deshalb in sichere Hände übergeben und ihres Wegs gehen. Sie kümmerten sich nicht darum, wohin sie ging, aber Christian schien vollkommen verzweifelt zu sein, als er merkte, daß sie fort war.

Die Wachen meinten, ihn sagen zu hören »geliebte ... geliebte ...«, waren sich nachher aber nicht mehr sicher.

Sie trugen ihn hinauf.

6.

Fast sieben Monate dauerte ihr Verhältnis. Er war sicher, daß es nie enden würde.

Doch es sollte ein Ende nehmen.

Der Wendepunkt kam bei einer Vorstellung des Hoftheaters von Cerills Komödie *Der wunderbare Garten*. Der König hatte die Stiefel-Caterine immer öfter mitgenommen zu den Hofmaskeraden, sie hatte in seiner Loge gesessen, sie hatten »Pharao« gespielt, ein Kartenspiel, vor aller Augen, und hinterher waren sie unter den Hofleuten umherpromeniert. Sie nahm dann ihre Maske ab. Der König hatte seinen Arm um Caterines Taille geschlungen, und sie hatten vertraulich gelacht und sich unterhalten.

Der Hof stand unter Schock.

Es war nicht die Existenz einer Kokotte unter ihnen. Es war der aufkeimende Verdacht, daß diese Frau, als königliche Mätresse akzeptiert, sich nicht mit dem Einfluß begnügen würde, den sie im Bett auf den König hatte, sondern größere und gefährlichere Ambitionen verfolgte.

Sie hatte ihnen glatt ins Gesicht gelacht!

Dieser Haß, der sie so erschreckte! Was für eine Rache brütete sie da aus, was für Kränkungen verbarg sie schweigend und lächelnd, was hatte sie erlebt, das diesen Haß motivierte! Er erschreckte alle. Was war es, das aus ihren Augen leuchtete, wenn sie zwischen ihnen einherging, umschlungen von dem kleinen königlichen Jungen?

Was versprachen ihre Augen?

Weil die Königinwitwe Juliane Marie – die Christians Stiefmutter war, aber gern wollte, daß ihr eigener Sohn Friedrich den Thron erbte – gesehen hatte, was diese Augen versprachen, bestellte sie Ove Høegh-Guldberg zu sich, um, wie sie in einer Nachricht schrieb, Überlegungen in einer Angelegenheit anzustellen, in der äußerste Eile geboten sei.

Sie hatte die Schloßkirche als Treffpunkt bestimmt. Die Wahl dieses Orts hatte Guldberg verwundert. Aber, wie er schreibt, »vielleicht wünschte die Majestät die äußerste Geheimhaltung, und diese war nur unter dem wachenden Auge Gottes zu erreichen«. Als Guldberg eintraf, fand er die Kirche leer, bis auf eine einsame Gestalt in der allerersten Bankreihe.

Er ging dorthin. Es war die Königinwitwe. Sie bat ihn, sich zu setzen.

Es zeigte sich, daß die Stiefel-Caterine das Problem war.

Die Königinwitwe hatte rasch, mit einer erstaunlich rohen Konkretheit und in einer Sprache, die er kaum erwartet hatte, besonders nicht in dieser Kirche, das Problem dargelegt.

»Meine Informationen sind vollkommen sicher. Er ist fast jeden Abend bei ihr. Es hat sich schon in Kopenhagen herumgesprochen. Der König und das ganze Königshaus, ja der Hof, sind zum Gespött der Leute geworden.«

Guldberg hatte ganz still dagesessen und das Kruzifix mit dem leidenden Erlöser betrachtet.

»Auch ich habe es gehört, Euer Gnaden«, hatte er geantwortet. »Leider scheinen Ihre Informanten korrekt informiert zu sein.«

»Ich bitte Sie zu intervenieren. Die junge Gemahlin wird des königlichen Samens nicht teilhaftig.«

Er hatte seinen Ohren nicht getraut, aber das hatte sie gesagt, und danach fuhr sie fort:

»Die Situation ist ernst. Er ergießt seinen königlichen Samen in den schmutzigen Schoß der Stiefel-Caterine. Nichts ungewöhnlich daran. Aber er muß gezwungen werden, auch die Königin zu decken. Man sagt, es sei einmal geschehen, das reicht nicht. Die Thronfolge des Landes ist gefährdet. Die Thronfolge des Landes.«

An diesem Punkt hatte er sie angesehen und gesagt:

»Aber Ihr eigener Sohn ... könnte ja dann folgen.«

Sie hatte kein Wort gesagt.

Sie wußten ja beide, wie unmöglich dies war. Oder wußte sie es nicht? Oder wollte sie es nicht wissen? Ihr einziger Sohn, der Erbprinz, der Halbbruder des Königs, war mißgebildet, sein Kopf kegelförmig und verdreht, und er wurde von wohlwollenden Personen als leicht lenkbar, von anderen als hoffnungslos debil angesehen. Der englische Gesandte hatte in einem Brief an Georg III. sein Aussehen beschrieben. »Sein Kopf war unförmig, er sabberte unkontrolliert und stieß, wenn er sprach, häufig sonderbare kleine Grunzlaute aus und lachte beständig mit dem Gesichtsausdruck eines Schwachsinnigen.« Das war grausam, aber wahr. Sie wußten es ja beide. Guldberg war sechs Jahre lang sein Informator gewesen.

Er kannte auch ihre große Liebe zu diesem mißgebildeten Sohn.

Er hatte diese Liebe alles entschuldigen sehen, aber auch oft ihre Tränen beobachtet; daß dieser mißgestaltete arme Kerl, »das Monster«, wie er zuweilen am Hof genannt wurde, Dänemarks König werden könnte, das glaubte wohl nicht einmal diese liebende Mutter.

Er konnte es nicht sicher wissen.

Aber das andere, was sie gesagt hatte! Alles, was sie sonst gesagt hatte, war, in der Sache, so sonderbar, daß er nicht antworten konnte. Die Empörung über den vergeudeten königlichen Samen wirkte sonderbar: die Königinwitwe Juliane Marie hatte in der Ehe mit einem König gelebt, der seinen königlichen Samen in beinah sämtliche Huren Kopenhagens geleert hatte. Sie war sich dessen bewußt. Sie hatte es ertragen. Dieser König war auch gezwungen worden, sie selbst zu decken, und sie hatte sich dazu gezwungen. Sie hatte auch dies ertragen. Und sie hatte einen Sohn geboren, der debil war, ein armes, sabberndes Kind, das sie liebte.

Sie hatte die Mißbildung ihres Sohns nicht nur »ertragen«. Sie hatte ihn geliebt.

»Mein Sohn«, erwiderte sie schließlich mit ihrer metallisch klaren Stimme, »wäre sicher ein besserer Monarch als dieser ... verwirrte und liederliche ..., mein Sohn wäre ..., mein geliebter Sohn wäre ...«

Plötzlich hatte sie nichts mehr gesagt. Sie war verstummt. Beide saßen lange still. Dann hatte sie sich gefaßt und gesagt:

»Guldberg. Wenn Sie meine Stütze werden. Und eine Stütze für ... meinen Sohn. Werde ich Sie reichlich belohnen. Reichlich. Ich sehe in Ihrer scharfen Intelligenz einen Schutzschild für das Reich. Sie sind, wie mein Sohn, dem Äußeren nach von ... unbedeutender ... Gestalt. Aber Ihr Inneres ...«

Sie hatte nicht weitergesprochen. Guldberg hatte geschwiegen.

»Sie sind sechs Jahre der Lehrer des Erbprinzen gewesen«, hatte sie schließlich geflüstert. »Gott hat ihm ein unansehnliches Äußeres gegeben. Viele verachten ihn deshalb. Ich bitte Sie jedoch – wäre es Ihnen möglich, daß Sie ihn ebenso sehr lieben, wie ich es tue?«

Die Frage kam unerwartet und schien allzu gefühlsbetont. Nach einer Weile, als er nicht antwortete, hatte sie wiederholt:

»Daß Sie in Zukunft meinen Sohn ebenso sehr lieben, wie ich es tue? Dann wird nicht nur der allmächtige und gnadenreiche Vater Sie belohnen. Sondern auch ich.«

Und nach einem weiteren Moment des Schweigens hatte sie hinzugefügt:

»Wir drei werden dieses arme Reich retten.«

Guldberg hatte geantwortet:

»Euer Gnaden. Solange ich lebe, soll dies geschehen.«

Sie hatte seine Hand genommen und sie gedrückt. Er schreibt, dies sei ein großer Augenblick in seinem Leben gewesen, der es für immer verändern sollte. »Von diesem Augenblick an schenkte ich dem unglücklichen Erbprinzen Friedrich eine so ungeteilte Liebe, daß nicht nur er, sondern auch seine Frau Mutter, die Königinwitwe, fortan bedingungsloses Vertrauen zu mir hatten.«

Sie hatte danach wieder von der Stiefel-Caterine gesprochen. Und am Ende hatte die Königinwitwe beinah zischend, aber doch mit ausreichend lauter Stimme, so daß ihr Echo lange in der Schloßkirche zu hören sein sollte, gesagt:

»Sie muß weg. FESTIGKEIT!!!«

Am Abend des 5. Januar 1768, des Tags vor Dreikönige, wurde Caterine von vier Polizisten aus ihrer Wohnung in Christianshavn geholt. Es war spät am Abend und kalter Regen.

Sie kamen gegen zehn Uhr, zerrten sie heraus und schleppten sie zu einem geschlossenen Wagen. Soldaten sorgten dafür, daß Neugierige ferngehalten wurden.

Sie hatte zuerst geweint, dann rasend vor Wut nach den Polizisten gespuckt; erst als sie im Wagen saß, war sie Guldbergs gewahr geworden, der die Festnahme persönlich überwachte.

»Ich hab es gewußt!« hatte sie geschrien. »Du kleine, miese Ratte, ich hab es gewußt!«

Guldberg war herangetreten und hatte ein Säckchen mit Goldmünzen auf den Boden des Wagens geworfen.

»Du bekommst Hamburg zu sehen«, hatte er leise gesagt. »Und nicht alle Huren werden so gut bezahlt.«

Dann wurde die Tür zugeschlagen, die Pferde setzten sich in Bewegung, und die Stiefel-Caterine hatte ihre Auslandsreise angetreten.

7.

An den ersten Tagen hatte Christian nicht begriffen, daß sie fort war. Dann begann er es zu ahnen. Da wurde er nervös.

Er hatte zur Verblüffung des Hofs und ohne vorherige Einladung Graf Bernstorff aufgesucht und dort sein Abendessen eingenommen. Während des Essens hatte er ganz verwirrt von Kannibalen geredet. Man hatte dies als Ausdruck seiner Nervosität gedeutet. Der König stand ja in dem Ruf der Melancholie, der Nervosität sowie der Gewalttätigkeit; und dies alles, ohne daß eine Erklärung gegeben wurde. In den darauffolgenden Nächten wanderte er ununterbrochen durch die Straßen von Kopenhagen, und man begriff, daß er nach Caterine suchte.

Zwei Wochen später, als die allgemeine Sorge um das Wohl der Majestät groß geworden war, war dem König brieflich mitgeteilt worden, daß Caterine eine Auslandsreise angetreten habe, ohne ihr Ziel zu nennen, sie habe aber gebeten, ihm Grüße auszurichten.

Drei Tage lang hatte der König sich in die Abgeschiedenheit seiner Räume zurückgezogen. Dann war er eines Morgens verschwunden.

Der Hund war auch fort.

Man leitete sofort Nachforschungen ein. Schon nach wenigen Stunden kam die Mitteilung, der König sei wieder aufgefunden worden; er war am Strand der Køge Bucht wandernd gesehen worden, und Soldaten bewachten ihn aus der Distanz. Die Königinwitwe hatte Guldberg geschickt, um die Bedeutung des Briefs zu erklären und den König zu beschwören, ins Schloß zurückzukehren.

Er saß am Strand.

Es war ein pathetischer Anblick. Er hatte den Hund dicht bei sich, und der Hund knurrte Guldberg an.

Guldberg hatte zum König gesprochen wie ein Freund.

Er hatte zu Christian gesagt, er müsse seine königliche Ruhe zurückgewinnen, dem Lande zuliebe. Es gebe keinen Grund zur Verzweiflung oder Niedergeschlagenheit. Der Hof und die Königinwitwe, ja alle!, seien der Meinung gewesen, das der Caterine vom König erwiesene Wohlwollen sei zu einem zu Besorgnis Anlaß gebenden Faktor geworden. Dieses Wohlwollen könnte möglicherweise des Königs – ohne Zweifel zärtliche – Gefühle für die junge Königin verblassen lassen und damit die Zukunft des Throns gefährden. Ja, vielleicht dachte sogar Fräulein Beuthaken genau so! Vielleicht war dies die Erklärung. Vielleicht verhielt es sich so, daß ihre unerwartete Reise sich auf den Wunsch gründete, dem Land zu dienen, dem dänischen Reich, daß sie geglaubt habe, dem Wunsch des ganzen dänischen Reichs nach einem Erben, der die Thronfolge sicherte, im Wege zu stehen. Er sei sich dessen beinahe sicher, hatte er gesagt,

»Wo ist sie«, hatte Christian gefragt.

»Vielleicht kehrt sie zurück«, hatte Guldberg geantwortet, »wenn die Thronfolge des Landes gesichert ist.«

Ja, hatte er gesagt, er sei beinah sicher, daß ihre in Uneigennützigkeit begründete Sorge um Dänemark, ihre überraschende Flucht, daß diese Unruhe sich dann legen würde. Und daß sie dann zurückkehren würde und wieder an die tiefe Freundschaft mit dem König anknüpfen könnte, die ...

»Wo ist sie«, hatte der König geschrien. »Wissen Sie, daß man über Sie lacht? Einen so kleinen unbedeutenden ... einen so ... wissen Sie, daß man Sie die Guldechse nennt?«

Dann war er verstummt, als sei er plötzlich vor Schrecken gelähmt, und hatte Guldberg gefragt:

»Muß ich jetzt bestraft werden?«

In diesem Augenblick, schreibt Guldberg, sei er von einer großen Trauer und einem großen Mitleid ergriffen worden.

Er hatte bei Christian gesessen. Und es stimmte ja, was der König gesagt hatte: Daß er selbst, dem Äußeren nach, wie der König! wie der König!!!, unbedeutend war, geringgeachtet, daß der König scheinbar der Erste, in Wirklichkeit aber einer der Letzten war. Hätte er sich nicht der königlichen Forderung nach Ehrfurcht gebeugt, sich nicht den Regeln des Zeremoniells unterworfen, dann hätte er diesem Jungen gern erzählt, daß er selbst, auch er, einer der Letzten sei. Daß er die Unreinheit hasse, daß das Unreine fortgeschnitten werden müsse, wie man Glieder fortschneidet, die dem Menschen zur Verführung sind, ja, daß eine Zeit des Schneidens kommen werde, da dieser liederliche Hof mit all seinen Parasiten von Gottes großem Werk fortgeschnitten werden würde, da die Prasser, die Gottesleugner, die Trinker und die Hurenböcke am Hof Christians VII. ihre rechtmäßige Strafe erhalten würden. Die Sicherheit des Staates würde garantiert, die Königsmacht gestärkt werden, das Feuer der Reinigung würde durch dieses stinkende Reich gehen. Und die Letzten würden die Ersten sein.

Und daß er dann, gemeinsam mit dem von Gott Auserkorenen, sich des großen Reinigungswerks erfreuen würde, das sie beide ausgeführt hätten.

Aber er hatte nur gesagt:

»Ja, Majestät, ich bin ein kleiner und ganz und gar unansehnlicher Mensch. Aber doch ein Mensch.«

Der König hatte ihn daraufhin angesehen, mit einem Ausdruck von Verwunderung. Dann hatte er aufs neue gefragt:

»Wo ist sie?«

»Vielleicht Altona ... Hamburg ... Paris ... London ... Sie ist eine große und reiche Persönlichkeit, zerrissen von Sorge angesichts des Schicksals Eurer Majestät ... und der Pflichten gegen Dänemark ... aber sie kehrt vielleicht zurück, wenn sie die Nachricht erreicht, daß die Thronfolge des Landes gesichert ist. Gerettet ist.«

»Europa?« hatte der König in Verzweiflung geflüstert. »Europa?«

»Paris ... London ...«

Der König hatte gefragt:

»Muß ich sie in ... Europa suchen?«

Der Hund hatte gewinselt. Nebel lag über dem Wasser des Öresunds, man sah die schwedische Küste nicht. Guldberg hatte die wartenden Soldaten zu sich gewinkt. Dänemarks König war aus der äußersten Not und Irrnis gerettet.

8.

Keine Veränderungen in der Gemütsverfassung des Königs. Aber bei einer überraschend einberufenen außerplanmäßigen Ratssitzung gab der König seinen Wunsch bekannt, eine große Europareise anzutreten. Er hatte auf dem Tisch im Ratssaal eine Karte von Europa ausgebreitet. Im Raum waren drei Staatsräte sowie Guldberg und ein gewisser Graf Rantzau zugegen; der König hatte, ungewöhnlich entschieden und konzentriert, die Reiseroute beschrieben. Was er beschrieb, war ganz offensichtlich eine große Bildungsreise. Der einzige, der sonderbar nachdenklich zu sein schien, war Guldberg, aber er sagte nichts. Die übrigen waren sich darin einig, daß Europas Fürsten den jungen dänischen Monarchen mit Sicherheit wie einen Ebenbürtigen willkommen heißen würden.

Der König hatte, als Zustimmung gewonnen war, den Finger über die Karte gezogen und gemurmelt:

»Altona ... Hamburg ... Paris ... Europa ...«

Nachdem der König den Raum verlassen hatte, waren Guldberg und Graf Rantzau zurückgeblieben. Rantzau hatte Guldberg gefragt, warum er so auffallend nachdenklich sei.

»Wir können die Reise des Königs ohne Sicherheitsmaßnahmen nicht zulassen«, hatte Guldberg nach einer Weile des Zögerns gesagt. »Das Risiko ist allzu groß. Seine Nervosität ... seine plötzlichen Wutanfälle ... es würde unerwünschte Aufmerksamkeit erregen.«

»Wir brauchen einen Leibarzt«, hatte Graf Rantzau da vorgeschlagen. »Der ihn beaufsichtigen kann. Und beruhigen.«

»Aber wer?«

»Ich kenne einen sehr tüchtigen Arzt«, hatte Rantzau gesagt. »Gebildet, Praxis in Altona. Spezialist für Pockenimpfungen. Er ist Deutscher, die Eltern sind fromme Pietisten, sein Vater Theologe. Er heißt Struensee. Sehr tüchtig. Sehr tüchtig.«

»Ein Freund?« hatte Guldberg mit ausdruckslosem Gesicht gefragt. »Einer Ihrer Protegés?«

»Genau.«

»Und von Ihren ... Aufklärungsideen beeinflußt?«

»Ganz unpolitisch«, hatte Rantzau erwidert. »Ganz unpolitisch. Spezialist für Pockenimpfungen und die Gesundheit der Glieder. Hat seine Dissertation über letzteres geschrieben.«

»Kein Jude, wie Reverdil?«

»Nein.«

»Ein schöner Junge ... vermute ich?«

Da war Rantzau plötzlich auf seiner Hut; weil er unsicher war, welche Bedeutung er der Frage beimessen sollte, antwortete er nur ausweichend, jedoch mit einer Kälte, die anklingen ließ, daß er die Insinuation nicht duldete:

»Spezialist für Pockenimpfungen.«

»Können Sie sich für ihn verbürgen?«

»Ehrenwort!!!«

»Ehrenworte pflegen Aufklärern leicht von den Lippen zu gehen.«

Ein eiskaltes Schweigen war eingetreten. Schließlich hatte Guldberg dieses gebrochen und mit einem seiner seltenen Lächeln gesagt:

»Ein Scherz. Selbstverständlich. Sagten Sie ... Struensee?«

So fing alles an.

Teil 2
Der Leibarzt

Kapitel 5

Der Schweigsame

1.

Seine Freunde nannten ihn »den Schweigsamen«. Er war keiner, der redete, wenn es nicht nötig war. Aber er hörte aufmerksam zu.

Man kann der Tatsache, daß er schweigsam war, Gewicht beimessen. Oder der, daß er zuhören konnte.

Er hieß Johann Friedrich Struensee.

In Holstein, rund achtzig Kilometer nördlich von Hamburg und der benachbarten kleineren Stadt Altona, lag das Gut Ascheberg. Es war weithin in Europa für seine Gartenanlagen berühmt und befand sich im Besitz der Familie Rantzau.

Die Gartenanlagen wurden in den 30er Jahren des 18. Jahrhunderts fertiggestellt und umfaßten Kanäle, Alleen und quadratische Buschanlagen in einem für das Frühbarock charakteristischen geradlinigen System.

»Der Park von Ascheberg« war ein großartiges Stück Landschaftsarchitektur.

Doch was dem Park seinen Ruhm eingebracht hatte, war die Ausnutzung der eigentümlichen natürlichen Geländeformationen. Die Natur wurde der Unnatur einverleibt. Die Barockanlage mit ihrer tiefen Zentralperspektive von Alleen und Kanälen erstreckte sich entlang des Seeufers. Aber dahinter lag ein Höhenzug, der »der Berg« genannt wurde; es war eine Anhöhe mit weichen Falten und eigentümlichen eingesprengten Tälern, wie Flicken am Berghang; hinter dem recht anspruchslosen Hauptgebäude erhob sich dieses Terrain steil und mit einer natürlichen Wildheit, die in der sanften dänischen Landschaft ungewöhnlich war.

»Der Berg« war bewaldet, es war ein natürlicher Berg, gleichzeitig gezähmt und im Naturzustand.

Sanfte, hohlwegartige Täler. Terrassen. Wald. Die vollendete Natur, gleichzeitig vom Menschen geschaffen und kontrolliert und Ausdruck von Freiheit und Wildheit. Von der Spitze des Bergs sah man weit. Man sah auch, was der Mensch zustande bringen konnte: eine natürliche Abbildung der wilden Natur.

Ein Ausläufer des Bergs erstreckte sich in den Garten. Das Wilde im Gezähmten. Es war ein zivilisatorischer Traum von Beherrschung und Freiheit.

In einer der »Falten« des Bergs, einer Talsenke, hatte man zwei sehr alte Hütten gefunden. Es waren vielleicht Wohnstätten von Bauern oder – was man sich lieber vorstellen möchte – Hirten gewesen.

Eine von diesen Hütten wurde restauriert, und zwar aus einem ganz besonderen Anlaß.

1762 war Rousseau ins Exil gegangen, nachdem das Pariser Parlament den Henker beauftragt hatte, seinen *Émile* zu verbrennen.

Er suchte an verschiedenen Orten in ganz Europa Zuflucht, und der Besitzer von Ascheberg, ein Graf Rantzau, der damals sehr alt war, aber sein ganzes Leben lang für radikale Ideen geschwärmt hatte, lud den Verfolgten ein, sich in Ascheberg niederzulassen. Er sollte diese Hütte auf dem Berg bekommen, dort könnte er wohnen; man stellte sich vermutlich vor, der große Philosoph könnte, unter diesen primitiven Verhältnissen, nahe an der Natur, die er ja pries und zu der er zurückzukehren wünschte, sein großes schriftstellerisches Werk fortführen, und so würden seine Lebensbedürfnisse und sein Denken auf eine glückliche Art und Weise zusammenfallen.

Zu diesem Zweck wurde neben der Hütte auch ein Gemüsegarten angelegt.

Hier sollte er sein Gemüse anbauen, seinen Garten bestellen. Ob die Anlage des Gemüsegartens an den bekannten

Ausdruck von dem Mann anknüpfte, »der in aller Ruhe sein Feld bestellt und die Politik fahren läßt«, ist nicht bekannt. Doch der Gemüsegarten war auf jeden Fall vorbereitet. Und der Graf kannte sicher seine *Nouvelle Héloise* und den Passus, der da lautet: »Die Natur flieht besuchte Orte; auf den Berggipfeln, in den tiefsten Wäldern, auf den einsamsten Inseln zeigt sie ihren eigentlichen Zauber. Wer die Natur liebt und sie nicht in der Entlegenheit aufsuchen kann, ist also gezwungen, ihr Gewalt anzutun, sie zu sich zu zwingen; und dieses alles läßt sich nicht erreichen ohne ein gewisses Maß an Illusion.«

Der Park von Ascheberg war die Illusion vom Naturzustand.

Rousseau kam zwar nie nach Ascheberg, doch sein Name verband sich auf mythische Art und Weise mit dem Park von Ascheberg, machte ihn unter Natur- und Freiheitsschwärmern in Europa bekannt. Der Park von Ascheberg nahm unter den berühmten »sentimentalen Orten« in Europa einen Platz ein. Das »Bauernhaus«, das Rousseau zugedacht war, wurde zu einem Wallfahrtsort; die Hütte in der Talsenke und der mit der Zeit immer stärker verwilderte Gemüsegarten waren einen Besuch wert. Von einem Haus für einen Hirten konnte ja kaum die Rede sein, eher von einer Kultstätte für Intellektuelle auf dem Weg von der Naturschwärmerei in die Aufklärung. Wände, Türen und Fensterbretter waren mit zierlichen Zitaten aus der französischen und deutschen Poesie bemalt, mit Versen von zeitgenössischen Poeten, aber auch von Juvenal.

Auch Christians Vater, Friedrich V., machte die Wanderung hinauf zu Rousseaus Hütte. Der Berg wurde danach »Königsberg« genannt.

Die Hütte wurde in dieser Zeit zu einer Art Heiligtum für dänische und deutsche Aufklärer. Sie sammelten sich auf Gut Ascheberg, sie wanderten zu Rousseaus Hütte hinauf, sie sprachen hier über die großen Ideen der Zeit. Sie hießen Ahlefeld und Berckentin, sie hießen Schack Carl Rantzau, von Falkenskjold, Claude Louis de Saint-Germain, Ulrich Adolph Holstein und Enevold Brandt. Sie betrachteten sich als Aufklärer.

Einer von ihnen hieß Struensee.

Hier, in dieser Hütte, sollte er, sehr viel später, der Königin von Dänemark, Caroline Mathilde, ein Stück aus Holbergs *Moralische Gedanken* vorlesen.

Er war ihr in Altona begegnet. Das weiß man.

Struensee hatte Caroline Mathilde gesehen, damals, als sie auf dem Weg zu ihrer Vermählung in Altona ankam, und hatte bemerkt, daß sie verweint aussah.

Aber sie sah Struensee nicht. Er war einer in der Menge. Sie standen in einem Raum. Sie hatte ihn nicht gesehen. Fast niemand scheint ihn zu dieser Zeit gesehen zu haben, wenige haben ihn beschrieben. Er war freundlich und schweigsam. Er war größer als mittelgroß, blond, mit wohlgeformtem Mund und gesunden Zähnen. Den Zeitgenossen fiel auf, daß er, als einer der ersten, Zahncreme benutzte.

Im übrigen fast nichts. Reverdil, der ihn schon im Sommer 1767 in Holstein traf, bemerkt lediglich, daß der junge deutsche Arzt Struensee taktvoll auftrat und ohne sich aufzudrängen.

Noch einmal: jung, schweigsam, zuhörend.

2.

Drei Wochen, nachdem König Christian VII. den Beschluß gefaßt hatte, eine Reise durch Europa anzutreten, besuchte Graf Rantzau im Auftrag der dänischen Regierung den deutschen Arzt Johann Friedrich Struensee in Altona, um ihm das Angebot zu machen, der Leibarzt des dänischen Königs zu werden.

Sie kannten sich ja gut. Sie hatten viele Wochen auf Ascheberg verbracht. Sie waren zu Rousseaus Hütte hinaufgewandert. Sie gehörten dem Kreis an.

Rantzau jedoch viel älter. Struensee noch jung.

Struensee wohnte zu diesem Zeitpunkt in einer kleinen Wohnung an der Ecke von Papageienstraße und Reichsstraße, war aber an dem Tag, an dem das Angebot kam, wie gewöhnlich auf Krankenbesuch. Nach einiger Mühe hatte Rantzau ihn in einem baufälligen Haus im Elendsviertel von Altona gefunden, wo er Kinder aus der Gegend gegen Pocken impfte.

Rantzau hatte ohne Umschweife sein Anliegen vorgebracht, und Struensee hatte auf der Stelle und ohne zu zögern abgelehnt.

Er fand die Aufgabe uninteressant.

Er hatte gerade die Impfung der drei Kinder einer Witwe beendet. Er schien guter Dinge, aber war nicht interessiert. Nein, hatte er gesagt, das interessiert mich nicht. Er hatte dann seine Instrumente zusammengepackt, den kleinen Kindern lächelnd über die Köpfe gestreichelt, die Dankesworte der Frau des Hauses entgegengenommen und ihr Anerbieten akzeptiert, zusammen mit dem hohen Gast in der Küche ein Glas Wein zu sich zu nehmen.

Die Küche hatte einen Erdfußboden, und die Kinder wurden nach draußen gebracht.

Graf Rantzau hatte geduldig gewartet.

»Du bist sentimental, mein Freund«, hatte er gesagt. »Der heilige Franziskus unter den Armen Altonas. Aber denk daran, daß du ein Aufklärer bist. Du mußt weiter blicken. Jetzt siehst du nur die Menschen vor dir, aber hebe den Blick. Sieh über sie hinaus. Du bist einer der brillantesten Köpfe, die mir begegnet sind, du hast eine große Lebensaufgabe vor dir. Du kannst dieses Angebot nicht ablehnen. Krankheit gibt es überall. Ganz Kopenhagen ist krank.«

Struensee hatte darauf nichts erwidert, nur gelächelt.

»Du solltest dir selbst größere Aufgaben vornehmen. Der Leibarzt eines Königs kann Einfluß gewinnen. Du kannst deine Theorien verwirklichen ... in der Wirklichkeit. In der Wirklichkeit.«

Keine Antwort.

»Warum habe ich dir soviel beigebracht?« hatte Rantzau gefragt, jetzt in einem irritierten Tonfall. »Diese Gespräche! Diese Studien! Warum nur Theorien? Warum nicht richtig etwas tun? Etwas ... Wirkliches?«

Struensee hatte daraufhin reagiert und nach einer Weile des Schweigens begonnen, sehr leise, aber vernehmlich von seinem Leben zu sprechen.

Offenbar hatte er sich durch den Ausdruck »etwas Wirkliches« gekränkt gefühlt.

Er hatte freundlich gesprochen, aber mit einem leicht ironischen Unterton. »Mein Freund und verehrter Lehrer«, hatte er gesagt. »Ich bin doch der Meinung, daß ich etwas ... tue. Ich habe meine Praxis. Aber außerdem – außerdem! – ›tue‹ ich gewisse andere Dinge. Etwas Wirkliches. Ich führe eine Statistik über alle medizinischen Probleme in Altona. Ich beaufsichtige die drei Apotheken, die es in dieser Stadt mit 18000 Einwohnern gibt. Ich helfe Verletzten und Verunglückten. Ich überwache die Behandlung der Geisteskranken. Ich bin bei den Vivisektionen im Theatro Anatomico anwesend und assistiere. Ich krieche in Elendsbehausungen, abscheuliche Löcher, wo Menschen im Gestank liegen, und ich besuche die Ohnmächtigen. Ich höre mir an, was diese Ohnmächtigen und Kranken an Beschwerden haben. Ich trage Sorge für die Kranken im Frauengefängnis, im Krankenhaus, im Zuchthaus, behandle kranke Arrestanten in der Wache und im Haus des Henkers. Auch die zum Tode Verurteilten sind krank, ich helfe den zum Tode Verurteilten, leidlich zu überleben, bis die Axt des Henkers sie trifft wie eine Befreiung. Ich behandle täglich acht bis zehn Arme, die nicht bezahlen können, sondern für die die Armenkasse sorgt. Ich behandle arme Reisende, für die die Armenkasse nicht aufkommt. Ich behandle Landarbeiter, die durch Altona ziehen. Ich behandle Patienten mit ansteckenden Krankheiten. Ich halte Vorlesungen in Anatomie. Ich glaube«, hatte er seine Erwiderung abgeschlossen, »man kann sagen, daß ich gewisse noch nicht ganz aufgeklärte Teile der Wirklichkeit in dieser Stadt kenne. Nicht ganz aufgeklärte! Soviel zum Thema Aufklärung.«

»Bist du jetzt fertig?« hatte Rantzau mit einem Lächeln gefragt.

»Ja, ich bin fertig.«

»Ich bin beeindruckt«, hatte Rantzau da gesagt.

Dies war die längste Rede, die er den »Schweigsamen« je hatte halten hören. Er war jedoch fortgefahren mit seiner Überredung. »Schau weiter«, hatte er gesagt. »Du als Arzt könntest auch Dänemark gesund machen. Dänemark ist ein Tollhaus. Der Hof ist ein Tollhaus. Der König ist begabt, aber vielleicht ... wahnsinnig. Ein kluger aufgeklärter Mann an seiner Seite könnte in dem Scheißhaus Dänemark ausmisten.«

Ein kleines Lächeln war auf Struensees Lippen getreten, aber er hatte nur schweigend den Kopf geschüttelt.

»Du kannst heute«, hatte Rantzau gesagt, »im Kleinen Gutes tun. Das tust du. Ich bin beeindruckt. Aber du kannst auch die größere Welt verändern. Nicht nur davon träumen, es zu tun. Du kannst Macht bekommen. Du darfst nicht nein sagen.«

Sie saßen lange schweigend.

»Mein schweigsamer Freund«, hatte Rantzau schließlich freundlich gesagt. »Mein schweigsamer Freund. Was soll aus dir werden. Der so viele edle Träume hat und solche Angst davor, sie zu verwirklichen. Aber du bist ja ein Intellektueller, wie ich, und ich verstehe dich. Wir wollen unsere Ideen nicht mit Wirklichkeit beschmutzen.«

In diesem Augenblick hatte Struensee Graf Rantzau mit einem Ausdruck von Wachsamkeit angesehen oder wie nach einem Peitschenhieb.

»Die Intellektuellen«, hatte er gemurmelt. »Die Intellektuellen, ja. Aber ich betrachte mich nicht als Intellektuellen. Ich bin nur Arzt.«

Später am selben Abend hatte Struensee angenommen.

Ein kurzer Passus in Struensees Bekenntnissen aus dem Gefängnis wirft ein eigentümliches Licht auf dieses Ereignis.

Er gibt an, »aus Zufall« Leibarzt geworden zu sein. Es eigentlich nicht gewollt zu haben. Er hatte ganz andere Pläne. Er war im Begriff, Altona zu verlassen und fortzureisen, »nach Malaga oder Ostindien«.

Keine Erklärungen. Nur der Wunsch nach Flucht, zu etwas hin.

3.

Nein, er betrachtete sich nicht als Intellektuellen. Es gab andere im Altonaer Kreis, die diese Bezeichnung eher verdienten.

Einer war sein Freund und Lehrer Graf Rantzau. Er war ein Intellektueller.

Er war der Besitzer von Gut Ascheberg, das er jetzt von seinem Vater geerbt hatte. Das Gut lag achtzig Kilometer von Altona entfernt, einer Stadt, die zu dieser Zeit dänisch war. Die wirtschaftliche Basis des Gutes war die Leibeigenschaft oder Bauernsklaverei, »stavnsbåndet«; aber wie auf vielen Gütern in Holstein war die Brutalität geringer, waren die Prinzipien humaner.

Graf Rantzau betrachtete sich als einen Intellektuellen und Aufklärer.

Der Grund dafür war folgender.

Im Alter von fünfunddreißig Jahren, verheiratet und Vater eines Kindes, war er zum Regimentschef im dänischen Heer ernannt worden, weil er früher im französischen Heer unter Marschall Loevendahl militärische Erfahrung gesammelt hatte. Die Erfahrung beruhte auf einer Behauptung und war schwer zu belegen. Das dänische Heer war im Vergleich mit diesen Erfahrungen jedoch eine noch ruhigere Freistatt. Man brauchte dort als Regimentschef keinen Krieg zu fürchten.

Rantzau liebte die Ruhe einer solchen Arbeit. Trotzdem hatte er sich in eine italienische Sängerin verliebt, was seinen Ruf ruinierte, weil er sie nicht allein zu seiner Geliebten gemacht, sondern auch ihre reisende Operettengesellschaft durch die südlichen Teile Europas begleitet hatte. Die Gesellschaft war von Stadt zu Stadt gezogen, ohne daß er Vernunft angenommen und sich ermannt hatte. Um sein Inkognito zu bewahren, hatte er ständig die Erscheinung gewechselt; das eine Mal war er »prächtig ausstaffiert«, das andere Mal »als Priester verkleidet«; dies alles war notwendig, weil er überall Schulden hinterließ.

In zwei Städten auf Sizilien wurde er wegen Betrugs angeklagt, doch vergebens, weil er sich bereits wieder auf dem Festland befand, in Neapel. In Genua stellte er einen Wechsel auf »meinen Vater, Statthalter in Norwegen« aus, konnte indessen nicht vor Gericht gebracht werden, weil er sich zu diesem Zeitpunkt in Pisa befand, wo er angeklagt wurde, als er bereits unterwegs nach Arles war. Später war er für die Polizei nicht mehr auffindbar gewesen.

Die italienische Sängerin hatte er nach einem Eifersuchtskonflikt in Arles verlassen und kehrte anschließend für eine kurze Weile auf sein Gut zurück, um seine Kasse wieder aufzufüllen, was dank einer zusätzlichen königlichen Apanage auch möglich war. Nach dem Besuch in Ascheberg, wo er die Bekanntschaft mit seiner Ehefrau und seiner Tochter auffrischte, war er nach Rußland gereist. Er hatte dort die russische Kaiserin Elisabeth aufgesucht, die im Sterben lag. Er war zu der Ansicht gelangt, daß ihr Nachfolger ihn als Experten für dänische und europäische Fragen brauchen würde. Ein weiterer Grund für die Rußlandreise ergab sich aus einem Gerücht, das den baldigen Ausbruch eines Kriegs zwischen Rußland und Dänemark voraussagte, unter dem Nachfolger der Kaiserin, und dann konnte er diesem Nachfolger gewisse Dienste anbieten, da er über große Kenntnisse des dänischen und des französischen Heers verfügte.

Trotz dieses für Rußland so günstigen Vorschlags hatten

viele den dänischen Edelmann mit Unwillen betrachtet. Seine zahlreichen weiblichen Verbindungen sowie das Faktum, daß kein Krieg ausbrach, machten ihm zu schaffen, und viele hegten Mißtrauen gegenüber »dem dänischen Spion«. Nach einem Konflikt am russischen Hof, der sich aus dem Zwist um die Gunst einer hochstehenden Dame entwickelt hatte, mußte er fliehen und gelangte nach Danzig, wo seine Reisekasse leer war.

Dort traf er einen Fabrikanten.

Dieser wünschte sich in Dänemark niederzulassen, um dort sein Geld anzulegen und sich unter den Schutz einer Regierung zu begeben, die ausländische Industrieinvestitionen mit Wohlwollen betrachtete. Graf Rantzau versicherte diesem Fabrikanten, daß er durch seine Kontakte bei Hofe die gewünschte Protektion erreichen könne. Nachdem er das Kapital des Fabrikanten zu einem gewissen Teil verbraucht hatte, allerdings ohne die Protektion der dänischen Regierung zu erwirken, gelang es dem Grafen, nach Dänemark zurückzukehren, in das Reich, das er jetzt nicht mehr an die russische Kaiserin verraten wollte. Vom Hof wurde ihm daraufhin, aufgrund seines Namens und seines Ansehens, eine jährliche Apanage bewilligt. Er erklärte, nur als dänischer Spion nach Rußland gereist und jetzt im Besitz von Geheimnissen zu sein, die Dänemark zugute kommen würden.

Seine Ehefrau und seine Tochter hatte er während dieser ganzen Zeit auf seinem Gut in Ascheberg verwahrt. Und jetzt sammelte er eine Gruppe intellektueller Aufklärer um sich.

Einer von diesen war ein junger Arzt namens Struensee.

Dieser Lebenslauf und seine umfassenden internationalen Kontakte sowie der Einfluß, den er noch am dänischen Hof hatte, waren der Grund dafür, daß Graf Rantzau sich selbst als Intellektuellen betrachtete.

Er wird in den kommenden Ereignissen um die dänische Revolution eine zentrale Rolle spielen, eine Rolle, deren Vielseitigkeit fast nur im Licht der oben skizzierten Lebensbeschreibung zu verstehen ist.

Die Rolle, die er spielt, ist die eines Intellektuellen.

Seine erste Handlung für Dänemark war die Empfehlung des deutschen Arztes J. F. Struensee als Leibarzt für König Christian VII.

4.

Was für eine bemerkenswerte Stadt, dieses Altona.

Die Stadt lag nahe der Elbmündung, sie war ein Handelszentrum mit 18 000 Einwohnern und hatte in der Mitte des 17. Jahrhunderts Stadtprivilegien bekommen. Altona wurde zum größten Freihafen Nordeuropas ausgebaut, war aber auch zu einem Freihafen für verschiedene Glaubensrichtungen geworden.

Der Freisinn war nützlich für den Handel.

Es war, als zöge das intellektuelle Klima die Ideen und das Geld an, und Altona wurde Dänemarks Hafen nach Europa, die zweitwichtigste Stadt hinter Kopenhagen. Sie lag dicht neben der großen deutschen freien Stadt Hamburg, und bei der Reaktion stand sie in dem Ruf, eine Brutstätte radikalen Denkens zu sein.

Das war die allgemeine Meinung. Eine Brutstätte. Doch weil der Radikalismus sich als wirtschaftlich lohnend erwiesen hatte, durfte Altona seine intellektuelle Freiheit behalten.

Struensee war Arzt. Er war 1737 geboren und schrieb sich im Alter von fünfzehn Jahren als Student der Medizin an der Universität Halle ein. Sein Vater war der Theologe Adam Struensee, der sich früh zum Pietismus hingezogen fühlte und später an der Universität Halle Professor in Theologie wurde. Er war fromm, gelehrt, rechtschaffen, schwermütig und neigte zur Melancholie, während die Mutter als lebensfroher beschrieben wird. Es handelte sich um die Franckesche Richtung des Pietismus, die unter dem Einfluß des Vernunftstrebens, das zu dieser Zeit die Universität in Halle prägte, den gesellschaftlichen Nutzen stark betonte. Das Elternhaus war autoritär, Tugend und Sittlichkeit waren Leitsterne.

Der junge Struensee sollte jedoch revoltieren. Er wurde ein Freisinniger und Atheist. Er war der Ansicht, der Mensch werde, wenn er sich frei entwickeln dürfe, mit Hilfe der Vernunft das Gute wählen. Er schreibt später, daß er früh der Vorstellung vom Menschen »als einer Maschine« angehangen habe, ein Ausdruck, der charakteristisch ist für den Traum der Zeit von Rationalität. Er benutzt diesen Ausdruck wirklich: und daß es nur der Organismus des Menschen sei, der Geist, Gefühle, gut und böse schaffe.

Damit scheint er gemeint zu haben, daß Scharfsinn und Geistigkeit dem Menschen nicht von einem höheren Wesen gegeben seien, sondern durch unsere Lebenserfahrungen geformt würden. Die Pflichten gegenüber dem Nächsten seien der Sinn des Ganzen, sie schüfen die innere Zufriedenheit, gäben dem Leben seinen Sinn und sollten das Handeln des Menschen bestimmen.

Daher der irreführende Ausdruck »Maschine«, den man sicher als poetisches Bild verstehen muß.

Er promovierte mit der Abhandlung »Über die Risiken bei falschen Bewegungen der Glieder«.

Die Analyse ist formalistisch, aber mustergültig. Die handgeschriebene Abhandlung hat indessen eine eigentümliche Besonderheit: an den Rand hat Struensee, mit einer anderen Tinte, die Gesichter von Menschen gezeichnet. Er vermittelt hier ein zweideutiges und unklares Bild seines Inneren. Er läßt die größere intellektuelle Klarheit in der Abhandlung von Menschengesichtern verdunkeln.

Im übrigen besteht der wesentliche Gedankengang der Abhandlung darin, daß vorbeugende Gesundheitspflege wichtig ist, daß körperliche Übungen notwendig sind, daß aber, wenn Krankheit oder ein Schaden eingetreten sind, große Vorsicht vonnöten sei.

Er ist ein guter Zeichner, nach dieser Abhandlung zu urteilen. Die Menschengesichter sind interessant.

Der Text ist von geringerem Interesse.

Als Zwanzigjähriger zieht Struensee nach Altona und eröffnet dort eine Arztpraxis. Er will immer, auch später, als Arzt betrachtet werden.

Nicht Zeichner, nicht Politiker, nicht Intellektueller. Arzt.

Seine andere Seite ist jedoch die des Publizisten.

Wenn die Aufklärung ein rationales und hartes Gesicht hat, nämlich den Vernunftglauben und die Empirie in der Medizin, der Mathematik, der Physik und Astronomie, dann hat sie auch ein weiches, nämlich Aufklärung als Gedankenfreiheit, Toleranz und Freiheit.

Man kann es so sagen: In Altona bewegt er sich von der harten Seite der Aufklärung, nämlich der Entwicklung der Wissenschaften zu Rationalismus und Empirie, hin zur weichen, nämlich zu der These von der Notwendigkeit der Freiheit.

Die erste Zeitschrift (Monatsschrift zum Nutzen und Vergnügen), die er gründet, enthält in der ersten Nummer eine lange Analyse der mit der Landflucht einhergehenden Risiken. Es ist eine sozialmedizinische Analyse.

Die Urbanisierung, schreibt er, ist eine medizinische Bedrohung mit politischen Ursachen. Die Steuern, die Gefahr des Kriegsdienstes, das erbärmliche Gesundheitswesen, der Alkoholismus, all dies schafft ein städtisches Proletariat, das durch ein besser entwickeltes Gesundheitswesen auf dem Land verhindert werden würde. Er zeichnet ein kühles, aber in der Sache furchtbares soziologisches Bild von einem verfallenden Dänemark; sinkende Bevölkerungszahlen, unaufhörliche Pockenepidemien. Er hält fest, daß »die Anzahl der Bettler unter den Bauern jetzt über 60 000 beträgt«.

Andere Artikel haben Überschriften wie »Über die Seelenwanderung«, »Über die Mücken« und »Über den Sonnenstich«.

Ein grob satirischer Text mit der Überschrift »Lobrede auf die Hunde und das Album Graecum«, bringt ihn jedoch zu Fall. Der Text wird, aus gutem Grund, als persönlicher Angriff auf einen bekannten Arzt in Altona aufgefaßt, der mit einem zweifelhaften Mittel gegen Verstopfung, das aus Hundekot gewonnen wurde, viel Geld verdient hat.

Die Zeitschrift wird eingezogen.

Im folgenden Jahr gründet er jedoch eine neue Zeitschrift. Er bemüht sich zwar, Beleidigungen zu unterlassen und Formulierungen zu benutzen, in denen keine Kritik am Staat oder an der Religion anklingt, aber dies mißlingt ihm bei einem Artikel über Maul- und Klauenseuche, von dem es zu Recht heißt, er beinhalte Kritik an der Religion.

Auch diese Schrift wird folglich eingezogen.

In seiner allerletzten Schrift, die er im Gefängnis verfaßt und am Tag vor seiner Hinrichtung beendet, kommt Struensee auf diese sozusagen journalistische Periode in seinem Leben zu sprechen. »Meine moralischen Ideen entwickelten sich in dieser Zeit beim Studium der Schriften Voltaires, Rousseaus, Helvétius' und Boulangers. Damals wurde ich Freidenker und meinte, daß zwar ein höheres Prinzip die Welt und den Menschen geschaffen habe, daß es aber kein Leben nach diesem gebe und daß Handlungen nur dann moralische Kraft besäßen, wenn sie die Gesellschaft auf eine richtige Weise beeinflußten. Den Glauben an eine Bestrafung in einem Leben nach diesem fand ich unsinnig. Der Mensch wird in diesem Leben genügend gestraft. Tugendhaft war für mich derjenige, der das Nützliche tat. Die Begriffe des Christentums waren mir allzu streng – und die Wahrheiten, die es zum Ausdruck brachte, waren in den Schriften der Philosophen ebenso gut ausgedrückt. Die Vergehen der Wollust sah ich als höchst entschuldbare Schwächen an, solange sie nicht schädliche Folgen für einen selbst oder andere hatten.«

Seine Widersacher beschreiben dies in einer allzu knappen Zusammenfassung seines Denkens so, daß »Struensee der Ansicht war, der Mensch sei nur eine Maschine«.

Am wichtigsten für ihn wurden indessen Ludwig Holbergs *Moralische Gedanken*. Das Buch fand sich bei ihm nach seinem Tod auf Deutsch in einem abgegriffenen und mit Unterstreichungen versehenen Exemplar.

Eins der Kapitel in diesem Buch sollte sein Leben verändern.

5.

Am 6. Mai 1768 begann die große europäische Reise König Christians VII.

Sein Gefolge umfaßte insgesamt fünfundfünfzig Personen, und die Reise sollte eine Bildungsreise sein, eine sentimentale Reise in Laurence Sternes Nachfolge (später wurde behauptet, Christian sei stark vom siebten Buch des *Tristram Shandy* beeinflußt worden), sollte indes auch, durch die Pracht des königlichen Gefolges, dem Ausland einen bleibenden Eindruck von Dänemarks Reichtum und Macht vermitteln.

Ursprünglich sollte das Gefolge noch mehr Teilnehmer umfassen, verringerte sich aber nach und nach; einer von denen, die fortgeschickt wurden, war ein Kurier mit Namen Andreas Hjort. Er wurde in die Hauptstadt zurückbeordert und von da nach Bornholm verwiesen, weil er »aus Geschwätzigkeit und Trunkenheit« eines Abends im Beisein von Zeugen enthüllt hatte, daß der König ihm den Auftrag erteilt habe, auf der Reise nach der Stiefel-Caterine zu suchen.

In Altona war Struensee hinzugestoßen.

Ihre Begegnung war sehr eigenartig gewesen.

Der König logierte in der Residenz des Bürgermeisters; als er am Abend nach einem Kurier namens Andreas Hjort fragte, hatte man ihm mitgeteilt, dieser sei in die Hauptstadt zurückgekehrt. Eine Erklärung sei nicht gegeben worden. Die Handlungsweise des Kuriers sei ganz unerklärlich, hatte man gesagt, könne aber auf einem Krankheitsfall in der Familie beruhen.

Christian hatte daraufhin einen Rückfall in seine sonderbaren Spasmen bekommen und anschließend begonnen, in einem Wutanfall das Zimmer zu demolieren, hatte mit Stühlen geworfen, Fenster zerschlagen und auf die sehr schönen Seidentapeten mit einem Stück Kohle aus dem Kamin den Namen Guldberg geschrieben, aber absichtlich falsch buchstabiert. Während dieses Tumults hatte der König sich an der Hand verletzt, er blutete, und Struensee mußte jetzt, als seine erste Aufgabe auf der Reise, den Monarchen verbinden.

Man hatte also den neuen Leibarzt hinzugerufen.

Seine erste Erinnerung an Christian war diese: der sehr zarte Junge saß auf einem Stuhl, seine Hand blutete, und er starrte vor sich hin ins Leere.

Nach einem sehr langen Schweigen hatte Struensee freundlich gefragt:

»Majestät, können Sie diesen plötzlichen ... Zorn erklären? Sie müssen nicht, aber ...«

»Nein, ich muß nicht.«

Dann hatte er nach einer Weile hinzugefügt:

»Man hat mich getäuscht. Sie ist nirgendwo. Und wenn sie irgendwo ist, führt die Reise auf jeden Fall nicht dorthin. Und führt sie dorthin, bringt man sie fort. Vielleicht ist sie tot. Es ist meine Schuld. Ich muß bestraft werden.«

Struensee schreibt, er habe das damals nicht verstanden (das tat er jedoch später) und nur schweigend fortgefahren, die Hand des Königs zu verbinden.

»Sie sind in Altona geboren?« hatte Christian anschließend gefragt.

»In Halle. Aber ich bin sehr früh nach Altona gekommen.«

»Es heißt«, hatte Christian gesagt, »daß es in Altona nur Aufklärer und Freidenker gibt, die die Gesellschaft stürzen, in Schutt und Asche legen wollen.«

Struensee hatte nur ruhig genickt.

»Stürzen!!! Die bestehende Gesellschaft!!!«

»Ja, Majestät«, hatte Struensee gesagt. »So sagt man. Ein europäisches Zentrum der Aufklärung, sagen andere.«

»Und was sagen Sie, Doktor Struensee?«

Der Verband war jetzt fertig. Struensee kniete vor Christian.

»Ich bin ein Aufklärer«, hatte er gesagt, »aber vor allem Arzt. Wenn Majestät es wünschen, kann ich auf der Stelle meinen Dienst beenden und zu meiner üblichen Arbeit als Arzt zurückkehren.«

Christian hatte Struensee daraufhin mit neugewecktem Interesse betrachtet, keineswegs irritiert oder empört über dessen beinah provozierende Klarheit.

»Haben Sie nie den Tempel säubern wollen, Doktor Struensee, von den Unzüchtigen?« hatte er leise gefragt.

Darauf war keine Antwort erfolgt. Aber der König hatte weiter gefragt:

»Die Händler aus dem Tempel vertreiben? Zerschlagen? Damit alles sich aus der Asche erheben kann, wie ... Phönix?«

»Majestät kennen Ihre Bibel«, hatte Struensee abwehrend gesagt.

»Glauben Sie nicht, daß es unmöglich ist, Fortschritte zu machen! FORTSCHRITTE! Wenn man sich nicht hart macht und ... zerschlägt ... alles, so daß der Tempel ...«

Er hatte plötzlich begonnen, im Zimmer umherzugehen, in dem überall Stühle und Glassplitter lagen. Er hatte auf Struensee einen fast ergreifenden Eindruck gemacht, weil seine jungenhafte Gestalt so zart und unbedeutend war, daß man kaum glauben mochte, er habe diese Verwüstung angerichtet.

Dann war er an Struensee herangetreten, ganz dicht, und hatte geflüstert:

»Ich habe einen Brief erhalten. Von Herrn Voltaire. Einem angesehenen Philosophen. Dem ich Geld gegeben hatte für einen Prozeß. Und er preist mich in dem Brief. Als ... als ...«

Struensee hatte gewartet. Dann kam es, leise, wie eine geheimnisvolle Mitteilung, die sie aneinander binden sollte. Ja, im Nachhinein sollte Struensee sich an diesen Augenblick erinnern, den er in seinen Gefängnisaufzeichnungen beschreibt, einen Augenblick absoluter Nähe, als dieser wahnsinnige Junge, dieser König von Gottes Gnaden, ihm ein Geheimnis anvertraute, das unerhört war und teuer, und das sie für immer vereinen sollte.

»… er preist mich … als Aufklärer.«

Es war sehr still im Zimmer gewesen. Und der König war fortgefahren, im gleichen flüsternden Ton:

»In Paris habe ich ein Treffen mit Herrn Voltaire vereinbart. Den ich kenne. Durch den Briefwechsel. Kann ich Sie dann mitnehmen?«

Struensee, mit einem sehr kleinen Lächeln:

»Gerne, Majestät.«

»Kann ich mich auf Sie verlassen?«

Und Struensee hatte gesagt, einfach und still:

»Ja, Majestät. Mehr als Sie ahnen.«

Kapitel 6

Der Reisegenosse

1.

Sie sollten weit reisen.

Die Reise sollte acht Monate dauern, die fünfundfünfzig Personen sollten etwas mehr als viertausend Kilometer mit Pferd und Wagen unterwegs sein, die Wege erbärmlich sein, es sollte Sommer und dann Herbst und schließlich Winter werden, die Wagen hatten keine Heizung und erwiesen sich als undicht, und welchem Zweck die Reise diente, begriff eigentlich niemand: außer daß sie unternommen werden sollte und daß deshalb die Allgemeinheit und die Bauern – man unterschied zwischen der Allgemeinheit und den Bauern – gaffend und jubelnd oder gehässig schweigend den Reiseweg säumen sollten.

Die Reise sollte weitergehen und weitergehen; und es gab sicher ein Ziel.

Das Ziel war, diesen kleinen absoluten Herrscher durch den fallenden Regen voranzubringen, diesen immer apathischer werdenden kleinen König, der seine Rolle haßte und sich in seinem Wagen verbarg und seine Spasmen bewachte und von etwas anderem träumte, von was, das begriff niemand. Er sollte in diesem riesigen Kortege durch Europa geführt werden, auf der Jagd nach etwas, das vielleicht einmal ein heimlicher Traum gewesen war, die Herrscherin des Universums wiederzufinden, die den Zusammenhang in allem wieder herstellen würde, ein Traum in seinem Inneren, der jetzt verblaßte, verwischt wurde, nur noch als Raserei in ihm rumorte, die er nicht zu artikulieren vermochte.

Wie ein Unglückswurm bewegten sie sich durch den europäischen Regen auf nichts zu. Die Reise ging von Kopenhagen nach Kolding, Gottorf, Altona, Celle, Hanau, Frankfurt, Darmstadt, Straßburg, Nancy, Metz, Verdun, Paris, Cambrai, Lille, Calais, Dover, London, Oxford, Newmarket, York, Leeds, Manchester, Derby, Rotterdam, Amsterdam, Antwerpen, Gent, Nijmegen – nein, im Nachhinein verwechselten sie alles, kam nicht Nijmegen vor Mannheim, Amsterdam vor Metz? Doch, so war es.

Aber was war der Sinn dieses phantastischen Feldzugs im europäischen Regen?

Ja, es stimmte: Amsterdam kam nach Nijmegen. Es war am Anfang der Reise. Struensee war sich seiner Erinnerung ganz sicher. Es war am Anfang der unbegreiflichen Reise gewesen, und es war irgendwo vor Amsterdam. Der König hatte Struensee im Wagen bei der Einfahrt nach Amsterdam im tiefsten Vertrauen erzählt, daß »er jetzt beabsichtige, aus der Gefangenschaft der Königswürde, der Etikette und der Moral auszubrechen. Er werde jetzt den Gedanken an Flucht verwirklichen, den er einst mit seinem Informator, Reverdil, erwogen habe«.

Und Struensee notiert: »Er schlug mir vor, in vollem Ernst, mit ihm zu fliehen. Er wollte dann Soldat werden, um zukünftig nicht in Dankesschuld zu jemand anderem zu stehen als sich selbst.«

Es war bei der Einfahrt nach Amsterdam. Struensee hatte geduldig zugehört. Dann hatte er Christian überredet zu warten, ein paar Wochen, auf jeden Fall aber bis nach der Begegnung mit Voltaire und den Enzyklopädisten.

Christian hatte aufgehorcht, wie bei dem schwachen Lockruf von etwas, das einst unerhört bedeutungsvoll gewesen war, sich aber jetzt in einer unendlichen Entfernung befand.

Voltaire?

Sie waren schweigend in Amsterdam eingefahren. Der König hatte teilnahmslos durchs Wagenfenster hinausgestarrt, viele Gesichter gesehen.

»Sie glotzen«, hatte er zu Struensee gewandt bemerkt. »Ich glotze zurück. Aber keine Caterine.«

Der König war nie wieder auf diesen Fluchtplan zu sprechen gekommen.

Dies wurde dem Hof in Kopenhagen nicht berichtet.

Aber fast alles andere. Die Depeschen waren zahllos und wurden aufmerksam gelesen.

Es war Brauch, daß die drei Königinnen dreimal in der Woche Karten spielten. Man spielte Tarock. Die Figuren waren suggestiv; der Gehängte besonders. Die Spielerinnen waren Königin Sophie Magdalene, Witwe Christians VI., die die Majestät um vierundzwanzig Jahre überlebt hatte, weiter Juliane Marie, Witwe Friedrichs V., und Caroline Mathilde.

Daß drei Königinnen in drei Generationen am Hof lebten, wurde als natürlich angesehen, weil es ja für das Königshaus das Normale gewesen war, daß die Könige sich zu Tode soffen, bevor sie Witwer werden konnten, und, wenn die Königin beispielsweise im Kindbett starb, stets eine Wiederverheiratung bewerkstelligt wurde, was regelmäßig am Ende wiederum eine Königinwitwe zurückließ, wie ein verlassenes Schneckenhaus im Sand.

Die Nachwelt sprach immer vom Pietismus und der großen Frömmigkeit der Königinwitwen. Dies hatte jedoch nicht ihre Sprache zerstört. Besonders Juliane Marie entwickelte eine ungewöhnliche sprachliche Strenge, die sich häufig als scheinbare Roheit äußerte.

Man kann vielleicht sagen: Die strenge Forderung der Religion nach Wahrheit und ihre eigenen schrecklichen Erlebnisse hatten ihrer Sprache eine eigentümliche Deutlichkeit gegeben, die manch einen schockieren konnte.

An den Tarockabenden hatte sie viele Möglichkeiten, der jungen Königin Caroline Mathilde Informationen und Ratschläge zu geben. Sie sah die junge Königin noch als willenlos und ohne Eigenschaften.

Später sollte sie diese Ansicht ändern.

»Wir haben«, hatte sie eines Abends mitgeteilt, »sehr beunruhigende Depeschen von der Reise erhalten. Der Leibarzt, der in Altona eingestellt worden ist, hat die Zuneigung der Majestät gewonnen. Sie sitzen beständig zusammen im Wagen des Königs. Dieser Struensee soll ein Aufklärer sein. Wenn das stimmt, ist es ein nationales Unglück. Daß Reverdil fortgeschickt wurde, was ein unerwartetes Glück war, hilft jetzt nicht. Hier gibt es mithin noch eine Schlange.«

Caroline Mathilde, die den Grund für Reverdils unbegreifliche Ausweisung zu verstehen glaubte, hatte darauf nichts erwidert.

»Struensee?« hatte Caroline Mathilde nur gefragt, »ist er Deutscher?«

»Ich mache mir Sorgen«, hatte die Königinwitwe gesagt. »Er wird als intelligent beschrieben, ein charmanter Frauentyp, unsittlich, und aus Altona, das immer ein Schlangennest gewesen ist. Aus Altona kann nie etwas Gutes kommen.«

»Die Depeschen berichten aber doch«, hatte die älteste Königinwitwe versuchsweise eingewandt, »daß der König ruhig ist und nicht zu Huren geht.«

»Sei froh«, hatte Juliane Marie da zur Königin gesagt, »sei froh, daß er ein Jahr fortbleibt. Mein Gatte, die verstorbene Majestät, mußte jeden Tag seine Samenblase leeren, um seine Seelenruhe zu finden. Ich sagte zu ihm: Entleer dich in Huren, aber nicht in mich! Ich bin kein Rinnstein. Kein Ausguß! Lerne daraus, meine junge Freundin. Sittlichkeit und Unschuld erwirbt man sich. Unschuld erobert man durch Widerstand zurück.«

»Wenn er Aufklärer ist«, hatte die älteste Königinwitwe gefragt, »bedeutet das, daß wir einen Fehler gemacht haben?«

»Nicht wir«, hatte die Königinwitwe geantwortet. »Jemand anderes.«

»Guldberg?«

»Er macht keine Fehler.«

Aber die junge Königin hatte nur, in fragendem Ton, angesichts eines Namens, von dem sie später sagte, sie habe ihn zum erstenmal gerade an diesem Tarocktisch gehört, gesagt:

»Was für ein eigenartiger Name. Struensee ...?«

2.

Es war entsetzlich.

Europa war entsetzlich. Man glotzte Christian an. Er bekam es satt. Er empfand Scham. Er fürchtete etwas und wußte nicht was, eine Strafe? Gleichzeitig sehnte er sich nach der Strafe, damit er von der Scham befreit würde.

Er hatte ein Ziel verfolgt mit seiner Reise. Dann war ihm klar geworden, daß dieses Ziel nicht existierte. Da hatte er sich ermannt. Sich zu ermannen war eine Methode, sich hart zu machen und unverwundbar. Er hatte nach einem anderen Sinn der Reise gesucht. Es konnte sein, daß eine europäische Reise Ausschweifungen oder Begegnungen mit Menschen bedeutete. Aber so war es nicht, seine Ausschweifungen waren nicht die der anderen. Die Begegnungen machten ihm Angst.

Übrig blieb nur die Tortur.

Er wußte nicht, was er zu ihnen sagen sollte, wenn sie glotzten. Reverdil hatte ihm viele gute Sätze beigebracht, mit denen man glänzen konnte. Es waren kurze Aphorismen, die fast immer paßten. Jetzt begann er sie zu vergessen. Reverdil war fort.

Es war so entsetzlich, in einer Vorstellung mitzuspielen und dann seinen Text nicht zu wissen.

Die junge Komtesse van Zuylen schreibt in einem Brief, sie sei dem dänischen König Christian VII. während seiner europäischen Reise bei einem Aufenthalt auf Schloß Termeer begegnet.

Er sei klein und kindlich gewesen, »fast wie ein Fünfzehnjähriger«. Schmal und dünn sei er gewesen, und sein Gesicht von einer kränklichen Blässe, fast so, als sei es weiß geschminkt. Er habe paralysiert gewirkt und kein Gespräch führen können. Vor den Hofleuten habe er einige Sätze abgefeuert, die einstudiert wirkten, doch nachdem der Applaus verklungen sei, nur noch auf seine Schuhspitzen gestarrt.

Sie hatte ihn daraufhin, um ihm die Peinlichkeit zu ersparen, auf einen kürzeren Spaziergang in den Park geführt.

Es hatte leicht geregnet. Dabei waren ihre Schuhe naß geworden, und das war seine Rettung gewesen. »Die Majestät schaute während der ganzen Zeit, die wir gemeinsam im Park verbrachten und die etwa eine halbe Stunde dauerte, unablässig auf meine Schuhe, die vielleicht naß werden würden, und sprach während unseres gesamten Beisammenseins von nichts anderem.«

Sie hatte ihn danach zu den wartenden Hofleuten zurückgebracht.

Am Ende war er fast sicher, ein Gefangener zu sein, der in einer gigantischen Prozession einer Strafe zugeführt wurde.

Es machte ihm jedoch keine Angst mehr. Aber eine unendliche Müdigkeit schloß sich um ihn; er meinte langsam in Trauer zu versinken, und das einzige, was ihn dazu bringen konnte, sich daraus zu erheben, waren die regelmäßigen Wutausbrüche, wenn er Stühle auf den Fußboden schlagen konnte, bis sie zersplitterten.

Die Berichte und Depeschen waren vielsagend. »Es gab nicht viele Hotels auf der Reise, in denen nicht eine gewisse Zerstörung zu beobachten war, und in London wurden die Möbel in den Zimmern des Königs fast immer zerschlagen.«

Das war das Fazit.

Nur in Struensees Gegenwart konnte er sich ruhig fühlen. Er verstand nicht, warum. Einmal erwähnt Christian, weil er »elternlos gewesen« sei – (seine Mutter starb, als er zwei Jahre alt war, und mit seinem Vater hatte er ja wenig Kontakt gehabt) – und deshalb nicht wußte, wie Eltern sich verhielten, habe Struensee mit seiner Ruhe und seinem Schweigen ihm den Eindruck vermittelt, wie ein Vater (»ein Vater im Himmel« schreibt er seltsamerweise!) sein solle.

Bei einer Gelegenheit hatte er Struensee gefragt, ob dieser »sein Wohltäter« sei. Struensee hatte mit einem Lächeln gefragt, wie ein solcher beschaffen sei, und Christian hatte darauf geantwortet:

»Ein Wohltäter hat Zeit.«

»Der Schweigsame« wurde Struensee jetzt allgemein in der Reisegesellschaft genannt.

Jeden Abend las er den König in den Schlaf. Während der ersten Hälfte der Reise hatte er Voltaires *Geschichte Karls XII.* als Lektüre ausgewählt.

»Er ist«, schrieb Struensee später, »einer der empfindsamsten, begabtesten und hellhörigsten Menschen, die mir begegnet sind, aber während der Reise schien er langsam in Schweigen und Trauer zu versinken, und dies wurde nur durch seine unerklärlichen Wutausbrüche unterbrochen, die sich jedoch nur gegen ihn selbst und die unschuldigen Möbel richteten, die seinem unerklärlichen Zorn ausgeliefert waren.«

Wenn Struensee aus der *Geschichte Karls XII.* vorlas, sollte er auf einem Stuhl neben dem Bett des Königs sitzen und seine linke Hand halten, während er mit der anderen Hand in dem Buch blätterte. War der König dann eingeschlafen, mußte Struensee vorsichtig seine Hand losmachen und ihn mit seinen Träumen allein lassen.

Langsam begann Struensee zu verstehen.

3.

Der Gastgeber Christians VII. in London war der englische König Georg III., der sich in diesem Jahr, 1768, von seiner ersten Geisteskrankheit erholt hatte, aber depressiv war. Er sollte insgesamt sechzig Jahre herrschen, bis 1820; im Laufe dieser Regierungszeit war er wiederholt geisteskrank, seit 1805 war er blind und nach 1811 unzurechnungsfähig.

Er galt als unbegabt, schwermütig, starrköpfig und war seiner Ehefrau treu, der er neun Kinder schenkte.

Er bereitete dem Gemahl seiner Schwester ein königliches Willkommen. Der Aufenthalt in England dauerte zwei Monate.

Langsam geriet die Reise zu einem Amoklauf.

Die Unruhe ergriff das gesamte königliche Gefolge. Nichts hing mehr richtig zusammen bei der Majestät und in dem, was geschah. Die Pracht, die Hysterie und die Angst, Christians Krankheit könne ernsthaft ausbrechen und den großen königlichen Feldzug zunichte machen, diese Angst nahm zu.

Krankheit oder Normalität: niemand wußte, was am jeweiligen Tag dominieren würde.

Während der Zeit in London begann Struensee zu verstehen, daß es auch nicht zusammenhängen *konnte*. Lange Vormittage konnte der König wie gelähmt dasitzen und vor sich hinstarren, Unbegreifliches murmeln und manchmal, wie in Not, sich an Struensees Beine klammern. Dann wieder war er wie ausgewechselt; zum Beispiel an dem Abend in der italienischen Oper, wo Christian eine Maskerade für dreitausend Personen veranstaltete, und diese wurden auf eine Art und Weise bewirtet, als habe er die Absicht, sich eine Popularität zu verschaffen, die ihn zum König von England machen sollte.

So war die Stimmung! Dieser unbegreiflich großzügige kleine dänische König! Der eine verworrene Rede auf Dänisch hielt (und es war verblüffend, er schien plötzlich aus seiner Schüchternheit hervorzukriechen) und dann vom Balkon dem Pöbel auf der Straße Goldmünzen hinabwarf.

Die Maskerade kostete 20 000 Reichstaler, und Struensee hätte, wenn er es gewußt hätte, konstatieren können, daß sein eigenes, sehr großzügig bemessenes Jahresgehalt als Leibmedicus des Königs 500 Reichstaler betrug.

In der Nacht nach der italienischen Maskeradenorgie hatte Struensee, eigenen Aussagen zufolge, noch lange allein in der Dunkelheit gesessen, nachdem der König eingeschlafen war, und die Situation durchdacht.

Etwas war fundamental verkehrt. Christian war krank und wurde immer kränker. Die Majestät hatte zwar auf eine sonderbare Art und Weise den äußeren Schein wahren können; aber diejenigen, die seine schwachen Augenblicke gesehen hatten, hatten auch scharfe Zungen. Es schwang ein Ton von Verachtung in den Kommentaren mit, der Struensee erschrekken ließ. Horace Walpole hatte gesagt, der König sei »so klein, als ob er der Nußschale einer Märchenfee entstiegen sei«; man sprach davon, daß er wackele wie eine kleine Marionette. Das Einstudierte hatten sie gesehen; was Struensee schmerzte, war, daß man das andere, das darunter war, nicht gesehen hatte.

Man hatte seine Spasmen bemerkt, nicht die plötzlichen Augenblicke des Aufblitzens. Aber insgesamt: Alle waren verblüfft. Samuel Johnson suchte Christian während der Audienz auf, hörte eine halbe Stunde zu und ging.

In der Tür schüttelte er nur den Kopf.

Nur auf den Straßen war Christian VII. ein Erfolg. Es mochte damit zusammenhängen, daß jeder Huldigungschor, der unter dem königlichen Balkon des königlichen Hotels Aufstellung nahm, mit einer Handvoll Goldmünzen bedacht wurde. Jeder finanzielle Rahmen schien jetzt sehr bald gesprengt zu sein.

Der Wendepunkt trat Ende Oktober ein.

4.

David Garrick hieß ein Schauspieler, der auch Direktor des Drury Lane-Theaters war; er war ein großartiger Shakespeare-Interpret, und seine Inszenierungen hatten die englische Shakespeare-Tradition erneuert. Er galt als unübertroffen in komischen wie in tragischen Rollen, doch besonders seine *Hamlet*-Inszenierung, in der er selbst die Hauptrolle spielte, hatte großes Aufsehen erregt.

Weil Christian VII. sein Theaterinteresse zum Ausdruck gebracht hatte, wurde eine Reihe von Matinees und Abendvorstellungen für ihn gegeben. Der Höhepunkt sollte eine *Hamlet*-Aufführung mit Garrick in der Hauptrolle sein.

Struensee erhielt die Mitteilung von der geplanten Vorstellung drei Tage vorher und suchte Garrick sofort auf.

Es war kein leichtes Gespräch gewesen.

Struensee hatte Garrick zu verstehen gegeben, daß die Handlung des Dramas ihm wohlbekannt sei. Hamlet war ein dänischer Kronprinz, dessen Vater ermordet worden war. Die alte Sage bei Saxo war bekannt, und Shakespeare hatte sie auf eine Art und Weise bearbeitet, die Genialität erkennen ließ, aber ein Problem schuf. Die Hauptfrage des Stücks lautete, ob Hamlet geisteskrank war oder nicht.

Er hatte Garrick gefragt, ob sie beide diese schematisierte Interpretation des Dramas teilten. Garrick hatte lediglich gefragt, worauf Struensee hinaus wolle.

Das Problem sei, hatte Struensee geantwortet, daß die auf Besuch befindliche dänische Gesellschaft, wie auch das übrige Publikum, möglicherweise die Frage stellen würden, inwieweit die Wahl des Stücks als Kommentar zu dem königlichen Gast aufzufassen sei.

Oder, um es unverblümt auszudrücken: Viele seien der Ansicht, dieser dänische König sei geisteskrank. War es da angebracht, das Stück zu spielen?

»Kennt er seine Krankheit?« hatte Garrick gefragt.

»Er kennt nicht seine Krankheit, aber er kennt sich selbst und ist davon verwirrt«, hatte Struensee gesagt. »Seine Sensibilität ist bis zum Äußersten angespannt. Er erlebt seine Wirklichkeit als Theaterstück.«

»Wie interessant«, hatte Garrick gesagt.

»Möglicherweise«, hatte Struensee erwidert. »Aber wie er reagieren wird, kann man unmöglich voraussehen. Vielleicht glaubt er dann, Hamlet zu sein.«

Es folgte ein langes Schweigen.

»Christian Amleth«, hatte Garrick schließlich mit einem Lächeln gesagt.

Er hatte sich jedoch sogleich einverstanden erklärt, das Repertoire zu ändern.

Man spielte statt dessen am 20. September 1768 vor dem dänischen König und seinem Gefolge *Richard III.*

Christian VII. sollte nie eine Aufführung von *Hamlet* sehen. Aber Struensee sollte sich immer an Garricks Replik erinnern; Christian Amleth.

In der Nacht nach der Vorstellung hatte Christian sich geweigert einzuschlafen.

Er wollte sich nicht aus der *Geschichte Karls XII.* vorlesen lassen. Er wollte über etwas sprechen, das ihn sichtlich aufgewühlt hatte. Er hatte Struensee gefragt, warum die geplante *Hamlet*-Aufführung durch ein anderes Stück ersetzt worden sei.

Er kannte doch *Hamlet* sehr wohl. Und er bat Struensee unter Tränen, aufrichtig zu sein. Meinte man, daß er selbst wahnsinnig sei? Er versicherte, er glaube nicht, wahnsinnig zu sein, das sei seine feste Gewißheit und Hoffnung, er bete jeden Abend zu seinem Wohltäter, daß dies nicht richtig sei.

Aber klatschte man? Redete man über ihn? Verstand man nicht?

Er hatte sich überhaupt nicht wieder fassen können. Er war nicht wütend gewesen, nicht königlich, ihm hatte während des Ausbruchs jede königliche Würde gefehlt. Würde fehlte ihm häufig. Aber jetzt hatte er zum erstenmal an die Vermutung und Ahnung von seiner eigenen Krankheit gerührt, und das hatte Struensee tief erschüttert.

»Majestät«, hatte Struensee gesagt. »Majestät sind zuweilen nicht ganz leicht zu verstehen.«

Da hatte der König ihn nur mit leerem Blick angestarrt und angefangen, über das Theaterstück zu sprechen, das er gesehen hatte, *Richard III.* Diese Grausamkeit, hatte er gesagt. Ein

König von Gottes Gnaden, und diese unerhörte Grausamkeit, die er zeigt. Es war unerträglich.

»Ja«, hatte Struensee gesagt. »Es ist unerträglich.«

»Aber als ich Zeuge dieser Grausamkeit war«, hatte Christian dann gesagt, »da erlebte ich etwas ... Entsetzliches. In meinem Inneren.«

Christian lag zusammengerollt auf dem Bett, sein Gesicht im Laken verborgen, als wolle er sich verstecken.

»Majestät«, hatte Struensee in sehr ruhigem und freundlichem Ton zu ihm gesagt. »Was ist denn das Entsetzliche?«

Und schließlich hatte der König geantwortet.

»Die Lust«, hatte er gesagt. »Ich fühlte die Lust. Bin ich krank, Doktor Struensee? Sagen Sie, daß ich nicht krank bin.«

Was sollte er sagen.

In dieser Nacht hatte Struensee zum erstenmal in Gegenwart des Königs geweint. Und Christian hatte ihn getröstet.

»Wir reisen ab«, hatte Christian gesagt. »Wir reisen ab, mein Freund, ich werde morgen befehlen, daß die Reise nach Paris vorbereitet wird. Paris. Wir müssen das Licht der Vernunft sehen. Voltaire. Wir müssen fort aus diesem englischen Tollhaus. Sonst werden wir alle verrückt.«

»Ja«, hatte Struensee gesagt. »Wir müssen fort. Dies ist unerträglich.«

5.

Die Abkürzung des englischen Aufenthalts hatte alle überrascht; der Aufbruch geschah in Eile, wie bei einer Flucht.

Man weiß nicht, was Christian von Paris erwartet hatte. Aber die Zeremonien schlugen über ihm zusammen.

Am zehnten Tag des Aufenthalts heißt es, der König sei »unpäßlich aufgrund einer Erkältung«; die Wahrheit war, daß er den Tag voll angekleidet in totaler Apathie in seinem Zimmer verbrachte und sich kategorisch weigerte, mit jemandem zu sprechen. Struensee, der jetzt als derjenige galt, der, zumindest in geringem Umfang, Einfluß auf den König hatte, wurde gefragt, ob es keine Medizin gebe, um die Melancholie des Königs zu mildern. Als er dies verneinte, begann man, die unmittelbare Heimreise zu planen. Am Tag darauf, als die unerklärliche Düsterkeit des Königs nicht weichen wollte, ging Struensee zur Majestät hinein.

Eine Stunde später kam er heraus und teilte mit, die Majestät habe beschlossen, am folgenden Tag die französischen Philosophen zu empfangen, die die große Enzyklopädie geschaffen hatten.

Andernfalls sei es nötig, unmittelbar die Heimreise anzutreten.

Da dieses Treffen nicht eingeplant war, war der Aufstand groß, und viele wurden von bösen Vorahnungen erfüllt, denn die französischen Aufklärer waren am französischen Hof nicht gern gesehen; mit Ausnahme Diderots, der früher von der Geliebten Ludwigs XV., Madame de Pompadour, die er auf diese Weise mit dem König teilte, protegiert worden war.

Die Begegnung wurde in aller Hast arrangiert. Die Unpäßlichkeit des Königs war plötzlich überwunden, er schien in guter Stimmung zu sein, kein Möbelstück ging zu Bruch.

Man traf sich am 20. November 1768 beim dänischen Gesandten in Paris, Carl Heinrich Gleichen.

Die gesamte Redaktion der großen Enzyklopädie – achtzehn Mann – war erschienen. Sie wurde angeführt von Matran, d'Alembert, Marmontel, La Condmine, Diderot, Helvétius, Condillac. Aber der vom König besonders gewünschte Gast, Voltaire, war nicht da, er befand sich wie immer auf Ferney.

Es war eine merkwürdige Versammlung.

Der kleine, möglicherweise geisteskranke, dänische Teenager – er war neunzehn Jahre alt – saß dort umgeben von diesen Aufklärungsphilosophen, die für zweihundert Jahre die europäische Geschichte verändern sollten.

Er war zuerst wie von Schrecken gelähmt gewesen. Dann

hatte er sich, wie durch ein Wunder, beruhigt, der Schrecken war von ihm gewichen, und ein Gefühl vertrauensvoller Zuversicht hatte ihn ergriffen. Als Diderot die Majestät mit einer tiefen Verbeugung begrüßte, hatte diese, fast flüsternd, gesagt:

»Ich wünsche, daß Sie auch Ihrem Freund, dem großen Voltaire, mitteilen, daß er es war, der mich gelehrt hat zu denken.«

Vor starker innerer Bewegtheit hatte seine Stimme gebebt. Aber nicht vor Schrecken. Diderot hatte ihn angestarrt, überrascht, verwundert.

Hinterher war Christian glücklich.

Er hatte es so gut gemacht. Er hatte, der Reihe nach, mit all den französischen Philosophen gesprochen, konnte über ihre Werke diskutieren, er hatte sein ausgezeichnetes Französisch gesprochen und gespürt, wie ihm Wärme entgegenströmte.

Es war vielleicht der größte Augenblick in seinem Leben.

Die kurze Rede, die Diderot zum Abschluß auf ihn gehalten hatte, hatte ihn ebenfalls mit Freude erfüllt. Ich glaube, hatte Diderot gesagt, daß das Licht der Aufklärung in dem kleinen Land Dänemark entzündet werden kann. Daß Dänemark unter diesem aufgeklärten Monarchen ein Vorbild werden wird. Daß alle radikalen Reformen – die auf Gedankenfreiheit, Toleranz, Humanismus aufbauen – unter der Führung der dänischen Majestät durchgeführt werden könnten. Daß Christian VII. von Dänemark sich damit für immer in die Geschichte der Aufklärung einschreiben würde.

Christian war tief gerührt gewesen und hatte nichts sagen können. Und Herr d'Alembert hatte sanft hinzugefügt:

»Und wir wissen, daß ein Funke einen Präriebrand entfachen kann.«

Struensee hatte die Gäste zu ihren Wagen begleitet, während der König ihnen von einem Fenster herab zum Abschied winkte. Da hatte Diderot Struensee zu einem kürzeren Gespräch beiseitegenommen.

»Und der König reist bald zurück nach Kopenhagen?« hatte er gefragt, obwohl er gerade daran nicht besonders interessiert zu sein schien, sondern etwas anderes meinte.

»Es gibt keinen festen Plan«, hatte Struensee gesagt. »Es hängt in gewisser Weise vom König ab. Von der Gesundheit des Königs.«

»Und Sie sind der Leibmedikus des Königs? Und aus Altona?«

Struensee hatte, mit einem kleinen Lächeln, erwidert:

»Aus Altona. Sie sind gut unterrichtet.«

»Und Sie sind, habe ich gehört, wohl informiert über die Ideen der französischen Aufklärer?«

»Über sie, aber auch über Holberg, den großen dänischen Aufklärungsphilosophen«, hatte Struensee mit einem Lächeln gesagt, das zu deuten dem französischen Gast unmöglich war.

»Man sagt«, war Diderot fortgefahren, »der König sei … krank?«

Struensee hatte nicht geantwortet.

»Labil?«

»Ein sehr begabter, aber empfindsamer junger Mensch.«

»Ja. Ich bin ziemlich gut unterrichtet. Eine bemerkenswerte Situation. Aber Sie sollen sein volles Vertrauen haben.«

»Ich bin der Arzt Ihrer Majestät.«

»Ja«, hatte Herr Diderot gesagt. »Man hat mir in vielen Briefen aus London erzählt, daß Sie der Arzt der Majestät sind.«

Es war ein Augenblick von eigentümlicher Spannung gewesen. Die Pferde hatten ungeduldig an ihrem Geschirr gezerrt, ein leichter Regen war gefallen, aber Herr Diderot schien etwas sagen zu wollen, das auszusprechen er zögerte.

Schließlich hatte er es gesagt.

»Die Situation ist einzigartig«, hatte Herr Diderot mit leiser Stimme bemerkt. »Die Macht befindet sich formell in den

Händen eines begabten, sehr begabten, aber psychisch labilen Königs. Einige behaupten – ich zögere, es zu sagen –, er sei geisteskrank. Sie haben sein Vertrauen. Das erlegt Ihnen eine große Verantwortung auf. Äußerst selten existieren, wie hier, die Möglichkeiten für einen aufgeklärten Monarchen, das Dunkel der Reaktion zu durchbrechen. Wir haben Katharina in Rußland, aber Rußland ist ein Ozean von Dunkelheit im Osten. In Dänemark gibt es die Möglichkeit. Nicht durch den Aufruhr von unten durch den Pöbel oder die Massen. Sondern durch die Macht, die ihm von dem Höchsten gegeben worden ist.«

Struensee hatte daraufhin gelächelt und ihn fragend angesehen.

»Dem Höchsten? Ich dachte nicht, daß Sie dem Glauben an den Höchsten so innig zugetan sind?«

»Die Macht ist König Christian VII. von Dänemark gegeben worden, Doktor Struensee. Gegeben worden. Wer sie ihm auch gegeben haben mag, er hat sie. Nicht wahr?«

»Er ist nicht geisteskrank«, hatte Struensee nach einem Moment des Schweigens gesagt.

»Aber wenn es so ist. Aber wenn es so ist. Ich weiß es nicht. Sie wissen es nicht. Aber wenn es so ist ... dann schafft seine Krankheit ein Vakuum im Zentrum der Macht. Derjenige, der in dieses Vakuum eintritt, hat eine phantastische Möglichkeit.«

Sie standen beide schweigend.

»Und wer«, fragte schließlich Struensee, »wer sollte wohl dort eintreten können?«

»Die üblichen. Die Beamten. Der Adel. Die, die einzutreten pflegen.«

»Ja, natürlich.«

»Oder jemand anders«, hatte Herr Diderot da gesagt.

Er hatte Struensee die Hand gegeben, war in den Wagen gestiegen, hatte sich dann herausgebeugt, und hinzugefügt:

»Mein Freund Voltaire pflegt zu sagen, daß die Geschichte

manchmal, durch einen Zufall, einen einzigartigen Spalt in die Zukunft öffnet.«

»Ja?«

»Dann muß man sich hindurchdrängen.«

6.

Es war der 20. November 1768 gewesen.

Es war Christians größter Augenblick, und dann gingen die Huldigungen und die Empfänge weiter, und langsam sank er zurück in das Graue, das ganz dicht neben dem Dunkel lag.

Alles schien wieder zu sein wie vorher. Eigentlich war Paris schrecklicher als London. Doch jetzt schienen seine Wutausbrüche abgemildert zu sein. Er galt als sehr theaterinteressiert, und an jedem Abend, an dem keine Empfänge stattfanden, wurden besondere Theatervorstellungen anberaumt.

Er schlief dann meistens.

Er hätte noch viel weiter reisen sollen, nach Prag, Wien und Sankt Petersburg, aber die Situation wurde schließlich unhaltbar. Um eine größere Katastrophe zu verhindern, wurde beschlossen, die Reise abzukürzen.

Am 6. Januar 1769 setzte König Christian VII. den Fuß wieder auf dänischen Boden.

Auf den letzten Tagesetappen erlaubte er nur Struensee, bei ihm im königlichen Wagen zu sitzen.

Man verstand, daß etwas geschehen war. Der junge deutsche Arzt mit dem blonden Haar, dem schnellen, abwartenden Lächeln und den freundlichen Augen war eine Person geworden. Weil er keinen Titel hatte und nicht in eine exakte Hierarchie eingeordnet werden konnte, schuf dies Unruhe.

Man versuchte, ihn zu interpretieren. Er war nicht leicht zu interpretieren. Er war freundlich, diskret, wollte seine

Macht nicht benutzen; oder eher das, von dem sie annahmen, es sei Macht.

Man wurde nicht klug aus ihm.

Die Rückreise war entsetzlich.

Eine Woche Schneesturm, während der ganzen Reise schneidende Kälte. Die Wagen eiskalt. Man wickelte sich in Dekken ein. Es war wie eine Armee auf dem Rückzug von einem Feldzug durch die russische Einöde, dieser dänische Hof auf dem Rückzug hatte nichts Großartiges oder Strahlendes an sich. Man dachte nicht einmal mehr daran, was die Expedition gekostet hatte; es war allzu erschreckend, aber es konnten ja Steuern erhoben werden.

Es mußte neue Steuern geben. Aber das kam später. Jetzt mußte man zurück.

Struensee saß allein bei dem schlafenden, schweigenden oder wimmernden Jungen, von dem es hieß, er sei ein König, und hatte viel Zeit zum Nachdenken.

Weil er nicht an das ewige Leben glaubte, hatte er immer Angst gehabt davor, das einzige Leben, das er hatte, zu vergeuden. Die Medizin hatte ihm eine Lebensaufgabe gegeben. Er sagte sich, daß die Berufung als Arzt eine Art Gottesdienst sei, das einzig mögliche Sakrament des heiligen Lebens. Das Leben des Menschen war ja das einzig Heilige, die Heiligkeit unterschied den Menschen von den Tieren, sonst war kein Unterschied; und diejenigen, die gesagt hatten, er glaube, der Mensch sei eine Maschine, die hatten nicht verstanden.

Die Heiligkeit des Lebens war sein weltlicher Glaube. Er hatte in Altona Anatomie unterrichtet: die Körper der Hingerichteten und der Selbstmörder waren die Demonstrationsobjekte. Die Hingerichteten waren leicht zu erkennen; häufig fehlten ihnen die rechte Hand und der Kopf. Die Selbstmörder unterschieden sich indessen nicht von den im Glauben Gestorbenen, die in geweihter Erde begraben werden durften; so gesehen waren sie gleich. Die Maschine Mensch, die dort unter seinem Messer lag, war dann wirklich eine Maschine. Das Heilige, das Leben, war entwichen. Was also war dieses *Heilige*?

Es war, was man tat, solange das Heilige noch da war.

Das Heilige war, was das Heilige tat. Zu diesem Ergebnis war er gekommen. Es gab eine Andeutung davon bei Holberg, aber Holberg war ja im 101. Epigramm in den *Moralischen Gedanken* unklar; die Tiere seien die Maschinen, stand bei Holberg, und die Heiligkeit des Menschen war das, was den Menschen zum Nicht-Tier machte.

Er hatte dies als eine mögliche Anleitung gelesen. Manchmal kam es ihm vor, als sei alles, was er dachte, das Echo dessen, was andere gedacht hatten. Dann galt es zu sortieren, damit er nicht nur ein Resonanzraum war; und manchmal glaubte er einen Gedanken zu haben, der nur sein eigener war. Dann konnte ihn Schwindel befallen wie angesichts einer gähnenden Tiefe, und er konnte denken: dies ist das Heilige.

Dieser Gedanke ist mein eigener, er gehört keinem anderen, und dann ist dies das Heilige, was mich von einem Tier unterscheidet.

Er pflegte sich gegenüber Holberg auf die Probe zu stellen. Das meiste gab es bei Holberg, und also mußte Holberg auf die Probe gestellt werden, weil jeder Mensch dazu berufen war, selbst zu denken. Holberg hatte fast immer recht; aber dann, manchmal, kam ein Gedanke, der nur sein eigener war, den es bei Holberg nicht gab, der nur seiner war.

Und dann überkam ihn Schwindel, und er dachte, daß dies das Heilige war.

Ich bin keine Maschine.

Mit Holberg verhielt es sich auch so, daß man auswählen konnte, was man wollte: das eine benutzen und das andere verwerfen. Er hatte Holbergs zuweilen verwirrende metaphysische Demut verworfen und das Wesentliche behalten.

Es war ihm am Ende sehr einfach und selbstverständlich erschienen.

Das Heilige ist, was das Heilige tut. Und dies war eine große Verantwortung.

Gerade die Verantwortung war wichtig.

Er hätte das königliche Gefolge eigentlich auf dem Rückweg verlassen sollen, in Altona. Er hatte bereits eine Belohnung von zweitausend Reichstalern erhalten, davon konnte er lange leben. Dennoch war er weiter mitgefahren. Es war vielleicht – die Verantwortung. Er hatte diesen wahnsinnigen, klugen, verwirrten Jungen lieb gewonnen, der von Gott auserwählt worden war und jetzt den Wölfen am Hof wieder ausgeliefert werden sollte, die ihn mit Sicherheit tiefer in die Krankheit treiben würden.

Vielleicht war es unvermeidlich. Vielleicht war der kleine, zarte Christian, der mit den erschrockenen großen Augen, vielleicht war er rettungslos verloren. Vielleicht sollte er eingesperrt werden, ein normaler königlicher Kadaver werden, der von den Wölfen ausgenutzt wurde.

Aber er mochte ihn. Genau genommen war es mehr als das; er wußte nicht das richtige Wort dafür. Aber es war ein Gefühl, von dem er nicht loskam.

Er hatte ja keine eigenen Kinder.

Er hatte sich das ewige Leben immer so vorgestellt, daß man ein Kind hatte. Das hieß, ewiges Leben zu bekommen: weiterzuleben durch ein Kind. Aber das einzige Kind, das er jetzt hatte, war dieser zitternde, geistig verwirrte Junge, der so durch und durch fein hätte sein können; hätten ihn die Wölfe nicht nahezu in Stücke gerissen.

Er haßte die Wölfe.

Rantzau hatte ihn überredet, damals vor neun Monaten; es kam ihm wie eine Ewigkeit vor. Auch in Kopenhagen gibt es Krankheit, hatte er gesagt. Doch so einfach war es ja nicht. Er war nicht naiv. Wenn er jetzt weiterfuhr nach Kopenhagen, dann nicht, um Armenarzt auf Nørrebro zu werden und das dänische Armenelend gegen Pocken zu impfen. Auch nicht die Kinder bei Hofe. Er wußte, was das bedeutete.

Daß er die Expedition nicht in Altona verließ. Nicht nach Ostindien floh. Es war eine Art Verantwortung. Und er war fast sicher, daß er eine falsche Entscheidung getroffen hatte.

Wenn es denn eine Entscheidung war.

Oder ob es sich nur so verhielt, daß er nicht selbst entschieden hatte, in Altona im Wagen zu bleiben, auch nicht entschieden hatte auszusteigen, und damit nicht entschieden hatte, in seinem alten Leben zurückgelassen zu werden? Sondern einfach weitergefahren war, in ein neues Leben. Nur weitergefahren und eigentlich nicht entschieden, nur weitergefahren.

Sie waren in Korsør an Land gegangen und durch den Wintersturm weitergereist nach Kopenhagen.

Der König und Struensee waren allein im Wagen.

Christian schlief. Er hatte den Kopf in Struensees Schoß gelegt, ohne Perücke, in eine Wolldecke gehüllt, und während sie langsam durch den dänischen Schneesturm in Richtung Nordosten fuhren, saß Struensee ganz still da und dachte daran, daß das Heilige ist, was das Heilige tut, während er gleichzeitig mit der Hand über Christians Haar strich. Die europäische Reise sollte bald beendet sein, und etwas anderes sollte beginnen, von dem er nichts wußte und nichts wissen wollte.

Christian schlief. Er wimmerte leise, aber das Geräusch war nicht zu deuten: es klang, als träume er etwas Schönes oder Entsetzliches; man verstand es nicht. Vielleicht war es ein Traum von der Wiedervereinigung der Liebenden.

Teil 3
Die Liebenden

Kapitel 7

Der Reitlehrer

1.

Am 14. Januar 1769 erreichte das königliche Gefolge auf seinem Rückzug schließlich Kopenhagen.

Drei Kilometer vor den Stadttoren hatten die stark mitgenommenen und lehmverschmierten Wagen haltgemacht und waren ausgewechselt worden, neue Wagen hatten bereitgestanden, mit Seidenplaids statt der Wolldecken, und am Ende hatte die Königin im Wagen ihres Gemahls Christian VII. Platz genommen.

Nur diese beiden. Sie hatten einander eingehend betrachtet, wie um Veränderungen zu prüfen, auf die sie hofften oder die sie fürchteten.

Bevor die Prozession sich in Bewegung setzte, war die Dunkelheit da, es war bitter kalt, und der Einzug erfolgte durch Vesterport. Hundert Soldaten waren mit Fackeln in den Händen aufgestellt. Die Garde paradierte, aber keine Musik.

Die sechzehn Wagen fuhren auf das Schloßtor zu. Auf dem inneren Schloßplatz hatte der Hof Aufstellung genommen. Sie hatten lange in der Dunkelheit und der Kälte gewartet, und die Stimmung war gedrückt.

Beim Empfang vergaß man, Struensee und die Königin einander vorzustellen.

Beim Schein der Fackeln, in dem eisigen Schneeregen, begann eine Begrüßungszeremonie für den König. Dieser hatte, nachdem die Wagen gehalten hatten, Struensee zu sich gewinkt, der jetzt schräg hinter dem jungen Königspaar ging. Als letzter in der Reihe der Wartenden, des Empfangskomitees, hatte Guldberg gestanden. Er hatte unverwandt auf den König und seinen Leibarzt gestarrt.

Es waren viele die starrten und musterten.

Auf der Treppe hatte Struensee den König gefragt:

»Wer war der kleine Mann, der so böse geschaut hat?«

»Guldberg.«

»Wer ist er?«

Der König hatte mit der Antwort gezögert, war weitergegangen, hatte sich dann umgewandt und mit einem absolut unerwarteten Ausdruck von Haß gezischt:

»Er weiß! WEISS!!!, wo Caterine ist!«

Struensee hatte nicht verstanden.

»Böse!« war der König im gleichen haßerfüllten Ton fortgefahren. »Böse!!! Und unbedeutend!!!«

»Seine Augen«, hatte Struensee da gesagt, »waren auf jeden Fall nicht unbedeutend.«

2.

Im Wagen, allein mit dem König, hatte die kleine Engländerin nicht ein Wort gesagt. Sie wußte nicht, ob sie den Gedanken an diese Wiedervereinigung verabscheut oder sich nach ihr gesehnt hatte. Sie hatte sich nicht nach Christian gesehnt. Nach etwas anderem. Einer Veränderung.

Sie hatte angefangen zu verstehen, daß sie einen Körper hatte.

Vorher war der Körper etwas gewesen, das die Hofdamen mit taktvoll gesenkten Blicken zu verhüllen halfen und das sie dann in ihrer Panzerung vor den Augen des Hofs herumführte: wie ein kleines Kriegsschiff. Zuerst hatte sie geglaubt, nur aus dem Panzer zu bestehen. Der Panzer als Königin war ihre Eigenschaft. In diese Rolle gekleidet war sie das kleine, gepanzerte Schiff, betrachtet von diesen erstaunlichen Dänen, die ihre Sprache so miserabel sprachen und deren persönliche Hygiene so abstoßend war. Sie waren alle staubig und rochen nach schlechtem Parfüm und altem Puder.

Dann hatte sie den Körper entdeckt.

Nachdem das Kind geboren war, hatte sie, wenn die Hofdamen am Abend gegangen waren, es sich zur Gewohnheit gemacht, ihr Nachtgewand auszuziehen und schamlos nackt unter den eiskalten Laken zu liegen. Dann hatte sie ihren Körper berührt; nicht um liederlich zu sein, nein, es war nicht Liederlichkeit, dachte sie, es war, um diesen Körper, der jetzt befreit von den Hofgewändern und dem Puder dalag, langsam zu identifizieren und zu erforschen.

Nur ihre Haut.

Sie hatte angefangen, ihren Körper zu mögen. Er fühlte sich immer mehr wie ihr eigener an. Nachdem das Kind geboren war und die Brüste auf ihre natürliche Größe zurückgegangen waren, hatte sie begonnen, diesen Körper zu mögen. Sie mochte ihre Haut. Sie mochte ihren Bauch, ihre Schenkel, sie konnte stundenlang daliegen und denken: dies ist, wirklich, mein Körper.

Er fühlt sich schön an.

Sie war während der europäischen Reise des Königs fülliger geworden, und gleichzeitig hatte sie das Gefühl gehabt, in ihren Körper hineinzuwachsen. Sie konnte spüren, daß man sie nicht nur als Königin betrachtete, sondern auch als etwas anderes. Sie war ja nicht naiv. Sie wußte, daß es in der Vereinigung zwischen ihrem nackten Körper unter der Rüstung und ihrem Titel etwas gab, etwas, das eine unsichtbare Aura von Geschlecht, Lust und Tod um sie her schuf.

Die Königin war ja verboten, und Frau. Daher wußte sie instinktiv, daß die Männer geradewegs durch ihre Kleider hindurchblickten, und den Körper sahen, den sie jetzt mochte. Sie war sicher, daß sie wünschten, in sie einzudringen, und daß in dem, was da lockte, der Tod war.

Das Verbotene existierte. Es strahlte direkt durch den Panzer hindurch. Sie war das Allerverbotenste, und sie wußte, daß die sexuelle Zone um sie her für die Männer vollkommen unwiderstehlich war.

Es war das absolut Verbotenste, es war eine nackte Frau,

und es war die Königin, aber deswegen war es auch der Tod. Begehrte man die Königin, rührte man an den Tod. Sie war verboten und begehrenswert, und rührte man an das Verbotenste, mußte man sterben. Das erregte die Männer, sie wußte es. Sie sah es an ihren Blicken. Und als ihr dies bewußt wurde, war es, als würden auch all die anderen eingefangen, immer stärker, in einer schweigenden, intensiven Aura.

Sie dachte sehr viel daran. Es erfüllte sie mit einer eigentümlichen Exaltation; daß sie der Heilige Gral war und daß, wenn der heilige Gral erobert würde, dies ihnen den allerhöchsten Genuß bringen würde, und den Tod.

Sie konnte es ihnen ansehen. Ihr Geschlecht war die ganze Zeit in ihrem Bewußtsein. Wie ein Jucken. Wie eine Qual. Sie stellte sich vor, wie sie die ganze Zeit an sie dachten, wenn sie mit ihren Maitressen und Huren buhlten, wie sie die Augen schlossen und sich ausmalten, es sei nicht die Hure oder die Ehefrau, sondern der so ganz und gar verbotene Körper der Königin, in den sie sich hineinbohrten; und das erfüllte sie mit einem unerhörten Gefühl von Macht.

Sie war in ihren Körpern als eine Einsicht, daß dieser Körper der Tod war. Und der Gral.

Sie war wie ein Jucken im Glied des Hofs. Und sie konnten sie nicht erreichen. Das Geschlecht und der Tod und das Jucken. Und sie konnten nicht befreit werden von ihrer Besessenheit, wie sehr sie auch versuchten, sich davon freizubuhlen, wie sehr sie auch versuchten, das Jucken in ihre Frauen zu entleeren. Sie war ganz allein damit, die einzige, die unerreichbar war, und die einzige, die auf diese Weise die Leidenschaft und den Tod vereinte.

Es war eine Art von – Macht.

Aber manchmal dachte sie: ich mag meinen Körper. Und ich weiß, daß ich wie ein Jucken im Glied des Hofs bin. Aber sollte nicht auch ich meinen Körper benutzen dürfen, in Freiheit, und die absolute Nähe des Todes zu meinem Geschlecht fühlen und sie selbst genießen. Und manchmal nachts, wenn sie wach lag, rührte sie an sich selbst, an ihr Geschlecht, und der Genuß ging wie eine heiße Woge durch ihren Körper, den sie immer mehr mochte.

Und zu ihrer Verwunderung fühlte sie keine Scham, nur, daß sie ein lebender Mensch war.

3.

Christian, der zierliche Gemahl, der nicht mit ihr sprach, wer war denn er? Spürte er das Jucken nicht?

Er war derjenige, der sich außerhalb befand. Und sie versuchte zu verstehen, wer er war.

Im April besuchte die Königin im Hoftheater eine Vorstellung des Theaterstücks *Zaïre* von dem Franzosen Voltaire.

Herr Voltaire hatte dem König dieses Stück mit einem persönlichen Gruß übersandt, und der König hatte gewünscht, selbst in einer der Rollen aufzutreten. Er hatte die Rolle auch einstudiert.

In einem Begleitbrief hatte Herr Voltaire angedeutet, daß das Stück eine heimliche Botschaft enthalte, einen Schlüssel zu den Taten, die der Hochverehrte König von Dänemark, das Licht des Nordens und der Retter der Unterdrückten, in Kürze ausführen sollte.

Nachdem er das Stück viele Male gelesen hatte, hatte der König erklärt, er wünsche die Rolle des Sultans zu spielen.

Er hatte seinen Text langsam gesprochen, mit eigentümlichen Betonungen, die in den Versen eine überraschende Intensität entstehen ließen. Seine verblüffenden Pausen schufen eine Spannung, als habe er plötzlich eine Bedeutung entdeckt und innegehalten, wie im Schritt. Und Caroline Mathilde konnte, als sie ihn auf der Bühne sah, eine eigentümliche Anziehung zu ihrem Gatten spüren, widerwillig. Auf der Bühne war er ein anderer. Sein Rollentext wirkte echter als seine Konversation. Es war, als trete er erst jetzt hervor.

Was weiß ich jetzt, was hab ich anderes gelernt,
wenn nicht, daß Lüg' und Wahrheit sich so gleichen,
als wären sie zwei Tropfen Wasser.
Zweifel! Zweifel! Ja, alles ist Zweifel.
Und nichts andres ist wahr als der Zweifel.

Auf eine Weise hatte er komisch ausgesehen in seinem Kostüm. Diese orientalische Verkleidung! Dieser Turban! Und der krumme Säbel, der für seinen kleinen und zarten Körper allzu groß zu sein schien! Und doch: Er hatte seine langen Monologe mit einer eigentümlichen Überzeugung gesprochen, als erschaffe er die Sätze gerade in dem Moment auf dieser Bühne, vor dem ganzen Hof. Genau in diesem Augenblick wurden sie geboren. Ja, es war, als spreche dieser wahnsinnige kleine Junge, der bisher sein Leben damit verbracht hatte, die Texte des Hofs im Theater des Hofs herzusagen, zum erstenmal ohne Manuskript. Als spreche er erst jetzt aus sich selbst heraus.

Als erschaffe er die Sätze in diesem Augenblick, auf der Theaterbühne.

Ein Verbrechen habe ich begangen
gegen meinen Herrscherstab
und Kraft vergeudet beim Versuch
zu tragen ihn.

Er hatte die Rolle ruhig, aber mit Leidenschaft gespielt, und es war, als habe sein Auftreten die anderen Schauspieler gelähmt; sie hatten zum Teil ihren eigenen Text vergessen und reglos nur in ihren Posen verharrt und auf den König gestarrt. Woher kamen diese kontrollierte Raserei der Majestät und diese Überzeugung, die ja nicht die des Theaters sein konnte?

Allein will ich in dieser – Hölle sein!
Selbst meine Schand' abwaschen will ich
in Blut, in Blut!

Hier ist mein Altar, ein Altar der Rache
und ich – der Hohepriester!

Der Applaus danach hatte lange gedauert, aber fast erschrokken gewirkt. Sie hatte beobachtet, daß der deutsche Leibarzt, Doktor Struensee, schon nach einer kurzen Weile aufgehört hatte zu applaudieren, vielleicht nicht aus Mangel an Anerkennung, dachte sie, sondern aus einem anderen Grund.

Er hatte mit einer eigentümlichen Neugier, vorgebeugt, als sei er im Begriff aufzustehen und zum König hinzutreten, Christian beobachtet, wie mit einer Frage auf den Lippen.

Sie war sich inzwischen fast ganz sicher, daß dieser neue Favorit, der Arzt Struensee, ihr gefährlichster Feind war. Und daß es absolut notwendig war, ihn zu vernichten.

4.

Es war, als habe sich das Schweigen um die Königin langsam magnetisch aufgeladen, seit der neue Feind hinzugekommen war.

Sie war sich ganz sicher. Etwas Gefährliches war im Begriff zu geschehen, etwas geschah, etwas veränderte sich. Früher war die Welt nur unerträglich langweilig gewesen; es war eine Langeweile, als gliche das Leben am Hof und in Kopenhagen und in Dänemark einem dieser Wintertage, an denen der Nebel vom Öresund dicht und absolut still über dem Wasser lag, und sie hatte sich zum Strand hinunter fahren lassen, auf den Steinen gestanden und die Vögel in dem schwarzen, unbewegten, quecksilbergleichen Wasser ruhen sehen; und wenn ein Vogel aufgestiegen war und mit den Flügelspitzen die Wasseroberfläche gepeitscht hatte und im Nebel über dem Wasser verschwunden war, hatte sie gedacht, *dieses Wasser ist das große Meer, und auf der anderen Seite liegt England und wenn ich ein Vogel wäre und Flügel hätte,* doch dann hatten die Kälte und die Langeweile sie zurückgetrieben.

Da hatte das Leben stillgestanden und nach Tod und Tang gerochen. Jetzt stand das Leben auch still, roch aber nach Tod oder Leben; der Unterschied war, daß ihr die Stille gefährlicher vorkam und sie mit einer sonderbaren Erregung erfüllte.

Was war das? War es der neue Feind?

Doktor Struensee war nicht wie die anderen und war ihr Feind. Er wollte sie vernichten, dessen war sie sich sicher. Er befand sich stets in der Nähe des Königs und hatte Macht über ihn. Alle hatten Doktor Struensees Macht bemerkt. Doch was sie alle verwirrte, auch sie, das war, daß er diese Macht anscheinend nicht ausnützen wollte. Er übte Macht aus, mehr und mehr, das war offenbar. Aber mit einer Art von stillem Widerwillen.

Was wollte er eigentlich?

Er galt als ein schöner Mann. Er war noch jung. Er war einen Kopf größer als alle übrigen Hofleute, er war sehr freundlich und still, und am Hof wurde er der *Schweigsame* genannt.

Aber wovon schwieg er?

Sie hatte eines Tages mit ihrer Häkelarbeit im Rosengang außerhalb des inneren Schloßhofs gesessen; und plötzlich war sie von so großer Trauer überwältigt worden, daß sie sich nicht hatte beherrschen können. Das Häkelzeug war ihr in den Schoß gefallen, sie hatte den Kopf gesenkt, das Gesicht in den Händen verborgen und nicht mehr ein noch aus gewußt.

Es war nicht das erste Mal, daß sie in Kopenhagen weinte. Manchmal fand sie, daß ihre Zeit in Dänemark eine einzige lange Zeit der Tränen war. Aber dies war das erste Mal, daß sie außerhalb ihrer Zimmer weinte.

Als sie dort allein saß und das Gesicht in den Händen verbarg, hatte sie Struensee nicht kommen sehen. Plötzlich war er da gewesen. Er war ganz still und ruhig zu ihr getreten, hatte ein Spitzentaschentuch hervorgezogen und es ihr gereicht.

Er hatte also zu erkennen gegeben, daß er ihre Tränen gesehen hatte. Was für eine Unverschämtheit, was für ein Mangel an Takt.

Sie hatte jedoch das Taschentuch genommen und ihre Tränen getrocknet. Dann hatte er sich nur verneigt und war einen Schritt zurückgetreten, wie um zu gehen. Sie hatte es in diesem Moment ganz notwendig gefunden, ihn zurechtzuweisen.

»Doktor Struensee«, hatte sie gesagt. »Um den König wollen sich alle scharen. Aber bald scharen nur noch Sie sich. Was wünschen Sie so sehr? Um was scharen Sie sich?«

Er hatte nur ein kleines, humorvolles Lächeln gelächelt, den Kopf geschüttelt, sich verbeugt und war ohne ein Wort gegangen.

Ohne ein Wort!

Was sie besonders wütend gemacht hatte, war seine freundliche Unnahbarkeit.

Er schien nicht einmal durch ihre Kleider hindurchzublikken wie die anderen, auf ihren verbotenen Körper. Wenn sie das Verbotenste war, der Heilige Gral, ein Jucken im Glied des Hofs, warum erschien er dann so still, freundlich und uninteressiert?

Sie dachte manchmal: lockt ihn nicht der Sog vom schwarzen, quecksilbergleichen Meer des Todes?

5.

Im April kam der Sommer.

Er war früh, das Grün explodierte, und die Spaziergänge im Bernstorffpark waren wunderbar. Die Hofdamen mit dem Kind im Wagen folgten ihr. Sie selbst wollte allein gehen und zehn Meter vor dem Gefolge.

Nachdem ihr Frau von Plessen genommen worden war, hatte sie keine ihr nahestehende Person mehr haben wollen. Es war ein prinzipieller Entschluß gewesen.

Es war am 12. Mai, als sie Struensee im Park traf.

Er war stehengeblieben, er ging allein, er hatte sich angemessen höflich und mit dem kleinen freundlichen, vielleicht ironischen Lächeln auf den Lippen verbeugt, das sie so sehr irritierte und verwirrte.

Warum war denn sie, war auch sie, stehengeblieben? Weil sie ein Anliegen hatte. Das war der Grund. Sie hatte ein vollkommen legitimes und natürliches Anliegen, und deshalb war auch sie stehengeblieben und hatte ihn angesprochen.

Deshalb war es ganz natürlich, daß sie stehengeblieben war.

»Doktor ... Struensee«, hatte sie gesagt. »Es war doch ... Struensee ... nicht wahr?«

Er hatte die kleine Ironie übergangen und nur geantwortet:

»Ja, Majestät?«

»Es handelt sich um die Pockenimpfung des Kronprinzen. In Kopenhagen gehen die Pocken um, man sagt, Sie seien Spezialist, aber ich fürchte, ich weiß nicht, ob wir es wagen sollen ...«

Er hatte sie ernst angesehen.

»Es ist kein Fehler, sich Sorgen zu machen.«

»Nein???«

Die Hofdamen mit dem Kind im Wagen hatten angehalten und warteten in respektvollem Abstand.

»Wenn Sie wünschen, Königliche Hoheit«, hatte er gesagt, »kann ich eine Impfung vornehmen. Ich glaube, ich habe große Erfahrung darin. Ich habe viele Jahre in Altona geimpft.«

»Und Sie sind ... Wissenschaftler ... wissen alles über das Impfen?«

»Ich habe«, antwortete er mit einem kleinen Lächeln, »meine Dissertation nicht über das Impfen geschrieben. Ich habe es nur in meiner Praxis durchgeführt. An einigen tausend Kindern. Meine Dissertation handelte nicht davon.«

»Wovon denn?«
»Von den Risiken bei falschen Bewegungen der Glieder.«
Er schwieg.
»Und welche Glieder haben das größte Risiko?«
Er antwortete nicht. Was für eine eigentümliche Spannung in der Luft, sie wußte, daß er unsicher geworden war, es erfüllte sie mit einer Art von Triumphgefühl, jetzt konnte sie fortfahren.
»Der König spricht gut von Ihnen«, hatte sie gesagt.
Er verneigte sich leicht.
»Wenn der König einmal zu mir spricht, spricht er gut von Ihnen«, hatte sie präzisiert und es augenblicklich bereut; warum hatte sie das gesagt? »Wenn er einmal zu mir spricht.« Er verstand natürlich, was sie meinte, aber es ging ihn ja nichts an.
Keine Antwort.
»Aber ich kenne Sie ja nicht«, hatte sie in kühlem Ton hinzugefügt.
»Nein. Niemand tut das. Nicht in Kopenhagen.«
»Niemand?«
»Nicht hier.«
»Haben Sie andere Interessen als ... die Gesundheit des Königs?«
Er schien jetzt neugieriger zu sein, als sei die Unnahbarkeit durchbrochen, und er sah sie zum erstenmal intensiv an, als sei er gerade aufgewacht und sehe sie.
»Philosophie«, hatte er gesagt.
»Aha. Und sonst?«
»Und Reiten.«
»Aaaa ...«, hatte sie gesagt. »Reiten kann ich nicht.«
»Man kann ... reiten lernen.«
»Schwer?«
»Allerdings«, hatte er gesagt. »Aber phantastisch.«
Jetzt, dachte sie, jetzt ist dieses kurze Gespräch allzu schnell allzu intim geworden. Sie wußte, daß er das Verbotene gesehen hatte. Sie war sich ganz sicher; plötzlich war sie wütend

auf sich selbst, weil sie selbst ihn dahin hatte lenken müssen. Er hätte es selbst sehen sollen. Ohne Hilfe. Wie die anderen.

Sie wandte sich zum Gehen. Dann blieb sie stehen, drehte sich um und fragte schnell:

»Sie sind ja ein Fremder am Hof.«

Es war keine Frage. Es war eine Feststellung. Es sollte ihn einordnen.

Und da hatte er, wie eine Selbstverständlichkeit, ganz und gar natürlich, die absolut richtigen Worte gesagt:

»Ja. Wie Sie, Majestät.«

Da hatte sie sich nicht mehr zurückhalten können.

»Wenn es so ist«, hatte sie schnell und ausdruckslos gesagt, »müssen Sie mir das Reiten beibringen.«

6.

Graf Rantzau, der einmal vor nur einem Jahr gegenüber Guldberg die Bemerkung hatte fallen lassen, der deutsche Arzt Struensee sei ein geeigneter Leibmedikus für den König, konnte die Situation nicht mehr richtig einschätzen.

Er hatte das eigenartige Gefühl, daß sie außer Kontrolle geraten war.

Entweder war alles sehr gut gegangen. Oder er hatte sich in der Beurteilung seines Freundes und Jüngers Struensee geirrt. Dieser befand sich immer in der Nähe des Königs, schien jedoch sonderbar passiv zu bleiben. So nahe bei der Majestät, aber um die beiden herum dieses Schweigen. Es hieß, Struensee öffne jetzt die Post des Königs, sortiere sie nach Wichtigkeit und schreibe die Entwürfe für die Dekrete des Königs.

Was war dies, wenn nicht eine Andeutung von Macht. Nicht nur eine Andeutung.

Er hatte deshalb Struensee gebeten, einen Stadtspaziergang mit ihm zu machen, um die Situation »bezüglich der Impfungsangelegenheit« zu erkunden.

So hatte er sich ausgedrückt. Die Impfungsangelegenheit war, fand er, ein geeigneter Anknüpfungspunkt, um die alte Intimität mit seinem Freund wiederherzustellen.

Mit dem schweigsamen Mann aus Altona.

Sie waren durch Kopenhagen gegangen. Struensee wirkte angesichts des Verfalls und des Schmutzes unbeeindruckt, als sei er nur allzu vertraut damit, aber Rantzau war entsetzt.

»Eine Pockenepidemie kann sich am Hof ausbreiten«, hatte Rantzau gesagt. »Sie kann eindringen ... uns wehrlos machen ...«

»Trotz der dänischen Verteidigungsmacht«, hatte Struensee gesagt. »Trotz der großen Aufwendungen für das Heer.«

»Der Kronprinz muß geschützt werden«, hatte Rantzau kühl erwidert, da er nicht der Meinung war, dies sei ein Thema für Scherze.

»Ich weiß«, hatte Struensee daraufhin schnell und anscheinend abwehrend geantwortet. »Die Königin hat mich bereits darum gebeten. Ich werde es tun.«

Rantzau hatte es fast die Sprache verschlagen, doch er hatte sich gefaßt und im rechten Ton das Richtige gesagt.

»Die Königin? Schon? Ausgezeichnet.«

»Ja, die Königin.«

»Der König würde dich für den Rest deines Lebens verehren, wenn die Impfung erfolgreich ist. Er betet dich ja bereits an. Es ist phantastisch. Er vertraut dir.«

Struensee hatte nicht geantwortet.

»Wie ist eigentlich die ... Situation des Königs?«

»Sie ist kompliziert«, hatte Struensee gesagt.

Mehr hatte er nicht gesagt. Das war auch, was er dachte. Er glaubte, während dieser Monate seit der Heimkehr aus Europa verstanden zu haben, daß die Situation des Königs genau das war – kompliziert.

Es war ein unerhörter Augenblick gewesen, als Christian sich in Paris mit den Enzyklopädisten unterhalten hatte. Und einige Wochen lang hatte er geglaubt, Christian könne heil gemacht werden; daß dieser kleine Junge zwar einen Frostschaden in seiner Seele davongetragen habe, daß aber noch nicht alles zu spät sei. Christian schien in jenen Wochen aus seinem Dämmerzustand zu erwachen, sprach davon, daß es seine Aufgabe sei, ein Reich der Vernunft zu schaffen, daß der Hof ein Tollhaus sei, aber daß er sich voll und ganz auf Struensee verlasse.

Er verließ sich voll und ganz. Voll und ganz. Das wiederholte er ständig.

Aber die Motive dieser Zuneigung waren so rätselhaft, fast schon bedrohlich. Struensee solle sein »Stock« werden, hatte er gesagt; als sei er aufs neue ein Kind geworden, habe den Knüppel von dem entsetzlichen Überwacher erobert und ihn jetzt einem neuen Vasallen in die Hand gegeben.

Struensee hatte gesagt, er wolle kein »Stock« sein, nicht einmal ein Schwert, und kein Rächer. Das Reich der Vernunft könne nicht auf Rache gegründet werden. Und sie hatten gemeinsam, wie eine Liturgie, ein übers andere Mal den Brief gelesen, den Voltaire an ihn geschrieben hatte und über ihn.

Das Licht. Die Vernunft. Aber Struensee wußte gleichzeitig, daß dieses Licht und diese Vernunft sich in den Händen eines Jungen befanden, der das Dunkel in sich trug wie eine mächtige schwarze Fackel.

Wie sollte dieses Licht geboren werden können?

Dennoch hatte das Bild vom »Stock« etwas, das Struensee gegen seinen Willen angezogen hatte. War »der Stock« notwendig für die Veränderung? Voltaire hatte etwas gesagt, das sich in ihm festgesetzt hatte; über die Notwendigkeit, oder hatte er gesagt »die Pflicht«?, sich durch den Spalt hindurchzudrängen, der plötzlich in der Geschichte aufgetan werden konnte. Und er hatte stets davon geträumt, daß Veränderungen möglich wären, aber geglaubt, daß er selbst, ein unbedeutender deutscher Arzt aus Altona, nur ein kleiner Handwerker des

Lebens sei, dessen Aufgabe es war, mit seinem Messer von all diesen Leuten den Schmutz des Lebens abzukratzen. Er hatte nicht »Skalpell« gedacht; das war zu scharf und bedrohlich. Es war für ihn mit den Obduktionen verknüpft, wenn er die Selbstmörder aufgeschnitten hatte, oder die Hingerichteten. Nein, er hatte sich das einfache Messer eines Handwerkers vorgestellt. Das reine Holz des Lebens herausschneiden. Wie ein Handwerker.

Schaben, mit dem Messer des Handwerkers. Den Schmutz des Lebens fortschaben. So daß die Oberfläche des Holzes rein wurde, gemasert und lebendig.

Aber Diderots Gruß von Voltaire beinhaltete etwas anderes.

Er hatte nicht »Pflicht« gesagt. Aber das hatte er gemeint. Und Struensee konnte nachts in seinem Zimmer in diesem gräßlichen Schloß erwachen und still daliegen und an die Decke starren und plötzlich denken, vielleicht bin ich es *und dies ist der Augenblick, der nie wiederkehrt, aber wenn mich die Macht gefangennimmt, bin ich verloren und zum Untergang verurteilt, und ich will nicht,* das ließ ihn schneller atmen, fast ängstlich, und er begann zu denken, daß dies eine Verantwortung war, daß es eine unerhörte Verantwortung war und daß dieser Augenblick nie wiederkommen würde. Dieser Augenblick, der Kopenhagen war.

Daß ER es war!!!

Und es war, als sehe er den Spalt der Geschichte sich öffnen, und er wußte, es war der Spalt des Lebens, und nur er konnte sich in diesen Spalt drängen. Daß es vielleicht, vielleicht seine Pflicht war.

Und er hatte unerhörte Angst bekommen.

Er hatte Rantzau gegenüber die Situation des Königs nicht beschreiben wollen. Es hatte sich plötzlich klebrig angefühlt. Rantzau war klebrig. Er hatte es vorher nicht gesehen, nicht im Park von Ascheberg, nicht an den wunderbaren Abenden in Rousseaus Hütte, aber jetzt fühlte er das Klebrige deutlich.

Er wollte ihn fernhalten.

»Kompliziert?« hatte Rantzau gefragt.

»Er träumt davon, ein Licht zu schaffen«, hatte Struensee gesagt. »Und das Reich der Vernunft. Und ich fürchte, daß ich ihm helfen könnte.«

»Fürchte?« hatte Rantzau gesagt.

»Ja, ich habe Angst.«

»Sehr gut«, hatte Rantzau in einem sonderbaren Ton gesagt. »Das Reich der Vernunft. Die Vernunft. Und die Königin?«

»Eine bemerkenswerte Frau.«

»Wenn nur die Vernunft nicht von der Hydra der Passion getötet wird«, hatte Rantzau leichthin gesagt.

Hierzu kommt ein Ereignis, das drei Tage zuvor eingetreten war.

Nachher fürchtete Struensee, es falsch interpretiert zu haben. Aber das »Komplizierte« der Situation hatte ihn mehrere Tage lang beschäftigt.

Vielleicht hatte er wegen dieses Ereignisses Rantzau gegenüber das Wort »kompliziert« benutzt.

Geschehen war folgendes:

Christian und Struensee hatten sich gemeinsam im Arbeitszimmer des Königs befunden. Der Hund hatte, wie üblich, auf dem Schoß des Königs gesessen, und dieser hatte mit der einen Hand eine Reihe von Dokumenten unterschrieben, die Struensee, auf Geheiß des Königs, rein sprachlich bearbeitet hatte.

Das war ihre Übereinkunft. Struensee schrieb alles. Er bestand jedoch darauf, daß es sich dabei nur um eine rein sprachliche Bearbeitung handele. Christian hatte langsam und zierlich unterzeichnet und dabei vor sich hin gemurmelt.

»Welche Wut!!! Wird dies hervorrufen. Bernstorff. Guldberg. Guldberg! Soll um seinen Platz wissen. Jetzt soll er seinen Platz kennenlernen!! Ich zerschlage. Das Kabinett. Alles.«

Struensee hatte ihn wachsam beobachtet, aber nichts gesagt, da er ja die manischen Litaneien des Königs über die Zerstörung, den Vogel Phönix und die Reinigung des Tempels zur Genüge kannte.

»Alles! In Stücke schlagen!!! Nicht wahr, Struensee, ich denke richtig, nicht wahr!«

Struensee hatte darauf ruhig und still geantwortet:

»Ja, Majestät. Etwas muß getan werden mit diesem verrotteten Reich.«

»Ein Licht! Aus dem Norden!«

Er hatte den Hund geküßt, was Struensee oft Ekel einflößte, und war fortgefahren:

»Der Tempel muß gesäubert werden! Totale Destruktion!!! Sie sind einverstanden, nicht wahr!!!«

So weit war alles wohlbekannt. Aber Struensee, der einen Augenblick eine Art Müdigkeit empfunden hatte angesichts des Ausbruchs des Königs, hatte leise und eigentlich für sich selbst gemurmelt:

»Majestät, es ist manchmal nicht ganz leicht, Sie zu verstehen.«

Er hatte geglaubt, diese Worte würden an der Aufmerksamkeit des Königs ganz unbeachtet vorübergehen. Doch dieser hatte seine Feder niedergelegt und Struensee angesehen mit einem Ausdruck intensiver Trauer, vielleicht Bestürzung, oder als wolle er Struensee dazu bringen zu verstehen.

»Ja«, hatte er gesagt. »Ich habe viele Gesichter.«

Struensee hatte den König aufmerksam betrachtet, weil er einen Tonfall wahrgenommen hatte, der ihm neu war.

Und der König war fortgefahren:

»Aber, Doktor Struensee, in dem Reich der Vernunft, das Sie schaffen wollen, gibt es vielleicht nur Platz für Menschen, die aus einem Guß sind?«

Und nach einer Weile hatte er hinzugefügt:

»Aber gibt es da Platz für mich?«

7.

Sie schienen abzuwarten.

Die Königin hatte, nach der Begegnung mit Struensee im Park, eine eigenartige Wut verspürt; sie hatte sie eindeutig als Wut identifiziert.

Sie war nicht ruhig. Es war Wut.

In der Nacht hatte sie wieder ihr Schlafgewand ausgezogen und intensiv ihre Scham gestreichelt. Dreimal war die Lust in einer großen Welle gekommen, hatte ihr diesmal aber keine Ruhe geschenkt, sondern eben gerade Wut.

Ich bin dabei, die Kontrolle zu verlieren, hatte sie gedacht. Ich muß die Kontrolle zurückgewinnen.

Christian, Caroline Mathilde, Struensee. Die drei.

Sie schienen einander mit Neugier zu betrachten, mit Mißtrauen. Der Hof betrachtete sie auch. Sie betrachteten den Hof. Alle schienen zu warten.

Manchmal wurden sie auch von außen betrachtet. Etwas später im Herbst wurde ein Brief geschrieben, der in gewisser Weise auf das, was geschehen sollte, vorausdeutet. Ein scharfsichtiger Beobachter, der schwedische Kronprinz Gustav, der spätere König Gustav III., machte in diesem Jahr eine Reise nach Paris und hielt sich eine kurze Zeit in Kopenhagen auf. Er hat etwas gesehen. Etwas, was vielleicht noch nicht geschehen ist, aber vielleicht geschehen wird.

Er berichtet in langen Briefen an seine Mutter über die Situation am dänischen Hof.

Er ist unzufrieden mit dem dänischen Hof, findet das Schloß geschmacklos. Gold, Gold, alles ist Gold, übermalt mit Gold. Kein Stil. Die Paraden sind erbärmlich. Die Soldaten gehen nicht im Takt, machen zu langsam Kehrum, ohne Präzision. Liederlichkeit und Sittenlosigkeit bei Hofe, »noch schlimmer als bei uns«. Dänemark kann für Schweden kaum eine militärische Bedrohung sein, lautet sein Urteil.

Schlechter Geschmack und zu langsames Kehrum.

Sein größtes Interesse aber ziehen das Königspaar und Struensee auf sich.

»Aber das Merkwürdigste von allem, das ist der Schloßherr, und alles, was ihn umgibt. Er hat eine hübsche Figur, aber er ist so klein und schmächtig, daß man ihn leicht für ein Kind von dreizehn Jahren oder für ein als Mann verkleidetes Mädchen halten könnte. Madame du Londelle in Männerkleidern würde ihm sehr gleichen, und ich glaube nicht, daß der König viel größer ist als sie.

Man glaubt absolut nicht, er könnte König sein, weil er keinen Orden trägt, und nicht genug damit, daß er darauf verzichtet hat, den Seraphimerorden zu tragen, er trägt nicht einmal den Ordensstern. Er ähnelt unserer schwedischen Kronprinzessin sehr, und er spricht wie sie, mit dem Unterschied, daß er mehr spricht. Er wirkt schüchtern, und wenn er etwas gesagt hat, bereut er es genau wie sie und scheint zu fürchten, etwas Falsches gesagt zu haben. Sein Gang ist recht ungewöhnlich, es sieht aus, als gäben die Beine unter ihm nach.

Die Königin ist ganz anders. Sie macht einen entschlossenen, starken und robusten Eindruck. Sie hat eine sehr ungezwungene Art und ist ohne Hemmungen. Sie spricht lebhaft und geistreich, aber auch sehr schnell. Sie ist weder hübsch noch häßlich; sie ist mittelgroß, aber kräftig, ohne fett zu sein, immer in Reitkleidung, mit Stiefeln, und alle Damen ihres Gefolges müssen ebenso gekleidet sein wie sie, weshalb man im Theater, ja überall, die Damen ihres Gefolges von den anderen unterscheiden kann.«

Er hat auch Struensee genau beobachtet. Bei Tisch hat dieser der Königin gegenüber gesessen. Er hat auf eine Art und Weise nach der Königin »geschielt«, die dem schwedischen Kronprinzen nicht gefiel. »Aber das Bemerkenswerteste ist, daß Struensee Herr im Schloß geworden ist, und daß er sogar über den König regiert. Die Unzufriedenheit darüber ist überaus groß und scheint mit jedem Tag zu wachsen. Wenn es in dieser Nation ebensoviel Kraft gäbe, wie es im Augenblick Unzufriedenheit gibt, könnten die Dinge eine ernste Wendung nehmen.«

Das war im Herbst. Der schwedische Kronprinz, der spätere König Gustav III. – er erbt den Thron im gleichen Jahr – meint etwas gesehen zu haben.

Es ist auch etwas geschehen.

Kapitel 8

Ein lebendiger Mensch

1.

Guldberg glaubte die Geschichte oft als einen Strom zu sehen, der unaufhörlich wachsend dem Meer entgegenfloß und sich dort mit dem großen Wasser vereinte, das er sich als das Urbild des Ewigen vorstellte.

Die Bewegungen des Wassers waren Gottes Wille. Er selbst nur der unbedeutende Betrachter am Strand.

Das ließ scheinbar nicht viel für ihn übrig in dem großen historischen Geschehen. Doch gleichzeitig hatte er sich gedacht, daß diesem kleinen, unbedeutenden Betrachter, Guldberg, ihm selbst, mit seinen klaren, eisblauen Augen, dank seiner Bedeutungslosigkeit, seiner Zähigkeit und seiner scharfen, nie blinzelnden Augen, eine Rolle zugeteilt worden war. Er war nicht nur der Betrachter von Gottes unerbittlicher Macht, sondern auch ein Deuter der Wasserwirbel. Der Strom war seinem Wesen nach unergründlich. Aber einem war es vergönnt, die Unterströme der Wasserwirbel zu sehen, die Logik des Unergründlichen zu meistern und die Geheimnisse des göttlichen Willens zu verstehen.

Auch aus diesem Grund hatte er sich zur Sicherheit Informanten zugelegt.

Nach dem Treffen mit der Königinwitwe in der Schloßkirche hatte er verstanden, was seine Aufgabe war. Es war nicht nur die des Deuters. Die Deutung mußte ja eine Richtung haben. Die Aufgabe war, ihren kleinen Sohn zu lieben, den kleinen Mißgebildeten; und durch die Liebe zu diesem, dem Unbedeutendsten, würde Gottes Wille am Ende in Dänemark verwirklicht werden.

Aber Gottes Wille war, vor allem, daß der Schmutz weggebrannt und die aufklärerischen Gedanken in Gottes großem Feuer verbrennen sollten.

Das Treffen in der Schloßkirche hatte viel bedeutet. Doch er war kein bezahlter Heiduck geworden. Diese Aufgabe, diese Berufung entsprangen nicht einer Lust, belohnt zu werden. Er konnte nicht gekauft werden. Er hatte dies der Königinwitwe bei dem Treffen in der Kirche sagen wollen, aber er konnte doch nicht. Das Wort »Belohnung« hatte ihn gekränkt. Sie hatte nicht verstanden, daß er nicht käuflich war. Er wollte nicht Titel, Belohnungen, Macht; er wollte der Unansehnliche bleiben, dessen Aufgabe es war, Gottes unergründliche Wasser zu deuten.

Er verfolgte die Entwicklung mit großer Sorge. Das hing damit zusammen, daß er glaubte, auch Struensee sei nicht käuflich. Falls er wirklich gekauft werden konnte, so wußte Guldberg noch nicht, womit. Vielleicht war er nicht käuflich. Vielleicht würde dieser große Baum von etwas anderem zu Fall gebracht werden; aber vorher mußte er Struensee durchschauen, erkennen, wo sein schwacher Punkt war.

Struensee war ein Emporkömmling, darin glich er Guldberg selbst. Beide waren sie kleine Büsche zwischen den großen hochmütigen Bäumen. Er liebte diese Bilder. Busch, Bäume, gefällter Wald. Und am Ende Triumph. Zuweilen konnte er Struensee mit Liebe hassen, fast mit Mitgefühl, vielleicht Zärtlichkeit. Aber er wußte, daß es seine Aufgabe war, ihn zu durchschauen.

Er fürchtete, daß Struensee keiner von den üblichen Intellektuellen war. Aber er ahnte seinen schwachen Punkt. Nur Guldberg, am Ufer des Stroms, hatte dies verstanden. Daß Struensees Schwäche paradoxerweise darin bestand, daß er die Macht nicht begehrte. Daß sein heuchlerischer Idealismus echt war. Vielleicht verhielt es sich so, daß Struensee nicht wünschte, sich von der Macht einfangen, korrumpieren zu lassen. Vielleicht lag ihm nichts an dem großen Spiel. Vielleicht war er ein durch und durch reiner Mensch im Dienst des Bösen. Vielleicht hing er einem naiven Traum nach, daß

Reinheit möglich sei. Vielleicht wollte er sich von der Macht nicht beschmutzen lassen. Vielleicht würde ihm dies gelingen, dem Schmutz der Macht zu widerstehen, nicht zu töten, nicht zu vernichten, nicht das große Spiel der Macht zu spielen. Rein zu bleiben.

Und vielleicht war Struensee deshalb zum Untergang verdammt.

2.

Guldberg hatte, fast Tag für Tag, durch seine Informanten, die große europäische Reise aus der Distanz verfolgt. Mit unbeweglichem Gesicht hatte er die Briefe über diese wahnsinnige Verschwendung gelesen. Dennoch war er erst beunruhigt, als die ersten Briefe aus Paris eintrafen.

Da hatte er begriffen, daß eine andere Gefahr drohte.

Wer hätte das ahnen können. Rantzau hätte es ahnen können. Er hatte Struensee empfohlen und hätte es wissen müssen. Die Nachricht von dem Treffen des Königs mit den Enzyklopädisten machte das Maß voll. Im Juni hatte er deshalb ein langes Gespräch mit Graf Rantzau geführt.

Es war in sachlichem Ton geführt worden. Guldberg hatte einen Teil von Rantzaus Lebenslauf rekapituliert, einschließlich seiner angeblichen Spionage für die russische Kaiserin, und wie wichtig es mit Rücksicht auf die unglaublich grausamen Strafen für Landesverrat war, diesen unbedeutenden Vorfall zu vergessen. Er hatte kurz die Prämissen des Spiels skizziert. Sie hatten sich auf gewisse Dinge geeinigt: daß Struensee ein Parvenü und lebensgefährlich war.

Rantzau seinerseits hatte hauptsächlich geschwiegen, oder Nervosität erkennen lassen.

Guldberg hatte alles bekräftigt bekommen. Rantzau war ein durch und durch charakterloser Mensch.

Er hatte außerdem hohe Schulden.

Guldberg hatte sich während des Gesprächs zu der größten Beherrschung gezwungen, damit seine Verachtung nicht erkennbar wurde. Die großen schönen Bäume konnten gekauft und würden gefällt werden.

Aber die kleinen Büsche: nein.

Im Mai war die Lage unklar geworden, deshalb gefährlich. Im Juli hatte er sich zu einer besonderen Berichterstattung bei der Königinwitwe gezwungen gesehen.

Sie hatten sich im Hoftheater verabredet, weil ja Gespräche in der königlichen Loge der Königinwitwe kaum als konspirativ verdächtigt werden konnten und sich deshalb wegen des hohen Grades an Öffentlichkeit für den Austausch von Geheimnissen eigneten.

Außerdem stimmte das Orchester die Instrumente.

Er lieferte eine schnelle, detaillierte Zusammenfassung. Im Mai war die Pockenimpfung des kleinen Kronprinzen durchgeführt worden und erfolgreich gewesen. Das hatte die Position des »Schweigsamen« gestärkt. Die Intrigenlage sah so aus, daß Holck in Ungnade gefallen war, Rantzau zwar in Gnade stand, aber ein charakterloser und ungefährlicher Mensch war. Bernstorff würde zum Herbst seinen Abschied bekommen. Struensee war nicht mehr Rantzaus Protegé, und bald besaß Struensee die ganze Macht. Dafür haßte Rantzau ihn, betrachtete sich aber als Struensees einzigen und engsten Freund. Brand stand in Gnade. Der König, jenseits aller Kontrolle, unterschrieb mechanisch die Dekrete. Struensee würde in der kommenden Woche zum Konferenzrat mit einem Jahresgehalt von 1.500 Reichstalern ernannt werden. Der Brief bezüglich des Verbots oder des »Aussetzens« der Verteilung von Ordenszeichen und Belohnungen, den der König in der vergangenen Woche unterzeichnet hatte, war von dem »Schweigsamen« geschrieben worden. Eine Flut von Reformen stand bevor.

»Woher wissen Sie das?« hatte die Königinwitwe gefragt. »Struensee dürfte es Ihnen kaum erzählt haben.«

»Aber vielleicht Rantzau«, hatte Guldberg da geantwortet. »Ist er nicht Struensees einziger Freund?«

»Struensee hat sich geweigert zu empfehlen, daß seine Schulden getilgt werden«, hatte Guldberg kurz erklärt.

»Ein Intellektueller mit Schulden in Konflikt mit einem Aufklärer mit Prinzipien«, hatte die Königinwitwe nachdenklich wie zu sich selbst gesagt. »Eine Tragödie für beide.«

Guldberg war in seiner Analyse fortgefahren. Was Struensee kürzlich »sprachliche Bearbeitung« der Dekrete des Königs genannt hatte, war jetzt unverhohlene Machtausübung. Der König unterschrieb alles, worauf Struensee zeigte. Reformen rollten heran wie eine Flut. Die Pläne, die bald verwirklicht werden sollten, umfaßten auch die uneingeschränkte Druckfreiheit, Religionsfreiheit, daß der Öresundzoll nicht mehr an den Hofstaat, sondern an den Staat gehen sollte, die Lösung der Bauernfrage und Aufhebung der Leibeigenschaft, daß die Zuschüsse an unrentable Industrien, die im Besitz des Adels waren, eingezogen werden sollten, eine Reform des Gesundheitswesens sowie eine lange Reihe von Detailplänen, wie zum Beispiel, daß die der Kirche gehörenden Räumlichkeiten in der Amaliegade beschlagnahmt und in Kinderheime umgewandelt werden sollten.

»Kinderheime für Hurenkinder«, hatte die Königinwitwe bitter hinzugefügt.

»Und selbstverständlich ein Verbot der Folter bei Verhören.«

»Dieser Punkt«, hatte die Königinwitwe da erwidert, »wird auf jeden Fall definitiv aufgehoben werden, wenn diese Ratte gefangen und unschädlich gemacht worden ist.«

Die Musik war inzwischen fertig mit dem Stimmen der Instrumente, und die Königinwitwe hatte als letztes flüsternd gefragt:

»Und die Meinung der Königin über Struensee?«

»Über sie«, hatte Guldberg ebenso flüsternd geantwortet, »weiß niemand etwas. Aber wenn jemand etwas weiß, dann bin ich der erste, der es erfährt.«

3.

Sie ließ sich immer öfter an die Küste fahren. Sie stieg aus und stand wartend ganz unten an der Strandkante. Der Duft war der gleiche, Meer und Tang, aber dennoch nicht der gleiche. Zuerst war es nur Überdruß gewesen. Dann wurde es die Vereinigung von Lust und Tod. Dann wurde es etwas anderes.

Es hing vielleicht mit Struensee zusammen. Sie wollte wissen, was es war.

Sie hatte gefragt, wo er war, und es erfahren; deshalb hatte sie ihren Nachmittagsspaziergang zu den königlichen Hofställen verlegt, wo Doktor Struensee jeden Dienstag und Freitag seine Ausritte zu machen pflegte.

Er war tatsächlich da. Deshalb war sie hingegangen, ohne Begleitung von Hofdamen. Sie war hingegangen, um herauszufinden, was es war, das ihr diese Wut machte, und um ihm zu zeigen, wo sein Platz war.

Er war damit beschäftigt, sein Pferd zu satteln, und weil sie beschlossen hatte, ihn auf seinen Platz zu verweisen, und wütend war, kam sie direkt zur Sache.

»Doktor Struensee«, hatte sie gesagt, »oh, Sie sind mit Ihrem Reiten beschäftigt, ich will Sie nicht stören, Sie sind so beschäftigt.«

Er hatte sich nur verwirrt verbeugt, weiter sein Pferd gesattelt, aber nichts gesagt. Es war unerhört. Die geringste Kenntnis der Hofetikette hätte ihm sagen müssen, daß er antworten mußte, und auf eine vorgeschriebene höfliche Weise; aber er war ja ein Plebejer.

»Sie beleidigen die Königin Dänemarks«, hatte sie da gesagt. »Ich spreche Sie an, Sie antworten nicht. Das ist unverschämt.«

»Das war nicht meine Absicht«, hatte er gesagt.

Er schien nicht einmal Angst zu haben.

»Immer beschäftigt«, hatte sie hinzugefügt. »Was machen Sie eigentlich?«

»Ich arbeite«, hatte er gesagt.

»Was?«

»Ich stehe im Dienst des Königs. Bereite Schriftstücke vor. Führe Gespräche. Gebe zuweilen Ratschläge, wenn der König dies wünscht.«

»Sie versprachen, mir Reitstunden zu geben, ich erlaubte Ihnen, es zu versprechen, und dann haben Sie keine Zeit! Keine Zeit! Aber nehmen Sie sich in acht, Sie könnten in Ungnade fallen! In UNGNADE!!!«

Er hatte daraufhin aufgehört, sein Pferd zu satteln, sich umgewandt und sie nur mit Verblüffung angesehen, vielleicht mit Irritation.

»Darf ich fragen«, hatte sie mit so unkontrollierter Stimme hinzugefügt, daß sie es einen Augenblick selbst gehört hatte und von Scham erfüllt wurde, »darf ich fragen, ob diese ARBEIT so notwendig ist, darf ich das fragen? Und das darf ich!!! Was ist denn ...«

»Soll ich antworten?« hatte er gefragt.

»Tun Sie das, Doktor Struensee.«

Es kam so plötzlich. Sie hatte es nicht erwartet. Er hatte ihr mit einer plötzlichen Wut geantwortet, die sie beide überrascht hatte.

»Majestät, mit allem Respekt, ich arbeite wirklich«, hatte er mit leisem Ingrimm gesagt, »aber nicht so viel, wie ich sollte. Das, woran ich arbeiten sollte, erfordert Zeit, ich habe sie nicht, ich muß auch schlafen, ich bin nicht gut genug, doch niemand soll sagen, daß ich es nicht versuche. Ich weiß sehr wohl, was ich nicht tue, leider, Majestät, leider; ich sollte daran arbeiten, dieses verdammte Dänemark anständig zu machen, sollte an den Rechten der Bauern arbeiten, ich tue es nicht, daran, den Hofstaat um die Hälfte zu verkleinern, mindestens! mindestens!!!, das tue ich auch nicht, daran, die Gesetze zu ändern, so daß Mütter unehelicher Kinder nicht mehr bestraft werden, NICHT MEHR BESTRAFT WERDEN!!!, das tue ich nicht, daran, daß die heuchlerischen Strafen für Untreue abgeschafft werden, das tue ich auch nicht, meine Hoch Verehrte Königin, es ist so unfaßbar viel, woran ich nicht! nicht!!! arbeite, wie ich sollte, aber nicht kann, ich kann noch lange fortfahren, mit anderen Beispielen für das, woran ich nicht!!! arbeite, ich kann ...«

Er hatte plötzlich innegehalten. Er wußte, daß er sich vergangen hatte. Es war ein langes Schweigen eingetreten, dann hatte er gesagt:

»Ich bitte um Vergebung. Ich bitte ... daß Sie mir vergeben. Wegen dieser ...«

»Ja?«

»Unverzeihlichen Übereilung.«

Plötzlich hatte sie sich vollkommen ruhig gefühlt. Ihre Wut war verschwunden, nicht, weil sie ihm seine Grenzen gezeigt hatte, nicht weil ihr ihre Grenzen gezeigt worden waren; nein, sie war einfach fort.

»Was für ein schönes Pferd«, hatte sie gesagt.

Ja, wie schön die Pferde waren. Wie wunderbar es sein mußte, zwischen diesen schönen Tieren zu arbeiten, ihre Haut, ihre Nüstern, ihre Augen, die sie ganz ruhig und still betrachteten.

Sie trat zu dem Pferd, strich ihm über die Lende.

»So ein schönes Tier. Glauben Sie, daß Pferde ihre Körper lieben?«

Er antwortete nicht. Sie strich weiter: den Hals, die Mähne, den Kopf. Das Pferd stand ganz still und wartete. Sie wandte sich nicht zu Struensee um, sagte nur leise:

»Verachten Sie mich?«

»Ich verstehe nicht«, sagte er.

»Denken Sie: ein kleines, schönes Mädchen, siebzehn Jahre, dumm, nichts von der Welt gesehen, nichts verstanden. Ein schönes Tier. Ist es so?«

Er schüttelte nur den Kopf.

»Nein.«

»Und was bin ich dann?«

Er hatte begonnen, das Pferd zu striegeln, langsam; dann hielt seine Hand inne.

»Lebendig.«

»Was meinen Sie?«

»Ein lebendiger Mensch.«

»Also das haben Sie gesehen?«

»Ja. Das habe ich gesehen.«

»Wie gut«, hatte sie sehr still gesagt. »Wie ... gut. Es gibt nicht so viele lebendige Menschen in Kopenhagen.«

Er sah sie an.

»Das können Sie nicht wissen, Majestät. Es gibt auch außerhalb des Hofes eine Welt.«

Sie dachte: Es ist wahr, aber daß er es wagt, das zu sagen. Er hat vielleicht etwas anderes gesehen als das gepanzerte Kriegsschiff oder den Körper. Er sieht etwas anderes und er ist mutig. Aber sagt er es, weil er mich für ein kleines Mädchen hält, oder sagt er es, weil es wahr ist?

»Ich verstehe«, hatte sie gesagt. »Sie denken, daß sie nicht viel von der Welt gesehen hat. Nicht wahr? Das meinen Sie? Siebzehn Jahre, nie außerhalb des Hofes gelebt? Nichts gesehen?«

»Es sind nicht die Jahre«, hatte er da gesagt. »Manche werden hundert Jahre und haben dennoch nichts gesehen.«

Sie sah ihn offen an und spürte zum erstenmal, daß sie keine Angst hatte und auch nicht wütend war, sondern nur ruhig und neugierig.

»Es macht nichts, daß Sie böse geworden sind«, sagte sie. »Es war so schön, jemanden zu sehen, der ... brannte. Der lebendig ist. Ich habe das noch nie gesehen. Es war so schön. Jetzt können Sie anfangen zu reiten, Doktor Struensee.«

4.

Das Kabinett war versammelt, ausnahmsweise einmal vollzählig, als der König mitteilen ließ, daß Dr. med. J. L. Struensee zum Königlichen Vorleser mit dem Titel »Konferenzrat« ernannt worden sei.

Das war erwartet worden. Keiner verzog eine Miene.

Er teilte außerdem mit, daß für weitere Kabinettssitzungen vor Ende September keine Veranlassung bestehe und daß die königlichen Dekrete, die er in der Zwischenzeit unterzeichnete, keiner Bestätigung durch das Kabinett bedürften.

Ein eisiges, gelähmtes Schweigen trat ein. Dies war nicht erwartet worden. Was bedeutete es, praktisch?

»Gleichzeitig will ich allergnädigst mitteilen«, schloß der König, »daß es mir am heutigen Tage beliebte, meinen Hund Vitrius zum Reichsrat zu ernennen, und soll er hinfort mit der Ehrerbietung behandelt werden, die diesem Titel angemessen ist.«

Es wurde sehr lange sehr still.

Dann erhob sich der König ohne ein Wort, alle folgten seinem Beispiel, und der Saal leerte sich.

Im Gang davor sammelten sich für einige Augenblicke kleine Gruppen, die sich rasch auflösten. Während dieser kurzen Zeit gelang es jedoch Guldberg, mit dem Hofmarschall Graf Holck und dem Außenminister Graf Bernstorff einige Worte zu wechseln.

»Das Land«, sagte er, »steht jetzt vor der schwersten Krise seiner Geschichte. Treffen heute abend um zehn bei der Königinwitwe.«

Es war eine eigenartige Situation. Guldberg meinte, sowohl die Befugnisse seines Titels als auch die Etikette zu übertreten. Aber keiner der beiden anderen hatte daran Anstoß genommen. Und er hatte anschließend, gänzlich unnötig, wie er später dachte, hinzugefügt:

»Absolute Geheimhaltung.«

Bei der Vormittagssitzung am folgenden Tag gab es nur drei Anwesende.

Es waren König Christian VII., sein Hund, der Schnauzer Vitrius, der neuernannte Reichsrat, und Struensee.

Struensee hatte dem König Dokument auf Dokument gereicht, doch nach einer Weile hatte dieser mit einer Handbewegung ein Zeichen gegeben, daß er eine Pause in der Arbeit zu machen wünsche.

Der König hatte unverwandt auf die Tischplatte geschaut, er hatte nicht mit den Fingern getrommelt, er hatte keine Spasmen, sein Gesicht schien nur von einer so großen Trauer gezeichnet, daß Struensee für einen Augenblick Angst bekam.

Oder war es vielleicht eine unerhörte Einsamkeit?

Ohne den Blick zu heben und mit einem Tonfall absoluter Ruhe und großer Konzentration, hatte der König dann gesagt:

»Die Königin leidet an Melancholia. Sie ist einsam, sie ist eine Fremde in diesem Land. Es ist mir nicht möglich gewesen, diese Melancholie zu lindern. Sie müssen diese Bürde von meinen Schultern nehmen. Sie müssen! sich ihrer annehmen.«

Nach einer Weile des Schweigens hatte Struensee gesagt:

»Mein einziger Wunsch ist, daß das gegenwärtige gespannte Verhältnis zwischen den Eheleuten aufhören möge.«

Der König hatte nur wiederholt:

»Sie müssen diese Bürde von meinen Schultern nehmen.«

Struensee hatte auf die Papiere gestarrt, die vor ihm lagen. Christian hob nicht den Blick. Der Hund lag schlafend auf seinen Füßen.

5.

Er wurde nicht klug aus ihr.

Struensee hatte sie während ihres Aufenthalts in Altona vor ihrer Ankunft in Kopenhagen gesehen, und er hatte sie kaum gesehen. Sie war damals offensichtlich nur ein Kind gewesen und vor Angst wie gelähmt.

Er war empört gewesen. So sollte man Menschen nicht behandeln dürfen. Aber er hatte sie nicht gesehen.

Dann hatte er sie gesehen. Plötzlich war ihm klar geworden, daß sie eine große Gefahr bedeutete. Alle hatten sie als »entzückend« oder »bezaubernd« bezeichnet, aber das war ja das, was man eben über Königinnen sagen mußte. Es bedeutete nichts. Man war davon ausgegangen, daß sie willensschwach und bezaubernd war und daß ihr Leben zu einer Hölle werden würde, aber auf einer höheren Ebene als bei den Ehefrauen des Bürgertums und auf einer anderen Ebene als bei denen des Volkes. Aber etwas in ihr ließ ihn glauben, daß man die kleine Engländerin unterschätzt hatte.

Ihre Haut war phantastisch. Sie hatte sehr schöne Hände. Einmal hatte er sich dabei ertappt, wie er sich ihre Hand vorstellte, die sein Glied umschloß.

Ihr Wunsch, reiten zu lernen, war verblüffend gewesen.

Sie verblüffte ihn fast immer, die wenigen Male, da sie sich begegneten. Er glaubte sie wachsen zu sehen, wußte aber nicht, wo es enden würde.

Die Vorbereitungen für die erste Reitlektion waren problemlos gewesen. Aber als der Zeitpunkt gekommen war, erschien sie in Männerkleidern; keine Frau aus dem Königshaus war je wie ein Mann geritten, also mit gespreizten, auf beiden Seiten des Pferds hängenden Beinen.

Es galt als obszön. Dennoch war sie in einem männlichen Reitanzug gekommen. Er hatte das nicht kommentiert.

Er hatte sie sanft an der Hand gefaßt und sie zur ersten Lektion an das Pferd herangeführt.

»Die erste Regel«, hatte er gesagt, »ist Vorsicht.«
»Und die zweite?«
»Mut.«
»Die zweite gefällt mir besser«, hatte sie da gesagt.
Das Pferd war sorgfältig ausgewählt worden, es war sehr ruhig. Sie waren eine Stunde im Bernstorffpark geritten.
Das Pferd war sehr gleichmäßig ausgeschritten. Alles war sehr gut gegangen.
Sie war geritten, zum erstenmal in ihrem Leben.
Offene Felder. Gehölze.

Struensee war an ihrer Seite geritten. Sie hatten über Tiere gesprochen.
Wie die Tiere sich bewegten, ob Tiere träumen konnten, ob sie Vorstellungen vom eigenen Leben hatten. Ob ihre Liebe einem Bestimmten vorbehalten war.
Ob sie selbst ihre Körper erleben konnten, wie sie die Menschen sahen, wie die Träume eines Pferdes waren.
Die Königin hatte gesagt, sie stelle sich die Pferde anders als andere Tiere vor. Daß sie als Unbedeutende geboren würden, mit allzu langen Beinen, aber sich bald ihres Lebens bewußt würden, ihres Körpers, und zu träumen begännen, daß sie Angst empfänden oder Liebe, daß sie Geheimnisse besäßen, die man in ihren Augen lesen konnte, wenn man nur in sie hineinschaute. Es war nötig, in ihre Augen zu schauen, dann verstand man, daß Pferde träumten, wenn sie schliefen, stehend, von ihren Geheimnissen umschlossen.
Er hatte gesagt: Ich verstehe, daß ich nie in meinem ganzen Leben gewagt habe, in die Träume eines Pferdes zu blicken.
Und da hatte die Königin gelacht, zum erstenmal in ihrer bald drei Jahre langen Zeit in Kopenhagen.

Schon am nächsten Tag hatte das Gerücht die Runde gemacht.
Struensee war im Gewölbegang des Schlosses der Königinwitwe begegnet; sie hatte ihn angehalten.

Ihr Gesicht war wie Stein gewesen. Ihr Gesicht war streng genommen immer wie Stein; aber jetzt lag darunter eine Wut, die sie fast furchterregend machte.

»Doktor Struensee«, hatte sie gesagt, »ich bin darüber informiert worden, daß die Königin in Männerkleidern auf einem Pferd geritten ist und rittlings auf dem Pferd. Ist das richtig?«

»Das ist richtig«, hatte er gesagt.

»Es ist ein Verstoß gegen die Etikette, und unwürdig.«

»In Paris«, hatte er erwidert, »reiten die Damen immer auf diese Art. Auf dem Kontinent betrachtet niemand das als unwürdig. In Paris ist dies ...«

»In Paris«, hatte sie schnell entgegnet, »gibt es viel Unsittlichkeit. Wir brauchen das alles nicht nach Dänemark zu importieren.«

Er hatte sich verneigt, aber nicht geantwortet.

»Nur noch eine Frage, Doktor Struensee, was diese kontinentalen ... Gedanken angeht.«

Er hatte sich leicht verneigt.

»Was ist das endgültige Ziel dieser ... Aufklärer? Ich ... frage mich nur?«

Er hatte seine Worte mit Bedacht gewählt.

»Aus der Erde einen Himmel zu erschaffen«, hatte er dann mit einem leichten Lächeln gesagt.

»Und was geschieht dann mit dem ... richtigen ... Himmel? Ich meine damit Gottes Himmel.«

Er hatte mit einem ebenso milden Lächeln gesagt:

»Der wird dann ... ihrer Meinung nach ... weniger notwendig.«

Die Königinwitwe hatte in dem gleichen, ruhigen Tonfall gesagt:

»Ich verstehe. Deshalb müssen diese Lästerer auch zermalmt werden.«

Dann hatte sie sich umgewandt und war gegangen.

Struensee hatte lange still dagestanden und ihr nachgesehen. Er hatte gedacht: Eigentlich bin ich kein mutiger Mensch. Ich kann einen eiskalten Hauch der Angst verspüren, wenn eine alte Frau mich anspricht. Wenn man einen Spalt in der Geschichte sieht und weiß, daß man sich hineindrängen sollte – ist es dann richtig, daß ein Mann, der Angst vor einer alten Frau verspüren kann, diese Aufgabe auf sich nimmt?

Später dachte er: Der Widerstand beginnt sichtbar zu werden. Nicht nur eine alte Frau. Der Adel. Guldberg. Es sind viele. Der Widerstand wird sich bald sehr klar abzeichnen.

Die dagegen sind, werde ich wohl erkennen können. Aber wer steht auf meiner Seite?

Kapitel 9

Rousseaus Hütte

1.

Immer schwieriger zu verstehen, was geschieht.

Der Lichtkegel scheint sich um ein paar Schauspieler auf einer Bühne zu verengen. Doch ihre Gesichter sind noch voneinander abgewandt.

Sehr bald bereit, ihren Text zu sprechen. Noch voneinander abgewandte Gesichter, und Schweigen.

Als Christian eines Abends, wieder einmal, Struensee von seinen Alpträumen um den schmerzhaften Tod des Segeanten Mörl erzählte und sich in Einzelheiten verlor, hatte Struensee überraschend im Raum auf und ab zu gehen begonnen und den König wütend aufgefordert aufzuhören.

Christian war bestürzt gewesen. Solange Reverdil da gewesen war, bevor er zur Strafe ausgewiesen wurde, hatte er hierüber sprechen können. Jetzt schien Struensee die Fassung zu verlieren. Christian hatte gefragt, warum. Struensee hatte nur geantwortet:

»Majestät, Sie verstehen nicht. Und haben sich nie darum bemüht zu verstehen. Obwohl wir uns so lange kennen. Aber ich bin kein mutiger Mensch. Ich habe Angst vor Schmerzen. Ich will nicht an Schmerzen denken. Ich bin leicht zu erschrecken. So ist es, wie Majestät hätten wissen können, wenn Majestät interessiert gewesen wären.«

Christian hatte Struensee während dieses Ausbruchs verwundert angesehen und dann gesagt:

»Ich habe auch Angst vor dem Tod.«

»Ich habe keine Angst vor dem Tod!!!« hatte Struensee ungeduldig erwidert. »Nur vor Schmerzen. Vor Schmerzen!!!«

Aus dem Spätsommer 1770 gibt es eine Zeichnung von Christians Hand, die einen Negerjungen darstellt.

Er zeichnete sonst sehr selten, doch die Zeichnungen, die erhalten sind, verraten große Begabung. Die Zeichnung stellt Moranti, den Negerpagen dar, der dem König gegeben wurde, um seine Melancholie zu verringern, und »damit er jemanden zum Spielen hatte«.

Keiner sollte sich so ausdrücken. Melancholie war das richtige Wort, nicht Spielkamerad. Aber Brandt, von dem die Idee stammte, drückt sich genau so aus: einen Spielkameraden für die Majestät. Eine Stimmung dumpfer Resignation hatte sich um den König verbreitet. Schwer war es, unter den Hofleuten Spielkameraden zu finden. Der König schien alle Energie des Tages auf die Stunde zu konzentrieren, in der er die Dokumente und Schreiben unterzeichnete, die Struensee ihm vorlegte; aber nachdem sie sich für den Tag getrennt hatten, verfiel er in Apathie und versank in sein Gemurmel. Brandt war der Gesellschaft des Königs müde geworden und hatte einen Negerpagen als Spielzeug für ihn gekauft. Als er um die Erlaubnis bat, hatte Struensee nur resigniert den Kopf geschüttelt, aber eingewilligt.

Struensees Stellung am Hof war jetzt so selbstverständlich, daß es auch für den Kauf von Negersklaven seiner Zustimmung bedurfte.

Es sei ganz natürlich, daß er es müde geworden sei, hatte Brandt erklärt, da Spielstunden mit der Majestät nicht zu seinen selbstverständlichen Aufgaben als Theaterleiter gezählt werden könnten. Tatsächlich war Brandt ausgelaugt und wütend. Das Beisammensein mit der Majestät war immer eintöniger geworden, da Christian häufig ganze Tage in einem Sessel saß, mit den Händen wedelte, vor sich hin murmelte oder apathisch an die Wand starrte. Der König hatte außerdem die Gewohnheit, den Sessel nah an die Wand zu stellen, und zur Wand hin, um die Umgebung nicht anschauen zu müssen.

Was sollte Brandt tun? Konversieren war schwierig. Er könne sich ja nicht zwischen den Sessel und die Wand stellen, erklärte er Struensee.

»Macht, was ihr wollt«, hatte Struensee gesagt. »Dies ist sowieso ein Tollhaus.«

Der Negerpage war auf den Namen Moranti getauft worden.

Moranti sollte in der Folgezeit eine gewisse Rolle spielen, auch in der diplomatischen Berichterstattung.

Später im selben Herbst, als die Situation sich zugespitzt hatte und die beunruhigenden Berichte über Struensees Macht auch das Ausland erreicht hatten, hatte der französische Gesandte um eine Audienz beim König ersucht. Doch als der Botschafter eintraf, hatte sich lediglich Struensee im Raum befunden und erklärt, daß König Christian VII. am heutigen Tag unpäßlich sei, dem Abgesandten der französischen Regierung aber seine Ehrerbietung und Sympathie habe bezeugen wollen.

»Doktor Struensee ...«, hatte der französische Gesandte begonnen, war aber unmittelbar von Struensee korrigiert worden.

»Konferenzrat.«

Die Stimmung war aufgeladen und feindselig gewesen, aber höflich.

»... uns haben Gerüchte über die nahezu ... revolutionären Pläne des dänischen Monarchen erreicht. Interessant. Interessant. Wir sind ja in Paris mit diesem Gedankengut durchaus vertraut. Und betrachten es kritisch. Wie Sie sicher wissen. Wir wollen, mit allem Respekt, uns versichern, daß nicht finstere ... revolutionäre ... Kräfte irrtümlicherweise! Irrtümlicherweise! losgelassen werden. Bei Ihnen. Und in Europa. So daß nicht die Ansteckung der Aufklärung ... ja, so möchte ich mich ausdrücken, Ansteckung! um sich greift. Und da wir wissen, daß der junge Monarch auf Sie hört, möchten wir ...«

Struensee hatte, gegen die Etikette, den französischen Gesandten nicht gebeten sich zu setzen; sie standen sich jetzt im Abstand von etwa fünf Ellen genau gegenüber.

»Hat man Angst in Paris?« hatte Struensee mit einem Tonfall leichter Ironie gefragt. »Angst vor dem kleinen, unbedeutenden Dänemark? Ist es das, was Sie sagen wollen?«

»Wir möchten vielleicht wissen, was vorgeht.«

»Was hier vorgeht, ist eine dänische Angelegenheit.«

»Die uns nichts angeht?«

»Genau.«

Der Gesandte hatte Struensee eiskalt angestarrt und dann mit erregter Stimme, als habe er für einen Augenblick die Selbstbeherrschung verloren, geäußert:

»Aufklärer wie Sie, Doktor Struensee, sollten nicht unverschämt sein!«

»Wir sind nur sachlich.«

»Aber wenn die Königsmacht in Gefahr ist ...«

»Sie ist nicht in Gefahr.«

»Uns ist anderes zu Ohren gekommen.«

»Dann hören Sie nicht darauf.«

Plötzlich war vom Schloßhof wildes Rufen heraufgedrungen. Struensee zuckte zusammen und trat ans Fenster. Er sah König Christian VII., der mit seinem Pagen spielte. Christian war das Reitpferd, und der kleine Negerjunge saß auf seinem Rücken und schwang wild juchzend seine Reitpeitsche, während die Majestät auf allen Vieren vorwärtskrabbelte.

Struensee wandte sich um, aber es war zu spät. Der französische Gesandte war ihm zum Fenster gefolgt und hatte gesehen. Struensee zog da, mit versteinertem Gesicht, die Vorhänge vor.

Aber die Situation war eindeutig gewesen.

»Herr Struensee«, hatte der französische Gesandte in einem Tonfall von Verachtung und Wut gesagt, »ich bin kein Idiot. Mein König ist es auch nicht, und auch andere Regenten in Europa nicht. Ich sage dies mit der Klarheit, die Sie Ihren eigenen Worten zufolge so hoch schätzen. Sie spielen mit dem Feuer. Wir werden nicht zulassen, daß der große, zerstörerische revolutionäre Brand in diesem kleinen Scheißland anfängt.«

Und dann: die exakte Verbeugung comme il faut.

Die Situation unten auf dem Schloßhof war absolut deutlich gewesen, und wahr. Darum kam man nicht herum.

War dies der absolute Herrscher mit der Fackel der Vernunft in der Hand? Oder ein Irrer. Was sollte er mit ihm machen?

Nein, er wußte nicht, was er mit Christian machen sollte.

Das Problem wurde ständig größer. Am Ende war es ein Problem, das ihn selbst in Frage zu stellen schien. War er der Richtige? Oder hatte auch er die schwarze Fackel in sich?

In der Woche, bevor der kleine Negerpage an den Hof gekommen war, hatte Struensee die Verzweiflung gepackt. Vielleicht sollte die Stimme der Vernunft sprechen. Am klügsten wäre es vielleicht, Christian seiner Krankheit zu überlassen, ihn vom Dunkel verschlingen zu lassen.

Konnte das Licht aus dem Dunkel der schwarzen Fackel kommen? Die Vernunft sollte doch der Hebel sein, der am Haus der Welt angesetzt wurde. Aber ohne den festen Punkt? Wenn die Vernunft nun keinen Hebelpunkt fand?

Aber er liebte ja dieses Kind. Er wollte Christian nicht im Stich lassen, der vielleicht einer der Unnötigen war, einer von denen, für die in dem großen Plan kein Platz war. Aber waren nicht die Unnötigen auch ein Teil des großen Plans.

War der Plan nicht um der Unnötigen willen geschaffen worden.

Er grübelte viel über seine Unschlüssigkeit nach. Christian war beschädigt, hatte einen Frostschaden in der Seele, aber zugleich war seine Macht notwendig. Was war es, das er selbst begehrte, oder dessen er sich jetzt jedenfalls bediente? Christians Krankheit schuf ein Vakuum im Zentrum der Macht. Dorthin war er zu Besuch gekommen. Es müßte eine Möglichkeit geben, beides zu retten, den Jungen und den Traum von der veränderten Gesellschaft.

Das hatte er sich gesagt. Er wußte dabei nicht, ob er in erster Linie Christian verteidigte oder sich selbst.

Das Bild der schwarzen Fackel, die Dunkel ausstrahlte, verließ ihn nicht. In diesem jungen Monarchen brannte eine schwarze Fackel, das wußte er jetzt, und ihr Schein schien die Vernunft auszulöschen. Warum ging ihm dieses Bild nicht aus dem Kopf? Vielleicht gab es auch in ihm eine schwarze Fackel. Nein, vielleicht doch nicht.

Aber was war dann dort?

Das Licht, der Präriebrand. Das waren so schöne Wörter.

Aber Christian war sowohl Licht als auch Möglichkeit und eine schwarze Fackel, die ihr Dunkel über die Welt schleuderte.

War so der Mensch? Möglichkeit und schwarze Fackel zugleich?

Christian hatte einmal, in einem seiner klaren Augenblicke, von Menschen aus einem Guß gesprochen; er war selbst nicht aus einem Guß, hatte er gesagt. Er hatte viele Gesichter. Dann hatte Christian gefragt: Gibt es denn Platz für solche wie mich im Reich der Vernunft?

Eine so einfache, kindliche Frage. Und plötzlich hatte sie so weh getan in Struensee.

Es sollte auch für Christian Platz sein. Lief darauf nicht alles hinaus? War nicht das der Grund, warum sich der Spalt in der Geschichte vor Struensee auftun sollte; war nicht auch dies ein Teil des Auftrags?

Was war denn der Auftrag? Er konnte sich selbst vor der Nachwelt als der deutsche Arzt sehen, der im Tollhaus auf Besuch war.

Dem eine Mission gegeben war?

»Besuch« war ein besseres Wort, besser als Berufung und Auftrag. Ja, er hatte angefangen, so zu denken. Es war in ihm gewachsen. Ein Besuch, ein Auftrag, der ausgeführt, eine Aufgabe, die gestellt wurde, ein Spalt, der sich auftat in der

Geschichte; und dann würde er eindringen, und danach verschwinden.

Mit Christian an der Hand. Vielleicht war gerade dies das Wichtige. Christian nicht zurückzulassen. Der viele Gesichter hatte und nicht aus einem Guß war und in dessen Innerem eine schwarze Fackel jetzt immer heftiger brannte und ihr Dunkel über alles warf.

Wir beide, hatte Struensee zuweilen gedacht. Ein großartiges Paar. Er mit seiner schwarzen Fackel, die ihr Dunkel wirft, und ich mit meinem klaren Blick und meiner furchtbaren Angst, die ich so geschickt verberge.

Und diese beiden werden dann einen Hebel am Haus der Welt ansetzen.

2.

Er wußte, daß er das Geschenk nicht hätte zulassen dürfen.

Der kleine Negerjunge war ein Spielzeug. Spielzeuge waren nicht das, was der König brauchte; sie lenkten ihn in die falsche Richtung, wie ein schlecht gezielter Stoß gegen eine Billardkugel.

Der Grund dafür, daß er – wie er später dachte – »nachgab«, war ein Ereignis, das in der ersten Juniwoche 1770 eintraf.

Christian hatte begonnen, ihm wie ein Hund zu folgen: plappernd, ergeben oder nur still appellierend. Etwas mußte getan werden, um den König aus seiner Lethargie zu reißen. Struensee hatte deshalb beschlossen, daß eine Reise gemacht werden sollte, eine kürzere, nicht an die europäischen Höfe, sondern in die Wirklichkeit. Die Wirklichkeit sollte den König aus seiner Melancholie herausholen. Die Reise sollte aufs dänische Land führen und dem König ein Bild der Lage der leibeigenen dänischen Bauern vermitteln; aber ein wirkliches und realistisches, ohne »Frondienst«, ohne daß die Leibeigenen sich dessen bewußt wurden, daß der König sich in ihrer Nähe befand und ihr Leben in Augenschein nahm.

Die Reise mußte deshalb inkognito unternommen werden.

Am Tag vor der Reise, die vom König ohne Einwände akzeptiert worden war, weil er weder über den eigentlichen Zweck informiert war, noch daran interessiert gewesen wäre, war der Plan jedoch ruchbar geworden. Es war zu einer heftigen Auseinandersetzung mit Rantzau gekommen, der zu diesem Zeitpunkt seine Stellung am Hof zurückerobert zu haben schien, wieder in der Gunst des Königs stand und als einer von Struensees engsten Freunden angesehen wurde.

Struensee befand sich an diesem Morgen beim Stall, um einen frühen Ausritt zu machen; es war kurz nach Sonnenaufgang. Er hatte sein Pferd gesattelt, war durch das Stalltor hinausgeritten, dort aber von Rantzau abgefangen worden, der das Zaumzeug des Pferdes gepackt hatte. Struensee hatte daraufhin mit einem Anflug von Verärgerung gefragt, was er wolle.

»Soviel ich verstanden habe«, hatte Rantzau mit schlecht kontrolliertem Zorn gesagt, »bist du es, der viel will. Aber was soll DAS jetzt. Was SOLL das jetzt. Der König soll unter den Bauern herumgeschleppt werden. Nicht die Entscheidungsträger und andere aufsuchen, die wir für unsere Reformen brauchen. Sondern Bauern. Um … was zu sehen?«

»Die Wirklichkeit.«

»Du hast sein Vertrauen. Aber du bist im Begriff, einen Fehler zu machen.«

Struensee war einen Moment nahe daran gewesen, die Beherrschung zu verlieren, hatte sich aber beherrscht. Er hatte erklärt, die Lethargie und die Schwermut des Königs müßten geheilt werden. Der König halte sich schon so lange in diesem Tollhaus auf, daß er den Verstand verloren habe. Der König wisse nichts von Dänemark.

»Was sagt die Königin«, hatte Rantzau gefragt.

»Ich habe sie nicht gefragt«, hatte Struensee geantwortet. »Laß das Pferd los.«

»Du machst einen Fehler«, hatte Rantzau da mit so lauter Stimme gerufen, daß alle, die sich in der Nähe befanden, es hören konnten, »du bist naiv, du hast bald alles in der Hand, aber du verstehst das Spiel nicht, laß den Irren, du kannst nicht …«

»Laß los«, hatte Struensee gesagt. »Und ich dulde nicht, daß du ihn einen Irren nennst.«

Aber Rantzau hatte nicht losgelassen, nur mit lauter Stimme weitergeredet.

Da hatte Struensee dem Pferd die Sporen gegeben, Rantzau war rückwärts gestolpert, gefallen, und Struensee war ausgeritten, ohne sich umzusehen.

Am folgenden Morgen hatten der König und Struensee ihre Informationsreise zu den dänischen Bauern angetreten.

Die ersten zwei Tage waren sehr glücklich verlaufen. Am dritten Tag war die Katastrophe eingetreten.

Es war spät am Nachmittag gewesen, auf der Höhe von Hillerød. Vom Wagen aus hatten sie, aus der Entfernung, eine Gruppe von Bauern sehen können, die sich versammelt hatten um – etwas. Wie zu einem unschuldigen Treffen. Dann war der Wagen näher herangekommen, und die Situation war klar geworden.

Eine Menschenmenge war um einen Gegenstand geschart. Als der Wagen sich näherte, entstand Unruhe, die Schar zerstreute sich, jemand lief hinauf zum Hauptgebäude des in der Nähe liegenden Guts.

Der Wagen hatte angehalten. Aus dem Wageninneren betrachteten der König und Struensee einen Menschen, der auf einem Holzgestell saß. Der König befahl, daß der Wagen dichter heranfahren sollte, und man konnte die Gestalt jetzt deutlicher erkennen.

Auf einem hölzernen Pferd, das aus zwei Böcken und einem grob zugehauenen Balken dazwischen angefertigt war, saß ein Bauernjunge, nackt, mit nach hinten gebundenen Händen und unter dem Balken zusammengezurrten Füßen. Er mochte sechzehn, siebzehn Jahre alt sein. Sein Rücken war blutig, er schien gepeitscht worden zu sein, und das Blut war geronnen.

Er zitterte am ganzen Körper und schien nahe daran, das Bewußtsein zu verlieren.

»Ich nehme an«, hatte Struensee gesagt, »daß er versucht hat zu fliehen. Dann werden sie aufs Holzpferd gesetzt. Wer es überlebt, flieht nie mehr. Wer stirbt, entgeht der Leibeigenschaft. So ist es in Ihrem Reich, Majestät.«

Christian hatte mit aufgerissenem Mund, voller Entsetzen, den Gefolterten angestarrt. Die kleine Volksversammlung hatte sich unterdessen zurückgezogen.

»Eine ganze Bauernklasse sitzt dort auf dem Holzpferd«, hatte Struensee gesagt. »Das ist die Wirklichkeit. Befreien Sie sie. Befreien Sie sie.«

Als 1733 die Schollengebundenheit eingeführt wurde, war sie eine Methode des Adels gewesen, die Mobilität der Arbeitskraft zu kontrollieren, oder richtiger gesagt: zu verhindern. War man Bauer und auf einem Gut geboren, durfte man das Gut nicht früher als im Alter von vierzig Jahren verlassen. Die Bedingungen, der Lohn, die Arbeits- und Wohnverhältnisse wurden vom Gutsbesitzer bestimmt. Nach Ablauf dieser vierzig Jahre durfte man fortziehen. Die Wirklichkeit sah allerdings so aus, daß die meisten Bauern so abgestumpft, hochgradig alkoholisiert, verschuldet und physisch gebrochen waren, daß ein Umzug nur selten vorkam.

Das war die dänische Sklaverei. Sie diente als ausgezeichnete ökonomische Grundlage für den Adel; die Bedingungen im Norden waren schlimmer als im südlichen Jütland, aber es war Sklaverei.

Manchmal liefen die Sklaven davon. Darin hatte Struensee recht. Und sie mußten dafür bestraft werden.

Doch Christian schien nicht verstanden zu haben; es war, als habe die Szene ihn lediglich an etwas anderes erinnert, das er früher erlebt hatte. Er schien Struensees Erklärungen nicht wahrgenommen zu haben, begann wild zu kauen, bewegte die Kiefer wie mahlend, als wollten die Worte nicht heraus; und er hatte nach nur wenigen Sekunden einen unzusammenhängenden, schreienden Wortschwall ausgestoßen, der schließlich in ein Murmeln mündete.

»Aber dieser Bauernjunge – ist vielleicht verwechselt worden – wie ich!!! Warum straft man mich? Auf diese Weise!!! Struensee!!! Was habe ich getan, ist es eine gerechte Strafe, Struensee, werde ich jetzt bestraft ...«

Christians Murmeln wurde immer lauter.

»Er ist fortgelaufen, die Strafe ist das Holzpferd«, hatte Struensee zu erklären versucht, aber der König war nur in seinen immer undeutlicheren und sinnloseren Ausbrüchen fortgefahren.

»Sie müssen sich beruhigen«, hatte Struensee eindringlich gesagt. »Ruhig. Ruhig.«

Aber nein.

Die Dämmerung war gekommen, der Rücken des Festgebundenen war schwarz von geronnenem Blut, er schien lange auf dem Holzpferd gesessen zu haben. Struensee, der schließlich die Versuche, den König zu beruhigen, aufgeben mußte, sah, wie der gefolterte Junge sehr langsam vornüber fiel, über den Holzbalken glitt und mit dem Kopf schräg nach unten hing.

Christian schrie und schrie, wild und wortlos. Der Junge auf dem Holzpferd war stumm. Alles war jetzt außer Kontrolle geraten.

Es war unmöglich, den König zu beruhigen. Menschen kamen vom Hauptgebäude gelaufen. Der König schrie und schrie, gellend und schneidend, und ließ sich nicht beruhigen.

Der Junge auf dem Holzpferd hing stumm da, das Gesicht nur einen Fußbreit über dem Boden.

Struensee hatte dem Kutscher zugerufen, den Wagen zu wenden. Der König sei unpäßlich, man müsse nach Kopenhagen zurückkehren. Doch als der Wagen in großer Hast gewendet worden war, dachte Struensee an den am Holzpferd hängenden Jungen. Sie konnten ihn ja nicht zurücklassen. Er würde sterben. Er sprang aus dem Wagen, um wenn möglich eine Begnadigung zu erwirken; doch der Wagen setzte sich sofort in Bewegung, Christians verzweifelte Rufe wurden immer lauter.

Der Junge hing still. Die herbeilaufenden Menschen wirkten feindselig. Struensee bekam Angst. Er konnte sie nicht kontrollieren. Er war mitten in der dänischen Wildnis. Vernunft, Regeln, Titel oder Macht galten nichts in dieser Wildnis. Hier waren die Menschen Tiere. Sie würden ihn zerreißen.

Er fühlte, wie ein maßloser Schrecken von ihm Besitz ergriff.

Deshalb gab Struensee den Gedanken auf, den Jungen auf dem Holzpferd zu retten.

Die Pferde und der Wagen, in dessen Fenster der noch immer schreiende König hing, entfernten sich in der Dämmerung. Es hatte geregnet. Der Weg war schlammig. Struensee lief, rief dem Kutscher zu, zu warten, glitt im Schlamm aus, lief hinter dem Wagen her.

Das war das Ende der Reise zu den dänischen Sklaven.

3.

Der König spielte immer öfter mit dem Negerpagen Moranti.

Niemand wunderte sich. Der König wurde ruhig, wenn er spielte.

Anfang August wurde Moranti plötzlich von einem Fieber befallen, lag drei Wochen im Bett und erholte sich nur langsam; der König war während dieser Zeit äußerst unruhig und hatte Rückfälle in seine Melancholie. An den zwei Tagen, an denen Morantis Krankheit lebensbedrohlich schien, war die Stimmung des Königs instabil. Der Obersekretär B.W. Luxdorph, der vom Fenster des Kanzleigebäudes aus Augenzeuge der Vorgänge wurde, schreibt kurzgefaßt in sein Tagebuch, daß »zwischen elf und zwölf Uhr Porzellanpuppen, Bücher, Bücherregale, Noten usw. vom Söller des Schlosses herabgeworfen wurden. Über vierhundert Menschen sammelten sich unter dem Söller. Jeder lief mit einem Stück davon.«

Nach Morantis Genesung wurde der König ruhiger, aber die Szene wiederholte sich ein weiteres Mal, mit einem nicht unbedeutenden Unterschied: Christian war nicht mehr allein auf dem Balkon. Ein Diplomat rapportierte den Vorfall in diskreten Formulierungen. »Der König, der jung und immer zu Scherzen aufgelegt ist, verfiel am Freitagmorgen darauf, begleitet von seinem kleinen Neger auf seinen Balkon hinauszugehen, und vergnügte sich damit, alles hinabzuwerfen, dessen er habhaft wurde. Eine Flasche traf den russischen Legationssekretär am Bein und verletzte ihn schwer.«

Kein Hinweis darauf, ob auch Moranti sich am Hinauswerfen beteiligte.

Die Ausbrüche werden als vollkommen unerklärlich bezeichnet.

Sie bewegten sich in Kreisen umeinander, in immer engeren Kreisen. Sie bewegten sich zu einander hin.

Königin Caroline Mathilde und der Leibarzt Struensee hatten immer intensiveren Umgang miteinander.

Sie gingen häufig durch Wald.

Im Wald konnten sie sich unterhalten, im Wald konnte das begleitende Gefolge plötzlich zurückbleiben; es bereitete der Königin Vergnügen, mit Struensee durch den Wald zu gehen.

Es war ein Buchenwald.

Struensee sprach von der Notwendigkeit, die Glieder des kleinen Kronprinzen durch körperliche Übungen zu stärken; dieser war jetzt zwei Jahre alt. Die Königin redete über Pferde. Struensee betonte die Notwendigkeit, daß der Kleine lernen müsse zu spielen wie gewöhnliche Kinder. Sie erzählte vom Meer und den Schwänen auf einer Wasserfläche, die wie Quecksilber war. Er war der Meinung, der Kleine müsse früh alle Details der Staatskunst lernen; die Königin fragte aufs neue, ob Bäume denken könnten.

Er antwortete: nur in Situationen äußerster Gefahr. Sie entgegnete: Nur wenn der Baum ganz und gar glücklich sei, könne der Baum denken.

Wenn man durch Wald ging, wo es dichtes Gebüsch gab, konnte das Gefolge oft nicht ganz mithalten. Sie liebte es, durch Wald zu gehen. Sie glaubte, daß Buchen lieben konnten. Daß Bäume träumen konnten, fand sie selbstverständlich. Man brauchte nur in der Dämmerung einen Wald zu betrachten, dann wußte man es.

Sie fragte, ob ein Baum auch Angst haben könne.

Plötzlich konnte sie fast alles zu ihm sagen. Nein, nicht alles. Sie konnte ihn fragen, warum alle empört waren, wenn sie in Männerkleidern ritt; darauf konnte er antworten. Aber sie konnte ihn nicht fragen, warum sie dazu auserwählt worden war, diese königliche Kuh zu werden, die gedeckt werden mußte. Sie konnte nicht sagen: Warum soll ich Regenten kalben? Warum bin ich die Erste und Höchste, wenn ich nur ein Zuchttier bin, das niederste und geringste?

Sie ging schnell. Sie ging häufig vor ihm, sie achtete darauf, daß sie vor ihm ging. Es war leichter, gewisse Fragen zu stellen, wenn er ihr Gesicht nicht sehen konnte. Sie wandte sich nicht um und fragte mit dem Rücken zu ihm:

»Wie können Sie solche Geduld aufbringen mit diesem geisteskranken Irren. Das verstehe ich nicht.«

»Dem König?«

»Er ist krank.«

»Nein, nein«, hatte er gesagt. »Ich will nicht, daß Sie so von Ihrem Gemahl reden. Sie lieben ihn doch.«

Da war sie plötzlich stehengeblieben.

Der Wald war dicht. Er sah, wie ihr Rücken zu zittern begann. Sie weinte, lautlos. Weit hinter sich hörte er die Geräusche der Hofdamen, die Stimmen derer, die sich vorsichtig einen Weg durch das Dickicht bahnten.

Er trat zu ihr. Sie schluchzte verzweifelt und lehnte sich an seine Schulter. Einige Augenblicke standen sie vollkommen reglos. Die Geräusche immer näher.

»Majestät«, sagte er mit leiser Stimme. »Sie müssen vorsichtig sein, damit nicht ...«

Sie sah zu ihm auf, wirkte plötzlich ruhig.

»Warum?«

»Man könnte ... mißverstehen ...«

Die Geräusche jetzt sehr nahe, sie stand immer noch sehr dicht bei ihm, an seine Schulter gelehnt; und sie blickte auf, und sagte fast vollkommen ausdruckslos:

»Dann lassen Sie sie. Ich habe keine Angst. Vor nichts. Vor nichts.«

Und da sah er schon die ersten spähenden Gesichter zwischen den Zweigen der Büsche und Bäume; bald nah, bald allzu nah. Aber die Königin hatte, noch einige Augenblicke, vor gar nichts Angst; auch sie sah die Gesichter durch die Zweige des Waldes, hatte aber keine Angst.

Er wußte es, sie hatte keine Angst, und das erfüllte ihn mit einer plötzlichen Furcht.

»Sie fürchten nichts«, sagte er leise.

Dann gingen sie weiter durch den Wald.

4.

Die früher regelmäßigen Spielabende der drei Königinnen hatten aufgehört; die Königinwitwe hatte keine Erklärung dafür bekommen. Caroline Mathilde wollte nicht mehr. Ohne zu erklären, warum. Die Tarockabende hatten einfach aufgehört.

Die Königinwitwe wußte jedoch, was der Grund dafür war. Sie befand sich nicht mehr im Zentrum.

Um dennoch eine Erklärung zu bekommen oder um die Situation ein für allemal klarzustellen, hatte die Königinwitwe Caroline Mathilde in ihrem Gemach aufgesucht.

Die Königinwitwe hatte sich nicht setzen wollen. Sie hatte mitten im Zimmer gestanden.

»Sie haben«, hatte die Königinwitwe mit Eiseskälte in der Stimme gesagt, »sich verändert, seit Sie nach Dänemark gekommen sind. Sie sind nicht mehr so charmant. Sie sind ganz und gar nicht mehr so reizend wie früher. Das ist nicht nur meine Meinung, das ist die Meinung aller. Sie halten sich zurück. Sie wissen sich nicht zu benehmen.«

Caroline Mathilde hatte keine Miene verzogen, nur geantwortet:

»Das ist richtig.«

»Ich bitte Sie – eindringlich –, nicht in Männerkleidung zu reiten. Noch nie hat eine Frau von königlicher Abstammung Männerkleider benutzt. Es ist anstößig.«

»Nicht für mich.«

»Und dieser Doktor Struensee ...«

»Für ihn auch nicht.«

»Ich bitte Sie.«

»Ich tue, was ich will«, hatte Caroline Mathilde da geantwortet. »Ich kleide mich, wie ich will. Ich reite, wie ich will. Ich spreche, mit wem ich will. Ich bin die Königin. Also schaffe ich die Regeln. So, wie ich mich benehme, ist es Sitte. Beneiden Sie mich nicht?«

Die Königinwitwe hatte nichts erwidert, sie nur stumm, und starr vor Wut angesehen.

»Ja, ist es denn nicht so?« hatte Caroline Mathilde hinzugefügt. »Sie beneiden mich.«

»Nehmen Sie sich in acht«, hatte die Königinwitwe gesagt.

»Das«, hatte die Königin da mit einem Lächeln gesagt, »werde ich sicher tun. Aber nur, wenn ich selbst will.«

»Sie sind unverschämt.«

»Bald«, hatte Caroline Mathilde gesagt, »reite ich ohne Sattel. Man sagt, das sei so interessant. Beneiden Sie mich nicht? Mich, die weiß, wie die Welt aussieht? Ich glaube, Sie beneiden mich.«

»Nehmen Sie sich in acht. Sie sind ein Kind. Sie wissen nichts.«

»Aber manche werden hundert Jahre und haben trotzdem nichts gesehen. Wissen nichts. Und es gibt eine Welt außerhalb des Hofs.«

Da war die Königinwitwe gegangen, rasend vor Zorn.

Die Königin war sitzen geblieben. Sie hatte gedacht: Also hatte er recht. Manche werden hundert Jahre, haben aber nichts gesehen. Es gibt eine Welt außerhalb des Hofs; und wenn ich dies sage, platzt die Haut, Schrecken und Wut entstehen, und ich bin frei.

5.

Am 26. September unternahm das Königspaar, begleitet von Struensee und einem kleineren Gefolge, eine kürzere Erholungsreise nach Holstein. Man wollte Ascheberg besuchen, und Struensee wollte der Königin die berühmte Hütte Rousseaus zeigen.

Es war ein so schöner Herbst. Ein paar kalte Tage hatten die Blätter gelb und schwach karmesinrot gefärbt; als sie am Nachmittag auf Ascheberg zugefahren waren, hatte der Berg in allen Farben des Herbstes geleuchtet, und die Luft war sanft und wunderbar.

Es war der Spätsommer 1770. Schon am nächsten Tag hatten sie ihre Spaziergänge aufgenommen.

In diesem Sommer hatte er angefangen, ihr vorzulesen. Sie hatte verlangt, er solle für die Reise ein Buch auswählen, das ihn besonders angesprochen hatte. Er solle ein Buch wählen, das sie zerstreute, das ihr Interesse wachrief, indem es ihr neues Wissen schenkte, das ihr etwas über Struensee selbst sagte und das zu dem Ort paßte, den sie besuchten.

Eine leichte Wahl, hatte er gesagt, aber weiter nichts erzählt. Er wolle sie überraschen, hatte er gesagt. Wenn sie endlich an Ort und Stelle in Rousseaus Hütte säßen.

Dann würde sie verstehen.

Sie waren am zweiten Tag allein zur Hütte hinaufgewandert. Diese war sorgfältig und pietätvoll bewahrt und eingerichtet, mit zwei kleinen Zimmern, einem, wo der Philosoph arbeiten, und einem, wo er schlafen sollte. Man hatte vergessen, eine Küche einzurichten; man hatte vorgehabt, die primitiven Verhältnisse dadurch abzumildern, daß Diener des Guts Ascheberg Essen herauftrugen.

Sie hatte mit großem Interesse die Gedichtzitate an den Wänden und an der Decke gelesen, und Struensee hatte von Rousseau erzählt.

Sie spürte, daß sie vollkommen glücklich war.

Dann hatte er das Buch hervorgeholt. Sie hatten sich auf das sehr schöne Barocksofa gesetzt, das im Arbeitszimmer stand und das der ältere Rantzau 1755 in Paris gekauft und in Erwartung des Besuchs von Rousseau in die Hütte hatte stellen lassen. Das Buch, aus dem er ihr vorlesen wollte, waren Ludwig Holbergs *Moralische Gedanken*.

Warum hatte er gerade dies ausgewählt?

Zuerst hatte sie dieses Buch und seine Wahl als allzu düster empfunden; er bat sie jedoch, einen Moment lang den vielleicht nicht sehr aufregenden Titel zu vergessen und ihn die Überschriften der Essays lesen zu lassen, die, so deutete er an, ein Bild von etwas völlig anderem ergaben.

»Etwas Verbotenem?« hatte sie gefragt.

»In höchstem Grad«, hatte er geantwortet.

Die Überschriften weckten tatsächlich ihr Interesse. »Vergeude keine Zeit mit leerer Aktivität. Nur die Verrückten sind glücklich. Ich will nicht heiraten. Gib einen Standpunkt auf, wenn er widerlegt ist. Nicht alle Verbrechen und Sünden sind gleich groß. Nur die Unkundigen glauben, alles zu wissen. Du bist glücklich, wenn du dir einbildest, glücklich zu sein. Manche sündigen und beten abwechselnd. Zeit und Ort bestimmen, was sittlich ist. Tugend und Laster verändern sich mit der Zeit. Schafft den Reim in der Dichtkunst ab. Der Dichter lebt in Ehre und Armut. Reformen laufen leicht aus dem Ruder. Überlege genau die Konsequenzen einer Reform. Lehrer sollen nicht dozieren, wohl aber auf Fragen antworten. Einigkeit betäubt, Konflikt stimuliert. Schlechter Geschmack ist von großem Nutzen. Wir haben vor allem Lust auf das Verbotene.«

Bei dieser letzten Überschrift hatte sie ihn unterbrochen.

»Das ist richtig«, hatte sie gesagt. »Das ist sehr richtig. Und ich möchte wissen, was Ludwig Holberg darüber sagt.«

»Wie Sie wünschen«, hatte er gesagt.

Er hatte jedoch mit einem anderen Essay begonnen.

Sie hatte vorgeschlagen, er solle frei unter den Essays wählen, so daß die Lesung mit dem Text über das Verbotene endete. Man würde dann den Zusammenhang und Holbergs Denken verstehen. Er begann mit Nummer 84 unter der Überschrift »Zeit und Ort bestimmen, was sittlich ist«. Er begann den Text an diesem zweiten Nachmittag nach der Ankunft in Rousseaus Hütte zu lesen, in dieser späten Septemberwoche auf Ascheberg, diesem Gut, das er so genau kannte, das in seinem früheren Leben existiert hatte, diesem Leben, das er fast vergessen hatte, an das er aber jetzt wieder anzuknüpfen versuchte.

Er versuchte, seine verschiedenen Leben miteinander zu verbinden. Er wußte, es gab einen Zusammenhang, aber noch hatte er ihn nicht in der Hand.

Am dritten Nachmittag las er den Essay, der mit dem Satz beginnt: »Sittlichkeit nennt man das, was mit der zu einer bestimmten Zeit herrschenden Mode übereinstimmt, und Unsittlichkeit das, was im Gegensatz dazu steht.« Dann las er den Essay Nummer 20 in Buch IV, der von dem Satz eingeleitet wird: »Die seltsamste Eigenschaft des Menschen ist die, daß er auf das, was am strengsten verboten ist, die größte Lust bekommt.«

Sie fand, daß er eine schöne Stimme hatte.

Sie mochte auch Ludwig Holberg. Es war, als verschmölzen Struensees Stimme und die Holbergs zu einer Einheit. Es war eine dunkle, warme Stimme, die zu ihr sprach von einer Welt, die sie bis dahin nicht gekannt hatte; die Stimme umschloß sie, es war, als ruhe sie in einem lauwarmen Wasser, und das schloß den Hof und Dänemark und den König und alles aus; als schwimme sie im warmen Meer des Lebens und sei ohne Furcht.

Sie fand, daß er eine schöne Stimme hatte. Das hatte sie ihm auch gesagt.

»Sie haben eine schöne Stimme, Doktor Struensee.«

Er las weiter.

Sie hatte ein Abendkleid getragen, es war ein leichter Stoff, weil es ein warmer Spätsommer war, ein sehr leichter Stoff, den sie aufgrund des milden Sommerabends gewählt hatte. Sie hatte sich darin freier gefühlt. Das Kleid war ausgeschnitten. Ihre Haut war sehr jung, und manchmal, wenn er vom Buch aufsah, hatte sein Blick diese Haut gestreift; dann war er bei ihren Händen verweilt, und Struensee hatte sich plötzlich eines Gedankens erinnert, wie diese Hand sein Glied umschloß, eines Gedankens, den er einmal gehabt hatte, und dann hatte er weitergelesen.

»Doktor Struensee«, hatte sie plötzlich gesagt, »Sie müssen meinen Arm berühren, wenn Sie lesen.«

»Warum«, hatte er nach einer kurzen Pause gefragt.

»Weil die Worte sonst trocken werden. Sie müssen an die Haut rühren, dann kann ich verstehen, was die Worte bedeuten.«

Da rührte er an ihren Arm. Der Arm war unbedeckt und sehr weich. Er wußte auf einmal, daß er sehr weich war.

»Bewegen Sie Ihre Hand«, hatte sie gesagt. »Langsam.«

»Majestät«, hatte er gesagt, »ich fürchte …«

»Bewegen Sie sie«, hatte sie gesagt.

Er hatte gelesen, die Hand war sanft über ihren bloßen Arm geglitten. Da hatte sie gesagt:

»Ich glaube, Holberg sagt, daß das am strengsten Verbotene eine Grenze ist.«

»Eine Grenze?«

»Eine Grenze. Und da, wo die Grenze ist, entsteht Leben, und Tod, und deshalb die größte Lust.«

Seine Hand hatte sich bewegt, da hatte sie seine Hand in ihre genommen und sie an ihren Hals geführt.

»Die größte Lust«, hatte sie geflüstert, »ist an der Grenze. Es ist wahr. Es ist wahr, was Holberg schreibt.«

»Wo ist die Grenze«, hatte er geflüstert.

»Suchen Sie sie «, hatte sie gesagt.

Und da war das Buch aus seiner Hand gefallen.

Sie, nicht er, hatte die Tür verschlossen.

Sie war weder furchtsam noch linkisch gewesen, als sie sich ausgezogen hatten; sie empfand es noch immer so, als befinde sie sich in diesem warmen Wasser des Lebens, und nichts sei gefährlich und der Tod ganz nahe und alles deshalb erregend. Alles erschien sehr weich und langsam und warm.

Sie hatten sich nebeneinander gelegt, nackt, in dem Bett im hinteren Teil der Hütte, in dem der französische Philosoph hätte liegen sollen, aber nie gelegen hatte. Jetzt lagen sie dort. Es erfüllte sie mit Erregung, dies war ein heiliger Ort, und sie würden über eine Grenze gehen, es war das äußerste Verbotene, das Alleräußerste. Der Ort war verboten, sie war verboten, es war fast vollkommen.

Sie hatten aneinander gerührt. Sie hatte mit ihrer Hand an sein Glied gerührt. Sie hatte es gemocht, es war hart, aber sie wartete, weil die Nähe zur Grenze so erregend war und sie die Zeit festhalten wollte.

»Warte«, hatte sie gesagt. »Noch nicht.«

Er hatte an ihrer Seite gelegen und sie gestreichelt, sie atmeten ineinander, ganz ruhig und lustvoll, und sie verstand auf einmal, daß er war wie sie. Daß er atmen konnte wie sie. Im gleichen Atemzug. Daß er in ihren Lungen war und daß sie dieselbe Luft atmeten.

Er hatte in sie kommen wollen, ein kleines Stück, er war jetzt sehr nahe daran gewesen. Sie hatte seinen Hals gestreichelt und geflüstert:

»Nicht ganz. Noch nicht.«

Sie hatte gefühlt, wie sein Glied an sie rührte, ein kleines Stück in sie hineinglitt, wieder ging, wieder kam.

»Nicht ganz«, hatte sie gesagt. »Warte.«

Er hatte gewartet, fast in ihr, aber wartend.

»Da«, hatte sie geflüstert. »Noch nicht. Mein Geliebter. Du mußt dich an der Grenze ein und aus bewegen.«

»An der Grenze?« hatte er gefragt.

»Ja, da. Spürst du die Grenze?«

»Beweg dich nicht«, hatte er gesagt. »Beweg dich nicht.«

Er hatte verstanden. Sie würden warten, aneinander schnuppern wie Pferde, die sich mit den Mäulern berühren, alles sollte sehr still geschehen, hatte er verstanden.

Und sie wurde von einer Woge von Glück ergriffen, hatte er verstanden, er sollte warten, bald würde sie das Zeichen geben, bald; er hatte verstanden.

»Die Grenze«, flüsterte sie ein übers andere Mal, während die Lust langsam, langsam in ihrem Körper aufstieg, »spürst du, die größte Lust, mehr, da ist die Grenze.«

Draußen eine einbrechende Dämmerung. Er lag über ihr, fast unbeweglich, glitt beinah unmerklich ein und aus.

»Da«, flüsterte sie. »Jetzt bald. Komm jetzt über die Grenze. Komm in mich. Oh, jetzt geh hinüber.«

Und so war er schließlich, sehr still, ganz in sie hineingeglitten, hatte die verbotenste Grenze passiert, und es war, wie es sein sollte. Jetzt ist es, dachte sie, wie im Paradies.

Als es vorüber war, lag sie da mit geschlossenen Augen und lächelte. Er hatte sich schweigend angezogen und einen Augenblick am Fenster gestanden und hinausgesehen.

Es war Dämmerung, und er blickte über den großen Park, hinunter ins Tal, auf den See, den Kanal, die Bäume, das Gezähmte und das Wilde.

Sie befanden sich auf dem Berg. Und es war geschehen.

»Wir müssen zu ihnen hinuntergehen«, hatte er leise gesagt.

Hier war die vollendete Natur. Hier war das Wilde und das Gezähmte. Er dachte plötzlich an das, was sie hinter sich gelassen hatten, den Hof, Kopenhagen. Wie es war, wenn leichter Wassernebel über dem Öresund hing. Das war die andere Welt. Dort war an diesem Abend die Welt sicher vollkommen schwarz, die Schwäne lagen in sich selbst eingerollt und schliefen, er dachte an das, was sie erzählt hatte über das Wasser wie Quecksilber und die Vögel, die eingerollt in ihre Träume schliefen. Und dann plötzlich, wie ein Vogel aufflog, die Flügelspitzen peitschten die Wasseroberfläche, wie er freikam und im Wassernebel verschwand.

Wasserdampf, Wasser und Vögel, die eingerollt in ihre Träume schliefen.

Und dann das Schloß, wie eine bedrohliche, von Grauen erfüllte Burg aus der Vorzeit, die ihre Zeit abwartete.

Teil 4
Der vollendete Sommer

Kapitel 10
Im Labyrinth

1.

Die Machtübernahme war schnell vor sich gegangen, beinah kunstlos. Es kam lediglich eine Mitteilung. Sie bekräftigte nur etwas, das schon Wirklichkeit war.

Die formale Bekräftigung der dänischen Revolution war ein Dekret. Niemand weiß, wer das Schriftstück, das die dänische Geschichte so verändern sollte, geschrieben oder diktiert hat. Es kam ein königlicher Erlaß über gewisse Veränderungen in den inneren Kommandostrukturen; man hätte sie Konvulsionen dicht am dunklen und unergründlichen Herzen der Macht nennen können.

J. F. Struensee wurde zum »Geheimen Kabinettsminister« ernannt, und in dem königlichen Erlaß hieß es weiter: »Alle Order, die ich ihm mündlich erteile, kann er nach meiner Absicht ausfertigen und mir nach der Paraphierung zur Unterschrift vorlegen oder sie in meinem Namen unter dem Kabinettssiegel ausfertigen.« Weiter hieß es zur Präzisierung, daß dem König zwar einmal wöchentlich ein »Extrakt« der von Struensee ausgefertigten Dekrete zugestellt werden solle, doch zur Klarstellung wurde hervorgehoben, falls jemand die grundlegende Bedeutung des einleitenden Satzes nicht verstanden haben sollte, daß Dekrete mit Struensees Unterschrift »die gleiche Gültigkeit haben, als wären sie mit der des Königs versehen«.

Der Titel »Geheimer Kabinettsminister«, der neu war und exklusiv blieb, weil dieser neuernannte Struensee der einzige war, der übrigblieb unter den vielen Ausgeschlossenen, bedeutete vielleicht nicht sehr viel. Von Bedeutung war das Recht, ohne die Unterschrift des Königs *Gesetze* zu erlassen. »Oder sie in meinem Namen unter dem Kabinettssiegel auszufertigen«, wie die Formulierung lautete.

In der Praxis bedeutete dies, daß der absolute Herrscher König Christian VII. einem deutschen Arzt, J.F. Struensee, alle Macht übergeben hatte. Dänemark war in deutschen Händen.

Oder in denen der Aufklärung; man konnte sich am Hof nicht richtig darüber klarwerden, was schlimmer war.

Die Machtübernahme war ein Faktum. Niemand verstand im Nachhinein, wie es zugegangen war.

Vielleicht hatten die beiden es praktisch gefunden. Von Revolution war nicht die Rede gewesen.

Eine praktische Reform. Das Praktische war, daß Struensee alle Macht ausüben sollte.

Als der Beschluß gefaßt war, schien Christian erleichtert; seine Tics gingen zurück, seine aggressiven Ausbrüche hörten eine Zeitlang ganz und gar auf, und während kürzerer Phasen wirkte er vollkommen glücklich. Der Hund und der Negerpage Moranti nahmen die Zeit des Königs immer mehr in Anspruch. Jetzt konnte er sich ihnen widmen. Struensee konnte sich seiner Arbeit widmen.

Ja, es war praktisch.

Es kam eine Zeit nach dem Dekret, in der das Praktische sehr gut funktionierte und sie einander immer näher kamen. Sie kamen einander unter praktischen und wahnsinnigen Bedingungen näher, dachte Struensee oft. Er hatte das Gefühl, als seien Christian, er selbst, der Negerpage Moranti und der Hund zusammengeschweißt worden: wie verschworene Teilnehmer einer heimlichen Expedition in das dunkle Herz der Vernunft. Alles war Klarheit und Vernunft, aber erleuchtet von der Geisteskrankheit des Königs, dieser eigentümlichen schwarzen Fackel, die aufloderte und verschwand, launisch und schonungslos, und die sie auf eine vollkommen natürliche Art und Weise mit ihrem flackernden Dunkel umgab. Langsam schlossen sie sich zusammen wie in einem geschützten Felsenraum, retardierten, kehrten zurück zu einer Art Familienleben, das vollständig normal aussah, wenn nicht die Umstände gewesen wären.

Wenn nicht die Umstände gewesen wären.

Er konnte im Kabinettssaal sitzen, bei geschlossener Tür, vor der Wachen standen, mit Papierstapeln auf dem Tisch und bereitstehenden Schreibutensilien, während die Jungen und der Hund um ihn herum spielten. Die Jungen leisteten ihm so schön Gesellschaft. Er konzentrierte sich so gut, wenn die Jungen spielten. Es waren lange Nachmittage in absoluter Ruhe und nahezu glücklicher Einsamkeit; abgesehen davon, daß die Jungen, wie er sie nannte, wenn er an sie dachte, also der König und der Negerpage, sich im gleichen Raum befanden.

Die Jungen spielten schweigend und ruhig unter dem Tisch. Der Hund, ein Schnauzer, war immer dabei.

Während er schrieb und arbeitete, hörte er ihre Bewegungen im Zimmer, ihre flüsternden Stimmen; nicht mehr. Er dachte: sie sehen in mir einen Vater, der nicht gestört werden darf. Sie spielen zu meinen Füßen, und sie hören das Kratzen meiner Feder, und sie flüstern.

Sie flüstern aus Rücksicht. Wie lieb. Und er konnte zuweilen eine sehr friedliche Woge von Wärme in sich aufsteigen fühlen; das Zimmer war so still, der Herbst draußen so klar, die Geräusche der Stadt so entfernt, die Kinder so lieb, der Hund so lustig, alles war so schön. Sie nahmen Rücksicht. Sie spielten unter dem gigantischen Eichentisch, an dem jetzt nicht mehr die Mächtigen des Reichs saßen, sondern nur noch ein Mächtiger. Aber sie betrachteten ihn nicht als den Mächtigen, sondern nur als den Freundlichen, Schweigsamen, den, der nur als eine Vatergestalt existierte, die durch das Kratzgeräusch der Feder anwesend war.

Der Schweigsame. Vati. Lieber Vati, ich mag dich, wir spielen, lieber, lieber Vati.

Vielleicht die einzigen Kinder, die ich je bekomme.

Soll so das Leben sein, dachte er manchmal. Ruhige Arbeit, eine Feder, die kratzt, unerhörte Reformen, die gänzlich schmerzfrei ins wirkliche Leben hinausgleiten, meine Jungen, die mit dem Hund unter dem Tisch spielen.

Wie schön, wenn es so wäre.

Es gab jedoch Augenblicke an diesem Arbeitstisch, die ein Moment der Furcht in sich trugen.

Christian war von den stillen Spielen unter dem Tisch aufgetaucht. Er hatte sich auf die Tischkante gesetzt und Struensee betrachtet, nachdenklich, schüchtern, aber neugierig. Die Perücke lag in einer Ecke, seine Kleider waren zerknautscht; er sah trotzdem, oder deshalb, lieb aus.

Er saß nur dort und schaute, dann fragte er schüchtern, was Struensee schrieb, und was er selbst anschließend unterzeichnen solle.

»Majestät reduzieren gerade das Heer«, hatte Struensee da mit einem Lächeln geantwortet. »Wir haben keine äußeren Feinde. Dieses sinnlose Heer wird jetzt kleiner und billiger, eine Einsparung von 16 000 Reichstalern im Jahr.«

»Ist das wahr?« hatte Christian gesagt. »Haben wir keine äußeren Feinde?«

»Es ist wahr. Nicht Rußland, nicht Schweden. Und wir haben nicht die Absicht, die Türkei anzugreifen. Darin sind wir uns doch einig?«

»Und was sagen die Generale?«

»Die werden dann unsere Feinde. Aber damit können wir fertig werden.«

»Aber die Feinde, die wir am Hof haben?«

»Gegen die«, hatte Struensee mit einem Lächeln gesagt, »ist es schwer, diese sehr große Armee zu benutzen.«

»Das stimmt«, hatte Christian mit großem Ernst darauf erwidert. »Wollen wir also die Armee verkleinern?«

»Ja, das wollen wir.«

»Dann will ich es auch«, hatte Christian mit unvermindert großem Ernst gesagt.

»Nicht alle finden das gut«, hatte Struensee noch hinzugefügt.

»Aber Sie finden es gut, Doktor Struensee?«

»Ja. Und wir werden noch viel, viel mehr tun.«

Da hatte Christian es gesagt. Struensee sollte es nie vergessen; es war erst ein Monat vergangen seit dem Augenblick, in dem ihm das Buch aus der Hand gefallen war und er die Grenze zu dem Verbotensten überschritten hatte. Christian hatte sich dicht neben ihn an den Tisch gesetzt, die fahle Oktobersonne hatte ins Zimmer geschienen und Vierecke auf den Fußboden gemalt, und da hatte er es gesagt.

»Doktor Struensee«, hatte Christian mit leiser Stimme gesagt, und so ernst, als sei er nie der wahnsinnige Junge gewesen, der mit seinem Negerpagen und seinem Hund unter dem Kabinettstisch spielte. »Doktor Struensee, ich bitte Sie inständig. Die Königin ist einsam. Nehmen Sie sich ihrer an.«

Struensee war erstarrt.

Er hatte die Feder niedergelegt und nach einer Weile gefragt:

»Was meinen Sie, Majestät? Ich verstehe Sie nicht richtig?«

»Sie verstehen alles. Nehmen Sie sich ihrer an. Diese Bürde kann ich nicht tragen.«

»Wie soll ich das verstehen?«

»Sie verstehen alles. Ich liebe Sie.«

Darauf hatte Struensee nichts erwidert.

Er hatte verstanden und nicht verstanden. Hatte der König gewußt? Aber Christian hatte nur mit einer leichten Handbewegung an seinen Arm gerührt, ihn mit einem Lächeln angesehen, das so schmerzlich unsicher und gleichzeitig schön war, daß Struensee es nie vergessen sollte, war dann mit einer fast unmerklichen Körperbewegung von der Tischkante hinabgeglitten und zu dem kleinen Negerpagen und dem Hund dort unter dem Tisch zurückgekehrt, wo der Schmerz nicht sichtbar war und die schwarze Fackel nicht brannte und wo nur der kleine Hund war und der Negerjunge.

Und wo alles ein sehr friedliches Glück und Ergebenheit war in der einzigen Familie, die König Christian VII. jemals erleben sollte.

2.

Bei der Abdankung der Leibgarde war Guldberg anwesend, und zu seiner Verwunderung sah er, daß auch Graf Rantzau gekommen war, um sich diese neue Sparmaßnahme anzusehen.

Einsammeln von Waffen, Kleidungsstücken. Entlassung nach Hause.

Guldberg war zu Rantzau getreten und hatte ihn begrüßt; gemeinsam und schweigend hatten sie die Zeremonie betrachtet.

»Eine Umwandlung Dänemarks«, hatte Rantzau abwartend gesagt.

»Ja«, hatte Guldberg erwidert, »zur Zeit finden viele Umwandlungen statt. Alles in sehr hohem Tempo, wie Sie wissen. Ich habe verstanden, daß Sie sich darüber freuen. Ihr Freund, der Schweigsame, ist sehr schnell. Ich habe heute morgen auch das Dekret über Gedankenfreiheit und Redefreiheit gelesen. Wie unvorsichtig von Ihnen. Die Zensur abzuschaffen. Sehr unvorsichtig.«

»Wie meinen Sie das?«

»Der Deutsche versteht nicht, daß die Freiheit gegen ihn benutzt werden kann. Gibt man diesem Volk die Freiheit, werden Pamphlete geschrieben. Vielleicht auch gegen ihn. Gegen Sie, meine ich. Wenn Sie sein Freund sind.«

»Und was«, hatte Rantzau da gefragt, »werden diese Pamphlete beinhalten? Was glauben Sie? Oder wissen Sie?«

»Das Volk ist so unberechenbar. Vielleicht werden freie Pamphlete geschrieben, die die Wahrheit berichten und die unwissenden Massen aufhetzen.«

Rantzau hatte nichts erwidert.

»Gegen Sie«, hatte Guldberg wiederholt.

»Ich verstehe nicht.«

»Die Massen verstehen leider nicht die Segnungen der Aufklärung. Schade. Für Sie. Die Massen sind nur am Schmutz interessiert. An den Gerüchten.«

»Welchen Gerüchten?« hatte Rantzau da gefragt, sehr kühl jetzt und auf seiner Hut.

»Das wissen Sie sehr wohl.«

Guldberg hatte ihn mit seinen ruhigen Wolfsaugen betrachtet und einen Augenblick so etwas wie Triumph empfunden. Nur die sehr Unbedeutenden und Geringgeachteten, wie er selbst, kannten keine Furcht. Er wußte, daß dies Rantzau mit Furcht erfüllte. Diesen Rantzau mit seiner Verachtung für die Ehre, die Sitten und für Emporkömmlinge. Wie sehr verachtete er in seinem Inneren seinen Freund Struensee! Den Emporkömmling Struensee! Es war so deutlich.

Er verachtete Emporkömmlinge. Guldberg selbst eingeschlossen. Den Sohn eines Leichenbestatters aus Horsens. Doch der Unterschied war der, daß Guldberg keine Furcht empfinden konnte. Und deshalb konnten sie hier stehen, ein Emporkömmling aus Horsens und ein Graf und Aufklärungslaffe, wie zwei Feinde, die sich haßten, und Guldberg konnte alles sagen, mit ruhiger Stimme, als gebe es keine Gefahr. Als sei Struensees Macht nur eine lustige oder erschreckende Episode in der Geschichte; und er wußte, daß Rantzau wußte, was Furcht war.

»Welche Gerüchte?« hatte Rantzau wiederholt.

»Die Gerüchte um Struensee«, antwortete Guldberg da mit seiner trockenen Stimme, »besagen, daß die liederliche junge Königin ihm jetzt ihren Schoß geöffnet hat. Wir brauchen nur noch Beweise. Doch die werden wir bekommen.«

Rantzau hatte Guldberg stumm angestarrt, als könne er es nicht fassen, daß jemand diese unerhörte Beschuldigung vorbrachte.

»Wie können Sie es wagen!« hatte er schließlich gesagt.

»Das ist der Unterschied, Graf Rantzau. Das ist der Unterschied zwischen uns. Ich wage es. Und ich gehe davon aus«, hatte Guldberg in ganz und gar neutralem Tonfall gesagt, bevor er sich abwandte und ging, »daß Sie jetzt sehr bald gezwungen sein werden, zu entscheiden, auf welcher Seite Sie stehen wollen.«

3.

Er lag vollkommen still in ihr und wartete auf den Pulsschlag.

Er hatte begonnen zu verstehen, daß der höchste Genuß darin lag, wenn er tief in ihr auf den Pulsschlag wartete, wenn ihrer beider Häute atmeten und sich im Takt bewegten, weich, pulsierend. Das war das Phantastischste. Er hatte gern gelernt, auf sie zu warten. Sie hatte nie etwas sagen müssen, fast auf Anhieb hatte er es gelernt. Er konnte vollkommen still liegen, lange, sein Glied tief in ihr, und ihren Schleimhäuten lauschen, als seien ihre Körper verschwunden und als gäbe es nur ihr und sein Geschlecht. Er bewegte sich fast gar nicht, lag still, die Körper waren fort und die Gedanken, sie waren beide vollständig darauf konzentriert, dem Pulsschlag und dem Rhythmus entgegenzulauschen. Es gab nichts außer ihren feuchten, weichen Häuten, sie bewegte ihren Unterleib fast unmerklich, unendlich langsam, er tastete mit seinem Glied in ihr, als wäre es eine empfindliche Zungenspitze, die nach etwas suchte, und er lag still und wartete, nach den Pulsschlägen tastend, als suche er in ihr nach ihren pulsierenden Flächen, die im gleichen Takt pochen sollten wie sein eigenes Glied, dann bewegte er sich vorsichtig, er wartete, es würde gleich ein Augenblick kommen, in dem er spüren konnte, wie sie sich zusammenzog und entspannte, zusammenzog und entspannte, sein Glied lag wartend in ihrer engen Scheide, und er konnte dann eine Art Rhythmus spüren, eine Art Puls. Wenn er wartete, kam ihr Puls, und fand er den, würde alles im gleichen Rhythmus geschehen wie ihr innerer Pulsschlag. Sie lag mit geschlossenen Augen unter ihm, und er fühlte, daß sie auf den Pulsschlag wartete, sie warteten beide, er tief in ihr, aber es war, als existierten ihre Körper nicht mehr, als sei alles in ihr, Häute gegeneinander, Häute, die langsam, unmerklich anschwollen und zurücksanken und nach Pulsschlägen suchten, die sich langsam einander anpaßten und sich zusammen bewegten, sehr langsam, und wenn er spürte, wie ihre Häute und sein Glied im gleichen Takt atmeten, konnte er langsam anfangen sich zu bewegen, im Rhythmus, der manchmal verschwand, und dann mußte er wieder still liegen, bis er den Pulsschlag wiederfand, und dann konnte sein Glied wieder im gleichen Takt atmen wie ihre Häute, langsam; es war dieses langsame Warten auf den heimlichen Puls der Häute, das sie ihn gelehrt hatte, er verstand nicht, wie sie es wissen konnte, aber wenn der Rhythmus kam und die Häute im gleichen Takt atmeten, konnten sie langsam anfangen, sich zu bewegen, und es gab diesen unerhörten Genuß, und sie verschwanden in demselben langgezogenen langsamen Atmen.

Sehr still. Warteten sie auf die inneren Pulsschläge, den Rhythmus, und dann verschwanden ihre Körper und alles existierte nur noch dort in ihr, und er atmete mit seinem Glied im selben langsamen Takt wie ihre Häute, und er hatte noch niemals etwas Ähnliches erlebt.

Er hatte viele Frauen gehabt, und sie war nicht die schönste. Aber keine, die ihn gelehrt hatte zu warten, bis der Rhythmus der Häute sich einstellte und der innerste Pulsschlag des Körpers.

Sie richteten die Lage ihrer Zimmer so ein, daß sie ihnen Schleichwege ermöglichte, und in diesem Winter ließ ihre Vorsicht nach, wenn sie sich liebten. Sie ritten auch immer häufiger zusammen aus, in der Kälte, bei leichtem Schneefall, über gefrorene Felder. Sie begannen, am Strand entlangzureiten.

Sie ritt an der Wasserkante, so daß das Strandeis knackte, mit offenem Haar, vollkommen unbekümmert.

Sie wog drei Gramm, und nur die Schwere des Pferdes hinderte sie daran zu fliegen. Warum sollte sie ihr Gesicht gegen den treibenden Schnee schützen, wenn sie ein Vogel war. Sie konnte weiter blicken als je zuvor, vorbei an Seelands Dünen und vorbei an der Küste Norwegens nach Island und bis hin zu den hohen Eisbergen des nördlichen Pols.

Sie würde sich an diesen Winter erinnern; und Struensee auf

seinem Pferd folgte ihr dicht, dicht am Strand entlang, völlig stumm, aber dicht an jedem ihrer Gedanken.

Am 6. Februar 1771 hatte sie Struensee gesagt, daß sie ein Kind erwartete.

Sie hatten sich geliebt. Dann hatte sie es gesagt, hinterher.

»Ich bekomme ein Kind«, hatte sie gesagt. »Und wir wissen, daß es deins ist.«

Sie fand, daß sie jeden Tag lieben wollte.

Ihr Verlangen wuchs jeden Morgen, und wenn es zwölf Uhr wurde, war es sehr stark, gerade da war es zwingend und am allerbesten, und sie wollte, daß er dann seine Arbeit unterbrach und mit ihr eine kürzere Konferenz hielt, auf der sie über die Arbeit orientiert wurde, die er am gleichen Morgen getan hatte.

So war es natürlich geworden. Vorher war nichts natürlich gewesen, jetzt war es natürlich geworden.

Er richtete sich danach. Zuerst mit Verwunderung, dann mit großer Freude, weil er fand, daß sein Körper ihre Freude teilte und ihre Lust seine Lust gebar. So war es. Er hatte sich nie vorstellen können, daß ihre Lust seine Lust so gebären würde. Er glaubte, die Lust sei nur das Verbotene. Dies gab es auch. Aber die Lust und das Verbotene, das für sie das Natürliche wurde und jeden Tag wuchs, so daß das Verlangen um zwölf Uhr brennend und ungestüm war, daß dies Natürliche jeden Tag entbunden werden konnte, das erstaunte ihn.

Erst viel später begann er Furcht zu spüren.

Sie liebten sich in ihrem Schlafgemach, und hinterher lag sie auf seinem Arm und lächelte mit geschlossenen Augen wie ein kleines Mädchen, das seine Lust befruchtet und sie geboren hatte und jetzt mit seiner Lust im Arm dalag, als sei diese ihr Kind, das sie voll und ganz besaß. Erst sehr viel später begann er Furcht zu spüren. Dennoch hatte er gesagt:

»Wir müssen vorsichtig sein. Ich weiß, daß man über uns redet. Und man wird auch über das Kind reden.«

»Nein«, hatte sie gesagt.

»Nein?«

»Weil ich vor nichts mehr Angst habe.«

Was konnte er darauf antworten?

»Ich wußte es«, hatte sie gesagt. »Ich wußte es die ganze Zeit so sicher, daß du es warst. Von dem Augenblick an, als ich dich zum erstenmal sah und Angst vor dir hatte und dachte, du seist ein Feind, der vernichtet werden müsse. Aber es war ein Zeichen. Ein Zeichen in deinem Körper. Das in mich eingebrannt wurde wie ein Brandmal in ein Tier. Ich wußte es.«

»Du bist kein Tier«, sagte er. »Aber wir müssen vorsichtig sein.«

»Du kommst morgen?« sagte sie, ohne zuzuhören. »Du kommst morgen zur gleichen Zeit?«

»Und wenn ich nicht komme, weil es gefährlich ist?«

Sie schloß die Augen. Sie wollte die Augen nicht öffnen.

»Es ist gefährlich. Das weißt du. Oh, stell dir vor, ich würde sagen, ich sei von dir geschändet worden. Oh, stell dir vor, ich riefe nach ihnen. Und schluchzte und sagte, du hättest mich geschändet. Und sie würden dich fassen und hinrichten und dich rädern, und mich auch. Nein, mich nicht. Mich würden sie des Landes verweisen. Aber ich rufe nicht, mein Geliebter. Denn du bist mein, und ich habe dich, und jeden Tag werden wir uns lieben.«

Er hatte nicht antworten wollen. Sie hatte sich ihm mit geschlossenen Augen zugewandt, ihm Arme und Brust gestreichelt und am Ende die Hand hinuntergleiten lassen zu seinem Glied. Er hatte es einmal in seinen heimlichen Träumen gesehen, wie ihre Hand sich um sein Glied schloß, und jetzt war es wirklich, und er wußte, daß diese Hand eine furchtbare Verlockung und Kraft besaß, die er sich nie hatte vorstellen können, daß die Hand sich nicht nur um sein Glied schloß, sondern auch um ihn selbst, daß sie stärker zu sein schien, als er hatte ahnen können, und daß ihn dies mit Lust erfüllte, aber auch mit etwas, das noch nicht, aber vielleicht bald, wie Furcht sein würde.

»Meine Geliebte«, hatte er gemurmelt, »ich hätte nie geahnt, daß dein Körper eine ...«

»Eine ...?«

»... eine so große Begabung für die Liebe besitzt.«

Sie hatte ihre Augen geöffnet und ihn angelächelt. Sie wußte, daß es wahr war. Es war so unfaßbar schnell gegangen.

»Danke«, sagte sie.

Er spürte, wie die Lust kam. Er wußte nicht, ob er wollte. Er wußte nur, daß sie ihn in ihrer Gewalt hatte, und daß die Lust kam, und daß es da etwas gab, das ihn erschreckte, aber daß er noch nicht wußte, was es war.

»Meine Geliebte«, flüsterte er, »was sollen wir tun?«

»Dies hier«, sagte sie. »Immer.«

Er antwortete nicht. Bald würde er aufs neue die ganz und gar verbotene Grenze überschreiten, jetzt war es anders, doch er wußte nicht, wie.

»Und du wirst niemals frei von mir«, flüsterte sie, so leise, daß er es fast nicht hörte. »Denn du bist in mich eingebrannt. Wie ein Brandmal in ein Tier.«

Aber er hörte es. Und vielleicht war es gerade dieses Mal – gerade, als sie ihn aufs neue in sich gleiten ließ, und sie noch einmal den geheimnisvollen Pulsschlägen lauschen sollten, die sie am Ende in ihrem unerhörten Rhythmus zusammenziehen würden – daß er die erste Ahnung von Furcht verspürte.

Einmal hatte sie lange nackt neben ihm gelegen, die Finger durch sein blondes Haar gleiten lassen und dann mit einem kleinen Lächeln gesagt:

»Du sollst meine rechte Hand werden.«

»Was meinst du damit?« hatte er gefragt.

Und spielerisch, aber selbstverständlich, hatte sie geflüstert:

»Eine Hand. Eine Hand tut, was der Kopf wünscht, ist es nicht so? Und ich habe so viele Ideen.«

Warum hatte er Furcht empfunden?

Manchmal dachte er: Ich hätte in Altona aus Christians Wagen steigen sollen. Und zu meinen Leuten zurückkehren.

Eines Morgens, sehr früh, als er auf dem Weg zur Arbeit war, hatte ihn der König, in seinen Morgenrock gekleidet, mit zerzaustem Haar und ohne Schuhe und Strümpfe im Marmorgang laufend eingeholt, seinen Arm gepackt und ihn beschworen, zuzuhören.

Sie hatten sich in ein leeres Vorzimmer gesetzt. Nach einer Weile hatte der König sich beruhigt, seine keuchenden Atemzüge waren regelmäßig geworden, und er hatte Struensee anvertraut, was er als »ein Geheimnis, das sich mir offenbarte, als ich diese Nacht von Qualen gepeinigt wurde« bezeichnete.

Was der König berichtete, war folgendes.

Es gab einen geheimen Kreis von sieben Männern. Diese waren von Gott dazu auserwählt, das Böse in der Welt zu verwirklichen. Sie waren die sieben Apostel des Bösen. Er selbst war einer von ihnen. Das Furchtbare war, daß er nur für denjenigen Liebe empfinden konnte, der auch diesem Kreis angehörte. Empfand er Liebe, bedeutete dies, daß diese Person auch zu den sieben Engeln des Bösen zählte. Es war ihm in dieser Nacht ganz klar geworden, und ihn erfüllte große Angst, und weil er für Struensee Liebe empfand, wollte er jetzt fragen, ob dies zutraf, und ob Struensee wirklich diesem geheimen Kreis des Bösen angehörte.

Struensee versuchte, ihn zu beruhigen, und bat ihn, weiter von seinem »Traum« zu erzählen. Christian hatte da in der für ihn üblichen Weise zu murmeln begonnen, war undeutlich geworden, hatte jedoch plötzlich gesagt, er habe dadurch auch Gewißheit erlangt, daß es eine Frau sei, die auf geheimnisvolle Weise das Universum lenke.

Struensee fragte ihn, wie dies zusammenhing.

Der König konnte diese Frage nicht beantworten. Er wiederholte nur, daß eine Frau das Universum lenke, daß ein Kreis von sieben Bösen für alle Taten des Bösen verantwortlich sei, daß er einer von ihnen sei, aber vielleicht von der Frau, die alles im Universum lenke, erlöst werden könne; und daß sie dann seine Wohltäterin werden würde.

Danach hatte er Struensee lange angestarrt und gefragt:

»Aber Sie sind nicht einer von Den Sieben?«

Struensee hatte nur den Kopf geschüttelt. Der König hatte daraufhin mit Verzweiflung in der Stimme gefragt:

»Warum liebe ich Sie dann?«

Einer der ersten Frühlingstage im April 1771.

König Christian VII., seine Gemahlin Königin Caroline Mathilde und der Leibarzt J. F. Struensee hatten in Schloß Fredriksborg auf dem kleinen Balkon, der auf den Schloßpark hinausging, den Tee genommen.

Struensee hatte über die Ideologie des Parks gesprochen. Er hatte diese phantastische Anlage gelobt, deren Gänge ein Labyrinth bildeten und deren Hecken die Symmetrie der Anlage verbargen. Er hatte hervorgehoben, daß diese Symmetrie so angelegt war, daß es nur einen Punkt gab, von dem aus die Logik im System des Parks sichtbar wurde. Dort unten war alles Verwirrung, Straßen, Gänge, die blind endeten, Sackgassen und Chaos. Aber von einem einzigen Punkt aus wurde alles deutlich, logisch und vernünftig. Und zwar von dem Balkon aus, auf dem sie jetzt saßen. Es war der Balkon des Herrschers. Nur von diesem einzigen Punkt aus würden die Zusammenhänge deutlich. Dieser Ort, der Punkt der Vernunft und des Zusammenhangs, durfte nur vom Herrscher betreten werden.

Die Königin hatte lächelnd gefragt, was dies bedeute. Er hatte es verdeutlicht.

»Der Punkt des Herrschers. Das heißt, der Macht.«

»Ist das ... verlockend?«

Er hatte mit einem Lächeln geantwortet. Nach einer kurzen Weile hatte sie sich zu ihm vorgebeugt und ihm zugeflüstert, dicht an seinem Ohr, so daß es der König nicht hören konnte:

»Du vergißt eins. Daß du in meiner Gewalt bist.«

4.

Er sollte sich an das Gespräch erinnern, und an die Drohung.

Der Balkon des Herrschers war ein Aussichtspunkt, und er gab der Symmetrie des Labyrinths Zusammenhang, aber das war auch alles. Die übrigen Zusammenhänge blieben chaotisch.

Es war Frühsommer geworden, und man hatte beschlossen, den Sommer auf Schloß Hirschholm zu verbringen. Man hatte angefangen zu packen. Struensee und die Königin waren sich einig. Der König war nicht gefragt worden, sollte aber mit dabeisein.

Er fand es natürlich, nicht gefragt zu werden, aber dabeisein zu dürfen und einverstanden zu sein.

Am Tag vor der Abreise war folgendes geschehen.

Von dem Balkon, auf dem er jetzt allein saß, sah Christian die beiden jungen Liebenden zu ihrem täglichen Ausritt auf ihren Pferden verschwinden, und er fühlte sich plötzlich sehr einsam. Er rief nach Moranti, aber dieser war nirgendwo zu finden.

Er ging hinein.

Dort war der Hund, ein Schnauzer; der Hund schlief auf dem Fußboden in einer Ecke des Raums. Christian legte sich auf den Fußboden, den Kopf auf dem Körper des Hundes; aber nach einigen Augenblicken erhob sich der Hund, ging in eine andere Ecke und legte sich dorthin.

Christian folgte ihm und legte sich ein zweites Mal auf den Boden mit dem Körper des Hundes als Kopfkissen; wieder erhob sich der Hund und suchte eine andere Ecke auf.

Christian blieb liegen und starrte zur Decke hoch. Diesmal folgte er dem Hund nicht. Er lächelte versuchsweise zur Decke hinauf; dort befanden sich Cherubinen, die den Übergang zwischen Wand und Decke schmückten. Er gab sich Mühe, sein Lächeln nicht verzerrt aussehen zu lassen, nur ruhig und freundlich; die Cherubinen betrachteten ihn fragend. Aus der anderen Ecke des Raums hörte er die Stimme des Hundes, der ihm murmelnd befahl, die Engel nicht zu irritieren. Da hörte er auf zu lachen.

Er beschloß hinauszugehen; er war entschlossen, den Mittelpunkt des Labyrinths aufzusuchen, weil ihn dort eine Mitteilung erwartete. Er war sicher, daß sie sich in der Mitte des Labyrinths befand. Seit langem hatte er keine Mitteilung von Den Sieben erhalten; er hatte Struensee gefragt, doch dieser wollte ihm nicht auf seine Frage antworten. Aber wenn auch Struensee Den Sieben angehörte, dann waren sie ja zwei von den Verschworenen, und er hatte jemanden, dem er sich anvertrauen konnte. Er war sich sicher, daß Struensee einer von ihnen war. Er liebte ihn ja; das war das Zeichen.

Vielleicht gehörte auch Moranti Den Sieben an, und der Hund; dann waren sie ja schon vier. Dann hätte er vier von ihnen identifiziert.

Drei fehlten noch. Caterine? Aber sie war ja die Herrscherin des Universums, nein, drei fehlten noch, aber er konnte keine drei weiteren finden. Nicht drei, die er liebte. Wo waren sie? Der Hund war außerdem ein Unsicherheitsmoment; er liebte den Hund, und wenn der Hund zu ihm sprach, fühlte er sich sicher, aber der Hund schien nur Liebe, Ergebenheit und Desinteresse zum Ausdruck zu bringen. Er war sich des Hundes nicht sicher. Aber der Hund sprach zu ihm; das machte ihn einzigartig. Sonst konnten Hunde ja nicht sprechen. Es war absurd, sich sprechende Tiere vorzustellen, eine Unmöglichkeit: aber weil der Hund sprach, war dies ein Zeichen. Es war ein Zeichen, das fast deutlich war, aber nur fast.

Er war sich des Hundes nicht sicher.

Die Sieben würden den Tempel von Unreinheit reinigen. Und dann würde er selbst sich erheben wie der Vogel Phönix. Dies war das brennende Feuer der Aufklärung. Deshalb Die Sieben. Das Böse war das Notwendige, um Reinheit zu schaffen.

Es war nicht ganz klar, wie dies zusammenhing. Aber er glaubte, daß es so war. Die Sieben waren die vom Himmel gestürzten Engel. Er mußte erfahren, was er tun sollte. Ein Zeichen. Eine Mitteilung. Sie war sicher im Mittelpunkt des Labyrinths, eine Mitteilung von Den Sieben oder von der Herrscherin des Universums.

Er lief wackelnd und trippelnd in das Labyrinth beschnittener Hecken und versuchte, sich an das Bild der Gänge zu erinnern, das Bild vom Balkon aus gesehen, in dem Chaos Vernunft war.

Nach einer Weile begann er langsamer zu gehen. Er keuchte und wußte, daß er sich beruhigen mußte. Er bog nach links ab, nach rechts, sein Bild vom System des Labyrinths war ganz klar, er war sich sicher, daß es ganz klar war. Nach einigen Minuten gelangte er in eine Sackgasse. Die Hecke stand wie eine Mauer vor ihm, er kehrte um, wandte sich nach links, dann wieder nach rechts. Jetzt war das Erinnerungsbild weniger klar, aber er versuchte, sich zu ermannen, begann plötzlich wieder zu laufen. Er keuchte wieder. Als der Schweiß kam, riß er sich die Perücke vom Kopf und lief weiter, es war leichter so.

Das Erinnerungsbild war jetzt ganz verschwunden.

Es gab keine Klarheit mehr. Die Mauern um ihn herum waren grün und stachelig. Er hielt inne. Er mußte sich jetzt ganz nahe am Zentrum befinden. Im Zentrum würde Klarheit sein. Er stand vollkommen still, lauschend. Keine Vögel, keine Laute, er schaute auf seine Hand hinunter, die Hand blutete, er begriff nicht, wie es zugegangen war. Er wußte, daß er der Mitte sehr nahe war. In der Mitte würde die Mitteilung sein, oder Caterine.

Absolutes Schweigen. Warum sangen nicht einmal die Vögel?

Plötzlich hörte er eine Stimme, die flüsterte. Er verharrte regungslos. Er erkannte die Stimme, sie kam von jenseits der Heckenmauer, von einer Stelle, die das Zentrum sein mußte.

»Hier ist es«, sagte die Stimme. »Komm hierher.«

Es war ohne den leisesten Hauch eines Zweifels Caterines Stimme.

Er versuchte, durch die Hecke zu blicken, aber es war unmöglich. Es war jetzt ganz still, doch es bestand kein Zweifel mehr, es war Caterines Stimme, und sie befand sich auf der anderen Seite. Er holte tief Atem, er mußte jetzt sehr ruhig sein, aber er mußte hindurch. Er tat einen Schritt in die Hecke hinein, begann die Zweige zur Seite zu biegen. Sie waren stachelig, ihm wurde plötzlich klar, daß es sehr weh tun würde, aber er war jetzt ruhig, es mußte sein, er mußte sich stark machen, hart. Er mußte unverwundbar sein. Es gab keinen anderen Ausweg. Die ersten Dezimeter gingen leicht, dann wurde die Mauer der Hecke sehr dick, er beugte sich vornüber, als wolle er hindurchfallen. Er fiel auch nach vorn, doch der Widerstand war sehr stark. Die Stacheln ritzten wie kleine Schwerter sein Gesicht, und es brannte, er versuchte, den Arm zu heben, um sich frei zu machen, aber da fiel er nur noch weiter nach vorne. Die Hecke war jetzt absolut dicht, und er mußte dem Mittelpunkt des Labyrinths sehr nahe sein, konnte aber dennoch nicht hineinsehen. Er trat verzweifelt um sich, der Körper wurde noch ein Stück weitergeschoben, aber da unten waren die Zweige bedeutend dicker, sie ließen sich nicht zur Seite biegen, es waren keine Zweige, sondern Stämme. Er versuchte hochzukommen, doch es gelang ihm nur halb. Seine Hände brannten, sein Gesicht brannte. Er zerrte mechanisch an den dünneren Zweigen, aber überall waren Stacheln, die kleinen Messer brannten jetzt unablässig auf seiner Haut, er schrie einen Augenblick, aber ermannte sich dann und versuchte noch einmal, sich aufzurichten. Doch es ging nicht.

Er hing, gefangen. Blut rann ihm übers Gesicht. Er begann zu schluchzen. Es war vollkommen still. Caterines Stimme war nicht mehr zu hören. Er war der Mitte ganz nahe, das wußte er, aber gefangen.

Die Hofleute, die ihn ins Labyrinth hatten gehen sehen, waren unruhig geworden, und nach einer Stunde hatte man zu suchen begonnen. Sie fanden ihn in der Hecke liegend; nur ein Fuß ragte heraus. Man holte Hilfe. Der König wurde befreit, weigerte sich aber aufzustehen.

Er wirkte völlig apathisch. Er befahl jedoch mit schwacher Stimme, daß Guldberg hergerufen werden solle.

Guldberg kam.

Das Blut im Gesicht, an den Armen und Händen des Königs war getrocknet, und er lag still auf dem Boden und sah unverwandt nach oben. Guldberg ließ eine Trage holen und befahl dem Gefolge, sich zu entfernen, so daß er mit dem König sprechen könne.

Guldberg hatte sich neben den König gesetzt, dessen Oberkörper mit seinem eigenen Mantel bedeckt und versucht, seine Erregung zu verbergen, indem er flüsternd zu Christian sprach.

Zuerst hatte er vor lauter Erregung, die seine Lippen heftig beben ließ, so leise geflüstert, daß Christian ihn nicht hören konnte. Dann wurde er hörbar. »Majestät«, hatte er geflüstert, »fürchten Sie sich nicht, ich werde Sie aus dieser Erniedrigung retten, ich liebe Sie, alle diese Unsittlichen« (und hier war sein Flüstern lauter geworden), »alle diese Unsittlichen erniedrigen uns, doch die Rache soll sie treffen, sie verachten uns, sie sehen auf uns, die wir unbedeutend sind, herab, aber wir werden diese Glieder der Sünde vom Körper Dänemarks abschneiden, die Zeit des Keltertreters wird kommen, sie lachen über uns und verhöhnen uns, aber sie haben uns zum letzten Mal verhöhnt, Gottes Rache wird sie treffen, und wir, Majestät, ich werde Ihr ... wir werden ...«

Da war Christian plötzlich aus seiner Apathie hochgefahren, er hatte sich aufgesetzt und Guldberg angestarrt.

»Wir?!!!« hatte er gerufen und Guldberg angestarrt wie ein Wahnsinniger. »UNS???, von wem sprechen Sie, sind Sie verrückt, verrückt!!! Ich bin Gottes Auserwählter, und Sie wagen es ... Sie wagen es ...«

Guldberg war zusammengezuckt wie unter einem Peitschenhieb und hatte schweigend den Kopf gesenkt.

Dann war der König langsam aufgestanden; Guldberg sollte den Anblick nie vergessen: dieser Junge mit dem von schwarz geronnenem Blut bedecktem Kopf und Gesicht, dem wirren und zottigen Haar und den zerrissenen Kleidern, ja, er schien äußerlich das Sinnbild eines Wahnsinnigen zu sein, von Blut und Schmutz bedeckt; und dennoch schien er jetzt eine Ruhe und Autorität zu besitzen, als wäre er kein Wahnsinniger, sondern ein von Gott Auserwählter.

Vielleicht war er doch ein Mensch.

Christian machte Guldberg ein Zeichen, sich zu erheben. Er gab ihm seinen Mantel. Und er sagte, mit sehr ruhiger und sicherer Stimme:

»Sie sind der einzige, der weiß, wo sie ist.«

Er hatte danach nicht auf eine Antwort gewartet, sondern einfach weitergesprochen:

»Ich will, daß Sie noch heute ein Begnadigungsschreiben aufsetzen. Und ich werde es unterschreiben. Selbst. Nicht Struensee. Ich selbst.«

»Wer soll denn begnadigt werden, Majestät?« hatte Guldberg gefragt.

»Die Stiefel-Caterine.«

Gegen diese Stimme war kein Einwand möglich, an sie konnten keine Fragen gestellt werden; und jetzt kamen die Hofleute mit der Trage. Aber sie wurde nicht gebraucht; Christian verließ das Labyrinth ohne Hilfe, allein.

Kapitel 11

Ein Kind der Revolution

1.

Sie wuschen und verbanden Christians Wunden, sie verschoben die Reise nach Hirschholm um drei Tage, sie verfertigten eine Erklärung für den unglücklichen Fall des Königs in einen Rosenbusch; alles wurde langsam wieder vollkommen normal. Man machte sich wieder ans Packen und an die Vorbereitungen, und um zehn Uhr am Morgen war die Expedition fertig zur Abreise nach Hirschholm.

Nicht der ganze Hof reiste ab. Es war nur ein Bruchteil, aber dennoch groß: ein gewaltiger Tross von insgesamt vierundzwanzig Wagen, das Gefolge galt als klein und zählte achtzehn Personen, dazu kamen eine Handvoll Soldaten (einige scheinen nach der ersten Woche wieder nach Hause geschickt worden zu sein) sowie Küchenpersonal. Den Kern bildeten jedoch das königliche Paar, Struensee und der kleine, jetzt drei Jahre alte Kronprinz. Dies war die kleine Gruppe.

Und Enevold Brandt. Er war »des Königs Kindermädchen«, wie böse Zungen es ausdrückten. Dazu einige Geliebte niederer Bediensteter. Zwei Tischler.

Bei der Abreise konnte man der Figur der Königin deutlich ansehen, daß sie schwanger war. Der Hof sprach von nichts anderem. Niemand war im Zweifel darüber, wer der Vater war.

Vier Wagen standen an diesem Morgen schon draußen im Schloßhof, als Graf Rantzau Struensee zu einer, wie er es ausdrückte, »dringenden Unterredung« aufsuchte.

Er fragte als erstes, ob beabsichtigt sei, daß er selbst mitführe. Struensee antwortete mit einer freundlichen Verbeugung: »Wenn du es wünschst.« »Wünschst du, daß ich mitfahre?« fragte Rantzau da sofort, er wirkte sonderbar angespannt und zurückhaltend. Sie betrachteten einander wachsam.

Keine Antwort.

Rantzau meinte, das Schweigen richtig gedeutet zu haben. Er fragte »ohne Umschweife«, ob es wirklich klug sei, jetzt mit einer so kleinen Gesellschaft den Sommer, und vielleicht den Herbst, auf Hirschholm zu verbringen. Struensee wollte wissen, warum er fragte. Rantzau antwortete, daß im Land Unruhe herrsche. Daß die Flut von Dekreten und Reformen, die jetzt aus Struensees Hand strömte (und er wollte ausdrücklich diese Wendung benutzen, also »aus Struensees Hand«, weil er den Geisteszustand des Königs sehr wohl kannte und im übrigen meinte, er sei kein Idiot) – daß diese Reformen sicher nützlich waren für das Land. Daß sie oft klug waren, wohlmeinend, und zuweilen im Einklang mit den allerbesten Prinzipien der Vernunft. Mit Sicherheit. Und kurz gesagt sehr gut formuliert. Aber, ebenso kurz gesagt, viele! Fast unzählige.

Das Land sei darauf nicht vorbereitet, und auf jeden Fall nicht die Verwaltung! Ergo sei dies für Struensee und all seine Freunde lebensgefährlich. Aber, fuhr Rantzau fort, ohne Struensee eine Sekunde die Möglichkeit zu geben, ihn zu unterbrechen oder zu antworten, warum diese halsstarrige Unvorsichtigkeit! War nicht diese Flut von Reformen, diese in Wahrheit revolutionäre Woge, die sich jetzt über das Königreich Dänemark erhob, war nicht diese plötzliche Revolution ein guter Grund, oder jedenfalls ein taktisch guter Grund für Struensee und den König, aber vor allem für Struensee!!!, sich nicht zu weit vom Lager der Feinde zu entfernen.

Um gewissermaßen die Feinde beobachten zu können. Will sagen: das Denken und die Maßnahmen der feindlichen Truppen.

Es war ein verblüffender Erguß gewesen.

»Kurz gesagt, ist es klug zu reisen?« hatte er zusammenfassend gefragt.

»Kurz war das nicht gesagt«, hatte Struensee erwidert. »Und ich weiß nicht, ob ein Freund oder Feind mit mir spricht.«

»Ich bin es, der spricht«, hatte Rantzau gesagt. »Ein Freund. Vielleicht dein einziger.«

»Mein einziger Freund«, hatte Struensee gesagt. »Mein einziger Freund? Das verheißt nichts Gutes.«

So war der Ton gewesen. Förmlich, und im Grunde feindlich. Es folgte ein langes Schweigen.

»Erinnerst du dich an Altona?« hatte Struensee dann mit leiser Stimme gesagt.

»Ich erinnere mich. Es ist sehr lange her. Scheint mir.«

»Drei Jahre? Ist das so lange?«

»Du hast dich verändert«, hatte Rantzau kühl erwidert.

»Ich habe mich nicht verändert«, hatte Struensee gesagt. »Nicht ich. In Altona waren wir uns über das meiste einig. Ich bewunderte dich wirklich. Du hattest alles gelesen. Und du hast mich viel gelehrt. Dafür bin ich dankbar. Ich war ja damals so jung.«

»Aber jetzt bist du alt und weise. Und bewunderst mich gewiß nicht.«

»Ich realisiere jetzt.«

»Realisierst?«

»Ja. Fakten. Nicht nur Theorien.«

»Ich meine, einen Tonfall von Verachtung zu hören«, hatte Rantzau gesagt. »Nicht nur ›Theorien‹.«

»Wenn ich wüßte, wo du stehst, dann würde ich antworten.«

»Etwas ›Wirkliches‹. Keine Theorien. Keine Schreibtischspekulationen. Und was ist jetzt das letzte – Wirkliche?«

Es war ein unbehagliches Gespräch. Und die Wagen warteten; Struensee hatte langsam die Hand nach dem Packen Papiere auf dem Tisch ausgestreckt, sie aufgenommen, als wolle er sie zeigen. Aber er tat es nicht. Er schaute nur auf die Schreiben in seiner Hand, stumm und freudlos, und einen Augenblick kam es ihm so vor, als habe eine große Trauer, oder eine überwältigende Müdigkeit sich seiner bemächtigt.

»Ich habe heute nacht gearbeitet«, sagte er.
»Ja, man sagt, daß du nachts hart arbeitest.«
Er tat, als höre er die Unterstellung nicht.

Er konnte Rantzau gegenüber nicht aufrichtig sein. Er konnte das mit der Klebrigkeit nicht sagen. Aber etwas in dem, was Rantzau gesagt hatte, bereitete ihm Unbehagen. Es war das alte Gefühl von Unterlegenheit gegenüber den brillanten Kameraden im Park von Ascheberg, das wieder hochkam.

Der schweigsame Arzt aus Altona unter den brillanten Freunden. Sie hatten den eigentlichen Grund seines Schweigens vielleicht nicht verstanden.

Vielleicht hatten sie jetzt verstanden. Er war der unrechtmäßig und unbegreiflicherweise erhöhte Praktiker! Dies war es, was Rantzau angedeutet hatte. Du taugst nicht. Du hast geschwiegen, weil du nichts zu sagen hattest. Du hättest in Altona bleiben sollen.

Und es war wahr: Er hatte manchmal gemeint, das Leben als eine Reihe von Punkten auf einem Papier zu sehen, einen langen Katalog von Aufgaben mit Nummern davor, *den jemand anders aufgestellt hatte, jemand anders!!!*, das Leben numeriert in der Reihenfolge der Wichtigkeit, wobei die Nummern eins bis zwölf, wie auf dem Zifferblatt der Uhr, die wichtigsten waren, danach dreizehn bis vierundzwanzig, wie die Stunden des Tags, und anschließend folgten die Nummern fünfundzwanzig bis einhundert in einer langen zyklischen Kurve mit immer geringeren, aber doch wichtigen Aufgaben. Und hinter jede einzelne der Nummern sollte er nach vollbrachter Arbeit einen Doppelhaken setzen, Patient behandelt. Und wenn das Leben zu Ende war, würde die Schlußabrechnung gemacht werden, und es würde Klarheit bestehen. Und er könnte nach Hause gehen.

Die Veränderung wegkomplimentiert, die Aufgabe zu Ende geführt, die Patienten behandelt, danach Statistik und ein Aufsatz, der die Erfahrungen zusammenfaßte.

Doch wo waren hier die Patienten. Sie waren dort draußen, und er hatte sie nie getroffen. Er mußte sich auf Theorien verlassen, die jemand anders sich ausgedacht hatte: die Brillanten, die Beleseneren, die bemerkenswerten Philosophen, Theorien, die die Freunde in Rousseaus Hütte so glänzend beherrschten.

Die Patienten in der dänischen Gesellschaft, die er jetzt revolutionieren sollte, die mußte er sich vorstellen: wie die kleinen Köpfe, die er einmal gezeichnet hatte, als er seine Abhandlung über die schädlichen Körperbewegungen schrieb. Es waren die Menschen im Inneren der Mechanik. Denn es mußte doch möglich sein, dachte er immer, wenn er in den Nächten wachlag und das Dänische Monströse Königliche Schloß wie ein Bleigewicht auf seiner Brust fühlte, möglich! möglich!!!, die Mechanik sowohl zu durchschauen als auch zu beherrschen und die Menschen zu sehen.

Der Mensch war keine Maschine, aber er befand sich im Inneren der Maschine. Das war die Kunst. Die Maschine zu beherrschen. Dann würden die Gesichter, die er zeichnete, ihm dankbar und wohlwollend zulächeln. Aber das Schwere, das richtig Schwere dabei war, daß sie nicht dankbar zu sein schienen. Daß die kleinen bösartigen Köpfe zwischen den Punkten, diejenigen, die fortkomplimentiert! geklärt! gelöst!!! worden waren, daß diese Gesichter, die hervorblickten, boshaft und übelwollend und undankbar waren.

Vor allem waren sie nicht seine Freunde. Die Gesellschaft war eine Maschine, und die Gesichter waren böswillig. Nein, keine Klarheit mehr.

Er betrachtete jetzt seinen letzten Freund Rantzau, der vielleicht ein Feind war. Oder, was schlimmer war, ein Verräter. Ja, Altona war wirklich sehr weit entfernt.

»Das ›Wirkliche‹ in dieser Woche«, begann er langsam, »das sind die Abschaffung des Gesetzes gegen Untreue, außerdem Kürzungen überflüssiger Pensionen für Beamte, das Verbot der Folter, ich bereite die Überführung des Öresundzolls von der Kasse des Königs auf die Staatskasse vor, die Einrichtung einer Versorgungskasse für uneheliche Kinder, die nach kirchlichem Zeremoniell getauft werden sollen, außerdem ...«

»Und die Leibeigenschaft? Oder genügt es dir, die Moral per Gesetzgebung einzuführen?«

Da war wieder das Gesicht zwischen den Paragraphen; mißtrauisch, böswillig lächelnd. Die Leibeigenschaft war ja das Große! Das Allergrößte!, das, was zu den vierundzwanzig Punkten gehörte, nein, den zwölf! den zwölf!!!, die auf dem Zifferblatt der Uhr waren. Er hatte den Jungen auf dem hölzernen Pferd seinem unausweichlichen Tod überlassen, war in der Dämmerung dem Wagen nachgelaufen; er hatte Angst gehabt. Auf gewisse Weise war er vor der größten Aufgabe davongelaufen, der Leibeigenschaft. Im Wagen hatte er sich verbissen immer wieder gesagt, daß das Wichtige ja war, daß er selbst überlebte.

Und mit Entschlossenheit. Das Dekret erlassen. Konnte. Darüber. Und konnte. Mit Entschlossenheit.

Was er jetzt tat, war ja nur das Kleine, die Moral; er stiftete Gesetze, um die Moral zu verbessern, er stiftete per Gesetz den guten Menschen herbei; nein, er dachte falsch, es war ja umgekehrt. Man konnte den bösen Menschen nicht per Gesetz fortstiften. »Die Sitten können nicht durch Polizeigesetze verbessert werden«, hatte er selbst geschrieben.

Dennoch, und er wußte, daß dies seine Schwäche war, hielt er sich ja soviel mit den Sitten, der Moral, den Verboten, der geistigen Freiheit auf.

War es, weil das andere so schwer war?

»Die Leibeigenschaft?« kam die Frage erneut, unbarmherzig.

»Bald«, hatte er erwidert.

»Und wie?«

»Reverdil«, begann er langsam, »der Informator des Königs, hatte einen Plan, bevor er verstoßen wurde. Ich habe ihm geschrieben und ihn gebeten zurückzukehren.«

»Der kleine Jude«, hatte Rantzau in nüchternem, doch von Haß erfülltem Tonfall gesagt, »der kleine, widerliche Jude. Er soll also die dänischen Bauern befreien. Weißt du, wie viele Feinde du dir damit schaffst?«

Struensee legte die Dokumente auf den Tisch zurück. Es war sinnlos, dieses Gespräch fortzusetzen. Rantzau verneigte sich schweigend, wandte sich um und ging zur Tür. Und bevor er sie hinter sich schloß, kam das allerletzte der böswilligen Gesichter zum Vorschein: von Rantzau, der von sich sagte, er sei Struensees letzter Freund, und der es vielleicht in gewisser Weise war, dem großen theoretischen Lehrer, der ihn jetzt so kritisch betrachtete, seinem Freund oder ehemaligen Freund, wenn er es je gewesen war.

»Du hast nicht mehr viele Freunde. Und dann den Sommer über nach Hirschholm zu reisen ist Wahnsinn. Aber dein Problem ist ein anderes.«

»Welches?« hatte Struensee gefragt.

»Dir fehlt die Fähigkeit, die richtigen Feinde zu wählen.«

2.

Es war keine Flucht, sollten sie später denken, aber warum dann diese rasende Eile, diese schnellen Bewegungen, dieses Lachen, die knallenden Türen?

Es war keine Flucht, nur die Abreise zu dem wunderbaren Sommer auf Hirschholm.

Man lud ein. Am ersten Tag sollten nur vier Wagen abgehen. Am folgenden Tag der Rest des ungeheuren Trosses. Um ein einfaches Landleben zu führen, bedurfte es einer umfassenden Organisation.

Im ersten Wagen die Königin, Struensee, König Christian VII., der Negerpage Moranti und der Hund des Königs.

Man fuhr schweigend.

Christian war sehr ruhig. Er hatte die Mitreisenden mit einem geheimnisvollen Lächeln angesehen, das sie nicht deuten konnten. Dessen war er sich sicher. Wenn nicht die Königin, Caroline Mathilde, hatte er gedacht, unter ihnen säße, lauschend, dann befänden sich jetzt vier von Den Sieben allein in diesem Wagen. Und er hätte dann ohne Gefahr Struensee, Moranti oder den Hund, die drei, die er liebte, um Rat fragen können hinsichtlich der Zeit überwältigender Schwierigkeiten und Entbehrungen, die, wie er sicher wußte, kommen würde.

Er wußte es. Und daß Rat und Anweisungen seiner Wohltäterin, der Herrscherin des Universums, noch eine Zeitlang auf sich warten lassen würden.

Hier stand einmal ein Schloß. So muß man es sagen: hier stand es, und hier wurde es verschlungen von der dänischen Revolution. Und nichts ist übrig.

Schloß Hirschholm war auf einer Insel angelegt, das Schloß war von Wasser umgeben, es lag mitten in einem See, und in den Nächten war das Wasser von den schlafenden Vögeln bedeckt, die sie so liebte, besonders wenn sie schliefen, eingerollt in ihre Träume. Das Schloß war ein halbes Jahrhundert erbaut und eigentlich nicht vor 1746 fertiggeworden; es war großartig und schön, ein nordisches Versailles, aber es ging mit diesem Schloß wie mit vielen kurzen Träumen: es lebte nur einen Sommer, diesen Sommer 1771. Dann war der Traum vorbei, und das Schloß stand einsam und unbewohnt da und verfiel langsam.

Es brannte nicht. Es wurde nicht verwüstet. Es starb einfach aus Trauer, und dann war es nicht mehr da. Denn es war, als habe dieser unendlich glückliche Sommer das Schloß mit der Pest infiziert; es war Caroline Mathildes und Struensees Schloß, und als die Katastrophe kam, wollte niemand mehr diesen Boden betreten, der so infiziert war mit Sünde.

Schon 1774 wurden sämtliche Arbeiten am Schloß eingestellt, um die Jahrhundertwende war der Verfall total, und nach dem Brand von Schloß Christiansborg beschloß man, Hirschholm abzureißen und das Material zum Wiederaufbau zu verwenden. Alles wurde abgerissen. Die »mit geschmackvoller Üppigkeit ausgestatteten Gemächer« wurden geplündert und fortgekarrt, der phantastische große Rittersaal in der Mitte des Schlosses wurde zerstört, jeder Stein, jeder Marmorblock wurde abtransportiert, jede Spur des Liebespaares sollte ausgelöscht werden. Caroline Mathildes Zimmer hatten einem Raritätenkabinett geglichen, sie war leidenschaftlich am Chinesischen interessiert, und in diesem Sommer hatte sie die Gemächer mit chinesischen Krügen und Puppen gefüllt, die sie durch die Ostasiatische Compagnie bezogen hatte. Auch den schönen Kachelofen im Audienzgemach auf Hirschholm, der »ein chinesisches Frauenzimmer mit Sonnenschirm darstellte«, hatte sie angeschafft; alles wurde niedergerissen.

Das Schloß war ein Schandfleck, infiziert von dem Bastard und seiner Geliebten, es mußte fort, wie wenn ein mißliebiges Gesicht von einer Fotografie wegretouschiert wird, damit die Geschichte von etwas Widerwärtigem befreit wurde, das es nie gegeben hatte, nie hätte geben sollen. Die Insel mußte von dieser Sünde gereinigt werden.

1814 waren alle Spuren des Schlosses getilgt; es lebte also ein Menschenalter, von 1746 bis 1814, das Schloß wurde achtundsechzig Jahre alt. Auf diese Weise ist Schloß Hirschholm das einzige Schloß, das ganz mit einem Liebessommer identifiziert wird, mit Liebe und Tod und der äußersten Grenze des Verbotenen, und das deshalb in den Tod und Untergang gezwungen wurde; und heute gibt es auf der Schloßinsel nur eine kleine, im 19. Jahrhundert errichtete Empire-Kirche.

Wie ein Gebet. Wie ein letztes Gebet um Vergebung an den großen Gott; ein Gebet um Gnade für diese Sünden, deren zwei lasterhafte Menschen sich schuldig gemacht haben.

Sonst nur Gras und Wasser.

Aber die Vögel, natürlich, sind noch da, die sie an jenem späten Abend sah, als sie nach Hirschholm kam, und als ein Zeichen aufgefaßt hatte, daß sie endlich zu Hause war und in Sicherheit zwischen den Vögeln, die in ihre Träume eingerollt schliefen.

Hier lag einmal ein Schloß. Hierher kam sie. Sie erwartete ein Kind. Und sie wußte, daß es seins war.

Und alle wußten es.

Ich erwarte ein Kind, hatte sie gesagt. Und wir wissen, daß es deins ist.

Er hatte sie geküßt, aber nichts gesagt.

Alles war so schnell gegangen. Er hatte im Laufe von acht Monaten die dänische Revolution durchgeführt, die Reformen waren unterschrieben und würden jetzt von diesem Nest der Sünde aus weiter unterschrieben werden, das Schloß Hirschholm hieß und deshalb später ausgelöscht werden mußte, wie man die Bettwäsche eines an der Pest Gestorbenen verbrennt.

Er hatte in diesem ersten Jahr schon 564 Verordnungen erlassen. Am Ende war es, als gäbe es überhaupt keine Hindernisse. Alles war natürlich und ging leicht. Die Revolution funktionierte bestens, die Feder kratzte, es wurde realisiert, und er machte Liebe mit diesem eigentümlichen Mädchen, das sich Königin von Dänemark nannte. Er liebte, schrieb und unterschrieb. Die Unterschrift des Königs nicht mehr erforderlich. Er wußte, daß die Kanzleien und Behörden vor Wut dröhnten, doch niemand wagte sich an ihn heran. Und da machte er weiter und weiter.

Schreibtischrevolutionär, dachte er manchmal. Er hatte den Ausdruck immer verachtet. Aber jetzt schien trotzdem alles vom Schreibtisch aus zu funktionieren. Gerade vom Schreibtisch aus. Und es wurde Wirklichkeit.

Er verließ ja sein Arbeitszimmer nie, und doch wurde die Revolution durchgeführt. Vielleicht sollten alle Revolutionen so ablaufen, dachte er. Man brauchte keine Truppen, keine Gewalt, keinen Terror, keine Drohung; nur einen geisteskranken König mit der ganzen Macht und ein Übergabedokument.

Er sah ein, daß er vollkommen abhängig war von diesem geisteskranken Jungen. War er genauso abhängig von ihr?

Als sie ihm von dem Kind erzählte, war er froh geworden, und hatte sofort verstanden, daß das Ende vielleicht nahe war.

Sie hatten einander so lange ohne Vorsicht geliebt.

Er hatte nie eine Frau getroffen wie dieses junge Mädchen; es war unfaßbar, Angst und Scheu schienen ihr fremd zu sein, sie war unerfahren und hatte alles wie in einem einzigen Atemzug gelernt. Sie schien ihren Körper zu lieben und schien es zu lieben, den seinen zu benutzen. In der ersten Nacht auf Hirschholm hatte sie auf ihm gesessen und hatte ihn langsam geritten, genußvoll, als habe sie jeden Augenblick auf heimliche Signale in seinem Körper gelauscht, ihnen gehorcht und sie kontrolliert; nein, er begriff nicht, wo dieses zwanzigjährige englische Mädchen dies alles gelernt hatte. Und am Ende war sie weich wie eine Katze heruntergerollt an seine Seite und hatte gefragt:

»Bist du glücklich?«

Er wußte, daß er glücklich war. Und daß die Katastrophe jetzt sehr nahe war.

»Wir müssen vorsichtig sein«, hatte er geantwortet.

»Es ist schon lange zu spät«, hatte sie im Dunkeln geantwortet. »Ich bekomme ein Kind. Und es ist dein Kind.«

»Und die dänische Revolution? Sie werden erfahren, daß es mein Kind ist.«

»Ich habe mit dir das Kind der Revolution gezeugt«, hatte sie geantwortet.

Er stand auf, ging zum Fenster, schaute übers Wasser. Die Dämmerung kam jetzt früher, aber es war feuchtwarm, und der See um das Schloß war gefüllt mit Pflanzen und Vögeln, und es roch nach Binnensee, schwer, lusterfüllt und gesättigt von Tod. Alles war so schnell gegangen.

»Wir haben die Zukunft gezeugt«, hörte er sie aus der Dunkelheit sagen.

»Oder sie getötet«, sagte er leise.

»Was meinst du damit?«

Aber er wußte nicht, warum er das gesagt hatte.

Er wußte, daß er sie liebte. Es war nicht nur ihr Körper, ihre phantastische Begabung für die Liebe, ihre erotische Begabung, an die er dachte; es war auch die Tatsache, daß sie so schnell wuchs und er jede Woche sehen konnte, wie sie eine andere war, das Explosionsartige bei diesem kleinen englischen unschuldsvollen Mädchen, daß sie ihn bald eingeholt hatte und weiterwuchs und ihn vielleicht überholen würde, eine Person werden würde, die er sich nicht vorstellen konnte; er hatte es nicht für möglich gehalten. Sie hatte wirklich viele Gesichter, aber kein geisteskrankes wie Christian. Sie hatte keine schwarze Fackel in sich, die ihr tötendes Dunkel über ihn warf, nein, sie war eine Unbekannte, die ihn gerade in dem Augenblick lockte, in dem er sie zu sehen glaubte, aber plötzlich einsah, daß er sie nicht gesehen hatte.

Ihm fiel ihr Ausdruck »wie ein Brandmal in ein Tier« ein.

Aber sollte Liebe so sein? Er wollte nicht, daß sie so war.

»Ich bin ja nur ein Arzt aus Altona«, sagte er.

»Ja? Und?«

»Es kommt mir manchmal so vor, als sei einem treuherzigen, widerstrebenden, ungenügend gebildeten Arzt aus Altona eine allzu große Aufgabe übertragen worden«, hatte er leise gesagt.

Er hatte ihr den Rücken zugekehrt, denn es war das erste Mal, daß er es ihr zu sagen wagte, und er schämte sich ein wenig, deswegen kehrte er ihr den Rücken zu und wagte nicht, sie anzusehen. Aber er hatte es gesagt und sich geschämt, obwohl es ihm richtig erschien, es gesagt zu haben.

Er wollte sich nicht überheben. Es war beinah eine Todsünde, sich zu überheben, das hatte er als Kind gelernt. Er war nur ein Arzt aus Altona. Das war das Grundlegende. Aber zu diesem kam das Vermessene: er hatte verstanden, daß ihm eine Aufgabe gegeben worden war, und hatte sich nicht für zu gering gehalten, obwohl er so hätte denken sollen.

Die Hochmütigen bei Hof würden nie gezweifelt haben. Diejenigen, die keine Emporkömmlinge waren. Sie fanden Vermessenheit vollkommen natürlich, weil alles, was sie hatten, geerbt war und nichts aus eigener Kraft erworben. Aber er war nicht hochmütig, er hatte Angst.

Dafür schämte er sich. Den Schweigsamen nannten sie ihn. Das erschreckte sie vielleicht. Er war groß gewachsen, er konnte schweigen, das erschreckte sie. Aber sie begriffen nicht, daß er im Grunde nur ein Arzt aus Altona war, der so vermessen war zu glauben, berufen zu sein.

Die anderen schämten sich nie. Deshalb hatte er ihr den Rücken zugekehrt.

Einmal, gegen Ende des Sommers, nachdem sie das Kind bekommen hatte, war sie zu ihm hereingekommen und hatte gesagt, daß Bernstorff, der verstoßen worden war und sich jetzt auf sein Gut zurückgezogen hatte, zurückgeholt werden müsse.

»Er haßt uns«, hatte Struensee gesagt.

»Das spielt keine Rolle. Wir brauchen ihn. Er muß besänftigt und benutzt werden. Feind oder nicht.«

Und dann hatte sie gesagt:

»Wir brauchen Flankenschutz.«

Er hatte sie nur angestarrt.»Flankenschutz«. Woher hatte sie das Wort? Sie war unglaublich.

3.

Es war ein phantastischer Sommer.

Sie hoben jede Etikette auf, sie lasen Rousseau, sie änderten den Stil ihrer Kleidung, sie lebten einfach, sie lebten in der Natur, sie liebten sich, sie schienen von dem Streben besessen, alle Komponenten des Glücks zu komprimieren, damit auch nicht eine Stunde vergeudet wurde. Besucher waren von den freien Sitten schockiert, die sich aber, wie sie verwundert in ihren Briefen feststellten, nicht in unanständigen Reden äußerten. Alle Regeln waren außer Kraft gesetzt. Die Diener warteten oft, aber nicht immer, bei den Mahlzeiten auf. Man verteilte die Verantwortung für die Zubereitung des Essens. Man machte Ausflüge, blieb bis spät abends draußen im Freien. Einmal hatte die Königin ihn bei einem Ausflug an den Strand zwischen die Dünen gezogen, ihre Kleider gelöst, und sie hatten sich geliebt. Das Gefolge hatte den Sand an ihren Kleidern bemerkt, sich aber überhaupt nicht gewundert. Man ließ alle Titel fallen. Die Rangordnung verschwand. Man redete sich mit Vornamen an.

Es war wie ein Traum. Man entdeckte, daß alles einfacher wurde, friedlicher.

Das war es, was man auf Hirschholm entdeckte: daß alles möglich war und daß es möglich war, aus dem Tollhaus herauszutreten.

Christian war auch glücklich. Er schien sehr weit entfernt, und doch nah. Eines Abends, an der Tafel, hatte er lächelnd und glücklich zu Struensee gesagt:

»Es ist spät, es ist jetzt Zeit für den König von Preußen, das Bett der Königin aufzusuchen.«

Alle hatten gestutzt, und Struensee hatte in leichtem Ton gefragt:

»Der König von Preußen, wer ist das?«

»Das sind doch Sie?« hatte Christian verwundert erwidert.

Ihre Schwangerschaft wurde immer sichtbarer, aber sie bestand darauf, durch die Wälder zu reiten, und hörte nicht auf die besorgten Einwände der Umgebung.

Sie war eine sehr gute Reiterin geworden. Sie stürzte nicht. Sie ritt schnell, ohne zu zaudern, er folgte ihr nach, besorgt.

Eines Nachmittags kam es allerdings zu einem Sturz. Es war aber Struensee, der vom Pferd geworfen wurde. Das Pferd hatte ihn abgeworfen, er hatte lange mit starken Schmerzen in einem Bein dagelegen. Schließlich hatte er sich mit Mühe erhoben.

Sie hatte ihn gestützt, bis die herbeigerufenen Helfer kamen.

»Mein Geliebter«, hatte sie gesagt. »Dachtest du, ich würde stürzen? Aber ich bin nicht gestürzt. Ich will das Kind nicht verlieren. Deshalb warst du es, der gestürzt ist.«

Er hatte nur gesagt:

»Mein Glück steht mir vielleicht nicht länger bei.«

Er entband sie selbst.

Am Bett der Königin und auf Krücken wurde Struensee Zeuge der Geburt der kleinen Tochter.

Er zog das Kind heraus, so empfand er es, er zog sein Kind heraus, und plötzlich war er überwältigt; er hatte schon früher Kinder auf die Welt gebracht, aber dies, aber dies!!! Er hatte sich auf die Krücke in der Achselhöhle gestützt, aber die Krücke war gefallen, und sein verletztes Bein hatte wohl sehr wehgetan, er erinnerte sich nicht, und er hatte zu schluchzen begonnen.

So hatte ihn noch nie jemand gesehen, und sie redeten lange darüber; und für einige wurde es ein Beweis.

Aber er hatte geschluchzt. Es war das Kind. Es war das ewige Leben, das er aus ihr zog, ihr Mädchen war sein ewiges Leben.

Hinterher hatte er sich ermannt und getan, was getan werden mußte. Er war zu König Christian VII. hineingegangen und hatte ihm mitgeteilt, daß seine Königin, Caroline Mathilde, ihm eine Erbin geboren habe, von einem Mädchen entbunden worden sei. Der König hatte einen desinteressierten Eindruck gemacht und das Kind nicht sehen wollen. Später am Abend hatte er wieder einen Anfall seiner Nervosität bekommen und sich gemeinsam mit dem Negerpagen Moranti damit vergnügt, im Park die Statuen umzustoßen.

Das kleine Mädchen wurde auf den Namen Louise Augusta getauft.

4.

Innerhalb von vierundzwanzig Stunden wußte der Hof in Kopenhagen, daß das Kind Struensees und der Königin geboren war. Die Königinwitwe rief unverzüglich nach Guldberg.

Sie hatte mit ihrem sabbernden und brabbelnden Sohn zusammengesessen, dem sie jetzt, in der Stunde der Gefahr, keinen Blick schenkte, den sie aber die ganze Zeit fest an der linken Hand hielt. Sie begann damit zu sagen, daß das Hurenkind eine Schande für das Land sei, und für das Königshaus, aber daß sie jetzt eine Gesamteinschätzung wünsche.

Sie verlangte eine Analyse der Lage, und die bekam sie.

Guldberg referierte.

Nach dem algerischen Abenteuer, als eine dänische Flotte ins Mittelmeer gesandt und zu großen Teilen vernichtet worden war, bestand eine dringende Notwendigkeit, die Flotte wieder aufzubauen. Das Problem war Struensee vorgelegt worden, und er hatte darauf mit zwei Schreiben geantwortet. Das eine verbot die Herstellung von Branntwein auf der Basis von Getreide und jegliches private Schnapsbrennen. Das zweite verkündete, daß er nicht nur beabsichtige, den Hofstaat um die Hälfte zu verringern, sondern auch die Kriegsflotte zu reduzieren. Das bedeutete, daß die Werft auf Holmen ihre Arbeiten einstellen mußte. Unter den Arbeitern, besonders den aus Norwegen angeheuerten Matrosen, machte sich Empörung breit. Guldberg war mehrfach in Kontakt mit ihnen gewesen. Eine Delegation hatte ihn auch aufgesucht.

Sie hatten gefragt, ob das Gerücht, Struensee halte den König gefangen und beabsichtige, ihn zu töten, der Wahrheit entspreche.

Guldberg hatte mit »Gesten und Mienen« angedeutet, daß dies zwar zutreffe, daß es aber notwendig sei, die Maßnahmen für die Verteidigung des Reichs und des Königshauses genau zu planen und zu entwickeln. Er hatte ihnen gesagt, daß er ihre Empörung über den Verlust ihrer Arbeit auf der Werft teile. Was Struensees Hurerei anbelange, so bete er jeden Abend zu Gott, daß ein Blitz ihn treffen möge, um Dänemarks willen.

Sie planten jetzt einen Aufstand. Die Arbeiter wollten nach Hirschholm ziehen.

»Und dort?« hatte die Königinwitwe gefragt. »Werden sie ihn töten?«

Guldberg hatte darauf nur, ohne ein Lächeln, geantwortet:

»Eine Erhebung des unzufriedenen Volks gegen den Tyrannen kann man nie vorhersagen.«

Und wie im Vorübergehen hatte er hinzugefügt:

»Nur initiieren, und lenken.«

Das neugeborene kleine Mädchen schlief, und er konnte ihre Atemzüge nur wahrnehmen, wenn er das Ohr daran legte. Er fand sie so schön. So hatte er am Ende doch noch ein Kind bekommen.

Alles war so still in diesem Sommer.

Oh, wie er wünschte, es könnte immer so sein.

Aber gegen neun Uhr am Abend des 8. September 1771 kam ein Wagen über die Brücke zur Schloßinsel Hirschholm gefahren; es war Graf Rantzau, der auf der Stelle mit Struensee reden wollte. Rantzau war rasend vor Zorn und sagte, er wolle »zu einer Entscheidung kommen«.

»Du bist vollkommen wahnsinnig«, hatte er gesagt. »In Kopenhagen wimmelt es von Pamphleten, die offen dein Verhältnis mit der Königin diskutieren. Sie kennen keine Scham mehr. Das Brennverbot hat sie rasend gemacht. Auf gewisse Teile des Heers ist jedoch Verlaß, nur gerade die Teile hast du nach Hause geschickt. Warum sitzt ihr hier, und nicht in Kopenhagen? Ich muß das wissen.«

»Auf wessen Seite stehst du?« hatte Struensee gefragt.

»Das frage ich dich auch. Du weißt, daß ich Schulden habe. Deshalb – deshalb!!! – erläßt du ein Gesetz, das besagt: ›in allen Schuldstreitigkeiten soll ohne Rücksicht auf Stand oder persönliches Ansehen des Schuldners juristisches Recht angewendet werden‹, was schön klingt, aber ausschließlich dazu gedacht ist, so glaube ich, um mich zu ruinieren. Die eigentliche Absicht! Die Absicht! Auf wessen Seite stehst du? Das will ich jetzt wissen, bevor ... bevor ...«

»Bevor alles zusammenbricht?«

»Antworte zuerst.«

»Ich schreibe keine Gesetze um deinetwillen. Und ändere keine um deinetwillen. Die Antwort ist nein.«

»Nein?«

»Nein.«

Ein langes Schweigen war gefolgt. Dann hatte Rantzau gesagt:

»Struensee, du bist einen weiten Weg gegangen seit Altona. Unfaßbar weit. Wohin willst du jetzt gehen?«

»Wohin willst du selbst gehen?«

Rantzau war daraufhin aufgestanden und hatte nur gesagt: »Nach Kopenhagen.«

Dann war er gegangen und hatte Struensee allein gelassen. Dieser war in seine Kammer gegangen, hatte sich auf sein Bett gelegt und an die Decke gestarrt und versucht, an gar nichts zu denken.

Dennoch dachte er wieder und wieder den gleichen Gedanken: Ich will nicht sterben. Was soll ich tun?

»Flankenschutz« hatte sie gesagt.

Aber so viele Flanken, die geschützt werden mußten. Und dann diese Müdigkeit.

Er hatte die königliche Expedition in Altona nicht verlassen. Er hatte sich entschlossen, die Wirklichkeit zu besuchen. Wie sollte er es schaffen?

Kapitel 12
Der Flötenspieler

1.

Von der Gruppe junger Aufklärer, die sich einst in Altona versammelt hatten, war nun noch einer in Struensees Nähe. Das war Enevold Brandt.

Er war der letzte Freund. Er war der Flötenspieler.

Èlie Salomon François Reverdil, »der kleine widerliche Jude«, wie Rantzau es ausgedrückt hatte, war nach seiner Verbannung wieder aus der Schweiz zurückgerufen worden. Er hatte in den Jahren des Exils in seinem Heimatland fleißig mit Freunden in Dänemark korrespondiert, seine Trauer und Verzweiflung über das, was geschehen war, waren groß, er verstand nicht, was sein geliebter Junge gemeint hatte, er verstand nichts; aber als das Angebot zurückzukehren ihn erreichte, hatte er keine Sekunde gezögert. Seine Aufgabe sollte sein, über die einst auf Eis gelegten Pläne für die Beendigung der Leibeigenschaft Rechenschaft zu geben.

Er bekam jedoch andere Aufgaben. Nichts sollte so werden, wie er es sich gedacht hatte.

Der Grund dafür, daß er andere Aufgaben bekam, war ein eigenartiger Vorfall, der dazu führte, daß Enevold Brandt in der Gesellschaft Christians unmöglich wurde. Dieser Vorfall, die Sache mit dem Zeigefinger, sollte Brandt das Leben kosten.

Doch das war ein halbes Jahr später.

Nach dem »Vorfall« wurde Reverdil Leibwächter des Königs. Vorher war er sein Lehrer gewesen, und sein Freund, jetzt wurde er sein Wächter. Es war eine verzeifelte Lage. Die Wölfe hatten seinen geliebten Jungen zerrissen, Christian war jetzt ein anderer. Nichts war wie vorher. Christian hatte seinen ehemaligen Lehrer willkommen geheißen, aber nicht mit Wärme, er hatte wie durch eine Eishaut gesprochen und gemurmelt. Die Vorstellung, mit der Reverdil zurückgelockt worden war, daß die große Reform, die Reform der Leibeigenschaft, durchgeführt werden solle, sie verblaßte.

Reverdils politischer Einfluß hörte auf. Die Leibeigenschaft hörte nicht auf.

Der König wurde bei dem Vorfall leicht verletzt.

An dem Tag, an dem das empörende Vorkommnis sich ereignete – »der Vorfall mit dem Zeigefinger«, wie er von da an genannt wurde –, an diesem Tag hatte Struensee die Dekrete über die regionalen Impfstationen und über die Finanzierung der Findlingsstiftung, Einzeldirektiven für die jetzt erlassene Religionsfreiheit für Reformierte und Katholiken, das Gesetz über die Erlaubnis für herrnhutische Sekten, sich frei im Landesteil Schleswig anzusiedeln, sowie Anweisungen für die Pläne über die Einrichtung einer dänischen Entsprechung zu den deutschen »Real-Schulen« mit einem Boten nach Kopenhagen abgesandt.

Die ganze Arbeit dieser Woche ging mit diesem einen Boten ab. Sie hatte sich im Laufe der Woche angesammelt. Normalerweise ging jeden zweiten Tag ein Bote ab.

Das Kleine fügte sich auf eine ganz natürliche Art und Weise dem Großen ein. Das Kleine waren die Reformen. Als das Große sollte sich der Zeigefinger erweisen.

Brandt war der Flötenspieler.

Struensee hatte ihn in der Altonaer Zeit getroffen, vor allem in Ascheberg. Es war in der Zeit, als man zu Rousseaus Hütte hinaufgewandert war und Texte laut gelesen und von der Zeit gesprochen hatte, die kommen sollte: wenn die guten Menschen die Führung und die Macht übernehmen und die Hydra der Reaktion vertreiben und die Utopie verwirklichen würden. Brandt hatte alle Ideen der neuen Zeit enthusiastisch aufgegriffen, aber sie schienen sich wie Schmetterlinge auf ihn zu setzen; sie leuchteten und flatterten fort und kamen zurück, und er schien unberührt von ihnen. Sie schmückten ihn. Er fand zu seiner Freude, daß die Damen seiner Umgebung von ihnen entzückt waren, was vielleicht das eigentlich Bedeutungsvolle war. Er war also eine Künstlernatur, hatte Struensee gefunden, ohne Haltung, aber liebenswert.

Die Aufklärung hatte für ihn eine sexuelle Verlockung, die dem Dasein Farbe verlieh, die Nächte spannend und abwechslungsreich machte. Mit der Aufklärung verhielt es sich für Brandt wie mit den italienischen Schauspielerinnen und vor allem wie mit dem Flötenspiel.

Es war die Flöte, hatte Struensee in der Zeit der Hütte Rousseaus gedacht, die ihn erträglich machte.

Etwas an seiner stillen Besessenheit von seiner Flöte ließ Struensee seine Oberflächlichkeit tolerieren. Das Flötenspiel sprach von einer anderen Seite bei Brandt; und von der Altonaer Zeit und den Abenden in der Hütte im Ascheberger Park war ihm nicht so sehr Brandts flatterhaftes Liebesverhältnis zur »Politik« und zur »Kunst« in Erinnerung geblieben, wohl aber die Einsamkeit, die sein Flötenspiel um diesen jungen Aufklärer herum schuf.

Der aus jedem beliebigen Grund jede beliebige Ansicht hätte übernehmen können.

Wenn nur der Glanz da war.

Vielleicht war es Brandts Flötenspiel, das, auf seine Weise, diesen phantastischen Sommer 1771 prägte. Und etwas von diesem Hirschholmer Ton breitete sich aus. Der Ton von Leichtsinn, Freiheit und Flötenspiel lag wie ein sinnlicher Unterton auch über Kopenhagen in diesem warmen und leidenschaftlichen Sommer. Die großen königlichen Parks wurden durch Struensees Erlasse auch für die Allgemeinheit geöffnet. Die Vergnügungen nahmen zu, was in gewissem Maß damit zusammenhing, daß die Befugnis der Polizei, die Bordelle zu kontrollieren, aufgehoben wurde. Es kam ein Dekret, das der Gewohnheit der Polizei, nach neun Uhr abends in

Bordelle und Wirtshäuser einzudringen und dort durch »Visitation« zu prüfen, ob Lasterhaftigkeit vorlag, ein Ende machte.

Die Visitationsprinzipien waren regelmäßig zur Erpressung der Kunden benutzt worden. Das Laster war dadurch kaum weniger geworden, aber die Einkünfte der Polizei waren gestiegen. Man hatte auf der Stelle bezahlen müssen, um nicht festgenommen zu werden.

Aber für die Bevölkerung war die Öffnung der Parks das Wichtige.

»Schändung der königlichen Parks« – also nächtlicher Geschlechtsverkehr in Kopenhagens Schloßparks – war bisher mit dem Verlust eines Fingerglieds bestraft worden, wenn man nicht auf der Stelle bezahlen konnte, was man letzten Endes immer konnte. Jetzt wurden die Parks geöffnet: Besonders der Garten von Schloß Rosenborg wurde in diesen warmen Kopenhagener Sommernächten zu einem phantastischen erotischen Spielplatz. Auf den Rasenflächen und zwischen den Büschen, in einem Dunkel, das verbarg und lockte, entstand ein murmelnder, lachender, wimmernder und spielerisch erotischer Versammlungsplatz, auch wenn Rosenborg bald von Frederiksbergs Park übertroffen wurde, der nachts nur teilweise beleuchtet war.

Drei Abende in der Woche war dieser Park speziell für maskierte Paare geöffnet. Das Recht des Volks auf Maskeraden war proklamiert worden, und zwar in öffentlichen Parks und nachts. In Wirklichkeit bedeutete dies das Recht, im Schutz einer gewissen Anonymität (der Masken) ungehemmt im Freien zu kopulieren.

Maskierte Gesichter, geöffnete Schöße und flüsternde Stimmen. Früher waren die königlichen Parks den Damen des Hofs vorbehalten gewesen, die sie unter ihren Sonnenschirmen unendlich langsam durchquert hatten. Aber jetzt wurden sie der Allgemeinheit geöffnet, und nachts! Nachts!!! Eine Woge von Lust ergoß sich über die ehemals heiligen und geschlossenen Parks. Das überbevölkerte Kopenhagen, in dessen vollgepferchten Slumvierteln jede Lust des Fleisches sich in überbevölkerten Räumen drängte, in denen die Lust hörbar war und sich an der Lust und der Scham der anderen rieb, die zusammengedrängte Kopenhagener Bevölkerung bekam jetzt Zugang zu den neuen königlichen Gärten der Lust.

Parks, Nacht, Samen, Duft von Lust.

Es war liederlich, anstößig, irrwitzig erregend, und alle wußten, dies war die Ansteckung der Sünde, die von der königlichen Hurerei ausging. Im Grunde hatten Struensee und die Königin die Schuld. Wie empörend! Wie verlockend!!! Aber wie lange??? Es war, als liege ein schwerer, gehetzter und keuchender Atem über Kopenhagen: die Zeit! bald abgelaufen!!!

Es galt, die Gelegenheit zu nutzen. Bevor die Strafen, Verbote und die rechtmäßige Empörung wieder an die Reihe kamen. Es war wie eine Jagd nach der Zeit. Bald würde die Liederlichkeit von einem strafenden Brand ausgelöscht werden.

Aber bis dahin! diese kurzen Wochen!! bis dahin!!!

Brandts Flötenspiel gab den Ton an. Fort waren die Verbote des alten pietistischen Regimes gegen Bälle, Schauspiele und Konzerte an Samstagen und Sonntagen, in der Fasten- und der Adventszeit. Wann war überhaupt etwas erlaubt gewesen? Wie durch einen Zauberschlag waren die Verbote verschwunden.

Und in den Parks jetzt diese Schatten, Körper, Masken, diese Lust; und über allem eine geheimnisvolle Flöte.

2.

Brandt war drei Tage später als die anderen nach Hirschholm gekommen und hatte zu seinem Entsetzen erfahren, daß er zum Adjutanten des Königs ausersehen worden war.

Kindermädchen, hatte man gesagt. Er fand sich auf ein Schloß versetzt, auf einer Insel, weit weg von Maskeradenbällen und Theaterintrigen, seine Rolle sollte sein, sich Christians Spiele und sein manisches Geleier anzusehen. All das war sinnlos und weckte seine Wut. Er war trotz allem maître de plaisir! Kulturminister! Was war hieran Kultur? Die königliche Kinderkrippe? Er fand die Ausflüge in die Natur ermüdend. Er fand Struensees und der Königin Liebe frustrierend und bar jeden Interesses für ihn selbst. Er war von der Gesellschaft der italienischen Schauspielerinnen verbannt. Er fand Caroline Mathildes und Struensees Spiele mit dem kleinen Jungen und ihre Bewunderung für das kleine Mädchen lächerlich.

Er vermißte den Hof, Kopenhagen, das Theater. Seine Aufgabe war es, dem König Gesellschaft zu leisten, dessen Verhalten grotesk war, wie immer. Er war der Wächter eines geisteskranken Monarchen.

Er hatte höhere Ambitionen. Es kam zu einem Konflikt.

Im Vergleich mit den Konsequenzen, die das Ereignis hatte, war das, was geschah, eine komische Bagatelle.

Eines Tages am Mittagstisch der Königin hatte der König, der sich am Tischgespräch nicht beteiligte, sondern seiner Gewohnheit gemäß vor sich hinmurmelte, sich plötzlich erhoben und mit einem eigenartig gekünstelten Tonfall, als sei er ein Schauspieler auf einer Bühne, auf Brandt gezeigt und gerufen:

»Ich werde Ihnen jetzt eine ordentliche Abreibung mit dem Stock geben, eine Tracht Prügel, weil Sie es verdienen! Ich spreche mit Ihnen, Graf Brandt, haben Sie verstanden?«

Es wurde sehr still; einen Augenblick später hatten die Königin und Struensee König Christian beiseite gezogen und auf ihn eingeredet, doch ohne daß die anderen hören konnten, was gesagt wurde. Der König war daraufhin in Tränen ausgebrochen. Er hatte dann mit Gesten, aber immer noch vom Weinen geschüttelt, seinen alten Lehrer Reverdil gerufen; sie waren gemeinsam ins Vorzimmer gegangen, wo Reverdil den König beruhigt und ihn getröstet hatte. Vielleicht hatte er Christian auch unterstützt und ermuntert, weil Reverdil Brandt immer verachtet hatte und vielleicht der Meinung war, Christians Ausfall sei auf irgendeine Weise ein Wort zur rechten Zeit gewesen.

Auf jeden Fall hatte Reverdil den König nicht zurechtgewiesen, wofür er später kritisiert wurde.

Die übrigen an der Tafel hatten beschlossen, dem König jetzt eine Lektion zu erteilen, um ähnlich verletzende Auftritte in Zukunft zu verhindern. Struensee hatte dem König mit Strenge klar gemacht, daß Brandt eine Entschuldigung und Genugtuung verlange, weil er öffentlich gekränkt worden sei.

Der König hatte nur mit den Zähnen geknirscht, mit den Händen seinen Körper betastet und sich geweigert.

Später, nach dem Abendessen, war Brandt ins Zimmer des Königs gegangen. Er hatte Moranti und Phebe, der Zofe der Königin, die mit ihm spielten, befohlen, das Zimmer zu verlassen. Dann hatte er die Tür geschlossen und den König gefragt, welche Waffe er wähle in dem Duell, das jetzt ausgetragen werden müsse.

Der König hatte nur erschrocken und in Todesangst den Kopf geschüttelt, worauf Brandt sagte, daß die Fäuste wohl genügten. Da hatte Christian, der sich oft mit spielerischen Ringkämpfen vergnügte, geglaubt, er könne auf diese eher scherzhafte Weise davonkommen, aber Brandt war von einer völlig unbegreiflichen und überraschenden Wut gepackt worden, hatte Christian mitleidslos niedergeschlagen und dem schluchzenden Monarchen Beschimpfungen an den Kopf geworfen. Es war zu einem Ringkampf auf dem Boden gekommen; und als Christian sich mit den Händen zu wehren versuchte, hatte Brandt ihn in einen Zeigefinger gebissen, daß er blutete.

Brandt hatte danach den schluchzenden König auf dem Fußboden zurückgelassen, war zu Struensee hineingegangen und hatte gesagt, er habe Genugtuung bekommen. Die in aller Hast herbeigerufenen Hofleute hatten Christians Finger verbunden.

Struensee hatte allen verboten, hierüber etwas nach außen zu tragen. Die offizielle Darstellung sollte sein, falls jemand fragte, daß das Leben des Königs nicht in Gefahr gewesen sei, daß Graf Brandt nicht versucht habe, den König zu töten, daß spielerische Ringkämpfe eine Gewohnheit des Königs seien, daß diese eine nützliche Übung für die Glieder seien; aber man sollte strengstes Stillschweigen über den Vorfall bewahren.

Zur Königin hatte Struensee jedoch sehr bedrückt gesagt:

»In Kopenhagen wird das Gerücht verbreitet, wir wollten den König töten. Wenn sich diese Sache herumspricht, sieht es schlecht aus. Ich begreife diesen Brandt nicht.«

Am nächsten Tag wurde Brandt als erster Adjutant durch Reverdil ersetzt und bekam mehr Zeit für sein Flötenspiel. Reverdil hatte deshalb keine Zeit, an seinem Plan für die Aufhebung der Leibeigenschaft der Bauern zu arbeiten. Mehr Zeit fürs Flötenspiel, auf Kosten der Politik.

Brandt vergaß die Episode bald.

Er sollte später Veranlassung bekommen, sich an sie zu erinnern.

3.

Der Herbst kam spät in diesem Jahr; die Nachmittage waren still, und man machte Spaziergänge, trank Tee und wartete.

Damals vor einem Jahr, im vorletzten Spätsommer im Ascheberger Park, war alles so verzaubernd gewesen und neu; jetzt versuchte man, das Gefühl zu rekonstruieren. Es war, als wolle man eine Glocke aus Glas über Hirschholm und den Sommer stülpen: man ahnte, daß dort draußen im Dunkel, in der dänischen Wirklichkeit, die Zahl der Feinde wuchs. Nein, man wußte. Die Feinde waren mehr als in jenem Spätsommer im Ascheberger Park, wo noch Unschuld gewesen war. Jetzt war es, als befänden sie sich auf einer Bühne, und der

Lichtkegel um sie verengte sich; die kleine Familie im Licht, und um sie herum ein Dunkel, in das sie nicht hinaus wollten.

Die Kinder waren das Wichtigste. Der Junge war drei Jahre alt, und Struensee führte in der Praxis alle theoretischen Prinzipien für die Kindererziehung durch, die er zuvor formuliert hatte; Gesundheit, natürliche Kleider, Bäder, Leben an der frischen Luft und natürliches Spiel. Das kleine Mädchen sollte bald folgen. Noch war sie zu klein. Sie war lieb. Das kleine Mädchen war liebreizend. Sie zog die Bewunderung aller auf sich. Das kleine Mädchen war jedoch, das wußten alle, aber niemand sagte es, der eigentliche Kernpunkt, gegen den sich der dänische Haß auf Struensee richtete.

Das Hurenkind. Man erhielt ja Berichte. Alle schienen es zu wissen.

Struensee und die Königin saßen häufig in dem schmalen Gartenstreifen vor dem linken Flügel des Schlosses, wo Gartenmöbel und Sonnenschirme aufgestellt waren. Sie konnten weit in den Park auf der anderen Seite hineinsehen. Eines Abends betrachteten sie in der Entfernung König Christian, wie immer in Gesellschaft Morantis und des Hundes; wie Christian, jenseits des Wassers wandernd, damit beschäftigt war, Statuen umzustoßen.

Es war im hinteren Teil des Gartens. Die Statuen waren die ständigen Objekte seiner Wut oder seiner Scherzlaunen. Man hatte versucht, sie mit Seilen zu befestigen, so daß sie nicht umgestoßen werden konnten, doch es hatte nicht funktioniert. Es war sinnlos. Man mußte sie nach den Verwüstungszügen des Königs wieder aufrichten, ohne auch nur zu versuchen, Schäden und abgeschlagene Teile zu reparieren: Deformationen, die entstanden waren, wenn der König von Melancholie befallen wurde.

Struensee und die Königin hatten lange dagesessen und wortlos seinen Kampf mit den Statuen betrachtet.

All das war ihnen jetzt wohlbekannt.

»Wir sind hieran gewöhnt«, hatte Caroline Mathilde gesagt, »aber wir dürfen das niemanden außerhalb des Hofs sehen lassen.«

»Alle wissen es doch.«

»Alle wissen es, aber es darf nicht darüber gesprochen werden«, hatte Caroline Mathilde gesagt. »Er ist krank. Man sagt in Kopenhagen, die Königinwitwe und Guldberg planten, ihn in ein Asyl zu bringen. Aber dann ist Schluß mit uns beiden.«

»Schluß?«

»Heute stürzt dieser von Gott Auserwählte Statuen um. Morgen stürzt er uns um.«

»Das tut er nicht«, hatte Struensee gesagt. »Aber ohne Christian bin ich nichts. Wenn es zum dänischen Volk durchdringt, daß Gottes Erwählter nur ein Irrer ist, dann kann er nicht mehr seinen Arm ausstrecken und auf mich zeigen und sagen: DU! DU! Sollst mein Arm sein, und meine Hand, und DU sollst eigenhändig und alleinherrschend Dekrete und Gesetze unterzeichnen. Er überträgt seine Erwähltheit. Kann er das nicht, dann bleibt nur ...«

»Der Tod?«

»Oder die Flucht.«

»Lieber der Tod als die Flucht«, hatte die Königin da nach einer Weile des Schweigens gesagt.

Lautes Lachen schallte über das Wasser herüber. Moranti jagte jetzt den Hund.

»Ein so schönes Land«, hatte sie gesagt. »Und so häßliche Menschen. Haben wir noch Freunde?«

»Ein oder zwei«, hatte Struensee erwidert. »Ein oder zwei.«

»Ist er wirklich wahnsinnig«, hatte sie gefragt.

»Nein«, hatte Struensee geantwortet. »Aber er ist kein Mensch aus einem Guß.«

»Wie furchtbar das klingt«, hatte sie gesagt. »Ein Mensch aus einem Guß. Wie ein Monument.«

Er antwortete nicht. Da hatte sie hinzugefügt:

»Aber bist *du* das?«

Sie hatte begonnen, bei Struensee zu sitzen, wenn er arbeitete.

Zuerst glaubte Struensee, sie wolle in seiner Nähe sein. Dann erkannte er, daß es seine Arbeit war, die sie interessierte.

Er mußte ihr erklären, was er schrieb. Zuerst tat er es mit einem Lächeln. Dann, als er erkannt hatte, mit welch großem Ernst sie bei der Sache war, gab er sich Mühe. Eines Tages war sie mit einer Liste von Personen zu ihm gekommen, die sie entlassen wollte; zuerst hatte er gelacht. Dann erklärte sie es ihm. Und er verstand. Nicht Haß, oder Neid lagen der Liste zugrunde. Sie hatte eine Beurteilung der Machtstruktur vorgenommen.

Ihre Analyse erstaunte ihn. Er glaubte, ihre sehr klare, sehr brutale Betrachtungsweise der Machtmechanismen sei am englischen Hof entstanden. Nein, hatte sie gesagt, ich habe in einem Kloster gelebt. Wo hatte sie das alles gelernt? Sie war keine von denen, die Brandt verächtlich »weibliche Intriganten« zu nennen pflegte. Struensee begriff, daß sie eine andere Art von Zusammenhängen sah als er selbst.

Der Traum von der guten, auf Gerechtigkeit und Vernunft gebauten Gesellschaft war seiner. Sie war besessen von den Instrumenten. Die Handhabung der Instrumente nannte sie »das große Spiel«.

Wenn sie von dem großen Spiel sprach, verspürte er Unbehagen. Er wußte, weshalb. Es war der Ton der Gespräche von damals, unter den sehr brillanten Aufklärern in Altona, als er begriffen hatte, daß er nur ein Arzt war, und geschwiegen hatte.

Er hörte zu und schwieg auch jetzt.

Eines Abends hatte sie ihn beim Vorlesen aus Holbergs *Moralischen Gedanken* unterbrochen und gesagt, dies seien doch nur Abstraktionen.

Alle diese Prinzipien seien richtig, aber er müsse die Instrumente verstehen. Er müsse die Mechanismen sehen, er sei naiv. Sein Herz sei allzu rein. Die mit dem reinen Herzen seien zum Untergang verurteilt. Er habe es nicht verstanden, den Adel zu gebrauchen. Er müsse die Feinde spalten. Die Stadt Kopenhagen ihrer administrativen Selbständigkeit zu berauben sei dumm und schaffe unnötige Feinde; er hatte sie nur verwirrt und schweigend angestarrt. Die Reformen, meinte sie, müßten sowohl gegen etwas als auch auf etwas hin gerichtet sein. Seine Dekrete flossen ihm aus der Feder, aber sie entbehrten eines Plans.

Er müsse sich seine Feinde wählen, hatte sie gesagt.

Er kannte den Ausdruck schon. Hatte ihn schon gehört. Er hatte gestutzt und gefragt, ob sie mit Rantzau gesprochen habe. »Ich erkenne den Ausdruck wieder«, hatte er gesagt. »Er ist nicht aus der Luft gegriffen.«

»Nein«, hatte sie geantwortet. »Aber vielleicht hat er das gleiche gesehen wie ich.«

Struensee fühlte sich verwirrt. Der englische Gesandte Keith hatte Brandt gegenüber geäußert, es sei ihm wohl bekannt, daß »Ihre Majestät die Königin jetzt uneingeschränkt durch den Minister regiert«. Brandt hatte es weitergetragen. War das eine Wahrheit, die er verdrängt hatte? Eines Tages hatte er ein Dekret ausgefertigt, daß die Kirche in der Amaliegade ausgeräumt und in ein Frauenkrankenhaus umgewandelt werden sollte; und er hatte fast nicht gemerkt, daß es ihr Vorschlag war. Es war ihr Vorschlag, und er hatte ihn formuliert und unterschrieben und geglaubt, es sei sein eigener. Aber es war ihr Vorschlag.

Hatte er Überblick und Kontrolle verloren? Er war sich nicht sicher. Er hatte es verdrängt. Sie saß ihm gegenüber am Schreibtisch, hörte zu und kommentierte.

Ich muß dich das große Spiel lehren, pflegte sie dann und wann zu ihm zu sagen, weil sie wußte, daß er den Ausdruck verabscheute. Er hatte sie daraufhin eines Tages, scheinbar scherzhaft, an ihren Wahlspruch erinnert: »O keep me innocent, make others great.«

»Das war damals«, hatte sie gesagt. »Das war im früher. Das ist so lange her.«

»Im früher«, pflegte sie oft zu sagen, in ihrer eigenartigen Sprache.

Es gab vieles, das »im früher« war.

4.

Wie unendlich still das Schloß geworden war. Es war, als sei die Stille des Schlosses, des Sees und des Parks zu einem Teil von Struensees innerer Stille geworden.

Er saß häufig am Bett des kleinen Mädchens, wenn es schlief, und sah in sein Gesicht. So unschuldig, so schön. Wie lange würde dies dauern?

»Was ist mit dir?« hatte Caroline Mathilde eines Abends ungeduldig zu ihm gesagt. »Du bist so still geworden.«

»Ich weiß nicht.«

»Du weißt nicht?!!«

Er hatte es nicht erklären können. Hiervon hatte er geträumt, alles verändern zu können, alle Macht zu haben; aber jetzt war das Dasein so flau geworden. Vielleicht war es so, zu sterben. Einfach aufzugeben und die Augen zu schließen.

»Was ist mit dir?« hatte sie wiederholt.

»Weiß nicht. Manchmal sehne ich mich danach, nur zu schlafen. Nur einzuschlafen. Zu sterben.«

»Träumst du davon zu sterben?« hatte sie mit einer Schärfe in ihrer Stimme gesagt, die er noch nicht kannte. »Aber ich tue das nicht. Ich bin noch jung.«

»Ja, verzeih.«

»Ich habe faktisch«, hatte sie mit verhaltener Wut gesagt, »gerade erst angefangen zu leben!!!«

Er hatte nicht antworten können.

»Ich verstehe mich nicht auf dich«, hatte sie da gesagt.

Es war an diesem Tag zu einer leichten Mißstimmung zwischen ihnen gekommen, die sich jedoch verflüchtigte, als sie sich in die Schlafkammer der Königin zurückzogen.

Sie hatten sich geliebt.

Wenn sie sich in diesem späten Sommer liebten, wurde er danach oft von einer unbegreiflichen Unruhe ergriffen. Er wußte nicht, was es war. Er verließ das Bett, zog die Vorhänge auseinander und blickte über das Wasser. Er hörte eine Flöte und wußte, es war Brandt. Warum wollte er immer hinaussehen, und fort, wenn sie sich geliebt hatten? Er wußte es nicht. Die Nase gegen die Fensterscheibe; war er ein Vogel, der hinauswollte? So durfte es nicht sein. Er mußte es vollenden.

Nur noch ein oder zwei Freunde. Ein oder zwei. Flucht oder Tod. Herr Voltaire war auch naiv gewesen.

»Woran denkst du?« hatte sie gefragt.

Er hatte nicht geantwortet.

»Ich weiß«, hatte sie gesagt. »Du bist stolz auf dich. Du weißt, daß du ein phantastischer Liebhaber bist. Daran denkst du.«

»Manche können es«, hatte er sachlich gesagt. »Ich habe es immer gekonnt.«

Zu spät hörte er, was er selbst gesagt hatte, und bereute es. Aber sie hatte es gehört und den Sinn verstanden und zuerst nicht geantwortet. Dann hatte sie gesagt:

»Du bist der einzige, den ich gehabt habe. Also habe ich keine Vergleichsmöglichkeit. Das ist der Unterschied.«

»Ich weiß.«

»Abgesehen von dem Geisteskranken. Das vergaß ich. Auf gewisse Weise liebe ich ihn, weißt du das?«

Sie betrachtete seinen Rücken, um zu sehen, ob er verletzt war, aber sie konnte nichts sehen. Sie hoffte, daß er verletzt sein würde. Es wäre so lustig, wenn er verletzt wäre.

Keine Antwort.

»Er ist nicht so vollendet wie du. Nicht so phantastisch. Er war kein so schlechter Liebhaber, wie du glaubst. Bist du jetzt verletzt? Er war wie ein Kind, damals. Es war beinah ... erregend. Bist du verletzt?«

»Ich kann gehen, wenn du willst.«

»Nein.«

»Doch, ich will gehen.«

»Wenn ich will, daß du gehst«, hatte sie in dem gleichen leisen, freundlichen Ton gesagt, »dann willst du gehen. Nicht vorher. Keinen Augenblick vorher.«

»Was willst du? Ich höre doch an deiner Stimme, daß etwas ist.«

»Ich will, daß du herkommst.«

Er blieb stehen und wußte, daß er sich nicht bewegen wollte, aber daß er es vielleicht dennoch tun würde.

»Ich will wissen, woran du denkst«, hatte sie nach einem langen Schweigen gesagt.

»Ich denke«, sagte er, »daß ich früher glaubte, ich hätte die Kontrolle. Jetzt glaube ich das nicht mehr. Wo ist das hin?«

Sie antwortete nicht.

»Herr Voltaire, mit dem ich auch korrespondiert habe«, begann er, »Herr Voltaire, er glaubte, ich könnte der Funke sein. Der einen Präriebrand entzündet. Wo ist das hin?«

»Du hast ihn in mir entzündet«, sagte sie. »In mir. Und jetzt werden wir zusammen brennen. Komm.«

»Weißt du«, hatte er da erwidert, »weißt du, daß du stark bist? Und manchmal habe ich Angst vor dir.«

5.

Am besten war es, wenn Christian ungestört spielen konnte.

Diejenigen, die ungestört spielen konnten, waren Christian, der Negerpage Moranti, die kleine Phebe und der Hund. Sie spielten in der Schlafkammer des Königs. Das Bett war sehr breit, sie hatten alle vier darauf Platz. Christian hatte ein Laken um Moranti gewickelt, das diesen ganz verbarg, und sie spielten Hof.

Moranti war der König. Er sollte eingewickelt am Kopfende des Betts sitzen, und sein Gesicht sollte ganz verhüllt sein, er sollte eingewickelt sein wie in einen Kokon, und am Fußende saßen Christian, Phebe und der Hund. Sie sollten den Hof darstellen und sich anreden und befehlen lassen.

Moranti erteilte Order und Befehle. Der Hof verbeugte sich.

Es machte solchen Spaß. Sie hatten alle die Perücken und die Kleider abgeworfen und saßen nur in ihrer spitzenverzierten Unterwäsche da.

Von dem ins Laken Gewickelten kamen dumpfe Worte und Befehle. Der Hof verbeugte sich dann auf eine so lächerliche Weise. Alles war so lustig.

So war es, wenn es am schönsten war.

Am 17. September, als Christian und seine Spielkameraden am Tage »Der König und der lächerliche Hof« gespielt hatten, traf ein Kurier aus Kopenhagen in Hirschholm ein und brachte eine Sendung aus Paris mit.

Sie enthielt ein Huldigungsgedicht von Herrn Voltaire an König Christian VII. Es sollte später als Epistel 109 veröffentlicht werden, sehr berühmt werden und in vielen Sprachen erscheinen. Aber jetzt war das Gedicht mit der Hand geschrieben, es hatte 137 Verse, und sein Titel lautete »Über die Pressefreiheit«.

Aber es war an Christian gerichtet und war ein Huldigungsgedicht an ihn. Voltaire war von der Mitteilung erreicht worden, daß der dänische König in seinem Land die Meinungsfreiheit eingeführt hatte, dies war der Anlaß für das Gedicht. Er konnte kaum wissen, daß Christian in einen anderen großen Traum hinübergeglitten war, der nicht von Freiheit handelte, sondern von Flucht, daß der Junge, der mit seinen kleinen, lebendigen Puppen spielte, sich der von Struensee durchgeführten Reform kaum bewußt war und daß im übrigen diese neugewonnene Meinungsfreiheit lediglich zu einer Menge von Pamphleten geführt hatte, die von der Reaktion gelenkt und initiiert waren, die inzwischen planmäßig daran arbeitete, Struensee mit Schmutz zu bewerfen. In diesem nunmehr freien Klima griffen die Pamphlete Struensees Liederlichkeit an und gaben den Gerüchten von seinen unzüchtigen Nächten mit der Königin Nahrung.

Dies war nicht der Sinn der neuen Freiheit gewesen, doch hatte Struensee sich geweigert, sie zurückzunehmen. Und deshalb kam diese Flut von Schmutz, die gegen ihn gerichtet war. Und weil Herr Voltaire dies alles nicht wußte, hatte Herr Voltaire ein Gedicht über Christian geschrieben. Das von den Prinzipien handelte, denen Voltaire huldigte, die richtig waren und dem dänischen König Glanz verliehen.

Es wurde ein so schöner Abend auf Hirschholm.

Man hatte veranlaßt, daß Christian seine Spiele abbrach und angekleidet wurde; und dann versammelte man sich zu einem Leseabend. Zuerst hatte Struensee das Gedicht vorgelesen, ihnen allen. Und alle hatten anschließend applaudiert und Christian voll Wärme angesehen, der schüchtern gewesen, aber froh geworden war. Dann war Christian selbst aufgefordert worden, das Gedicht zu lesen. Er hatte zuerst nicht gewollt. Aber dann hatte er nachgegeben und Voltaires Gedicht gelesen, in seinem gepflegten Französisch, langsam und mit seinen speziellen Betonungen.

Monarque vertueux, quoique né despotique,
crois-tu régner sur moi de ton golfe Baltique?
Suis-je un de tes sujets pour me traiter comme eux,
pour consoler ma vie, et me rendre heureux?

Es war so schön geschrieben, Voltaire hatte seiner Freude darüber Ausdruck gegeben, daß es im Norden jetzt erlaubt war, frei zu schreiben, und die Menschheit dankte nun mit seiner Stimme.

Des déserts du Jura ma tranquille vieillesse
ose se faire entendre de ta sage jeunesse;
et libre avec respect, hardi sans être vain,
je me jette à tes pieds, au nom du genre humain.
Il parle par ma voix.

Und so ging das lange, schöne Gedicht weiter, über die Absurdität der Zensur und das Gewicht der Literatur, und daß sie den Machthabern Furcht einjagen konnte, und anderseits über die Hilflosigkeit der Zensur, da sie nie selbst einen Gedanken denken konnte. Und wie unmöglich es war, einen siegenden Gedanken zu töten. *Est-il bon, tous les rois ne peuvent l'écraser!* Wird der Gedanke irgendwo unterdrückt, taucht er dennoch irgendwo anders siegreich wieder auf. Wird er in dem einen Land verabscheut, wird er in dem anderen bewundert.

Qui, du fond de son puits tirant la Vérité,
a su donner une âme au public hébété?
Les livres ont tout fait.

Christians Stimme hatte gezittert, als er zum Schluß gekommen war. Und da hatten sie wieder applaudiert, sehr lange.

Und Christian hatte sich wieder gesetzt, zwischen sie, und er war so glücklich gewesen, und sie hatten ihn mit Wärme betrachtet, fast mit Liebe, und er war so froh gewesen.

Vom Balkon des Schlosses erklangen fast jeden Abend in diesem Sommer Flötentöne.

Es war Brandt, der Flötenspieler.

Es war der Ton von Freiheit und Glück in diesem Sommer. Die Flöte auf Schloß Hirschholm, dem phantastischen Sommerschloß, das nur diesen Sommer lebte. Etwas sollte vielleicht geschehen, aber es geschah noch nicht. Alles wartete. Der Flötenspieler, der letzte der Freunde, spielte für sie alle, aber ohne sie zu sehen.

Der König spielte. Die Königin über das Kind gebeugt, in einer liebevollen Gebärde. Struensee, still und in sich gekehrt, ein Vogel mit den Flügelspitzen gegen das Fenster, ein Vogel, der fast aufgegeben hat.

Kapitel 13

Der Aufstand der Matrosen

1.

Nein, es war nichts Komisches an Voltaires Huldigungsgedicht. Es war eine der schönsten Huldigungen an das freie Wort, die je geschrieben wurden.

Aber gerade an Christian?

Man suchte ja überall nach dem Funken, der den Brand auslösen sollte. Schon 1767 hatte Voltaire ihm geschrieben: »Von jetzt an muß man nach Norden reisen, um zukunftweisende Gedanken zu finden; und wenn meine Gebrechlichkeit und Schwäche mich nicht hinderten, würde ich dem Wunsch meines Herzens folgen, zu Ihnen reisen, und mich Eurer Majestät zu Füßen werfen.«

Voltaire zu Christians Füßen. Aber so war die Lage. So waren die Bedingungen. Die jungen Monarchen im Norden waren verwirrende, aber lockende Möglichkeiten. Auch mit dem schwedischen Kronprinzen, dem zukünftigen König Gustav III., hielten die Enzyklopädisten Kontakt. Gustav wurde von Diderot bewundert, er las alles von Voltaire; die kleinen Königreiche im Norden waren eigentümliche kleine Herde der Aufklärung. Oder konnten es werden.

Worauf konnten die Aufklärungsphilosophen hoffen, in ihrem Exil in der Schweiz oder Sankt Petersburg. Mit ihren verbrannten Büchern und ihren ständig zensierten Werken. Die Meinungsfreiheit und die Pressefreiheit waren ja der Schlüssel.

Und da waren diese sonderbar neugierigen jungen Monarchen in diesen kleinen, zurückgebliebenen Ländern im Norden. Die Meinungsfreiheit war plötzlich in Dänemark eingeführt worden. Warum sollte der ständig bedrohte und verfolgte Herr Voltaire nicht ein desperates und hoffnungsvolles Huldigungsgedicht schreiben?

Er konnte ja nicht wissen, wie die Lage eigentlich war.

2.

Im Herbst 1771 kam die Reaktion. Sie kam in Wellen.

Die erste Welle war der Aufstand der norwegischen Matrosen.

Es begann damit, daß der bucklige, magere schweizerische Informator Reverdil Struensee einen Rat zur Lösung des algerischen Problems gab. Reverdil war trotz allem ein vernünftiger Mensch, pflegte Struensee zu denken. Aber wie die Vernünftigen gebrauchen in diesem Tollhaus? Um die Irren zu bewachen?

Es war ein Fehler gewesen, Reverdil zu Christians Aufpasser zu machen. Aber der König haßte Brandt inzwischen. Jemand mußte auf ihn aufpassen. Was sollte man tun.

Es mußte Reverdil sein.

Reverdil besaß jedoch Kenntnisse über das Tollhaus, die manchmal nützlich sein konnten, so auch in diesem Spätsommer 1771 in Hirschholm. Er erhielt die Aufgabe, »klärend und übersichtlich« über die Probleme im Zusammenhang mit dem algerischen Abenteuer zu referieren und mögliche Lösungen vorzuschlagen. Aber die Probleme um »das algerische Abenteuer« wuchsen in diesen Monaten lawinenartig, es gab keine Klarheit außer der des Tollhauses.

Struensee hatte die Katastrophe ja geerbt. Lange vor seiner Zeit war eine reich ausgerüstete Flotte nach Algier entsandt worden. Krieg war erklärt worden. Die Jahre vergingen. Die Katastrophe war schließlich für alle offensichtlich geworden. Als der Leibarzt zu Besuch kam, war die Katastrophe schon da, er erbte sie. Der klare Schein der Vernunft war durch den der Torheit verdunkelt worden. Und Struensee hatte sich machtlos gefühlt.

Logisch, im Tollhaus, war es erschienen, daß Dänemark Algerien den Krieg erklärt und eine Flotte ins Mittelmeer gesandt hatte. Die Logik war seit langem vergessen, aber es hatte mit dem großen Machtspiel zu tun gehabt, mit der Türkei und Rußland. Logisch war auch gewesen, daß das wahnwitzige Unternehmen scheiterte.

Reverdils Darlegungen in der Angelegenheit – er kannte sie von Anfang an und war glücklich, einige Tage von Christians Gesellschaft befreit zu sein – waren düster. Was tun?!! Neben den versenkten Schiffen, den Verlusten an Mannschaft, den ungeheuren Kosten, die die Staatsschulden in die Höhe zu treiben und alle Reformen zu unterminieren drohten, neben diesem allen war da die Verbitterung darüber, daß diese geerbte Idiotie alles untergraben sollte.

Reverdils klare Analysen waren unerträglich.

Die gegenwärtige Lage war die, daß im Mittelmeer noch ein kleines dänisches Geschwader übrig war, unter dem Kommando von Admiral Hooglandt. Es waren die Reste der stolzen Flotte, die losgesegelt war. Diese Flotte hatte jetzt Order, algerische Korsaren zu verfolgen und auf Verstärkung zu warten. Diese Verstärkung sollte von Kopenhagen abgehen, mußte aber erst gebaut werden. Der Bau sollte auf der Werft von Holmen erfolgen. Dieses neugebaute Geschwader sollte aus großen Linienschiffen sowie Galeassen mit kräftigen Kanonen und Bombenwerfern bestehen, mit denen man Algier bombardieren konnte. Das Geschwader sollte, der Marineführung zufolge, neben Fregatten, Chebecken und Galeassen aus mindestens neun Linienschiffen bestehen.

Um die erforderlichen Schiffe zu bauen, waren sechshundert Matrosen in Norwegen ausgehoben worden. In Erwartung des Startschusses hielten sie sich bereits seit einiger Zeit untätig in Kopenhagen auf. Nach und nach verloren sie die Geduld. Die Löhne blieben aus. Die Huren nahmen ordentliche Preise, und ohne Lohn keine Huren. Kostenloser Schnaps hatte sie nicht besänftigt, sondern schwere Schäden in den Kopenhagener Wirtshäusern verursacht.

Die norwegischen Matrosen waren außerdem sehr königstreu, nannten den dänischen Monarchen von alters her »Väterchen« und hatten in Norwegen gelernt, den Begriff nahezu mythologisch zu benutzen, um ihren lokalen Machthabern mit dem Eingreifen der Zentralmacht zu drohen.

Die norwegischen Matrosen hatten sich über die Berichte empört, daß Väterchen Christian von dem Deutschen Struensee in Gefangenschaft gehalten werde. Die neuen, freigegebenen und üppig florierenden Pamphlete hatten das Ihre dazu beigetragen. Väterchens heiliges Bett war geschändet. Alles eine Katastrophe. Keine Arbeit. Die Huren unwillig. Schließlich hatte der Hunger sich eingestellt. Keine Huren, kein Lohn, keine Arbeit, Väterchen bedroht; die Wut war gewachsen.

Reverdil hatte eindeutig dazu geraten, das algerische Abenteuer abzublasen. Struensee hatte auf ihn gehört. Es würden keine Linienschiffe gebaut werden. Aber die Matrosen waren da und ließen sich nicht nach Norwegen zurückverfrachten.

Sie waren es, mit denen Guldberg in Verbindung gewesen war. Im Oktober beschlossen sie, nach Hirschholm zu marschieren.

Es gab gar keinen Zweifel: Die Berichte waren düster, das Ende schien nahe.

Die Berichte über den Marsch der aufrührerischen Matrosen erreichten Hirschholm unverzüglich. Struensee hatte schweigend zugehört und war anschließend zur Königin hineingegangen.

»In vier Stunden sind sie hier«, hatte er berichtet. »Sie werden uns töten. Wir haben fünfzehn Soldaten, die wir dagegenstellen können, schöne Uniformen, aber nicht viel mehr. Wahrscheinlich sind sie schon geflohen. Niemand wird die Matrosen daran hindern, uns zu töten.«

»Was tun wir«, hatte sie gesagt.

»Wir können nach Schweden fliehen.«

»Das ist feige«, hatte sie erwidert. »Ich habe keine Angst zu sterben, und ich werde nicht sterben.«

Sie hatte ihn mit einem Blick angesehen, der die Spannung zwischen ihnen steigen ließ.

»Ich habe auch keine Angst zu sterben«, hatte er gesagt.

»Wovor hast du denn Angst?«

Er wußte die Antwort, schwieg aber.

Es fiel ihm auf, daß die Worte »Angst« oder »Furcht« jetzt ständig in ihren Gesprächen auftauchten. Da war etwas mit »Furcht«, das mit seiner Kindheit zu tun hatte, weit in der Vergangenheit, »im früher«, wie sie in ihrem eigenartigen Dänisch zu sagen pflegte.

Warum kam das Wort »Furcht« jetzt ständig vor? War es die Erinnerung an das Märchen, das er als Kind gelesen hatte, von dem, der in die Welt zog, um das Fürchten zu lernen?

Es war ein Märchen, er erinnerte sich. Es handelte von einem klugen, intelligenten, humanistischen Menschen, der von seiner Furcht gelähmt wurde. Dieser intelligente Junge hatte einen Bruder. Was war mit dem Bruder? Der Bruder war dumm und handlungstüchtig. Aber er kannte keine Furcht. Ihm fehlte die Fähigkeit, sich zu fürchten. Er war der Held des Märchens. Er zog aus, um das Fürchten zu lernen, aber nichts konnte ihm einen Schrecken einjagen.

Er war unverwundbar.

Was war »Furcht«? War es die Fähigkeit zu sehen, was möglich war und was unmöglich? Waren es die Fühlhörner, waren es die Warnsignale in seinem Inneren, oder war es der lähmende Schrecken, von dem er ahnte, daß er alles zerstören würde?

Er hatte gesagt, er habe keine Angst zu sterben. Und er sah sogleich, daß sie wütend wurde. Sie glaubte ihm nicht, und in ihrem Mißtrauen lag ein gewisses Maß an Verachtung.

»Eigentlich sehnst du dich danach«, hatte sie da, sehr überraschend, zu Struensee gesagt. »Aber ich will nicht sterben. Ich bin zu jung, um zu sterben. Und ich sehne mich nicht danach. Und ich habe nicht aufgegeben.«

Er fand das ungerecht. Und er wußte, daß sie an einen Schmerzpunkt gerührt hatte.

»Wir müssen uns schnell entscheiden«, hatte er gesagt, weil er nicht antworten wollte.

Nur Menschen aus einem Guß konnten keine Furcht fühlen. Der dumme Bruder, der keine Furcht kannte, besiegte die Welt.

Der reinherzige war zum Untergang verdammt.

Sie hatte einen schnellen Entschluß für sie beide gefällt.

»Wir bleiben hier«, sagte sie kurz. »Ich bleibe hier. Die Kinder bleiben hier. Du tust, was du willst. Flieh nach Schweden, wenn du willst. Eigentlich willst du jetzt schon ziemlich lange fliehen.«

»Das ist nicht wahr.«

»Dann bleib.«

»Sie werden uns ermorden.«

»Aber nein.«

Sie hatte dann das Zimmer verlassen, um den Empfang der aufrührerischen Matrosen zu planen.

3.

Später dachte Struensee, daß dies die größte Erniedrigung war, die er je erlebt hatte. Nichts von allem, was nachher geschah, war so entsetzlich gewesen.

Alles war ja so glatt gegangen.

Königin Caroline Mathilde war mit ihrem Gefolge über die Brücke gegangen und hatte auf der Landseite der Brücke die aufrührerischen Matrosen begrüßt. Sie hatte zu ihnen gesprochen. Sie hatte einen überwältigend charmanten und bezaubernden Eindruck gemacht. Sie hatte ihnen warm für ihre freundliche Aufwartung gedankt und auf König Christian gezeigt, der stumm drei Schritte hinter ihr stand, zitternd vor Angst, aber vollkommen still und ohne seine üblichen Spasmen oder Gebärden; sie hatte in seinem Namen um Nachsicht dafür gebeten, daß seine Halsschmerzen und das starke Fieber ihn daran hinderten, zu ihnen zu sprechen.

Sie hatte Struensee mit keinem Wort erwähnt, war aber sehr entzückend gewesen.

Sie hatte sie der Gunst und des Wohlwollens der Majestät versichert und die böswilligen Gerüchte, die besagten, daß die Schiffe nicht gebaut werden sollten, mit Nachdruck zurückgewiesen. Der König habe schon vor drei Tagen beschlossen, daß auf der Werft von Holmen zwei neue Linienschiffe gebaut werden sollten, um die Flotte gegen die Feinde des Reichs zu stärken, alles andere sei Lüge. Sie hatte bedauert, daß die Auszahlung der Löhne sich verzögert habe, hatte ihren Hunger und Durst nach der langen Wanderung angesprochen, erklärt, man habe in den Vorratshäusern jetzt eine Stärkung vorbereitet, Eber am Spieß und Bier, ihnen eine gute Mahlzeit gewünscht und ihnen versichert, es sei ihr größter Wunsch, das schöne Norwegen mit seinen, wie es heiße, »hinreißenden« Tälern und Bergen zu besuchen, von denen sie schon früher soviel habe erzählen hören.

Oder »im früher«, wie sie es ausgedrückt hatte.

Die Matrosen hatten ein kräftiges Hurra auf das Königspaar ausgebracht und waren zur Stärkung übergegangen.

»Du bist nicht gescheit«, hatte er zu ihr gesagt. »Zwei neue Linienschiffe, es ist kein Geld da, es reicht kaum für ihre Löhne. Das ist alles aus der Luft gegriffen, es ist unmöglich. Du bist nicht gescheit.«

»Ich bin gescheit«, hatte sie da erwidert. »Und ich werde immer gescheiter.«

Er hatte dagesessen und das Gesicht in den Händen verborgen.

»Ich habe mich noch nie so erniedrigt gefühlt«, hatte er gesagt. »Mußt du mich erniedrigen.«

»Ich erniedrige dich nicht«, hatte sie geantwortet.

»Doch, das tust du«, hatte er gesagt.

Vom Strand auf der anderen Seite hörten sie das wilde

Gebrüll der immer betrunkener werdenden aufrührerischen norwegischen Matrosen, die jetzt nicht mehr aufrührerisch waren, sondern königstreu. Struensee hatten sie nicht gesehen. Vielleicht gab es ihn nicht. Es würde eine lange Nacht werden. Bier gab es reichlich, morgen würden sie umkehren, der Aufruhr war niedergeschlagen.

Da hatte sie sich zu ihm gesetzt und langsam über sein Haar gestrichen.

»Aber ich liebe dich doch«, hatte sie geflüstert. »Ich liebe dich so phantastisch. Aber ich habe vor, nicht aufzugeben. Nicht zu sterben. Uns nicht aufzugeben. Es ist nur das. Nur nur das. Nur das. Ich habe nicht vor, uns aufzugeben.«

4.

Guldberg hatte die Information über den Ausgang des Aufstands der Königinwitwe übermittelt, die mit steinernem Gesicht zuhörte, und dem Erbprinzen, der sabberte wie gewöhnlich.

»Sie sind gescheitert«, hatte sie zu Guldberg gesagt. »Und vielleicht ist uns eine Fehleinschätzung unterlaufen. Die kleine englische Hure ist härter, als wir angenommen haben.«

Es gab nicht viel zu sagen, Guldberg hatte lediglich ausweichend bemerkt, daß Gott auf ihrer Seite sei und ihnen sicher beistehen werde.

Sie hatten lange schweigend dagesessen. Guldberg hatte die Königinwitwe angesehen, und wieder einmal war er erschüttert über ihre unfaßbare Liebe zu ihrem Sohn, den sie stets an der Hand hielt, als wolle sie ihn nicht freilassen. Es war unfaßbar, aber sie liebte ihn. Und sie meinte wirklich, mit einer kühlen Verzweiflung, die ihn erschreckte, daß dieser zurückgebliebene Sohn der von Gott Auserkorene werden, daß ihm alle Macht über dieses Land gegeben werden sollte, daß es möglich wäre, von seinem geringen Äußeren, seinem deformierten Kopf, seinem Schütteln, seinen lächerlichen eingeübten Phrasen, seinen Pirouetten abzusehen; es war, als sehe sie vollständig von diesem Äußeren ab und sehe ein inneres Licht, das bisher daran gehindert worden war, hervorzutreten.

Sie sah Gottes Licht in dieser unansehnlichen Schale leuchten, daß er von Gott auserkoren war und daß ihre Aufgabe lediglich darin bestand, den Weg zu bereiten. So daß das Licht hervorbrechen konnte. Und als habe sie Guldbergs Gedanken gehört und verstanden, streichelte sie die Wange des Erbprinzen, fand sie klebrig, holte ein Spitzentaschentuch hervor, wischte ihm den Sabber vom Kinn und sagte:

»Ja. Gott wird uns beistehen. Und ich sehe Gottes Licht auch in seiner geringen Gestalt.«

Guldberg rang nach Atem, heftig. Gottes Licht in dieser geringen Gestalt. Sie hatte von ihrem Sohn gesprochen. Aber er wußte, daß es auch für ihn galt. Die Letzten, die Geringsten, sie trugen Gottes Licht in sich. Er hatte nach Atem gerungen, es klang wie ein Schluchzen; doch das konnte es ja nicht sein.

Er ermannte sich. Und dann begann er, die zwei Pläne darzulegen, die er sich ausgedacht hatte und die ausprobiert werden sollten, nacheinander, wenn der Aufstand der Matrosen fehlschluge, was leider schon geschehen war, so daß dann die Geringsten und Unansehnlichsten, die jedoch Gottes inneres Licht besaßen, ihren Kampf für die Reinheit fortsetzen würden.

5.

Rantzau wurde am gleichen Abend nach Hirschholm gesandt, um den kleinen Plan ins Werk zu setzen, der dem Aufruhr der norwegischen Matrosen folgen sollte.

Er war sehr einfach; Guldberg meinte, daß die einfachen Pläne zuweilen erfolgreich sein konnten, da sie sehr wenige

Personen umfaßten, keine großen Truppenkonzentrationen, keine Massen, nur einige wenige Auserwählte.

Der einfache Plan umfaßte Struensees zwei Freunde Rantzau und Brandt.

Sie hatten sich heimlich in einem Wirtshaus zwei Kilometer von Hirschholm entfernt getroffen. Rantzau hatte erklärt, die Lage sei kritisch, man müsse handeln. Das Verbot gegen das private Schnapsbrennen mochte klug erscheinen, war aber dumm. Die Menschen demonstrierten jetzt auf den Straßen. Es war nur eine Zeitfrage, wann Struensee gestürzt würde. Chaos herrschte, Pamphlete überall, Satiren, Hohn gegen Struensee und die Königin. Es brodelte überall.

»Er glaubt, der Mann des Volks zu sein«, hatte Brandt verbittert gesagt, »und sie hassen ihn. Alles hat er für sie getan, und sie hassen ihn. Das Volk frißt seinen Wohltäter. Trotzdem verdient er es. Er wollte alles auf einmal.«

»Die Ungeduld der guten Menschen«, hatte Rantzau geantwortet, »ist schlimmer als die Geduld der Bösen. Alles, alles! habe ich ihm beigebracht. Aber dies nicht.«

Rantzau erläuterte dann den Plan. Brandt sollte dem König mitteilen, Struensee und die Königin hätten die Absicht, ihn zu töten. Er müsse deshalb gerettet werden. Der König war der Schlüssel. Befand er sich erst in Kopenhagen, außerhalb von Struensees Kontrolle, wäre das Übrige einfach.

»Und dann?«

»Dann muß Struensee sterben.«

Am folgenden Tag war der Plan mißlungen; was geschah, war so absurd und komisch, daß niemand mit dieser Entwicklung hatte rechnen können.

Was geschah, war folgendes.

Der König hatte gegen fünf Uhr am Nachmittag einen unerklärlichen Wutausbruch bekommen, war auf die Brücke zum Festland gerannt und hatte gerufen, er wolle sich ertränken; als Struensee gelaufen kam, war Christian plötzlich auf die Knie gefallen, hatte Struensees Beine umfaßt und weinend gefragt, ob es wahr sei, daß er sterben müsse. Struensee hatte versucht, ihn zu beruhigen, indem er ihm über die Stirn und den Kopf streichelte, aber Christian war nur noch angstlicher geworden und hatte gefragt, ob es wahr sei.

»Was meinen Sie, Majestät?« hatte Struensee gefragt.

»Ist es wahr, daß Sie mich töten wollen?« hatte der König wimmernd gefragt. »Sind Sie nicht einer Der Sieben? Antworten Sie mir, sind Sie nicht einer Der Sieben?«

So hatte es angefangen. Die beiden hatten draußen auf der Brücke gestanden. Und der König hatte ihn beim Namen genannt, ein übers andere Mal.

»Struensee?« hatte er geflüstert. »Struensee Struensee Struensee?«

»Was ist, mein Freund?« hatte Struensee gesagt.

»Ist es wahr, was Brandt mir anvertraut hat?«

»Was hat er Ihnen anvertraut?«

»Er will mich heimlich nach Kopenhagen bringen. Nach Einbruch der Dunkelheit. Heute abend. Um zu verhindern, daß Sie mich töten. Dann wollen sie Sie töten. Ist es wahr, daß Sie mich töten wollen?«

So war es dazu gekommen, daß der kleine, sehr einfache Plan fehlgeschlagen war. Sie hatten nicht gewußt, daß Struensee zu Den Sieben gehörte. Sie hatten auch einen anderen Zusammenhang nicht gekannt; deshalb waren sie gescheitert, deshalb hatten sie ihre Einfältigkeit gezeigt, deshalb hatte der Wille des Königs ihren Anschlag vereitelt.

Nur Struensee hatte es verstanden, doch erst, nachdem er gefragt hatte.

»Warum erzählen Sie es mir, wenn Sie glauben, daß ich Sie töten will?«

Da hatte Christian nur gesagt:

»Brandt war Stiefel-Caterines Feind. Er hat sie verleumdet. Und sie ist die Herrscherin des Universums. Deshalb hasse ich ihn.«

So ging es zu, als der zweite Plan fehlschlug.

Er beorderte Brandt zum Verhör, und dieser gestand sofort.

Brandt war, ohne dazu aufgefordert worden zu sein, auf die Knie gefallen.

Das war die Situation in dem Gemach links von Struensees Arbeitszimmer auf Schloß Hirschholm gewesen. Es war ein Tag spät im November: Brandt hatte mit gesenktem Kopf gekniet, und Struensee hatte ihm den Rücken zugewandt, als bringe er es nicht über sich, die Lage, in der sein Freund sich befand, mitanzusehen.

»Ich sollte dich töten lassen«, hatte er gesagt.

»Ja.«

»Die Revolution frißt ihre Kinder. Aber wenn sie auch dich frißt, habe ich keinen einzigen Freund mehr.«

»Nein.«

»Ich will dich nicht töten.«

Ein langes Schweigen war gefolgt; Brandt hatte immer noch gekniet, und gewartet.

»Die Königin«, hatte Struensee schließlich gesagt, »will sobald wie möglich nach Kopenhagen zurückkehren. Keiner von uns macht sich große Hoffnungen, aber sie will zurückkehren. Die Königin wünscht es. Ich habe keinen anderen Wunsch. Kommst du mit uns?«

Brandt antwortete nicht.

»Wie still es um uns her geworden ist«, hatte Struensee da gesagt. »Du kannst uns verlassen, wenn du willst. Du kannst gehen ... zu Guldberg. Und Rantzau. Und ich werde dir keine Vorwürfe machen.«

Brandt antwortete darauf nicht, begann aber, heftig zu schluchzen.

»Dies ist ein Scheideweg«, hatte Struensee gesagt. »Ein Scheideweg, wie man zu sagen pflegt. Was willst du tun?«

Es folgte ein sehr langes Schweigen, dann war Brandt langsam aufgestanden.

»Ich komme mit dir«, hatte Brandt gesagt.

»Danke. Nimm deine Flöte mit. Und spiel für uns in der Kalesche.«

Bevor sie am folgenden Abend in die Wagen stiegen, hatten sie sich im inneren Salon versammelt, zum Tee und um eine Weile zu plaudern.

Im offenen Kamin brannte ein Feuer, aber sonst gab es kein Licht. Sie waren reisefertig. König Christian der Siebte, die Königin Caroline Mathilde, Enevold Brandt und Struensee.

Nur das Licht des offenen Kamins.

»Wenn wir ein anderes Leben leben könnten«, hatte Struensee schließlich gefragt, »wenn wir ein neues Leben bekämen, eine neue Möglichkeit, was würden wir dann sein wollen?«

»Glasmaler«, hatte die Königin gesagt. »In einer Kathedrale in England.«

»Schauspieler«, hatte Brandt geantwortet.

»Ein Mensch, der auf einem Acker sät«, hatte der König gesagt.

Dann wurde es still.

»Und du?« hatte die Königin zu Struensee gesagt, »was würdest du sein wollen?«

Aber er hatte sich nur lange unter seinen Freunden umgesehen, an diesem letzten Abend auf Hirschholm, war aufgestanden, und hatte gesagt:

»Arzt.«

Und dann:

»Der Wagen ist da.«

Sie reisten noch in der gleichen Nacht nach Kopenhagen.

Sie saßen alle vier in der gleichen Kalesche: der König, die Königin, Brandt und Struensee.

Die anderen sollten später nachkommen.

Der Wagen wie eine Silhouette durch die Nacht.

Brandt spielte auf seiner Flöte, sehr still und weich, wie eine Totenmesse oder ein Klagelied, oder, für einen von ihnen, wie ein Lobgesang auf die Herrscherin des Universums.

Teil 5
Maskerade

Kapitel 14
Die letzte Mahlzeit

1.

Jetzt sah Guldberg es immer deutlicher. Die Wirbel des Flusses waren deutbar.

Die Analyse von Miltons *Paradise Lost* hatte ihm Nutzen gebracht. Sie hatte ihn gelehrt, Bilder zu deuten und gleichzeitig kritische Distanz zu ihnen zu halten. Das Bild einer Fackel, die schwarzes Dunkel wirft, Struensees Bild von Christians Krankheit, dieses Bild konnte, primo: verworfen werden, weil es jeder Logik ermangelte, aber secundo: akzeptiert werden als Bild der Aufklärung.

Er schreibt, daß diese Art, die Metapher zu sehen, den Unterschied zwischen dem Dichter und dem Politiker zeige. Der Dichter schaffe das falsche Bild, ahnungslos. Aber der Politiker durchschaut es und schafft ein für den Dichter überraschendes Anwendungsgebiet.

Auf diese Weise wird die Politik zur Helferin des Dichters, und Wohltäterin.

Das schwarze Licht der Fackel konnte deshalb als Bild für die Feinde der Reinheit verstanden werden, die von Aufklärung sprachen, die vom Licht sprachen, aber Dunkel schufen.

Aus dem Mangel an Logik wird so eine Kritik des Mangels an Logik geschaffen. Der Schmutz des Lebens aus dem Traum vom Licht. So deutete er das Bild.

Er konnte aus eigener Erfahrung Beispiele geben. Daß die Ansteckung der Sünde auch ihn selbst befallen konnte, war ihm bewußt geworden. Es war die Ansteckung der Lust. Seine Schlußfolgerung: Vielleicht war die kleine englische Hure das schwarze Licht.

An der Akademie von Sorø hatte Guldberg die Geschichte der nordischen Länder unterrichtet. Er hatte es mit großer Freude getan. Er betrachtete den ausländischen Einfluß am Hof als eine Krankheit, verachtete die französische Sprache, die er selbst fast vollendet beherrschte, und träumte davon, einmal Gegenstand einer Gedenkschrift zu werden. Sie sollte den Titel »Die Zeit Guldbergs« haben, und sie sollte mit einer Formulierung beginnen, die der isländischen Saga entnommen war.

»Guldberg hieß ein Mann.« So sollte der erste Satz lauten.

Die einleitenden Worte sollten einen Ton anschlagen. Sie sollten von einem Mann erzählen, der seine Ehre errang. Aber er wuchs nicht, indem er die Ehre anderer errang, wie in den isländischen Sagas. Sondern indem er die der Helden, der Großen verteidigte. Den von Gott Auserkorenen sah er als einen Helden, einen der Großen. Auch wenn er gering an Gestalt war.

Die Ehre des Königs mußte verteidigt werden. Das war seine Aufgabe. Guldberg hatte eine Anstellung an der Akademie von Sorø gehabt, bis zu dem Augenblick, als dort die pietistische Ansteckung Fuß faßte. Er hatte, als der Gestank der Herrnhuter und der Pietisten allzu unerträglich wurde, dieser seiner Berufung zum Lehrer den Rücken gekehrt, nachdem die Abhandlung über Milton die Voraussetzungen für seine politische Karriere geschaffen hatte. Er hatte auch seinen Auftrag als Geschichtsschreiber hinter sich gelassen, jedoch nicht ohne vorher eine Reihe historischer Studien zu veröffentlichen. Am meisten beachtet wurde seine Übersetzung von Plinius *Lobrede auf Trajan*, die er mit einer *Einleitenden Darstellung der römischen Staatsform* versah.

Er hatte beim Ursprung der Geschichte begonnen und war bei Plinius stehengeblieben. Plinius war derjenige, der die Ehre Trajans schuf und sie verteidigte.

Plinius hieß ein Mann.

Guldberg war jedoch ein leidenschaftlicher Mensch. Er haßte die englische Hure mit einer Intensität, die vielleicht die Leidenschaft des Fleisches war. Als die Nachricht von ihrer Lasterhaftigkeit ihn erreichte, war er von einer rasenden Erregung ergriffen worden, wie er sie noch nie erlebt hatte. Der Körper, von dem der König, der von Gott Ausersehene, Gebrauch machen sollte, wurde nun von einem schmutzigen deutschen Glied durchbohrt. Die größte Unschuld und Reinheit vereinigten sich mit dem größten Laster. Ihr Körper, der heilig war, war nun die Quelle der größten Sünde. Das erregte ihn, und er haßte seine Erregung. Er meinte die Kontrolle zu verlieren. Der Haß und die Leidenschaft vereinigten sich in ihm, er hatte es noch nie so gefühlt.

Äußerlich jedoch keine Veränderung. Er sprach immer mit leiser und ruhiger Stimme. Es verwirrte alle, wenn er bei den Plänen für den endgültigen Umsturz plötzlich mit sehr lauter und fast gellender Stimme sprach.

Er mußte, wie in den isländischen Sagas, die Ehre des Königs verteidigen. Aber wann hatte die Fackel begonnen, ihr Dunkel in seine eigene Seele zu werfen? Das war für ihn der Wendepunkt der Saga.

Vielleicht war es damals gewesen, als die kleine englische Hure sich zu ihm vorgebeugt hatte und flüsternd ihre schamlose Frage nach der Lust und der Qual gestellt hatte. Als ob er abgeschnitten gewesen sei von Lust und Qual! Aber seitdem erinnerte er sich an ihre Haut, die so weiß und lockend erschien, und an ihre Brüste.

Einmal hatte er des Nachts so intensiv an sie gedacht, an ihren Verrat am König und an seinen Haß auf sie, daß er an sein Glied gerührt hatte, und war da von einer so überwältigenden Lust erfüllt worden, daß der Samen nicht aufzuhalten gewesen war; die Scham darüber war nahezu unerträglich gewesen. Er war schluchzend auf die Knie gefallen, an seinem Bett, und hatte den allmächtigen Gott lange um Erbarmen gebeten.

Er hatte damals verstanden, daß es nur einen Weg gab. Die Ansteckung der Sünde hatte auch ihn befallen. Sie mußte jetzt ausgerottet werden.

Nicht Struensee war der Ansteckungsherd. Es war die kleine englische Hure, Königin Caroline Mathilde.

Der kleine Plan war fehlgeschlagen. Der große, also der dritte, durfte nicht fehlschlagen.

2.

Der Wagen des Königspaares war um Mitternacht in Schloß Frederiksberg angekommen, und weil sie nicht angemeldet waren, lösten sie zunächst keine Unruhe aus. Dann breitete sich das Gerücht schnell aus, und es gab beträchtliche Unruhe.

Nachdem die Unruhe sich gelegt hatte, trat eine sehr große und unangenehme Stille ein.

Die Königinwitwe hatte Rantzau und Guldberg zu sich bestellt.

Sie hatte zunächst sorgfältig nachgefragt, welche Beweise man habe; nicht nur Gerüchte über die Lasterhaftigkeit der Königin, sondern Beweise.

Guldberg hatte daraufhin die Ergebnisse vorgelegt.

Zwei der Kammerzofen, die täglich mit der Reinigung der Zimmer der Königin beschäftigt waren, hatten bereits vor dem Aufenthalt auf Hirschholm spioniert. Sie hatten Wachs in die Schlüssellöcher und manchmal Papierschnipsel in die Türritzen gesteckt. Sie hatten am Morgen festgestellt, daß das Wachs verschwunden und die Papierschnipsel zu Boden gefallen waren. Sie hatten spät abends an der Tür und auf der Treppe, die zum Schlafgemach der Königin führten, Mehl gestreut. Am folgenden Morgen hatten sie die Fußabdrücke untersucht und ohne Zweifel konstatieren können, daß die Spuren von Struensee kamen. Sie hatten das Bett der Königin untersucht, und es in großer Unordnung gefunden, zerknüllte Laken, und erkannt, daß mehr als eine Person darin gelegen hatte. Christian hatte diese Person nachweislich nicht sein können. Man hatte Flecken im Bett gefunden, die bei Namen zu nennen ihre weibliche Anständigkeit ihnen verbot. An Taschentüchern und Servietten hatten sie den gleichen Typ von Flecken gefunden, von getrockneter Flüssigkeit. Sie hatten eines Morgens die Königin nackt in ihrem Bett gefunden, noch halb schlafend, und ihre Kleider auf dem Fußboden verstreut.

Die Beweise waren ohne Zahl.

Was dann geschehen war, war auf seine Weise verblüffend. Eine dieser Hofdamen war von Reue oder falschem Mitleid ergriffen worden und hatte der Königin unter Tränen erzählt, was sie wisse und warum und was sie getan habe. Die Königin war von rasender Wut gepackt worden, hatte mit augenblicklicher Entlassung gedroht, war in Tränen ausgebrochen, hatte aber – und dies war das Verblüffende – andeutungsweise das sündhafte Verhalten eingestanden und sie danach gebeten, Stillschweigen zu bewahren. Dann war die Königin von starken Gefühlen ergriffen worden und hatte den Kammerjungfern ihr Herz geöffnet. Die Majestät hatte sie gefragt, ob sie selbst Liebe oder Sentiment für jemanden hegten; »denn, hat man solche Gefühle, muß man der betreffenden Person in allem folgen, sei es auch bis zum Rad, ja, wenn nötig, bis zur Hölle.«

Im übrigen sei die Unzucht weitergegangen, als sei nichts geschehen, oder als ignoriere die Königin die Gefahr, in der sie, und das mußte sie doch einsehen, schwebte. Es war erstaunlich.

Doch weitergemacht. Doch die Gefahr ignoriert. Es war, auf seine Weise, unfaßbar.

Guldberg nahm an, daß sie es ihrem deutschen Liebhaber nicht erzählt hatte. Wie dachte eigentlich die kleine, verschlagene englische Hure? Es war schwer zu verstehen. Die größte Naivität und die größte Willenskraft.

Sie hätte begreifen müssen, wie es gehen würde. Nach einer Woche hatte das Kammermädchen denn auch Guldberg alles berichtet, auch diesmal unter Tränen.

Es gab also Beweise. Und es gab eine Zeugin, die bereit war, bei einem Gerichtsverfahren auszusagen.

»Das bedeutet«, hatte die Königinwitwe nachdenklich gesagt, »daß er auf gesetzlicher Grundlage verurteilt werden kann.«

»Und die Königin?« hatte Guldberg gefragt.

Sie hatte darauf nicht geantwortet, als ginge sie diese Frage nichts an, was Guldberg erstaunt hatte.

»In gesetzlicher Form soll er verurteilt werden«, war sie wie in Gedanken fortgefahren, als koste sie die Worte, »in gesetzlicher Form werden wir ihm seine Hand und seinen Kopf abschlagen, ihn in Stücke schneiden, das Glied abschneiden, das Dänemark beschmutzt hat, seinen Körper rädern, ihn aufspießen und aufs Rad flechten. Und ich selbst werde ...«

Rantzau und Guldberg hatten sie verwundert angesehen, und Rantzau hatte schließlich fragend hinzugefügt:

»Dem Ganzen beiwohnen?«

»Dem Ganzen beiwohnen.«

»Und die Königin?« hatte Guldberg wiederholt, weil es ihn verwunderte, daß die Königinwitwe in dieser Art und Weise von Struensees Schicksal fasziniert war, die kleine englische Hure aber vernachlässigte, die doch der Ursprung des Ganzen war. Statt dessen hatte die Königinwitwe sich Rantzau zugewandt und mit einem sonderbaren Lächeln gesagt:

»Mit der Königin werden wir so verfahren, daß Sie, Graf Rantzau, der Sie Struensees spezieller Freund aus Altona gewesen sind und seine Ansichten geteilt haben, der Sie auch der Freund und liebedienerische Vertraute der Königin gewesen sind, aber! der Sie jetzt den Weg der Umkehr eingeschlagen und Ihre Sünde wider Gott und die Ehre Dänemarks bekannt haben, daß Sie den delikaten Auftrag erhalten, die Königin zu arrestieren. Und Sie werden dann tief in ihre schönen und sündigen Augen schauen, wie ein alter Freund einem anderen, und ihr sagen, daß es aus ist. Das sollen Sie sagen. Es ist aus.«

Rantzau hatte nur geschwiegen.

»Und«, hatte sie hinzugefügt, »es wird Ihnen nicht gefallen. Aber das wird Ihre einzige Strafe sein. Die Belohnungen werden um so reichlicher ausfallen. Doch das wissen Sie ja.«

3.

Christian suchte Struensee immer seltener auf.

Die Praxis sah ja inzwischen so aus, daß die Unterschrift des Königs nicht mehr nötig war. Die Struensees genügte ja. Allerdings hatte Christian einmal im Laufe dieser Zeit Struensee aufgesucht, um ihm, wie er sich ausdrückte, eine bedeutungsvolle Mitteilung zu machen.

Struensee hatte den König gebeten, Platz zu nehmen, und sich Zeit genommen zuzuhören.

»Ich habe«, hatte Christian gesagt, »heute morgen eine Mitteilung von der Herrscherin des Universums erhalten.«

Struensee hatte ihn mit einem beruhigenden Lächeln angesehen und gefragt:

»Und woher ist diese Mitteilung gekommen?«

»Aus Kiel.«

»Aus Kiel!?? Und was hat sie Ihnen mitgeteilt?«

»Sie hat mir mitgeteilt«, hatte Christian erwidert, »daß sie meine Wohltäterin ist und daß ich unter ihrem Schutz stehe.«

Er war vollkommen ruhig gewesen, hatte nicht mit den Händen gefuchtelt, nicht gestammelt, keine Zuckungen gehabt.

»Mein Freund«, hatte Struensee gesagt, »ich habe gerade viel zu tun und würde hierüber gern diskutieren, aber wir müssen es aufschieben. Und wir stehen alle unter dem Schutz Gottes des Allmächtigen.«

»Der allmächtige Gott«, hatte der König erwidert, »hat keine Zeit für mich. Aber meine Wohltäterin, die Herrscherin des Universums, hat mich in ihrer Mitteilung wissen lassen, daß, wenn kein anderer Zeit hat, oder wenn Gott mit seinen Angelegenheiten allzu beschäftigt ist, sie immer Zeit für mich hat.«

»Wie schön«, hatte Struensee gesagt. »Und wer ist die Herrscherin des Universums?«

»Sie ist die, die Zeit hat«, hatte der König geantwortet.

4.

Der endgültige Plan, der Plan, der nicht fehlschlagen durfte, erforderte auch eine juristische Legitimierung.

Um Struensees »blutiges und liederliches Regiment« niederzuschlagen, so hatte Guldberg der Königinwitwe auseinandergesetzt, war es notwendig, den schamlosen Plan eines Staatsstreichs aufzudecken, den Struensee und die kleine englische Hure gemeinsam entworfen hatten. Struensees Plan umfaßte auch den Mord an dem dänischen König Christian dem Siebten.

Dieser Plan existierte zwar nicht in der Wirklichkeit, aber er konnte theoretisch konstruiert und mit Leben erfüllt werden.

Guldberg verfaßte deshalb diesen Plan Struensees. Dann fertigte er eine beglaubigte Abschrift davon an und zerstörte das Original; das Dokument sollte benutzt werden, um die Zauderer zu überzeugen. Es galt, einem schamlosen Staatsstreich zuvorzukommen.

Dieser von Guldberg verfaßte Plan, der Struensee zugeschrieben wurde, war von einer klaren und bestechenden Logik. Er besagte, daß der 28. Januar 1772 der Tag war, an dem Struensee vorhatte, den Umsturz durchzuführen. König Christian der Siebte sollte an diesem Tag zum Thronverzicht gezwungen werden, Königin Caroline Mathilde sollte zur Regentin ernannt werden und Struensee zum Reichsvorsteher.

Das waren die Hauptzüge.

Guldberg hatte dem Plan, der einen authentischen Eindruck machte, einen Kommentar beigefügt, der den Zauderern die Notwendigkeit eines schnellen Gegenschlags klarmachen sollte.

Es dürfe keine Zeit versäumt werden, hatte Guldberg geschrieben, »denn wer nicht zögert, sich mit Gewalt die Regentschaft anzueignen, wird auch vor einem noch schlimmeren Verbrechen nicht zurückschrecken. Wird der König getötet, kann Struensee sich das Bett der Königin Caroline Mathilde erzwingen, und der Kronprinz wird dann entweder aus dem Weg geräumt, oder er wird an einer strengen Erziehung zerbrechen und somit Platz machen für seine Schwester, die allzu offensichtlich die Frucht ihrer schamlosen Liebe ist. Denn was für einen Grund gäbe es sonst für Struensee, das Gesetz aufzuheben, das einer geschiedenen Frau verbot, eine Ehe mit dem Mitschuldigen an einem Ehebruch einzugehen?«

Die Zeit war jedoch knapp. Es war wichtig, rasch zu handeln, und der Plan mußte geheimgehalten werden.

Am 15. Januar versammelte man sich bei der Königinwitwe; Guldberg hatte zu diesem Zeitpunkt die Haftbefehle verfaßt, zu deren Unterzeichnung der König gezwungen werden sollte.

Am Morgen des 16. wurden die Pläne erneut durchgesprochen, einige unwesentliche Veränderungen vorgenommen, und der Beschluß gefaßt, den Putsch in der folgenden Nacht durchzuführen.

Es würde eine lange Nacht werden. Zuerst Abendessen. Dann Tee. Danach Maskerade. Anschließend Putsch.

5.

Reverdil, der kleine schweizerische Lehrer, der kleine Jude, der seinen Vornamen verbarg, der einst von Christian innig Geliebte, der vom Hof Verstoßene, doch dann Zurückgeholte, der Erinnerungsschreiber und Memoirenverfasser, der sehr vorsichtige Aufklärer, der anständige Reformator, Reverdil saß jeden Morgen ein paar Stunden an seinem Arbeitstisch, um seinen großen Plan für die Befreiung der dänischen Bauern von der Leibeigenschaft fertigzustellen.

Er hatte dafür den Auftrag Struensees. Es würde ein Höhepunkt der Reformarbeit sein.

Viele von Struensees Gesetzen und Erlassen, 632 bis zu diesem Tag, waren wichtig. Der sechshundertdreiunddreißigste sollte der wichtigste werden. Reverdil sollte derjenige sein, der die Feder geführt hatte; es würde nicht in den Geschichtsbüchern stehen, aber er selbst würde es wissen. Das genügte.

Er saß auch an diesem Morgen, dem letzten der Struenseezeit, an dem großen Text von der Befreiung. Er wurde nicht fertig. Er sollte nie fertig werden. Er schreibt, daß er sich an diesem Morgen ganz ruhig fühlte und nichts ahnte. Er schreibt nicht, daß er glücklich war. In seinen Memoiren verwendet er das Wort »glücklich« nicht, auf jeden Fall nicht in bezug auf sich selbst.

Er ist ein großer Schreiber, dessen Text, der Text von der Befreiung, nicht vollendet wird.

Bevor er dies einsieht, am letzten Tag vor dem Zusammenbruch, ist er jedoch glücklich. Das Projekt war ja so groß, der Gedanke so richtig. Es war so richtig, an diesem Projekt zu arbeiten, auch am Morgen vor dem Zusammenbruch. Während er arbeitete, war er glücklich.

Viele Jahre später schreibt er seine Erinnerungen, da benutzt er das Wort »glücklich« nicht, jedenfalls nicht in bezug auf sich selbst.

Er ist wohl schüchtern.

Er ist ständig kritisch gegenüber Struensee, der »zu schnell vorgeht«. Er selbst hält jedoch eine vorsichtige Befreiung für möglich. Er ist schüchtern, vorsichtig, keine innere schwarze Fackel verdunkelt seinen Traum. Er glaubt im nachhinein zu wissen, wie alles hätte vor sich gehen sollen.

Man hätte große Mäßigung walten lassen sollen.

6.

An diesem Morgen »ahnt er nichts Böses«. Er scheint selten Böses geahnt zu haben, sich aber Sorgen gemacht zu haben um die, die zu schnell vorgingen.

Um vier Uhr an diesem Tag speist er zusammen mit dem inneren Zirkel, dem er trotz allem angehört. »Nie hatte die Königin einen heitereren Eindruck gemacht oder mit größerer Liebenswürdigkeit am Gespräch teilgenommen.«

Es ist die letzte Mahlzeit.

Die Dokumentation in bezug auf diese Mahlzeit ist überaus umfangreich. Elf Personen nahmen teil; das Königspaar, Frau General Kähler, die Gräfinnen Holstein und Fabritius, Struensee und Brandt, der Oberhofmarschall Bjelke, Stallmeister Bülow, Oberst Falkenskjold und Reverdil. Man aß im »weißen Gemach« der Königin. Der Raum trug seinen Namen nach der weißen Täfelung, aber einige der Wände waren mit rotem Samt verkleidet. Geschnitzte Ornamente waren vergoldet. Die Tischplatte aus norwegischem Granit. Über dem Kamin hing das vier Ellen hohe Gemälde *Scipios Standhaftigkeit* von dem französischen Historienmaler Pierre. Zweiundzwanzig Kerzen erleuchteten den Raum. Im Unterschied zu der früheren Etikette, die vorschrieb, daß die Herren rechts vom Monarchen sitzen sollten, die Damen links von ihm, nahm man wechselweise Platz. Das war radikal. Die Sitzordnung war ausgelost worden. Die Bedienung war einer Anweisung Struensees angepaßt, der »neuen Einrichtung« vom 1. April 1771, die beinhaltete, daß die Anzahl der Diener auf die

Hälfte reduziert wurde. Trotzdem belief sich die Anzahl der Diener auf vierundzwanzig. Die Tafel wurde jedoch »en retraite« gehalten, was bedeutete, daß die Bedienung sich in einem Nebenraum oder in der Küche aufhielt und nur jeweils ein Diener mit einer Platte eingelassen wurde. Das Essen bestand aus neun Gerichten, vier Salaten und zwei »Einlagen« (relèves) – alternativen Hauptgerichten.

Die Königin war, wie Reverdil notiert, reizend. Einen kurzen Augenblick hatte das Gespräch die »lockere« Prinzessin von Preußen gestreift, die von ihrem Mann geschieden worden war und jetzt in Stettin gefangen gehalten wurde. Die Königin hatte kurz konstatiert, daß diese Prinzessin in ihrer Gefangenschaft hocherhobenen Hauptes gehen könne, da sie »ihre innere Freiheit geschaffen« habe.

Das ist alles. Als sie sich zu Tisch setzten, war die Dunkelheit schon hereingebrochen. Die Kerzen konnten den Raum nur teilweise erleuchten. Brandt und Struensee waren beide auffallend still. Reverdil merkt an, daß sie vielleicht etwas ahnten oder eine Mitteilung bekommen hatten.

Doch keine Schlußfolgerungen hieraus. Keine Handlung, nur Warten, und eine bezaubernde Tafel. Im übrigen war alles, wie es immer war. Ein kleiner Kreis, der ständig kleiner geworden war. Licht, und darum herum Dunkel. Und die Königin sehr reizend, oder verzweifelt.

Um sieben Uhr am selben Abend, doch nach der Abendmahlzeit, hatte Reverdil seltsamerweise der Königinwitwe einen Besuch abgestattet.

Sie hatten sich eine Stunde lang unterhalten. Er bemerkt nichts Beunruhigendes bei der Königinwitwe, die doch einige Stunden zuvor Order gegeben hatte, daß der Putsch in dieser Nacht durchgeführt werden sollte, ein Putsch, der auch die Gefangennahme Reverdils umfaßte. Sie hatten in sehr freundlichem Gespräch zusammengesessen und Tee getrunken.

Draußen war es kalt und stürmte. Sie hatten schweigend die Möwen betrachtet, die vom Sturm rückwärts getrieben wurden, an ihrem Fenster vorüber. Die Königinwitwe hatte gesagt, sie habe Mitleid mit ihnen, weil sie das Hoffnungslose in ihrem Kampf gegen den Sturm nicht einsähen. Hinterher hatte Reverdil dies metaphorisch gedeutet. Sie hatte ihm, glaubt er, eine Warnung geben wollen: der Sturm konnte auch ihn hinwegfegen, wenn er nicht zur rechten Zeit aufgab und mit dem Unwiderstehlichen flog.

Nicht gegen.

Er hatte nicht verstanden. Er hatte nur gesagt, er bewundere die Möwen in ihrer Situation. Sie gaben nicht auf, sondern machten weiter, obwohl der Sturm sie rückwärts trieb. Vielleicht hat er seiner Antwort auch erst hinterher, in seinen Memoiren, eine bildhafte Ausprägung gegeben. Er war ja schüchtern. Er war kein Mann, der widersprach. Er war der Friedliche, über seine Papiere gebeugt, manchmal verbannt, manchmal zurückgeholt, derjenige, der unter traurigem Schweigen mitansieht, wie die Wölfe seinen geliebten Jungen zerreißen, und derjenige, der meinte, daß die Aufklärung eine sehr langsame und vorsichtige Morgendämmerung sein sollte.

Während des Essens hatten Struensee und die Königin nebeneinander gesessen und einander ohne Scheu an der Hand gehalten. Der König hatte nichts eingewandt. Der König schien von Nachdenklichkeit gelähmt.

Reverdil, der dem König genau gegenüber saß, hatte während des Essens viel Zeit gehabt, ihn zu beobachten. Es verursachte ihm »eine große Trauer«. Er erinnerte sich daran, wie er ihm einst begegnet, wie der empfindsame und äußerst begabte Junge ihm damals anvertraut worden war. Der, den er jetzt vor sich sah, war ein grauer, apathischer Schatten, ein sehr alter Mann, sichtlich gelähmt von einem Schrecken, dessen Ursache niemand kannte.

Christian war ja erst zweiundzwanzig Jahre alt.

Sie waren dann von der Tafel aufgebrochen, um sich für die Maskerade vorzubereiten. Reverdil hatte den Raum als letzter verlassen. Vor ihm ging Brandt. Dieser hatte sich zu Reverdil umgewandt, und mit einem eigentümlichen kleinen Lächeln gesagt:

»Ich glaube, daß wir jetzt dem Ende unserer Zeit sehr nahe sind. Es kann jetzt nicht mehr lange dauern.«

Reverdil bat nicht um eine Erklärung. Sie gingen auseinander.

7.

Der Plan war ganz einfach.

Guldberg war immer der Auffassung gewesen, daß gerade die Einfachheit komplizierter Pläne diese erfolgreich machte. Man würde sich der Person des Königs bemächtigen. Man würde sich auch der Person Struensees bemächtigen. Diese zwei würden, meinte man, keinen Widerstand leisten oder Schwierigkeiten verursachen können.

Als drittes würde man sich der Person der Königin bemächtigen. Angesichts dieses letzten Punktes befiel ihn jedoch eine Unruhe, die schwerer zu erklären war. Sie zu überwältigen würde keine Schwierigkeiten bereiten. Aber sie durfte sich, unter keinen Umständen, mit dem König in Verbindung setzen. Der König durfte keiner Beeinflussung ausgesetzt sein. Er mußte gezwungen werden zu begreifen, daß er einer schrecklichen Bedrohung ausgeliefert war, nämlich der, daß Struensee und die Königin ihn töten wollten. Aber wenn Christian von den schönen Augen der kleinen englischen Hure angesehen würde, könnten ihm, möglicherweise, Zweifel kommen.

Die kleine englische Hure war das große Risiko. Alles begann und endete ja mit dieser jungen Frau. Deshalb würde er sie vernichten; und nie mehr würde dann die Ansteckung der Lust ihn befallen und er, weinend im Dunkel der Nacht, mit klebrigem Körper vom Samen der Lust, auf die Knie gezwungen werden.

Starke Kälte diese Nacht.

Der Sturm, der im Verlauf des Tags von Osten herangezogen war, hatte gegen Abend nachgelassen. Die Feuchtigkeit war gefroren, und Kopenhagen war mit einer Eishaut überzogen.

Alle Memoiren und Erinnerungsschriften sprechen von einer großen Ruhe in dieser Nacht.

Kein Sturm. Keine Geräusche von Truppen, die Posten beziehen. Keine Vögel, die vom Sturm rückwärts getrieben werden.

Es gibt noch Listen der Nahrungsmittel, die für diese letzte Mahlzeit bestellt wurden. Sechs Gänse, vierunddreißig Aale, dreihundertfünfzig Schnecken, vierzehn Hasen, zehn Hühner; am Vortage waren außerdem Dorsch, Steinbutt und Krammetsvögel bestellt worden.

Auf eine vollkommen natürliche Weise wurde in diesen Stunden, im Überfluß, die letzte Mahlzeit während der dänischen Revolution eingenommen, in Anwesenheit von nur vierundzwanzig Dienern.

Sie gingen zu ihren Zimmern im Schloß zurück. Sie kleideten sich um für die Maskerade.

Christian, Struensee und die Königin fuhren im gemeinsamen Wagen zur Maskerade. Struensee war sehr still, und die Königin hatte dies bemerkt.

»Du bist so still«, hatte sie gesagt.

»Ich suche nach einer Lösung. Ich finde keine.«

»Dann will ich«, hatte sie gesagt, »daß wir morgen einen Brief von mir an die russische Kaiserin formulieren. Im Gegensatz zu allen anderen Regenten ist sie aufgeklärt. Sie will den Fortschritt. Sie ist eine mögliche Freundin. Sie weiß, was im letzten Jahr in Dänemark vorangebracht worden ist. Sie findet es gut. Ich kann ihr schreiben, als Aufklärerin an eine andere Aufklärerin. Vielleicht können wir eine Allianz zustande bringen. Wir brauchen große Allianzen. Wir müssen im

Großen denken. Hier haben wir nur Feinde. Katharina kann eine Freundin für mich werden.«

Struensee hatte sie nur angesehen.

»Du blickst weit«, hatte er gesagt. »Die Frage ist, ob wir Zeit haben, weit zu blicken.«

»Wir müssen den Blick heben«, hatte sie da in kurzem Ton gesagt. »Sonst sind wir verloren.«

Als die Majestäten, in Begleitung Struensees, das Hoftheater erreichten, hatte der Tanz bereits begonnen.

Kapitel 15
Todestanz

1.

Plötzlich erinnerte sich Struensee an die Theatervorstellung *Zaïre*, mit Christian in der Rolle des Sultans.

Auch das war im Hoftheater gewesen. War es nicht unmittelbar nach der Rückkehr von der langen europäischen Reise nach Kopenhagen? Vielleicht einen Monat danach, er hatte es vergessen; aber er erinnerte sich plötzlich an Christian in dieser Rolle. Die dünne, zerbrechliche Kindergestalt, die sich mit so deutlicher Diktion, so eigentümlich lebenden Pausen und rätselhaften Phrasierungen in dem stilisierten Dekor bewegt hatte, zwischen den französischen Schauspielern, wie in einem langsamen rituellen Tanz, mit den eigenartigen Armbewegungen, die auf dieser Bühne, in diesem Theaterstück vollkommen natürlich erschienen, während sie sonst, in Christians entsetzlichem wirklichem Leben, gekünstelt wirkten.

Er war ganz deutlich gewesen. Eigentlich der beste von allen diesen Schauspielern. Sonderbar ruhig und glaubwürdig, als seien diese Bühne, dieses Stück und dieser Beruf, der des Schauspielers, für ihn das ganz und gar Natürliche und einzig Mögliche.

Er hatte ja eigentlich nie zwischen Wirklichkeit und Vorstellung unterscheiden können. Nicht aufgrund mangelnder Begabung, sondern wegen der Regisseure.

War Struensee selbst ein Regisseur für Christian geworden? Er war zu Besuch gekommen, hatte eine Rolle bekommen und hatte Christian eine andere zugeteilt. Es hätte vielleicht eine bessere Rolle für den armen, erschrockenen Jungen werden können. Vielleicht hätte Struensee damals aufmerksamer zuhören sollen, vielleicht hatte Christian eine Botschaft vermitteln wollen, gerade als Schauspieler, durch das Theater.

Es war so unendlich lange her. Fast drei Jahre.

Jetzt, am 16. Januar 1772, tanzte Christian Menuett. Er war immer ein guter Tänzer gewesen. Sein Körper war leicht, wie der eines Kindes, im Tanz mußte er sich in den festgelegten Repliken des Tanzes bewegen, aber dennoch in Freiheit. Warum hatte er nicht Tänzer werden dürfen? Warum hatte keiner gesehen, daß er Schauspieler war oder Tänzer oder irgend etwas anderes: nur nicht von Gott auserkorener absoluter Herrscher.

Schließlich tanzten sie alle. Sie hatten ihre Kostüme und ihre Verkleidungen; auch die Königin tanzte. Es war hier gewesen, im Hoftheater, bei einer Maskerade, wo sie Struensee das erste Zeichen gegeben hatte.

Es mußte hier gewesen sein. Sie hatten getanzt, und sie hatte ihn die ganze Zeit nur angesehen, mit einem so intensiven Ausdruck in ihrem Gesicht, als sei sie im Begriff, etwas zu sagen. Vielleicht war die Ursache die, daß Struensee wie ein Mensch zu ihr gesprochen hatte und sie dankbar dafür war. Vielleicht war es noch etwas anderes. Ja, das war es. Hinterher hatte sie ihn mit sich gezogen, plötzlich befanden sie sich in einem der Gänge. Sie hatte sich schnell umgesehen, und dann hatte sie ihn geküßt.

Kein Wort. Nur geküßt. Und dieses kleine, rätselhafte Lächeln, das er zunächst für einen Ausdruck entzückender kindlicher Unschuld gehalten hatte, das er da aber, auf einmal, als das Lächeln einer erwachsenen Frau erkannte, und das sagte: Ich liebe dich. Und du sollst mich nicht unterschätzen.

Sie waren alle da, außer der Königinwitwe und Rantzau.

Alles war vollständig normal. Nach einer Weile hatte der König aufgehört zu tanzen, er hatte sich gesetzt, um unter anderen mit General Kähler Loup zu spielen. Nachdem er den Tanz, der ihn für eine Weile aufleben ließ, verlassen hatte, schien er plötzlich in Abwesenheit und Melancholie versunken. Er spielte unaufmerksam, hatte wie üblich kein Geld und verlor 332 Reichstaler; die der General hatte auslegen müssen und nach der Katastrophe leider nie zurückerhielt.

In einer anderen Loge saß der Oberst Köller, der den militärischen Teil des bevorstehenden nächtlichen Putschs leiten sollte. Er spielte Tarock mit dem Hofintendenten Berger. Köllers Gesicht war beherrscht. Man konnte dort keine Gemütsbewegung ablesen.

Alle waren anwesend. Außer der Königinwitwe und Rantzau.

Die Masken waren die üblichen. Struensees war die Halbmaske eines weinenden Gauklers. Hinterher hieß es, er habe eine Totenkopfmaske getragen.

Das stimmte nicht. Er hatte einen weinenden Gaukler vorgestellt.

Gegen zwei Uhr hatte der Tanz geendet.

Alle stimmten hinterher darin überein, daß die Maskerade vollständig ereignislos gewesen war. Das war das Bemerkenswerte in Anbetracht dessen, daß diese Maskerade so im Mittelpunkt des Interesses stehen und so wichtig werden sollte; alle waren sich darin einig, daß nichts passiert war. Nichts. Alle waren normal gewesen, hatten getanzt und auf nichts gewartet.

Struensee und die Königin hatten drei Tänze getanzt. Alle hatten ihre ruhig lächelnden Gesichter gesehen und ihre unbekümmerte Konversation.

Worüber hatten sie gesprochen? Nachher erinnerten sie sich nicht mehr.

Struensee hatte diesen ganzen Abend ein sonderbares Gefühl von Abstand gehabt oder wachem Traum, als habe er dies schon früher erlebt, träume es aber jetzt alles noch einmal, kurze Sequenzen, die sich wiederholten. Alles im Traum hatte sich unendlich langsam bewegt, mit Mündern, die sich öffneten und schlossen, aber ohne einen Laut, wie langsame Bewegungen im Wasser vielleicht. Als schwebten sie im Wasser, und das einzige, was immer wiederkam, waren die Bilder des Königs, so wie er sich an ihn in der Rolle des Sultans in *Zaïre* erinnerte, und seine Bewegungen und eigentümlich flehenden Gesten, die fast denen eines Schauspielers glichen, aber echter, wie die eines Ertrinkenden, und wie sein Mund sich öffnete und schloß, als wolle er eine Mitteilung machen, aber nichts drang heraus. Und dann der zweite Teil dieses wachen Traums: die Königin, deren Gesicht sich dem seinen näherte und die ihn unendlich still geküßt hatte und dann einen Schritt zurückgetreten war, und das kleine Lächeln, das sagte, daß sie ihn liebe und daß er sie nicht unterschätzen solle und daß dies nur der Anfang von etwas Phantastischem war, daß sie einer Grenze sehr nahe waren und daß dort an der Grenze die größte Lust und der lockendste Tod zugleich waren und daß er es nie niemals bereuen würde, wenn sie diese Grenze überschritten.

Und es war, als flössen diese beiden, Christian der Schauspieler und Caroline Mathilde, die Lust und Tod verheißen hatte, in diesem Todestanz im Hoftheater ineinander.

Er geleitete sie zurück.

Zwei Hofdamen begleiteten sie. Im Gang vor dem Schlafgemach der Königin hatte er ihre Hand geküßt, ohne ein Wort.

»Schlafen wir heute nacht?« hatte die Königin gefragt.

»Ja, Geliebte. Heute nacht Schlaf. Heute nacht Schlaf.«

»Wann sehen wir uns?«

»Immer«, hatte er gesagt. »In alle Ewigkeit.«

Sie hatten sich angesehen, und sie hatte ihre Hand an seine Wange gehoben und ihn angerührt, mit einem kleinen Lächeln.

Das war das letzte Mal. Er sah sie nie wieder.

2.

Um zwei Uhr dreißig, eine halbe Stunde nachdem die Musik geendet hatte, wurden an die zweite Grenadierkompanie des Falsterregiments scharfe Patronen ausgegeben, und die Soldaten wurden auf festgelegte Positionen verteilt.

Alle Ausgänge des Schlosses wurden besetzt.

Oberst Köller, der operative Chef des Putschs, der eine Stunde zuvor seine Tarockpartie mit dem Hofintendenten Berger abgeschlossen hatte, präsentierte den zwei Leutnants eine handgeschriebene Order von der Königinwitwe, in der die Festnahme einer Reihe namentlich aufgeführter Personen befohlen wurde. Darin hieß es unter anderem, »weil Seine Majestät der König sich und den Staat in Sicherheit zu bringen und gewisse Personen in seiner Nähe zu bestrafen wünscht, hat die Majestät uns damit betraut, dies ins Werk zu setzen. Wir erteilen deshalb Ihnen, Oberst Köller, den Befehl, den Willen des Königs in dieser Nacht im Namen des Königs kraftvoll in die Tat umzusetzen. Weiter ist es der Wunsch des Königs, daß alle Ausgänge der Wohnung der regierenden Königin ausreichend bewacht werden.« Der Brief war von der Königinwitwe und dem Erbprinzen unterzeichnet und geschrieben von Guldberg.

Der Schlüssel der Operation war, sich schnell des Königs sowie der Königin zu bemächtigen und sie voneinander getrennt zu halten. Hierbei spielte Rantzau eine entscheidende Rolle. Er war jedoch verschwunden.

Graf Rantzau war von Nervosität befallen worden.

Rantzau wohnte in dem königlichen Palast, der durch einen Kanal von Schloß Christiansborg getrennt war und der heute Prinsens Palais genannt wird, und war im Laufe des Tages nicht gesehen worden. Aber während der Maskenball noch andauerte, war ein Bote am Eingang des Hoftheaters angehalten worden; er hatte einen sonderbaren Eindruck gemacht, war äußerst nervös gewesen und behauptete, eine wichtige

Mitteilung von Graf Rantzau an Struensee überbringen zu müssen.

Der Bote wurde von den Wachen der Verschworenen festgehalten, und man rief Guldberg hinzu.

Guldberg hatte, ohne um Erlaubnis zu fragen und trotz der Proteste des Boten, den Brief an sich gerissen und ihn geöffnet. Er hatte gelesen. In dem Brief stand, Rantzau wünsche vor Mitternacht mit Struensee zu sprechen, »und vergessen Sie nicht, daß Sie es bitter bereuen werden, wenn Sie dieses Treffen nicht ermöglichen«.

Das war alles. Es war anderseits unmißverständlich. Graf Rantzau wollte eine Lösung für ein Dilemma finden, einen zweiten Ausgang aus der Fuchshöhle.

Guldberg hatte gelesen, und eins seiner seltenen Lächeln gelächelt.

»Ein kleiner Judas, der sicher wünscht, Landgraf auf Lolland zu werden, zur Belohnung. Das wird er nicht.«

Er hatte den Brief in die Tasche gesteckt und befohlen, den Boten abzuführen und unter Bewachung zu halten.

Drei Stunden später waren alle Verschworenen zur Stelle, die Truppen bereit, aber Rantzau war nicht da. Guldberg hatte sich daraufhin zusammen mit sechs Soldaten eilends zu Rantzaus Wohnung begeben und diesen in voller Bekleidung in seinem Lehnsessel vorgefunden, eine Tasse Tee vor sich und seine Pfeife rauchend.

»Wir vermissen Sie«, hatte Guldberg gesagt.

Rantzau hatte sein Bein hochgelegt auf einen Schemel und mit einer nervösen und unglücklichen Miene auf seinen Fuß gezeigt. Er habe, stotterte er, einen Gichtanfall bekommen, sein Zeh sei stark geschwollen, er könne kaum auftreten, er bedauere das Ganze sehr und sei untröstlich, könne aber aufgrund dessen seine Aufgabe nicht erfüllen.

»Du feiges Aas«, hatte Guldberg mit ruhiger Stimme und ohne den Versuch, die Unhöflichkeit dieser Anrede gegenüber dem Grafen abzumildern, gesagt. »Du willst dich drükken.«

Guldberg hatte ihn konsequent mit »du« angeredet.

»Nein, nein!« hatte Rantzau heftig protestiert. »Ich halte mich an die Absprache, aber meine Gicht, ich bin verzweifelt ...«

Guldberg hatte da den anderen befohlen, den Raum zu verlassen. Als dies geschehen war, hatte er den Brief hervorgeholt, ihn zwischen Daumen und Zeigefinger gehalten, als stinke er, und nur gesagt:

»Ich habe deinen Brief gelesen, du Ratte. Zum letzten Mal. Bist du für uns oder gegen uns?«

Leichenblaß hatte Rantzau auf den Brief gestarrt und eingesehen, daß die Alternativen nicht zahlreich waren.

»Selbstredend bin ich für Sie«, hatte Rantzau da gesagt. »Vielleicht kann ich zur Ausführung meines Auftrags getragen werden ... in einer Portechaise ...«

»Gut«, hatte Guldberg gesagt. »Und diesen Brief werde ich aufbewahren. Niemand außer mir braucht ihn zu sehen. Doch nur unter einer Bedingung. Daß du mir, wenn diese Reinheitsmaßnahme vollendet und Dänemark gerettet ist, keinen Ärger machst. Aber du wirst mir in Zukunft keinen Ärger machen, nicht wahr? So daß ich gezwungen wäre, diesen Brief anderen zu zeigen?«

Es war ein kurzes Schweigen entstanden, dann hatte Rantzau ganz leise gesagt:

»Selbstverständlich nicht. Selbstverständlich nicht.«

»Niemals?«

»Niemals.«

»Gut«, hatte Guldberg gesagt. »Dann wissen wir, wo wir beide in Zukunft stehen. Es geht nichts über zuverlässige Bundesgenossen.«

Guldberg hatte die Soldaten gerufen und zweien von ihnen den Befehl erteilt, Graf Rantzau zu seinem Posten im nördlichen Torgewölbe zu tragen. Sie hatten ihn über die Brücke getragen, aber dann hatte Rantzau versichert, er sei gewillt, trotz der unerträglichen Schmerzen selbst zu gehen, und war zu seinem Posten im nördlichen Torgewölbe gehumpelt.

3.

Um vier Uhr dreißig am Morgen des 17. Januar 1772 ging man zu Werke.

Zwei Gruppen von Grenadieren, die eine von Köller, die zweite von Beringskjold angeführt, brachen gleichzeitig bei Struensee und Brandt ein. Struensee war ruhig schlafend angetroffen worden; er hatte sich im Bett aufgesetzt, blickte die Soldaten verwundert an, und als Oberst Köller ihm erklärte, er sei festgenommen, hatte er gebeten, die Arrestationsorder sehen zu dürfen.

Er durfte nicht, weil eine solche nicht existierte.

Er hatte sie apathisch angestarrt, sich langsam das Notwendigste angezogen und war ihnen wortlos gefolgt. Er wurde in einen Mietwagen gesetzt und zum Arrestlokal ins Kastell gefahren.

Brandt hatte nicht einmal nach der Arrestationsorder gefragt. Er hatte nur darum gebeten, seine Flöte mitnehmen zu dürfen.

Auch er wurde in einen Wagen gesetzt.

Der Kommandant des Kastells, der nicht eingeweiht war, wurde geweckt, erklärte aber, sie beide mit Freuden aufzunehmen. Alle schienen verwundert, daß Struensee so leicht aufgegeben hatte. Er hatte nur im Wagen gesessen und auf seine Hände gestarrt.

Als sei er vorbereitet gewesen.

Eine der vielen Zeichnungen von Struensees Festnahme, die später entstanden, beschreibt einen Vorgang von größerer Gewaltsamkeit.

Ein Höfling erleuchtet den Raum mit einem dreiarmigen Kandelaber. Durch die aufgebrochene Tür stürzen Soldaten mit erhobenen Gewehren und aufgesteckten Bajonetten, die drohend gegen Struensee gerichtet sind. Oberst Köller steht am Bett, hält die Arrestationsorder befehlend in der rechten Hand. Auf dem Fußboden liegt die Maske vom Maskenball, eine Totenkopfmaske. Kleider auf dem Boden verstreut. Die Uhr zeigt vier. Die Bücherregale überfüllt. Ein Schreibpult mit Schreibutensilien. Und Struensee im Bett, aufrecht sitzend, nur im Nachthemd, beide Hände desperat in die Höhe gestreckt, wie zur Kapitulation, oder wie im Gebet zu dem allmächtigen Gott, den er immer geleugnet hat, sich in dieser Stunde der Not über einen armen sündigen Menschen in der äußersten Bedrängnis zu erbarmen.

Aber das Bild spricht nicht die Wahrheit. Er hatte sich gefügig abführen lassen, wie ein Lamm zur Schlachtbank.

Der König sollte natürlich nicht festgenommen werden.

Mit König Christian dem Siebten verhielt es sich ja im Gegenteil so, daß er vor einem Mordanschlag gerettet werden und deshalb nur die Dokumente unterzeichnen sollte, die die übrigen Arrestationen juristisch rechtfertigten.

Man vergißt leicht, daß er ein von Gott ausersehener absoluter Herrscher war.

Es waren nicht wenige, die in sein dunkles Schlafzimmer drängten. Da waren die Königinwitwe, ihr Sohn Frederik, Rantzau, Eichstedt, Köller und Guldberg sowie sieben Grenadiere der Leibgarde, die jedoch, aufgrund der hysterischen Reaktion des Königs und seines unkontrollierten Schreckens angesichts der Soldaten und ihrer Waffen, Befehl erhielten, den Raum zu verlassen und vor der Tür zu warten.

Christian glaubte, er solle ermordet werden, und begann gellend zu schreien und zu weinen, wie ein Kind. Der Hund, sein Schnauzer, der auch in dieser Nacht in seinem Bett schlief, hatte gleichzeitig angefangen, wütend zu bellen. Man schaffte das Tier schließlich hinaus. Der Negerpage Moranti, der zusammengerollt am Fußende geschlafen hatte, war erschrokken in eine Ecke gekrochen.

Die Bitten des Königs, den Hund neben sich in seinem Bett behalten zu dürfen, beachtete man nicht.

Man vermochte schließlich den Monarchen zu beruhigen. Sein Leben sei nicht in Gefahr. Sie würden ihn nicht töten.

Was man ihm anschließend berichtete, brachte ihn jedoch dazu, erneut in Tränen auszubrechen. Der Anlaß dieses nächtlichen Besuchs sei, erklärte man dem König, eine Verschwörung gegen seine Person. Struensee und die Königin trachteten ihm nach dem Leben. Man wolle ihn jetzt retten. Er müsse deshalb eine Reihe von Dokumenten unterzeichnen.

Guldberg hatte die Entwürfe dazu verfaßt. Man führte Christian, in seinen Morgenrock gekleidet, an einen Schreibtisch. Dort unterzeichnete er siebzehn Dokumente.

Er schluchzte die ganze Zeit, sein Körper und seine Hand zitterten. Nur bei einem der Dokumente schien sein Gesicht sich aufzuhellen. Das war die Arrestationsorder für Brandt.

»Das ist die Strafe dafür«, hatte er gemurmelt, »die Herrscherin des Universums schänden zu wollen. Die Strafe.«

Keiner, außer möglicherweise Guldberg, kann verstanden haben, was er meinte.

4.

Rantzau sollte die Königin festnehmen.

Er hatte fünf Soldaten und einen Leutnant bei sich, und mit der vom König unterzeichneten Arrestationsorder ging er zum Schlafgemach der Königin. Eine der Hofdamen war vorausgeschickt worden, um die Königin zu wecken, weil, wie er im Rapport schreibt, »der Respekt mir verbot, mich ans Bett der Königin zu begeben«; aber der Leutnant Beck liefert eine lebendigere Beschreibung dessen, was geschah. Die Königin war von der Hofdame geweckt worden. Sie war herausgestürzt, nur im Hemd, und hatte Rantzau wutentbrannt gefragt, was dies alles zu bedeuten habe. Dieser hatte ihr nur die Order des Königs entgegengestreckt.

Dort stand: »Ich habe es für notwendig befunden, Sie nach Kronborg zu senden, da Ihr Verhalten mich dazu zwingt. Ich bedauere diesen Schritt sehr, an dem ich keine Schuld trage, und wünsche, daß Sie mit Aufrichtigkeit bereuen.«

Unterzeichnet: Christian

Sie hatte daraufhin die Order zusammengeknüllt und geschrien, dies werde Rantzau noch bereuen, und gefragt, wer noch arrestiert sei. Sie hatte keine Antwort bekommen. Dann war sie in ihr Schlafgemach gestürzt, gefolgt von Rantzau und Leutnant Beck sowie einigen der Soldaten. Während sie Rantzau wie rasend angeschrieen hatte, war sie, nachdem sie sich das Hemd vom Leib gerissen hatte, nackt durchs Zimmer gelaufen, um ihre Kleider zu suchen; da hatte Rantzau, unter Verbeugungen und mit einer für ihn charakteristischen Eleganz, gesagt:

»Majestät, ich bitte Sie, mich zu verschonen und mich nicht der Zaubermacht Ihrer Üppigkeit auszusetzen.«

»Steh nicht da und gaffe, du beschissene schmeichlerische Kröte«, hatte die Königin ihn angeschrieen, diesmal in ihrer englischen Muttersprache; doch in diesem Augenblick war das Kammerfräulein von Arensbach mit dem Unterrock, einem Kleid und einem Paar Schuhe herbeigelaufen, und die Königin hatte sich in aller Hast diese Kleidungsstücke übergeworfen.

Dabei fuhr sie unaufhörlich fort in ihren wütenden Ausfällen gegen Rantzau, der deshalb für einen Augenblick gezwungen war, sich mit seinem Stock zu schützen, den er gegen die Schläge der Königin hochhielt, ausschließlich zu seinem Schutz, mit dem Stock, den er bei sich hatte, um seinen Fuß zu schonen, der gerade in dieser Nacht von der Gicht befallen war, worauf die Königin in ihrem Zorn keine Rücksicht nahm.

In dem Bericht behauptet Rantzau, aus Gründen der Diskretion und um nicht die Königliche Majestät mit seinen Blikken zu beschmutzen, seinen Hut so lange vor das Gesicht gehalten zu haben, bis die Königin voll angekleidet war. Der Leutnant Beck behauptet jedoch, er selbst, Rantzau und vier Soldaten hätten die Königin in ihrer verwirrten und wütenden Nacktheit die ganze Zeit genau beobachtet und zugeschaut, wie sie sich ankleidete. Er führt sogar die Kleidungsstücke auf, die die Königin anlegte.

Sie hatte nicht geweint, sondern die ganze Zeit Rantzau geschmäht, und Beck war, was er in seinem Rapport an das Inquisitionsgericht besonders hervorhebt, empört gewesen über »ihre verächtliche Art und Weise, vom König zu reden«.

Sobald sie angekleidet war – sie hatte die bloßen Füße in die Schuhe gesteckt, ohne Strümpfe, was alle schockierte –, war sie aus dem Zimmer gestürzt und nicht aufzuhalten gewesen. Sie lief die Treppen hinunter und wollte sich in Struensees Zimmer drängen. Davor hatte jedoch eine Wache gestanden, die sie darüber aufklärte, daß Graf Struensee gefangengenommen und in Arrest geführt worden sei. Sie hatte daraufhin ihre Suche nach Hilfe fortgesetzt und war zur Suite des Königs gelaufen. Rantzau und seine Soldaten hatten sie nicht gehindert.

Es kam ihnen vor, als sei sie im Besitz unerhörter Kräfte, und ihr Mangel an Scham, ihr nackter Körper und ihre wütenden Ausfälle hatten sie auch erschreckt.

Aber sie hatte sofort begriffen, was geschehen war. Sie hatten Christian eingeschüchtert und um den Verstand gebracht. Aber Christian war ihre einzige Möglichkeit.

Sie hatte die Tür zu seinem Schlafzimmer aufgerissen und sofort die kleine, am Kopfende des Betts zusammengekauerte Gestalt gesehen und verstanden. Er hatte sich in das Laken gewickelt, hatte sich ganz darin verborgen, das Gesicht und den Körper und die Beine verborgen, und wäre nicht die unsicher wiegende Bewegung gewesen, hätte man glauben können, es handele sich um eine dort aufgestellte verpackte Statue, weiß und in zerknüllte Laken gehüllt.

Wie eine weiße Mumie, unsicher und sich nervös wiegend, zuckend, verborgen und ihr dennoch ausgeliefert.

Sie trat zu der kleinen, zitternden Mumie auf dem Bett.

»Christian«, hatte sie gerufen. »Ich will mit dir sprechen! Jetzt!«

Keine Antwort, nur das unsichere Zucken unter dem weißen Laken.

Sie hatte sich auf die Bettkante gesetzt und versucht, ruhig zu sprechen, obwohl sie keuchte und Schwierigkeiten hatte, ihre Stimme zu kontrollieren.

»Christian«, hatte sie gesagt, ganz leise, damit Rantzau dort drüben an der Tür sie nicht hören konnte, »es ist mir egal, was du unterschrieben hast, es macht nichts, sie haben dich getäuscht, aber du mußt die Kinder retten! Du mußt verdammt noch mal die Kinder retten, was hast du dir gedacht? Ich weiß, daß du mich hörst, du mußt mir zuhören, ich verzeihe dir, was du unterschrieben hast, aber *du mußt die Kinder retten! Sonst nehmen sie uns die Kinder weg, und du weißt doch, wie es ist, du weißt doch, was daraus wird, du mußt die Kinder retten!*

Sie hatte sich plötzlich Rantzau an der Tür zugewandt und fast brüllend gerufen VERSCHWINDE DU SCHEISSRATTE DIE KÖNIGIN SPRICHT MIT DIR!!!, aber sich dann flehend und flüsternd wieder an Christian gewandt, »ooooh Christian«, hatte sie geflüstert, »du glaubst, daß ich dich hasse, aber das stimmt nicht, ich habe dich eigentlich immer gern gehabt, wirklich, *wirklich hör mir zu ich weiß daß du mir zuhörst!* Ich hätte dich lieben können, wenn wir eine Möglichkeit bekommen hätten, aber das ging ja nicht in diesem Scheißtollhaus, IN DIESEM GEISTESKRANKEN TOLLHAUS!!!«, hatte sie Rantzau zugeschrieen, und dann wieder flüsternd, »Wir hätten es so schön haben können, woanders, nur wir, es hätte gehen können, Christian, wenn sie dich nur nicht gezwungen hätten, mich zu decken wie eine Muttersau, es war nicht dein Fehler, es war nicht dein Fehler, aber *du mußt an die Kinder denken Christian und versteck dich nicht ich weiß daß du zuhörst!* VERSTECK DICH NICHT, aber ich bin ein Mensch und keine Sau, und du mußt das Mädchen retten, sie wollen sie umbringen, ich weiß es, nur weil es Struensees Kind ist, und das weißt du auch, DAS WEISST DU, und du hast nie etwas eingewendet, du wolltest es auch, du wolltest es selbst, ich wollte nur, daß es auch in dir ein bißchen weh tun sollte, damit du sahst, daß ich existierte, damit du sahst, nur ein kleines bißchen, dann hätten wir gekonnt Christian, dann hätten wir gekonnt, aber du mußt die Kinder retten, ich habe dich eigentlich immer gern gehabt, wir hätten es so schön haben können, Christian, hörst du, was ich sage, ANTWORTE DOCH, CHRISTIAN, du mußt mir antworten, CHRISTIAN, du hast dich immer versteckt, du darfst dich nicht vor mir verstecken ANTWORTE DOCH CHRISTIAN!!!«

Und dann hatte sie ihm das Laken vom Körper gerissen.

Aber es war nicht Christian. Es war der kleine schwarze Page Moranti, der sie mit großen und vor Schreck aufgerissenen Augen anstarrte.

Sie starrte zurück, wie gelähmt.

»Holt sie«, hatte Rantzau zu den Soldaten gesagt.

Als sie in der Tür an Rantzau vorbeikam, war sie stehengeblieben, hatte ihm lange in die Augen gesehen und vollkommen ruhig gesagt:

»Im tiefsten Kreis der Hölle, da, wo die Verräter sitzen, sollst du ewige Qualen erleiden. Und das freut mich. Das ist das einzige, was mich jetzt richtig freut.«

Und darauf hatte er nichts antworten können.

Sie durfte die Kleine im Wagen mit nach Kronborg nehmen. Es war neun Uhr am Morgen, als sie durch Nørreport hinausfuhren. Sie fuhren den Königsweg an Hirschholm vorbei, aber vorbei.

Sie hatten ihr als Bewachung im Wagen die Hofdame mitgegeben, die sie am wenigsten leiden konnte.

Caroline Mathilde hatte der Kleinen die Brust gegeben. Erst da konnte sie anfangen zu weinen.

Das Gerücht verbreitete sich schnell, und um das Gerücht, der König sei vor Struensees Mordanschlag gerettet worden, offiziell zu machen, befahl Guldberg, der König solle sich zeigen.

Man beorderte eine gläserne Kutsche herbei, sie wurde von sechs Schimmeln gezogen, zwölf Hofleute ritten um den Wagen. Man fuhr zwei und eine halbe Stunde in den Straßen Kopenhagens umher. Im Wagen saßen jedoch nur Christian und Erbprinz Friedrich.

Der Erbprinz hatte gestrahlt vor Glück, auf seine übliche Art gesabbert und mit offenem Mund gegafft und den jubelnden Massen zugewinkt. Christian war in einer der Ecken des Wagens zusammengekrochen, leichenblaß vor Schrecken, und hatte auf seine Hände gestarrt.

Der Jubel gewaltig.

5.

In dieser Nacht explodierte Kopenhagen.

Es war der Triumphzug mit den sechs Schimmeln und dem erschreckten, geretteten und aufs äußerste erniedrigten König, der alles auslöste. Plötzlich wurde es so offenbar: Eine Revolution war eingetreten und niedergeschlagen worden, der Besuch des Leibarztes im Vakuum der Macht war zu Ende, die dänische Revolution war vorüber, der Deutsche lag in Fesseln, das alte Regime, oder war es das neue, war gestürzt, und man wußte, daß man sich an einem Wendepunkt der Geschichte befand; und der Wahnsinn brach los.

Es begann mit einfachen Aufläufen des Pöbels; die norwegischen Matrosen, die noch vor wenigen Monaten, nach der Begegnung mit der bezaubernden kleinen Königin, so friedlich von Hirschholm abgezogen waren, fanden, es gebe keine Regeln und keine Gesetze mehr. Polizei und Militär schienen von den Straßen verschwunden, und der Weg zu Bordellen und Wirtshäusern stand offen. Man begann mit den Bordellen. Der Grund war, meinte man, daß diese Bösen Menschen unter Struensees Führung, die um ein Haar Väterchen umgebracht hatten, die Beschützer der Bordelle waren.

Das Regime der Bordelle war vorbei. Die Stunde der Rache hatte geschlagen.

Denn es war ja Väterchen, der König, Der Gute Herrscher, auf den sie dort oben in Norwegen stets als letzten Beschützer hingewiesen hatten, ER war es, der gerettet worden war. Jetzt war Väterchen gerettet. Väterchen waren die Augen aufgegangen, und er hatte seine bösen Freunde verworfen, jetzt mußten die Bordelle gereinigt werden. Die fünfhundert norwegischen Matrosen gingen an der Spitze, und niemand hinderte sie. Dann flammte es überall auf, und die Massen wälzten sich heraus, die Armen, die nie von einer Revolution geträumt hatten, denen aber jetzt die angenehme Zeit der Gewalt angeboten wurde, ohne Strafe, ohne Zusammenhang. Man durfte Aufruhr machen, aber zu keinem Zweck, es sei denn unter Hinweis auf die Reinheit. Die Sünde sollte vergewaltigt und damit die Reinheit wieder hergestellt werden. Die Fenster der Bordelle wurden zertrümmert und die Türen aufgebrochen, die Einrichtung hinausgeworfen, die Nymphen wurden gratis vergewaltigt und liefen schreiend und halb bekleidet durch die Straßen. Im Laufe von vierundzwanzig Stunden wurden über sechzig Bordelle verwüstet, zerstört, niedergebrannt, und auch einige durch und durch anständige Häuser wurden im Eifer des Gefechts geschändet, und anständige Frauen, aus Versehen, als ein Teil dieser Flut von kollektivem Wahnsinn, die in diesen vierundzwanzig Stunden über Kopenhagen hereinbrach.

Es war, als habe die pietistische Anständigkeit ihren kollektiven Höhepunkt erreicht und verspritze ihren rächenden Samen über den Verfall in Struensees Kopenhagen. Man begann charakteristischerweise mit dem Deutschen Gabel, dem Verantwortlichen für den Alkoholausschank im Park von Rosenborg, der durch Struensees Dekret für die Allgemeinheit geöffnet worden und in dem langen Sommer und warmen Herbst 1771 das Zentrum der Liederlichkeit der Kopenhagener Bevölkerung gewesen war. Man nahm an, daß Gabels Haus das Zentrum der Liederlichkeit gewesen war, von dort ging die Ansteckung der Sünde aus, dort hatten sicher Struensee und sein Anhang gebuhlt, es mußte gereinigt werden. Gabel selbst kam mit dem Leben davon, aber der Tempel wurde gründlich von den Händlern gereinigt. Das Schloß selbst war ja tabu, durfte nicht angetastet werden, aber die Verbindungsstellen zum Schloß und zum Hof griff man an. Das Haus der italienischen Schauspielerinnen war das nächste Ziel; es wurde gereinigt, aber wenigstens einige der Schauspielerinnen wurden nicht vergewaltigt, weil es hieß, daß Väterchen sie benutzt habe und sie somit gewissermaßen heilige Objekte waren. Einige indessen wurden besonders vergewaltigt, als Huldigung an Väterchen; aber die Gründe für all die Gewalt waren nicht mehr so deutlich, nichts mehr war deutlich. Es war, als hätten der Haß auf den Hof und die Ehrfurcht vor dem Hof eine große, wütende, verwirrte Vergewaltigung Kopenhagens ausgelöst; etwas war dort oben unter den Herrschenden geschehen, etwas Schändliches und Unsittliches, und jetzt wurde eine Reinigung zugelassen, und man reinigte, man bekam Erlaubnis zu schänden und zu reinigen, und der Alkohol war frei, und wurde konsumiert, und Rache wurde gefordert, für etwas, vielleicht für eine tausendjährige Kränkung, oder für die Kränkung durch Struensee, die zum Sinnbild für alle Kränkungen wurde. Schimmelmans Palast wurde gereinigt, aus unklaren Gründen, die jedoch einen Bezug zu Struensee und zur Sünde einschlossen. Und plötzlich war ganz Kopenhagen eine trinkende, zerschmetternde, vergewaltigende Hölle, es brannte an vielen Stellen, die Straßen waren von Glas übersät, keins der Hunderte von Gasthäusern blieb unversehrt. Keine Polizei zu finden. Keine Soldaten herauskommandiert. Als wollten die Putschisten, die Königinwitwe und die Siegenden sagen: in einem großen, liederlichen, rächenden Fest soll jetzt die Sünde in dieser dänischen Hauptstadt weggebrannt werden.

Gott würde es zulassen. Gott würde die entfesselte Zügellosigkeit dieses Volks als Werkzeug benutzen, um die Bordelle, die Wirtshäuser und all die Zufluchtsorte der Unzucht zu reinigen, die von denen benutzt worden waren, die Sittlichkeit und Zucht in den Schmutz gezogen hatten.

Es dauerte zwei Tage. Dann sanken die Krawalle langsam in sich zusammen, wie aus Ermattung oder Trauer. Etwas war zu Ende. Man hatte sich für das, was gewesen war, gerächt. Die Zeit der Aufklärungsverbrecher war zu Ende. Aber die Ermattung enthielt auch eine große Trauer, es würde keine offenen und erleuchteten Parks mehr geben, Theater und Vergnügungen wären verboten, und Reinheit würde herrschen, und Gottesfurcht, und so mußte es sein. Es würde nicht mehr so viel Freude machen. Aber dies war notwendig.

Eine Art Trauer. Das war es. Eine Art gerechte strafende Trauer. Und das neue Regime, das anständig war, würde das Volk für diese rächende, aber eigentümlich verzweifelte Trauer nicht bestrafen.

Am dritten Tag erschienen die Polizisten auf den Straßen, und es war vorbei.

Die Königin war unter strenger Bewachung, acht Dragonern zu Pferde, nach Kronborg gefahren worden. Im Wagen saßen nur die Königin, das kleine Kind und die einzige Hofdame, die jetzt ihr Gefolge darstellte.

Der Offizier saß auf dem Kutschbock neben dem Kutscher, die ganze Zeit mit gezücktem Säbel.

Der Kommandant von Hauch mußte in aller Eile einige Zimmer in diesem alten Schloß Hamlets heizen. Es war ein eiskalter Winter gewesen, mit vielen Stürmen, die vom Öresund wehten, und er war unvorbereitet. Die Königin hatte nichts gesagt, aber die ganze Zeit das Kind dicht an ihren Körper gedrückt und sie beide mit ihrem Pelz umschlossen, den sie die ganze Zeit nicht ablegte.

Am Abend hatte sie lange am südlichen Fenster gestanden und in Richtung Kopenhagen gesehen. Nur einmal hatte sie etwas zu ihrer Hofdame gesagt. Sie hatte gefragt, woher das seltsame schwach flackernde Licht am Himmel direkt im Süden komme.

»Das ist«, hatte die Hofdame geantwortet, »Kopenhagen, das illuminiert ist, und das Volk feiert die Befreiung von dem Unterdrucker Struensee und seinem Anhang.«

Die Königin hatte sich daraufhin schnell umgedreht und der Hofdame eine Ohrfeige gegeben. Dann war sie in Tränen ausgebrochen, hatte um Verzeihung gebeten, war aber wieder ans Fenster getreten und hatte, das schlafende Kind an sich gedrückt, lange hinaus ins Dunkel gestarrt, und auf den schwachen Schein des illuminierten Kopenhagen.

Kapitel 16

Das Kloster

1.

Wenn er die Beine anwinkelte und vorsichtig niedersetzte, spürte er die Ketten kaum; und sie waren ungefähr drei Ellen lang, so daß er sich bewegen konnte. Eigentlich waren sie kaum nötig, denn wie sollte er fliehen können, *wohin sollen wir fliehen vor deinem Angesicht und wo soll ich Zuflucht suchen Gütiger Herrgott in dieser Stunde der Not* – die alten Sprüche aus den Bibelstunden mit seinem düsteren Vater Adam Struensee waren aufgetaucht, es war absurd, wieso erinnerte er sich gerade daran?, war es nicht ungeheuer lange her?, aber die Ketten waren eher eine seelische Qual, er hatte nicht lange gebraucht, um sich an den physischen Schmerz zu gewöhnen. Er hatte sich um Höflichkeit bemüht. Es war wichtig, Ruhe zu bewahren und keine Verzweiflung oder Kritik zu zeigen. Man war, betonte er zu wiederholten Malen, respektvoll sachlich gewesen und hatte ihn gut behandelt, das wollte er gern unterstreichen, aber in den Nächten, wenn die Kälte von innen angeschlichen kam, als sei es sein Schrecken, der in ihm zu einem Eisblock gefroren war, in den Nächten gelang es ihm nicht, positiv und wohlwollend zu sein. Dann konnte er es nicht ertragen, daran zu denken. Es kam auch tagsüber vor, wenn er zu der vollkommen bedeutungslosen Decke aufsah, wo die Nässe sich in Tropfen zur Attacke sammelte und sich schließlich löste und angriff, dann zitterten seine Hände, ohne daß er sie kontrollieren konnte, dann gab es eine Folter, die schlimmer war als nicht zu wissen, und was war mit Caroline Mathilde und dem Kind geschehen, würde sie ihn retten können, *Oh, Du Gott, der nicht existiert, der nicht existiert, ich frage dich, werden sie mir scharfe Exami-*

nationen auferlegen und werden dann Nadeln in meinen Sack gesteckt und werde ich es ertragen, aber sonst war alles sehr zufriedenstellend, das Essen war gut und schmackhaft, die Bedienung im Arrest sehr wohlwollend, und er fand sich in keiner Weise veranlaßt, die Behandlung, die er erfahren hatte, zu kritisieren oder sich zu beschweren, und er hätte der Leitung gegenüber eher seinem Erstaunen über die humane Behandlung Ausdruck gegeben, die Behandlung, die es gab, *aber daß es nicht zu der Reise gekommen war, die mich ins ferne Ostindien hätte führen sollen, wo es so an Ärzten fehlt, und hätte ich sie nur in Altona verlassen,* und dieses Grübeln und in den Nächten das gleiche, es verhielt sich so, daß die Alpträume vom Sergeanten Mörl aufzutauchen begannen, es war wie bei Christian, er hatte angefangen zu verstehen, wovon Christian träumte, die Alpträume von Mörl, die Alpträume, *es war nicht so gewesen, als ruhe er in der Wunde des Lammes, sondern sie hatten ihn mit Nadeln gestochen, und er hatte in besinnungsloser Verzweiflung geschrien, hatte Christian gesagt,* aber er war sehr ruhig und zuvorkommend, und dann und wann war er den Wachen mit kleinen Scherzen gekommen, die, wie er glaubte, allgemein geschätzt worden waren.

Am dritten Tag war Guldberg zu Besuch gekommen.

Guldberg hatte gefragt, ob alles zu seiner Zufriedenheit sei, eine Frage, die bejaht worden war. Guldberg hatte die Liste der beschlagnahmten persönlichen Gegenstände mitgebracht und ihn gebeten gegenzuzeichnen, um die Korrektheit zu bestätigen. Es war die, die mit »35 stk dänische Dukaten« begann, mit »eine Tube Zahnpasta« (auf Dänisch!) weiterging und mit »Ein Haar Kam« endete, mit dem sonderbaren Kommentar »Struensee hat fast immer seine geflochtenen Haare mit einem hinten befestigten Kamm aufgesteckt wie ein Frauenzimmer«; er hatte getan, als sehe er die Anmerkung nicht, sondern nur unterschrieben und zustimmend genickt.

Er hatte ja bei der Festnahme nicht viel mitgenommen. Sie hatten plötzlich dort im flackernden Licht gestanden, und er hatte nur gedacht: es war ja unausweichlich. So mußte es kommen. Er wußte nicht einmal mehr, wie es zugegangen war. Er war nur vom Schrecken betäubt gewesen.

Guldberg hatte gefragt, wie es zu der Wunde an Struensees Kopf gekommen war. Er hatte nicht geantwortet. Guldberg hatte da die Frage wiederholt. Dann hatte Guldberg gesagt, nach Auskunft der Wächter habe Struensee versucht, sich das Leben zu nehmen, indem er sich mit dem Kopf voraus gegen die Steinwand warf.

»Ich kenne eine Methode«, hatte Guldberg gesagt, »in dieser neuen Situation Ihren Lebenswillen zu stärken.«

Anschließend hatte er ihm ein Buch überreicht. Es war die *Lebensbeschreibung eines bekehrten Freidenkers* von Ove Guldberg, erschienen 1760. Struensee hatte sich bedankt.

»Warum?« hatte er nach einem langen Schweigen gefragt.

Dann hatte er hinzugefügt:

»Ich werde ja doch sterben. Das wissen wir beide.«

»Das wissen wir«, hatte Guldberg gesagt.

»Warum kommen Sie dann?«

Es war eine so seltsame Begegnung gewesen.

Guldberg schien an Struensees Wohlwollen gelegen zu sein, er war besorgt über die Apathie, die der Gefangene zeigte. Er war in dem Kerkerloch auf und ab gegangen, gleichsam witternd, wie ein Hund, unruhig, besorgt, ja, es war, als habe ein sehr geliebter Hund eine neue Hütte bekommen und der Besitzer des Hundes inspiziere sie jetzt und mache sich Sorgen. Guldberg war ein Stuhl hereingebracht worden, er hatte sich gesetzt. Sie hatten einander betrachtet.

Schamlos, hatte Struensee gedacht. »Schamlos« mustert er mich.

»Eine bescheidene Schrift«, hatte Guldberg freundlich gesagt, »während meiner Zeit an der Akademie Sorø verfaßt. Aber sie enthält eine interessante Bekehrungsgeschichte.«

»Ich habe keine Angst zu sterben«, hatte Struensee gesagt. »Und ich bin ziemlich schwer zu bekehren.«

»Sagen Sie das nicht«, hatte Guldberg erwidert.

Unmittelbar bevor er gegangen war, hatte er Struensee ein Bild überreicht. Es war ein Kupferstich, der die Prinzessin darstellte, Caroline Mathildes und Struensees kleine Tochter, im Alter von etwa vier Monaten.

»Was wollen Sie«, hatte Struensee da gefragt.

»Denken Sie über die Sache nach«, hatte Guldberg gesagt.

»Was wollen Sie«, hatte Struensee wiederholt.

Zwei Tage später war Guldberg wiedergekommen.

»Die Tage sind kurz, und das Licht ist schwach«, hatte Struensee gesagt. »Ich habe das Buch nicht lesen können. Ich habe noch nicht einmal angefangen.«

»Ich verstehe«, hatte Guldberg gesagt. »Haben Sie vor anzufangen?«

»Ich wiederhole, daß ich schwer zu bekehren bin«, hatte Struensee gesagt.

Es war am Nachmittag gewesen, die Zelle sehr kalt, aus beider Mündern kam Dampf.

»Ich möchte«, hatte Guldberg gesagt, »daß Sie sehr lange das Bild des kleinen Mädchens betrachten. Ein Hurenkind. Aber sehr süß und anziehend.«

Dann war er gegangen.

Worauf wollte er hinaus?

Diese regelmäßig wiederkehrenden, kurzen Besuche. Sonst Schweigen. Die Wachen erzählten nichts, die Fenster der Zelle saßen hoch, das Buch, das er bekommen hatte, war neben der Bibel das einzige, was er lesen konnte. Am Ende hatte er, fast im Zorn, angefangen, Guldbergs Traktat zu lesen. Es war eine rührende Geschichte, nahezu unerträglich in ihrer grauen Dürftigkeit, die Sprache wie eine Predigt, die Handlung ohne Spannung. Es beschrieb einen durch und durch guten Menschen, begabt, bieder, gesellig und von allen geliebt, und wie dieser zum Freidenkertum verführt worden war. Dann hatte er seine Verirrung eingesehen.

Das war alles.

Er hatte sich mühsam durch die hundertsechsundachtzig Seiten gequält, in diesem Dänisch, das er nur mit Selbstüberwindung las, und nichts verstanden.

Was wollte Guldberg?

Vier Tage später war er wiedergekommen, hatte den kleinen Stuhl hereintragen lassen, sich gesetzt und den Gefangenen auf seinem Bett betrachtet.

»Ich habe es gelesen«, hatte Struensee gesagt.

Guldberg hatte nicht geantwortet. Er hatte nur ganz ruhig da gesessen, und dann, nach einem langen Schweigen und mit leiser, aber deutlicher Stimme gesagt:

»Ihre Sünde ist groß. Ihr Glied hat den Thron des Landes beschmutzt, Sie sollten es abschneiden und angeekelt von sich werfen, aber Sie haben noch andere Sünden auf Ihrem Gewissen. Das Land ist in Unruhe gestürzt worden, nur Gott und Seine Allmächtige Gnade haben uns gerettet. Dänemark ist jetzt gerettet. Alle Ihre Dekrete sind widerrufen worden. Eine feste Führung lenkt das Land. Sie werden jetzt, schriftlich, die schändliche und sündige Intimität, in der Sie mit der Königin standen, gestehen und Ihre Schuld bekennen. Danach werden Sie unter der Anleitung von Pastor Balthasar Münter, der wie Sie Deutscher ist, eine schriftliche Erklärung abfassen, in der Sie Ihre Bekehrung beschreiben, daß Sie jetzt von allen ketzerischen Aufklärungsideen Abstand nehmen und Ihre Liebe zu dem Erlöser Jesus Christus erklären.«

»Ist das alles?« hatte Struensee mit einer, wie ihm schien, unterdrückten Ironie gefragt.

»Das ist alles.«

»Und wenn ich mich weigere?«

Guldberg hatte klein und grau dort gesessen und ihn unverwandt angestarrt, wie immer ohne zu blinzeln.

»Sie werden sich nicht weigern. Und deshalb, weil Sie bereit sein werden für diese Bekehrung und dadurch ein frommes Exempel werden, ähnlich dem, das ich in meinem anspruchslosen Buch beschrieben habe, werde ich persönlich dafür

Sorge tragen, daß Ihr kleines Hurenkind nicht zu Schaden kommt. Nicht getötet wird. Daß die Vielen, Vielen!!!, die sie daran hindern möchten, Dänemarks Thronprätendentin zu werden, ihren Willen nicht durchsetzen.«

Da hatte Struensee endlich verstanden.

»Ihre Tochter«, hatte Guldberg in freundlichem Ton hinzugefügt, »ist doch Ihr Glaube an die Ewigkeit. Ist das nicht der Glaube des Freidenkers an das ewige Leben? Daß es nur durch die Kinder existiert? Daß Ihr ewiges Leben nur in diesem Kind zu finden ist?«

»Es wird niemand wagen, ein unschuldiges Kind zu töten.«

»An Mut mangelt es ihnen nicht.«

Lange hatten sie schweigend dagessen. Dann hatte Struensee mit einer Heftigkeit, die ihn selbst überraschte, ausgestoßen:

»Und woran glauben Sie selbst? Daran, daß Gott Christian auserkoren hat! Oder den sabbernden Erbprinzen???«

Und da hatte Guldberg ganz ruhig und still gesagt:

»Weil Sie sterben werden, sollen Sie erfahren, daß ich Ihre Auffassung nicht teile, diese ›königlichen Wichte‹ – denn das ist der eigentliche Sinn hinter Ihren Worten! der eigentliche Sinn! – würden nicht von der Gnade Gottes umfangen. Daß ich glaube, daß auch diese geringen Menschen eine Aufgabe haben, die vielleicht gerade ihnen gegeben worden ist. Nicht hochmütigen, liederlichen, bewunderten und schönen Wesen wie Ihnen. Die jene als Wichte betrachten.«

»Das tue ich nicht!!!« hatte Struensee heftig entgegnet.

»Und! Und daß Gott mir die Aufgabe zugedacht hat, jene gegen die Repräsentanten des Bösen zu verteidigen, unter denen einer Sie sind. Und daß es meine, meine historische Aufgabe ist, Dänemark zu retten.«

In der Tür hatte er gesagt:

»Denken Sie darüber nach. Morgen zeigen wir Ihnen die Maschinen.«

Sie hatten ihn zu den Räumen geführt, in denen die Maschinen, die bei den »scharfen Verhören« benutzt wurden, aufbewahrt waren.

Ein Hauptmann der Wachtruppe hatte als Führer sorgfältig den Gebrauch der verschiedenen Instrumente erläutert. Er hatte auch von einigen Fällen erzählt, in denen der Delinquent nach nur wenigen Minuten Behandlung zur Zusammenarbeit bereit gewesen war, wo aber das Reglement vorschrieb, daß das scharfe Verhör über die volle Zeitdauer fortgesetzt werden mußte. Dies waren die Regeln, und es war wichtig, daß beide Teile sie kannten; es bestand sonst immer die Gefahr, daß der Verhörte glaubte, augenblicklich die Martern beenden zu können, wenn er dies wünschte. Aber es war nicht der Verhörte, der über die Länge des scharfen Verhörs bestimmte. Es konnte nicht abgekürzt werden, wenn es erst einmal begonnen hatte, nicht einmal durch ein umfassendes Geständnis; sondern dies unterlag dem Beschluß der Verhörkommission, und der wurde im voraus gefaßt.

Nach der Vorführung der Instrumente war Struensee in seine Zelle zurückgebracht worden.

In der Nacht hatte er wachgelegen und zeitweise heftig geweint.

Durch die Ketten war er daran gehindert worden, mit dem Kopf gegen die Wand zu laufen.

Er war vollständig eingefangen, und er wußte es.

Am Tag darauf wurde er gefragt, ob ein gewisser Pastor Münter ihn besuchen könne, ein Seelsorger, der sich willens erklärt hatte, ihm den Weg zu weisen und seine Bekehrungsgeschichte aufzuzeichnen.

Struensee hatte mit ja geantwortet.

2.

Brandt wurde, in seiner Zelle, Probst Hee zugeteilt, und er erklärte sich sofort zur bedingungslosen Zusammenarbeit an einer Bekehrungsschrift bereit und dazu, vor der Allgemeinheit seine vollständige Bekehrung und seine Sündenschuld zu beschreiben, und wie er sich jetzt dem Erlöser Jesus Christus zu Füßen warf.

Ohne darum gebeten zu sein, erklärte er außerdem, es sei ihm ein Anliegen, von allen Aufklärungsideen Abstand zu nehmen, und insbesondere den Gedanken, die von einem Herrn Voltaire verfochten würden. Über diesen könne er sich außerdem mit um so größerer Sachkenntnis äußern, als er einmal, und zwar vor der europäischen Reise des Königs, Voltaire besucht und ganze vier Tage bei diesem gewohnt habe. Es sei indessen bei jener Gelegenheit nicht um die Diskussion von Aufklärungsideen gegangen, sondern um theaterästhetische Fragen, etwas, was Brandt mehr interessiert habe als Politik. Der Probst Hee zeigte sich indessen an einer näheren Information über diese das Theater betreffenden Gespräche wenig interessiert, ihm ging es mehr um Brandts Seele.

Brandt war im übrigen der Ansicht, er könne kaum verurteilt werden.

In einem Brief an seine Mutter versicherte er: »Mir kann niemand längere Zeit böse sein. Ich habe allen vergeben, wie auch Gott mir vergeben hat.«

Während der ersten Wochen verbrachte er die Zeit damit, zu pfeifen und Opernarien zu singen, was er infolge seines Titels als »maître de plaisir«, oder mit einem späteren Ausdruck »Kulturminister«, als natürlich ansah. Nach dem 7. März wurde ihm seine Querflöte ausgehändigt, und er begeisterte alle mit seinem gekonnten Flötenspiel.

Er hielt es lediglich für eine Zeitfrage, wann er freigelassen werden würde, und in einem im Gefängnis geschriebenen Brief an König Christian hatte er sich einen, »wenn auch geringen« Amtmannsposten auserbeten.

Erst als sein Anwalt ihm mitteilte, der wichtigste, vielleicht einzige Anklagepunkt gegen ihn werde sein, daß er den König körperlich mißhandelt und sich damit gegen die Königsmacht vergangen habe, scheint er angefangen zu haben, sich Sorgen zu machen.

Es war die Geschichte mit dem Finger.

Sie war so kurios, daß er selbst sie fast vergessen hatte; aber er hatte ja Christian so in den Finger gebissen, daß es geblutet hatte. Jetzt wurde die Geschichte hervorgeholt. Er widmete sich deshalb mit immer größerer Kraft und gemeinsam mit Probst Hee der Gestaltung seines Abfalls von der Freidenkerei und seines Abscheus vor den französischen Philosophen, und diese Bekehrungsschrift wurde denn auch sehr schnell in Deutschland publiziert.

In einer deutschen Zeitung wurde dieses Bekenntnis Brandts von einem jungen, damals zweiundzwanzigjährigen Frankfurter Studenten namens Wolfgang Goethe rezensiert, der das Ganze empört als religiöse Heuchelei beschrieb und davon ausging, daß die Bekehrung das Resultat von Folter oder einer anderen Form von Druck war. In Brandts Fall traf dies jedoch nicht zu; aber der junge Goethe, der sich später auch über Struensees Schicksal empörte, hatte dem Artikel eine Tuschzeichnung beigefügt, die den in Ketten liegenden Brandt in der Zelle zeigt, und vor ihm stehend den Probst Hee, der ihn mit großen Gesten über die Notwendigkeit der Bekehrung unterweist.

Dazu ein kürzeres satirisches Gedicht oder eine dramatische Skizze, vielleicht Goethes allererster publizierter Text, der lautete:

Probst Hee:
– Bald leuchtest du O Graf im engelheitern Schimmer.
Graf Brandt:
– Mein lieber Pastor, desto schlimmer.

Doch war alles unter Kontrolle. Die physische Kontrolle der Gefangenen war effektiv, der linke Fuß mit einer eineinhalb Ellen langen Kette an den rechten Arm gekettet, und diese Kette mit einem sehr schweren Glied in der Mauer verankert. Die juristische Kontrolle entwickelte sich ebenfalls schnell. Am 20. Januar wurde ein Inquisitionsgericht eingesetzt, danach das endgültige Organ, die Inquisitionskommission, die am Schluß zweiundvierzig Mitglieder umfaßte.

Es gab nur ein Problem. Daß Struensee zum Tode verurteilt werden mußte und würde, war vollkommen klar. Aber das konstitutionelle Dilemma überschattete alles.

Das Dilemma war die kleine englische Hure.

Sie war auf Kronborg eingesperrt, ihr vier Jahre alter Sohn, der Kronprinz, war ihr fortgenommen worden, sie durfte das kleine Mädchen noch bei sich behalten, »weil sie noch stillte«. Aber die Königin war aus anderem und härterem Holz geschnitzt als die übrigen Gefangenen. Sie gestand nichts. Und sie war trotz allem die Schwester des englischen Königs.

Man hatte versucht, gewisse vorbereitende Verhöre vorzunehmen. Sie waren nicht ermutigend gewesen.

Die Königin war das eigentliche Problem.

Man schickte Guldberg und eine unterstützende Delegation von drei Kommissionsmitgliedern hinauf zu Hamlets Schloß, um zu sehen, was man tun konnte.

Die erste Begegnung war sehr kurz und formell gewesen. Sie hatte kategorisch verneint, daß sie und Struensee ein intimes Verhältnis gehabt hätten und daß das Kind von ihm sei. Sie war wutentbrannt, doch äußerst formell und hatte verlangt, mit dem englischen Botschafter in Kopenhagen zu sprechen.

In der Tür hatte Guldberg sich umgewandt und gefragt:

»Ich frage Sie noch einmal: Ist das Kind von Struensee?«

»Nein«, hatte sie erwidert, kurz wie ein Peitschenhieb.

Aber plötzlich der Schrecken in ihren Augen. Guldberg hatte ihn gesehen.

So endete das erste Verhör.

Kapitel 17

Der Keltertreter

1.

Die ersten Verhöre mit Struensee wurden am 20. Februar geführt, dauerten von zehn Uhr bis vierzehn Uhr und ergaben nichts.

Am 21. Februar wurden die Verhöre fortgesetzt, und man teilte Struensee jetzt weitere Beweise für sein unsittliches und intimes Verhältnis mit der Königin mit. Die Zeugenaussagen waren, betonte man, unwiderlegbar. Auch die treuesten Diener hatten ausgesagt; wenn er geglaubt hatte, von einem inneren Ring beschützender Wesen umgeben zu sein, die zu seinen Gunsten sprachen, so mußte er jetzt einsehen, daß dieser innere Ring nicht existierte. Gegen Ende des langen Verhörs am dritten Tag und auf Struensees Frage, ob die Königin nicht bald befehlen wolle, dieser schändlichen Farce ein Ende zu machen, teilte man ihm mit, die Königin sei arrestiert und auf Kronborg untergebracht, der König wünsche Ehescheidungsverhandlungen einzuleiten, und Struensee könne auf keinen Fall, wenn er dies denn geglaubt habe, mit Unterstützung von ihrer Seite rechnen.

Struensee hatte sie wie gelähmt angestarrt und dann verstanden. Er war plötzlich in wildes und unkontrolliertes Schluchzen ausgebrochen und hatte gebeten, in seine Zelle zurückgebracht zu werden, um seine Lage zu überdenken.

Die Inquisitionskommission verweigerte ihm dies natürlich, in der Einschätzung, daß Struensee jetzt aus dem Gleichgewicht geraten sei und ein Geständnis nahe bevorstehe, und beschloß, das Verhör an diesem Tag zu verlängern. Struensees Weinen wollte nicht aufhören, er war außer sich, und plötzlich gestand er, »unter großer Verzweiflung und Hoffnungslosigkeit«, daß er wirklich in einem intimen Verhältnis zur Königin gestanden, daß »Beiwohnung« stattgefunden habe.

Am 25. Februar unterzeichnete er das vollständige Bekenntnis.

Die Nachricht verbreitete sich rasch über ganz Europa.

Empörung und Verachtung kennzeichneten die Kommentare. Struensees Handlungsweise wurde verurteilt, also nicht sein intimes Verhältnis mit der Königin, sondern sein Geständnis. Ein französischer Kommentator schrieb, daß »ein Franzose es aller Welt erzählt, aber niemals gestanden hätte«.

Offensichtlich war auch, daß Struensee damit sein eigenes Todesurteil unterzeichnet hatte.

Eine Kommission von vier Mann wurde nach Kronborg geschickt, um der Königin von Struensees schriftlichem Geständnis Mitteilung zu machen. Der Anordnung zufolge sollte die Königin nur eine beglaubigte Abschrift lesen dürfen. Das Original sollte mitgeführt werden, sie sollte Gelegenheit bekommen, die Authentizität der Abschrift daran überprüfen zu können, aber unter keinen Umständen sollte sie physischen Zugang zum Original erhalten; es sollte der Königin hingehalten, auf keinen Fall aber ihr in die Hand gegeben werden.

Man kannte ihre Entschlossenheit und fürchtete ihre rasende Wut.

2.

Sie saß immer am Fenster und blickte hinaus über den Öresund, der zum erstenmal, seit sie in Dänemark lebte, zugefroren und von Schnee bedeckt war.

Der Schnee trieb oft in dünnen Streifen über das Eis, und es war sehr schön. Sie hatte sich dafür entschieden, das Schneetreiben über dem Eis schön zu finden.

Es gab nicht mehr viel, was sie in diesem Land noch schön fand. Eigentlich war alles häßlich und eisgrau und feindlich, aber sie hielt sich an das, was schön sein konnte. Schneetreiben über dem Eis war schön. Jedenfalls manchmal, besonders an dem einzigen Nachmittag, an dem die Sonne durchkam und alles für einige Minuten, ja, schön machte.

Aber sie vermißte die Vögel. In der Zeit vor Struensee hatte sie die Vögel lieben gelernt, wenn sie am Strand gestanden und gesehen hatte, wie sie »eingebohrt in ihre Träume« dagelegen hatten – diesen Ausdruck hatte sie später benutzt, als sie Struensee davon erzählte – und manchmal aufgeflogen und in dem tief hängenden Nebel verschwunden waren. Daß die Vögel träumten, war so wichtig geworden: daß sie Geheimnisse hatten und träumen und lieben konnten, wie Bäume lieben konnten, und daß die Vögel »Erwartungen hatten« und Hoffnung hegten und dann plötzlich aufflogen und mit den Flügelspitzen die quecksilbergraue Oberfläche peitschten und zu etwas hin verschwanden. Zu etwas hin, einem anderen Leben. Es war eine so schöne Vorstellung gewesen.

Aber jetzt gab es keine Vögel.

Dies war Hamlets Schloß, und sie hatte eine Aufführung von *Hamlet* in London gesehen. Ein geisteskranker Prinz, der seine Geliebte zum Selbstmord trieb; sie hatte geweint, als sie das Stück gesehen hatte, und als sie Kronborg zum erstenmal besucht hatte, war das Schloß so groß gewesen, auf eine Weise. Jetzt war es nicht groß. Es war nur eine grauenvolle Geschichte, in der sie selbst eingefangen war. Sie haßte *Hamlet*. Sie wollte nicht, daß ihr Leben von einem Theaterstück geschrieben werden sollte. Sie hatte vor, dieses Leben selbst zu schreiben. »Eingefangen von Liebe« war Ophelia gestorben, was war es, in dem sie selbst jetzt eingefangen war? War es wie bei Ophelia, in einer Liebe; ja, es war in einer Liebe. Aber sie hatte nicht vor, geisteskrank zu werden und zu sterben. Unter gar keinen Umständen hatte sie vor, eine Ophelia zu werden.

Sie wollte nicht Theater werden.

Sie haßte Ophelia und ihre Blumen im Haar und ihren Opfertod und ihren geisteskranken Gesang, der nur lächerlich war. Ich bin erst zwanzig Jahre alt; sie wiederholte es sich ständig, sie war zwanzig Jahre alt und nicht in einem dänischen Theaterstück eingefangen, das von einem Engländer geschrieben worden war, und nicht in eines anderen Geisteskrankheit eingefangen, und sie war noch jung.

»O keep me innocent, make others great.« Das war der Ton von Hamlets Ophelia. So lächerlich.

Aber die Vögel hatten sie verlassen. War das ein Zeichen?

Sie haßte auch alles, was Kloster war.

Der Hof war Kloster, ihre Mutter war Kloster, die Königinwitwe war Kloster, Kronborg war Kloster. Im Kloster war man ohne Eigenschaften. Holberg war nicht Kloster, Vögel waren nicht Kloster, in Männerkleidung zu reiten war nicht Kloster, Struensee war nicht Kloster. Fünfzehn Jahre hatte sie im Kloster der Mutter gelebt und war ohne Eigenschaften gewesen, jetzt saß sie wieder in einer Art von Kloster, dazwischen lag die Struenseezeit. Sie saß am Fenster und starrte hinaus über den treibenden Schnee und versuchte zu verstehen, was die Struenseezeit gewesen war.

Es war eine Zeit des Wachsens gewesen; sie war gewachsen, von einem Kind, das glaubte, es sei fünfzehn Jahre alt, zu einer Person, die hundert Jahre alt war und dazugelernt hatte.

In vier Jahren war alles geschehen.

Erst das Furchtbare mit dem kleinen, verrückten König, der sie gedeckt hatte, dann der Hof, der geisteskrank war wie der König, den sie aber manchmal geliebt hatte; nein, falsches Wort. Nicht geliebt. Sie schob es von sich. Erst das Kloster, dann die vier Jahre. Auf einmal war es so schnell gegangen; sie hatte verstanden, daß sie nicht ohne Eigenschaften war, und das Phantastischste von allem, sie hatte die anderen gelehrt – die anderen!!! –, daß sie nicht ohne Eigenschaften war, und deshalb hatte sie die anderen das Fürchten gelehrt.

Das Mädchen, das auszog, sie das Fürchten zu lehren.

Struensee hatte ihr einmal ein altes deutsches Volksmärchen erzählt. Es handelte von einem Jungen, der keine Furcht kannte; er war in die Welt hinausgezogen, »um das Fürchten zu lernen«. Genauso steif deutsch und rätselhaft war der Ausdruck gewesen. Sie hatte das Märchen seltsam gefunden, und sie erinnerte sich kaum noch daran.

Aber an den Titel erinnerte sie sich: »Von einem, der auszog, das Fürchten zu lernen«.

Er hatte es auf deutsch erzählt. Der Junge, der auszog, das Fürchten zu lernen. Mit seiner Stimme, und auf deutsch, war der Ausdruck dennoch schön gewesen, fast magisch. Warum hatte er es erzählt? War es eine Erzählung über ihn selbst, die er vermitteln wollte? Ein heimliches Zeichen? Hinterher hatte sie gefunden, daß er von sich selbst erzählt hatte. Es gab nämlich noch einen anderen Jungen in dem Märchen. Er war der Kluge, Begabte, Gute und Geliebte; aber er war von Furcht gelähmt. Vor allem, vor allen. Alles jagte ihm einen Schrecken ein. Er war voller guter Eigenschaften, aber die Furcht hatte sie lahmgelegt. Der begabte Junge war von der Furcht gelähmt.

Aber Der Dumme Bruder wußte nicht, was Furcht war.

Der Dumme Bruder war der Sieger.

Was war das für eine Geschichte, die Struensee ihr hatte erzählen wollen? Von sich selbst? Oder wollte er von ihr erzählen? Oder von ihren Feinden, davon, wie es war zu leben; von den Bedingungen, den Bedingungen, die existierten, denen sie sich aber nicht anpassen wollten? Warum diese lächerliche Güte im Dienst der Güte? Warum hatte er keine Säuberungen unter den Feinden durchgeführt, niemanden des Landes verwiesen, niemanden bestochen, sich nicht angepaßt an das große Spiel?

Hatte er solche Angst vor dem Bösen, daß er seine Hände nicht damit beschmutzen wollte und deshalb jetzt alles verloren hatte?

Es war eine Delegation von Vieren gekommen, hatte ihr erzählt, daß Struensee ins Gefängnis geworfen worden sei, daß er gestanden habe.

Sie hatten ihn vermutlich gefoltert. Sie war sich fast sicher. Und da hatte er selbstverständlich alles gestanden. Struensee brauchte nicht in die Welt hinauszuziehen, um das Fürchten zu lernen. Im Innersten hatte er sich immer gefürchtet. Sie hatte es gesehen. Es schien ihm nicht einmal Spaß zu machen, Macht auszuüben. Das begriff sie nicht. Sie hatte doch ihre eigene Lust gespürt, als sie zum erstenmal verstanden hatte, daß sie Schrecken verbreiten konnte.

Aber er nicht. Etwas Grundlegendes stimmte nicht mit ihm. Warum wurden immer die falschen Menschen auserwählt, um das Gute zu tun? Es konnte nicht Gott sein, der das tat. Es mußte der Teufel sein, der die Werkzeuge des Guten auswählte. Also nahm er die Edlen, die in der Lage waren, Furcht zu verspüren. Und wenn die Guten nicht töten und vernichten konnten, dann war das Gute hilflos.

Wie schrecklich. Mußte es wirklich so sein? War es so, daß sie selbst, die keine Furcht kannte und es liebte, Macht auszuüben, und Glück empfand, wenn sie wußte, daß sie Angst vor ihr hatten, daß Menschen wie sie die dänische Revolution hätten durchführen sollen?

Dort draußen keine Vögel. Warum waren keine Vögel da, wenn sie sie brauchte?

Er hatte ihr eine Geschichte von einem Jungen erzählt, der alles hatte, aber Furcht fühlte. Der Held des Märchens aber war der andere Junge. Der Böse, Gemeine, Einfältige, der keine Furcht kannte, war der Sieger.

Wie konnte man die Welt besiegen, wenn man nur gut war und nicht den Mut hatte, böse zu sein? Wie sollte man dann einen Hebel unter dem Haus der Welt ansetzen?

Unendlicher Winter. Schneetreiben über dem Öresund.

Wann würde es ein Ende nehmen?

Vier Jahre hatte sie gelebt. Eigentlich weniger. Es hatte im

Hoftheater begonnen, als sie sich entschlossen und ihn geküßt hatte. War das nicht im Frühjahr 1770? Das bedeutete, daß sie nur zwei Jahre gelebt hatte.

Wie schnell man wachsen konnte. Wie schnell man sterben konnte.

Warum mußte sie gerade Johann Friedrich Struensee so furchtbar lieben, wo das Gute dazu verdammt war unterzugehen, und diejenigen, die keine Furcht fühlten, siegen mußten.

»O keep me innocent, make others great.«

So unendlich lange her.

3.

Die Delegation von Vieren hatte nichts erreicht.

Vier Tage später kam Guldberg wieder.

Guldberg war allein gekommen, hatte den Wachen ein Zeichen gegeben, vor der Tür zu bleiben, und sich auf einen Stuhl gesetzt und sie direkt und unverwandt angesehen. Nein, dieser kleine Mann war kein Rantzau, kein feiger Verräter, man durfte ihn nicht unterschätzen, mit ihm war nicht zu spaßen. Früher hatte sie gefunden, daß er beinah grotesk wirkte in seiner grauen Kleinheit; aber es schien, als habe er sich verändert, was war es, das sich verändert hatte? Er war nicht unbedeutend. Er war ein lebensgefährlicher Gegner, und sie hatte ihn unterschätzt, jetzt saß er auf seinem Stuhl und sah sie unablässig an. Was war das mit seinen Augen? Man sagte, daß er nie blinzelte, aber lag es nicht an etwas anderem? Er hatte sehr leise und ruhig zu ihr gesprochen, kalt konstatiert, daß Struensee jetzt gestanden habe, wie ihr kürzlich mitgeteilt worden sei, und daß der König jetzt eine Scheidung wünsche und daß ein Geständnis ihrerseits notwendig sei.

»Nein«, hatte sie ihm ebenso ruhig geantwortet.

»In diesem Fall«, hatte er gesagt, »hat Struensee die Königin Dänemarks der Lüge bezichtigt. Dafür muß seine Strafe verschärft werden. Dann sind wir gezwungen, ihn zum Tode durch langsames Rädern zu verurteilen.«

Er hatte sie vollkommen ruhig angesehen.

»Du Schwein«, hatte sie gesagt. »Und das Kind?«

»Man muß immer einen Preis bezahlen«, hatte er erwidert. »Also bezahlen Sie!«

»Und das bedeutet?«

»Daß der Bastard, das Hurenkind von Ihnen getrennt werden muß.«

Sie wußte, daß sie ihre Ruhe bewahren mußte. Es ging um das Kind, und sie mußte ruhig bleiben und klar denken.

»Ich verstehe nur eins nicht«, hatte sie mit ihrer kontrolliertesten Stimme gesagt, die ihr aber dennoch spröde und bebend vorkam, »ich verstehe diese Rachlust nicht. Von wem ist ein Mensch wie Sie geschaffen? Von Gott? Oder vom Teufel?«

Er hatte sie lange angesehen.

»Die Liederlichkeit hat ihren Preis. Und meine Aufgabe ist es, Sie davon zu überzeugen, daß Sie ein Geständnis unterschreiben müssen.«

»Aber Sie haben nicht geantwortet.«

»Soll ich wirklich antworten?«

»Ja. Wirklich.«

Da hatte er ganz still ein Buch aus seiner Tasche gezogen, nachdenklich darin gesucht, geblättert und zu lesen angefangen. Es war die Bibel. Er hat eigentlich eine schöne Stimme, dachte sie plötzlich, aber diese Stillheit hatte etwas Furchtbares, diese Ruhe und der Text, den er vorlas. Dies, hatte er gesagt, ist Jesaja, das vierunddreißigste Kapitel, kann ich ein Stück lesen, hatte er gesagt, *Denn der Herr ist zornig über alle Heiden*, hatte er begonnen, ohne eine Antwort abzuwarten, *und ergrimmt über alle ihre Scharen. Er wird an ihnen den Bann vollstrecken und sie zur Schlachtung dahingeben. Und ihre Erschlagenen werden hingeworfen werden, daß der Gestank von ihren Leichnamen aufsteigen wird und die Berge von ihrem Blut fließen. Und alles Heer des Himmels wird dahinschwinden, und der Himmel wird zusammengerollt werden wie eine Buchrolle, und all sein Heer wird hinwelken, wie ein Blatt verwelkt am Weinstock und wie ein dürres Blatt am Feigenbaum*, und er wendete die Seite sehr nachdenklich, als lausche er der Musik in den Worten, o Gott, dachte sie, wie konnte ich jemals glauben, dieser Mann sei unbedeutend, *Denn mein Schwert ist trunken im Himmel, und siehe, es wird herniederfahren auf Edom und über das Volk, an dem ich den Bann vollstrecke zum Gericht. Des Herrn Schwert ist voll Blut und trieft von Fett, vom Blut der Lämmer und Böcke, vom Nierenfett der Widder*, ja, und seine Stimme nahm langsam zu an Stärke, und sie konnte nicht umhin, ihn anzustarren mit etwas, das Faszination glich oder Schrecken oder beidem, *Und ihr Land wird trunken werden von Blut, und die Erde wird triefen von Fett. Denn es kommt der Tag der Rache des Herrn und das Jahr der Vergeltung, um Zion zu rächen. Da werden Edoms Bäche zu Pech werden und seine Erde zu Schwefel; ja, sein Land wird zu brennendem Pech werden, das weder Tag noch Nacht verlöschen wird, sondern immer wird Rauch von ihm aufgehen. Und es wird verwüstet sein von Geschlecht zu Geschlecht, daß niemand hindurchgehen wird auf ewige Zeiten /.../ und seine Edlen werden nicht mehr sein. Man wird dort keinen König mehr ausrufen, und alle seine Fürsten werden ein Ende haben. Dornen werden wachsen in seinen Palästen, Nesseln und Disteln in seinen Schlössern; und es wird eine Behausung sein der Schakale und eine Stätte für die Strauße. Da werden Wüstentiere und wilde Hunde einander treffen, und ein Feldgeist wird dem andern begegnen. Das Nachtgespenst wird auch dort herbergen und seine Ruhestatt dort finden*, ja, fuhr er mit der gleichen ruhigen, eindringlichen Stimme fort, das sind die Worte des Propheten, ich lese dies nur, um den Hintergrund zu geben für das Wort des Herrn von der Strafe, die jene trifft, die nach Unreinheit und Fäulnis streben, Unreinheit und Fäulnis, wiederholte er und sah sie fest an, und plötzlich sah sie seine

Augen, nein, nicht daß sie blinzelten, aber sie waren hell, fast eisblau wie die eines Wolfs, sie waren vollkommen weiß und gefährlich, und das war es, was alle erschreckt hatte, nicht daß er nicht blinzelte, sondern daß sie so unerträglich eisblau waren wie Wolfsaugen, und er fuhr mit der gleichen ruhigen Stimme fort: Jetzt kommen wir zu der Passage, die die Königinwitwe auf mein Anraten in den Kirchen des Landes am nächsten Sonntag zu lesen empfohlen hat, als Danksagung dafür, daß das Land nicht gezwungen ist, Edoms Schicksal zu teilen, und ich lese jetzt aus dem dreiundsechzigsten Kapitel des Propheten Jesaja; und er räusperte sich, heftete den Blick wieder auf seine aufgeschlagene Bibel und las den Text, den das dänische Volk am kommenden Sonntag hören würde. *Wer ist der, der von Edom kommt, mit rötlichen Kleidern von Bozra, der so geschmückt ist in seinen Kleidern und einherschreitet in seiner großen Kraft? »Ich bin's, der in Gerechtigkeit redet, und bin mächtig zu helfen.« Warum ist denn dein Gewand so rotfarben und dein Kleid wie das eines Keltertreters? »Ich trat die Kelter allein, und niemand unter den Völkern war mit mir. Ich habe sie gekeltert in meinem Zorn und zertreten in meinem Grimm. Da ist ihr Blut auf meine Kleider gespritzt, und ich habe mein ganzes Gewand besudelt. Denn ich hatte einen Tag der Vergeltung mir vorgenommen; das Jahr, die Meinen zu erlösen, war gekommen. Und ich sah mich um, aber da war kein Helfer, und ich verwunderte mich, daß mir niemand beistand. Da mußte mein Arm mir helfen, und mein Zorn stand mir bei. Und ich habe die Völker zertreten in meinem Zorn und habe sie trunken gemacht in meinem Grimm und ihr Blut auf die Erde geschüttet.«*

Damit endete er und blickte zu ihr auf.

»Der Keltertreter«, hatte sie da gesagt, wie zu sich selbst.

»Sie haben mir eine Frage gestellt«, hatte Guldberg gesagt. »Und ich wollte der Antwort nicht ausweichen. Jetzt habe ich sie beantwortet.«

»Ja?« flüsterte sie.

»Deshalb.«

Einen Augenblick lang hatte sie gedacht, als sie den Keltertreter bei seinem langsamen, methodischen Lesen betrachtete, daß Struensee vielleicht einen Keltertreter an seiner Seite gebraucht hätte.

Ruhig, still, mit eisblauen Wolfsaugen, blutbeflecktem Gewand und dem Sinn für das große Spiel.

Ihr war fast übel geworden bei dem Gedanken. Struensee hätte dieser Gedanke nie gelockt. Was ihr Übelkeit verursachte, war, daß sie selbst den Gedanken verlockend fand. War sie eine Lilith?

Hatte sie einen Keltertreter in sich?

Obwohl sie sich einredete, nein nie. Wohin würde das alles führen. Wohin käme man dann.

Am Ende unterschrieb sie.

Nichts über die Herkunft des kleinen Mädchens. Aber über die Untreue; und sie schrieb mit ruhiger Hand, mit Wut und ohne Details; sie gestand in dieser Frage »das gleiche, was Graf Struensee gestanden hat«.

Sie schrieb mit ruhiger Hand und damit er nicht langsam zu Tode gefoltert würde dafür, sie der Lüge bezichtigt und damit die Königsmacht verhöhnt zu haben, und weil sie wußte, daß sein Schrecken hiervor sehr groß sein mußte; aber das einzige, was sie denken konnte, war, *aber die Kinder, die Kinder, und der Junge ist ja so groß, aber die Kleine, die ich doch stillen muß, und sie nehmen sie, und sie werden von den Wölfen umgeben sein, und wie wird das gehen, und die kleine Louise, sie nehmen sie mir fort, wer soll sie denn ammen, wer wird sie mit seiner Liebe umschließen unter diesen Keltertretern.*

Sie unterschrieb. Und sie wußte, daß sie nicht mehr das mutige Mädchen war, das keine Furcht kannte. Die Furcht hatte sie am Ende aufgesucht, die Furcht hatte sie gefunden, und sie wußte am Ende, was Furcht war.

4.

Schließlich erhielt der englische Gesandte Keith die Erlaubnis, die gefangene Königin zu besuchen.

Das Problem wurde auf eine höhere Ebene gehoben. Das große Spiel war in Gang gesetzt worden, das große Spiel drehte sich jedoch weder um die zwei gefangenen Grafen noch um die mit ihnen arrestierten geringeren Sünder. Die letzteren waren bereits freigelassen und des Landes verwiesen worden und in Ungnade gefallen oder mit kleineren Gütern belehnt und entschuldigt und mit Pensionen versehen worden.

Die geringeren Sünder verschwanden in aller Stille.

Reverdil, der vorsichtige Reformator, Christians Informator, Kindermädchen und des Jungen geliebter Ratgeber, solange Rat gegeben werden konnte, wurde ebenfalls ausgewiesen. Er hatte eine Woche unter Hausarrest gestanden, hatte aber ruhig gesessen und gewartet, und es waren widersprüchliche Depeschen gekommen; schließlich ein überschwenglicher und höflicher Ausweisungsbrief, der ihm nahelegte, so bald als möglich sein Heimatland aufzusuchen, um dort Ruhe zu finden.

Er hatte verstanden. Er reiste sehr langsam aus dem Zentrum des Sturms ab, weil er, wie er schreibt, nicht den Eindruck erwecken wollte, zu fliehen. Er verschwand auf diese Weise aus der Geschichte, von Poststation zu Poststation, zurückhaltend in seiner Flucht, zum zweitenmal ausgewiesen, mager und gekrümmt, traurig und klarsichtig, mit seiner noch lebendigen beharrlichen Hoffnung, verschwand wie ein sehr langsames Abendrot. Es ist ein schlechtes Bild, aber es paßt zu Èlie Salomon François Reverdil. Vielleicht würde er es so beschrieben haben, wenn er noch eins der Bilder von der Langsamkeit als Tugend benutzt hätte, die er so gern gebrauchte: von den vorsichtigen Revolutionen, den langsamen Rückzügen, von der Morgenröte der Aufklärung und ihrer Abenddämmerung.

Das große Spiel drehte sich nicht um die Nebenfiguren.

Das große Spiel drehte sich um die kleine englische Hure, die kleine Prinzessin, Dänemarks gekrönte Königin, Georgs des Dritten Schwester, die von der Kaiserin Katharina von Rußland so geschätzte Aufklärerin auf dem dänischen Thron; also die kleine gefangene, weinende, absolut ratlose und rasende Caroline Mathilde.

Diese Lilith. Diesen Engel des Teufels. Die jedoch Mutter der zwei königlichen Kinder war, was ihr Macht gab.

Guldbergs Analyse war kristallklar gewesen. Man hatte ihr Geständnis der Untreue bekommen. Eine Scheidung war notwendig, um zu verhindern, daß sie und ihre Kinder Machtansprüche geltend machten. Die herrschende Gruppe um Guldberg war jetzt, das räumte er ein, exakt wie die Struensees es gewesen war, ganz und gar abhängig von der Legitimation durch den geisteskranken König. Gott hatte die Macht gegeben. Aber Christian war weiterhin der Finger Gottes, der den Funken des Lebens, der Gnade und der Macht demjenigen gab, der die Kraft besaß, das schwarze Vakuum der Macht zu erobern, das die Krankheit des Königs geschaffen hatte.

Der Leibarzt hatte dieses Vakuum besucht und es ausgefüllt. Jetzt war er fort. Andere besuchten jetzt das Vakuum.

Die Lage war im Grunde unverändert, allerdings mit umgekehrten Vorzeichen.

Das große Spiel drehte sich jetzt um die Königin.

Christian hatte die kleine Tochter als seine eigene anerkannt. Sie zum Bastard zu erklären wäre eine Schmähung des Königs, würde die Kraft seiner Legitimierung des neuen Regimes schwächen. War das Mädchen ein Bastard, könnte der Mutter erlaubt werden, die Kleine zu behalten; kein Grund dann, das Mädchen in Dänemark festzuhalten. Das durfte nicht geschehen. Christian durfte auch nicht für geisteskrank erklärt werden, aus dem gleichen Grund; dann fiele die Macht zurück an seinen legitimen Sohn und indirekt an Caroline Mathilde.

Ergo mußte die Untreue festgeschrieben werden. Die Scheidung war notwendig.

Die Frage war, wie der englische Monarch auf diese seiner Schwester zugefügte Schmach reagieren würde.

Es folgte eine Periode der Unklarheit; Krieg oder nicht? Georg der Dritte ließ ein großes Flottengeschwader für einen Angriff auf Dänemark ausrüsten, falls Caroline Mathildes Rechte gekränkt würden. Aber gleichzeitig begannen englische Zeitungen und Pamphlete Teile von Struensees Geständnis zu veröffentlichen. Die englische Pressefreiheit war bewundernswert und berüchtigt, und die phantastische Geschichte von dem deutschen Arzt und der kleinen englischen Königin unwiderstehlich.

Aber Krieg, dafür?

Es erwies sich, je mehr Wochen ins Land gingen, als immer schwerer, aufgrund gekränkter nationaler Ehre in einen großen Krieg einzutreten. Wegen Caroline Mathildes sexueller Untreue schien die öffentliche Unterstützung nicht gesichert. Viele Kriege waren unter geringfügigeren und eigentümlicheren Prämissen begonnen worden, aber England zögerte.

Es kam zu einem Kompromiß. Die Königin sollte von der geplanten Internierung auf Lebenszeit in Aalborghus verschont bleiben. Sie sollte in die Scheidung einwilligen. Die Kinder sollten ihr fortgenommen werden. Sie sollte auf Lebenszeit aus Dänemark verbannt und zu einem freiwilligen, aber bewachten Aufenthalt auf einem der Schlösser des englischen Königs in seinen deutschen Besitzungen, in Celle, gezwungen werden.

Den Titel einer Königin sollte sie behalten.

Am 27. Mai 1772 lief ein kleines englisches Geschwader, bestehend aus zwei Fregatten und einer Schaluppe, einer königlichen Jacht, Helsingör an.

Am gleichen Tag wurde ihr das Kind fortgenommen.

Sie hatten ihr am Tag zuvor mitgeteilt, daß die Übergabe des Kinds am Tag darauf erfolgen sollte, aber sie war sich ja seit langem darüber im klaren, lediglich die Ungewißheit des Zeitpunkts hatte sie mit Angst erfüllt. Sie hatte die Kleine nicht in Ruhe gelassen, sondern sie ständig auf dem Arm umhergetragen; das Mädchen war jetzt zehn Monate alt und konnte gehen, wenn man es an der Hand hielt. Das Mädchen war ständig guter Laune, und die Königin ließ in diesen letzten Tagen keine der Hofdamen an es heran. Wenn die Kleine der ziemlich einfachen Spiele, mit denen die Königin sie und somit auch sich selbst beschäftigte, müde geworden war, spielte das An- und Umkleiden eine wichtige Rolle. Es nahm einen nahezu manischen Charakter an, *ich habe alles gestanden, was habe ich falsch gemacht, hätte ich nur das Mädchen behalten dürfen, und Gott bist du ein Keltertreter, ich sehe, wie sie kommen mit blutigen Händen, und diesen Wölfen wird sie jetzt ausgeliefert,* aber oft schien ihre Art, das Kind an- und auszukleiden, manchmal weil es nötig war, häufig ganz unnötigerweise, eine Art von Zeremonie zu sein, oder von Beschwörung, um die Gunst des kleinen Mädchens für immer zu erobern; am Vormittag des 27. Mai, als die Königin die drei Schiffe auf der Reede ankern sah, hatte sie der Kleinen zehnmal die Kleider gewechselt, ganz und gar sinnlos, und auf Einwände seitens der Hofdamen hatte sie nur mit Heftigkeit und Zornesausbrüchen und Tränen geantwortet.

Als die von der neuen dänischen Regierung ausgesandte Delegation eintraf, hatte die Königin gänzlich die Fassung verloren. Sie hatte unbeherrscht gebrüllt, sich geweigert, das Kind herzugeben, und lediglich die entschiedenen Aufforderungen der Delegation, das unschuldige kleine Kind nicht zu erschrecken, sondern Würde und Fassung zu bewahren, hatten sie dazu gebracht, ihr beständiges Weinen zu beenden, *aber diese Erniedrigung, oh wäre ich ein Keltertreter in diesem Augenblick, aber das Mädchen.*

Am Ende war es gelungen, ihr das Kind zu entreißen, ohne dem Kind oder der Königin selbst Schaden zuzufügen.

Sie hatte nachher wie gewöhnlich an ihrem Fenster gestanden und dem Anschein nach völlig ruhig und mit ausdruckslosem Gesicht nach Süden gestarrt, in Richtung Kopenhagen.

Alles leer. Keine Gedanken. Die kleine Louise war dem dänischen Wolfsrudel ausgeliefert.

5.

Am Nachmittag des 30. Mai um sechs Uhr wurde die Auslieferung der Königin vollzogen. Da gingen die englischen Offiziere, von einer fünfzig Mann starken Truppe bewaffneter englischer Matrosen eskortiert, an Land, um Caroline Mathilde zu holen.

Die Begegnung mit den dänischen Bewachungstruppen auf Kronborg war aufsehenerregend. Die englischen Offiziere hatten die dänische Bewachung nicht auf die übliche Weise gegrüßt, kein Wort mit dänischen Höflingen oder Offizieren gewechselt, sie nur mit Kälte und äußerster Verachtung behandelt. Sie hatten eine Ehrenwache um die Königin gebildet, sie mit Ehrbezeigungen begrüßt, die Schiffe hatten Salutsalven abgefeuert.

Im Hafen war sie zwischen den mit geschultertem Gewehr angetretenen Reihen englischer Soldaten hindurchgegangen.

Dann war sie an Bord der englischen Sloop geführt und zur Fregatte hinausgebracht worden.

Die Königin war sehr gefaßt und ruhig gewesen. Sie hatte freundlich zu ihren Landsleuten gesprochen, die mit ihrer Verachtung für die dänischen Bewachungstruppen ihre Mißbilligung zum Ausdruck bringen wollten für die Behandlung, die ihr zuteil geworden war. Sie umschlossen sie mit etwas, das in militärischen Begriffen nicht beschrieben werden konnte, aber vielleicht Liebe war.

Sie hatten sich wohl dafür entschieden, daß sie trotz allem ihr kleines Mädchen war. Ungefähr so. Alle Beschreibungen dieser Abreise drücken dies aus.

Ihr war böse mitgespielt worden. Man wollte den Dänen seine Verachtung zeigen.

Sie war zwischen den Reihen englischer Matrosen hindurchgegangen, die ihre Gewehre schulterten, ruhig und beherrscht. Kein Lächeln, aber auch keine Tränen. Auf diese Weise war ihre Abreise aus Dänemark ihrer Ankunft nicht ähnlich. Damals hatte sie geweint, ohne zu wissen, warum. Jetzt weinte sie nicht, obwohl sie Grund gehabt hätte; aber sie hatte sich entschieden.

Sie hatten sie geholt, unter militärischen Ehrbezeigungen, mit Verachtung für diejenigen, die sie verließ, und mit Liebe. So war es, als die kleine Engländerin von ihrem Besuch in Dänemark zurückgeholt wurde.

Kapitel 18

Der Strom

1.

Der Tag der Rache und des Keltertreters sollte kommen.

Aber es war etwas in diesem sehr Verlockenden, das nicht zu stimmen schien. Guldberg begriff nicht, was. Man hatte den Predigttext in den Kirchen gelesen, die Auslegungen waren eine fürchterlicher als die andere; Guldberg hatte es richtig gefunden so, er hatte ja selbst den richtigen Text ausgewählt, es war auch der richtige Text, die Königinwitwe hatte zugestimmt, das Gericht und der Tag der Rache waren gekommen, *und ich habe die Völker zertreten in meinem Zorn und habe sie trunken gemacht in meinem Grimm und ihr Blut auf die Erde geschüttet*, das waren die richtigen Worte, und Recht sollte gesprochen werden. Aber als er den Text der kleinen englischen Hure vorgelesen hatte, war es trotz allem so fürchterlich gewesen. Warum hatte sie ihn auf diese Weise angesehen? Sie hatte die Ansteckung der Sünde in dieses dänische Reich gebracht, dessen war er sich sicher, sie war Lilith, *da werden Wüstentiere und wilde Hunde einander treffen, und ein Feldgeist wird dem andern begegnen; Lilith wird auch dort herbergen und ihre Ruhestatt dort finden*, sie verdiente dies, er wußte ja, daß sie Lilith war, und sie hatte ihn an seinem Bett auf die Knie gezwungen und ihre Macht war groß, *und Herr, wie schützen wir uns gegen diese Ansteckung der Sünde.*

Aber er hatte ihr Gesicht gesehen. Als er den Blick von dem gerechten und richtigen Bibeltext gehoben hatte, hatte er nur ihr Gesicht gesehen, und nachher hatte es alles überdeckt, und er hatte nicht Lilith gesehen, sondern nur ein Kind.

Diese plötzlich vollkommen nackte Unschuld. Und dann das Kind.

Zwei Wochen nach diesem zweiten Treffen mit Königin Caroline Mathilde, bevor noch das Urteil gefällt war, war Guldberg plötzlich von Verzweiflung heimgesucht worden. Es war das erstemal in seinem Leben, doch er wollte es als Verzweiflung bezeichnen. Einen anderen Begriff fand er nicht.

Folgendes war geschehen.

Die Verhöre mit Struensee und Brandt standen jetzt unmittelbar vor dem Abschluß, Struensees Schuld war offenbar, das Urteil konnte nur auf Tod lauten. Da hatte Guldberg die Königinwitwe besucht.

Er hatte mit ihr darüber gesprochen, was das Klügste sei.

»Das Klügste«, hatte er begonnen, »das Klügste aus politischer Sicht wäre nicht die Todesstrafe, sondern eine etwas mildere …«

»Die russische Kaiserin«, hatte die Königinwitwe ihn unterbrochen, »wünscht eine Begnadigung, darüber brauche ich nicht aufgeklärt zu werden. Der englische König ebenso. Wie auch gewisse andere Monarchen, die mit den Keimen der Aufklärung infiziert sind. Ich habe hierauf jedoch eine Antwort.«

»Und die lautet?«

»Nein.«

Sie war nicht zu bewegen gewesen. Sie hatte plötzlich begonnen, von dem großen Präriefeuer der Reinheit zu sprechen, das über die Welt hinweggehen und alles, alles vertilgen würde, was die Struenseezeit gewesen war. Und da gab es keinen Platz für Barmherzigkeit. Und dann war sie fortgefahren, und er hatte zugehört, alles schien ein Echo dessen zu sein, was er selbst gesagt hatte, *aber o Gott, gibt es denn wirklich keinen Platz für die Liebe, oder ist sie nur Schmutz und Liederlichkeit* und er konnte nicht mehr als zustimmen. Obgleich er anschließend wieder angefangen hatte, von dem zu sprechen, was klug war und vernünftig und daß die russische

Kaiserin und der englische König und die Risiken schwerwiegender Verwicklungen, aber das war vielleicht nicht, was er meinte, sondern *warum müssen wir uns von dem abschneiden, was die Liebe genannt wird, und ist sie nur strafend wie die Liebe des Keltertreters,* und die Königinwitwe hatte nicht zugehört.

Er hatte etwas, das Schwäche glich, in sich heranwachsen gefühlt und war verzweifelt gewesen. Das war der Grund seiner Verzweiflung.

In der Nacht hatte er lange wach gelegen und geradeaus hinauf ins Dunkel gestarrt, wo der rächende Gott war und die Gnade und die Liebe und die Gerechtigkeit. Da war er von Verzweiflung ergriffen worden. Dort im Dunkel war nichts, gab es nichts, nur Leere und eine große Verzweiflung.

Was ist das für ein Leben, hatte er gedacht, wenn die Gerechtigkeit und die Rache siegen und ich im Dunkel Gottes Liebe nicht sehen kann, sondern nur Verzweiflung und Leere.

Am Tag darauf hatte er sich ermannt.

Da hatte er den König besucht.

Mit Christian verhielt es sich so, daß er alles aufgegeben zu haben schien. Er lebte in Schrecken vor allem, saß zitternd in seinen Räumen, aß nur widerwillig von dem Essen, das jetzt immer zu ihm hineingetragen wurde, und sprach nur zu dem Hund.

Der Negerpage Moranti war verschwunden. Vielleicht hatte er in jener Nacht der Rache, als er versucht hatte, unter dem Laken Schutz zu suchen, wie Christian es ihm beigebracht hatte, aber als er doch nicht hatte fliehen können, vielleicht hatte er in jener Nacht aufgegeben, oder zu etwas zurückkehren wollen, das niemand kannte. Oder er war getötet worden in jener Nacht, als Kopenhagen explodierte und die unbegreifliche Raserei alle gepackt hatte und alle wußten, daß etwas zu Ende war und daß der Zorn jetzt gegen etwas gerichtet werden mußte, aus Gründen, die keiner verstand, aber daß der Zorn da war und Rache gefordert werden mußte; niemand hatte ihn nach jener Nacht mehr gesehen. Er verschwand aus der Geschichte. Christian hatte nach ihm suchen lassen, aber vergebens.

Jetzt hatte er nur noch den Hund.

Guldberg war von den Berichten über den Zustand des Königs beunruhigt und hatte sich selbst einen Eindruck davon verschaffen wollen, wie es um den Monarchen stand; er war zu Christian hineingegangen und hatte freundlich und beruhigend zu ihm gesprochen und ihm versichert, daß alle Anschläge auf das Leben des Königs jetzt abgewehrt seien, und er sich sicher fühlen könne.

Nach einer Weile hatte da der König in flüsterndem Ton angefangen, Guldberg gewisse Geheimnisse »anzuvertrauen«.

Er habe früher, hatte er zu Guldberg gesagt, manchem Irrglauben angehangen, wie dem, daß seine Mutter, Königin Louise, einen englischen Liebhaber gehabt habe, der sein Vater gewesen sei. Und manchmal habe er geglaubt, Katharina die Große von Rußland sei seine Mutter gewesen. Er war jedoch davon überzeugt, auf irgendeine Weise »vertauscht« zu sein. Er konnte das »vertauschte« Kind eines Bauern sein. Das Wort »vertauscht« benutzte er ständig, es bedeutete entweder, daß eine Verwechslung geschehen oder daß er bewußt weggegeben worden sei.

Jetzt hatte er jedoch Sicherheit gewonnen. Die Königin, Caroline Mathilde, war seine Mutter. Daß sie jetzt gefangen in Kronborg saß, war für ihn das Schrecklichste. Daß sie seine Mutter war, war jedoch ganz klar.

Guldberg hatte immer erschrockener und ratloser zugehört.

Christian schien in seine jetzige »Sicherheit«, oder richtiger gesagt, in sein jetzt ganz sicher geisteskrankes Bild von sich selbst, Elemente aus Saxos Schilderung von Amleth gemischt zu haben; den *Hamlet* des Engländers Shakespeare, den Guldberg sehr wohl kannte, konnte Christian nicht gesehen haben (er wurde ja während des Aufenthalts in London nicht gespielt), und eine dänische Aufführung hatte es noch nicht gegeben.

Christians Verwirrtheit und seine sonderbaren Wahnvorstellungen über seine Herkunft waren nicht neu. Seit dem Frühjahr 1771 waren sie immer offenkundiger geworden. Daß er die Wirklichkeit als Theater erlebte, war inzwischen allen gut bekannt. Aber wenn er nun wirklich glaubte, bei einer Theatervorstellung mitzuwirken, in der Caroline Mathilde seine Mutter war, dann mußte Guldberg sich besorgt fragen, welche Rolle er Struensee zuteilte.

Und wie Christian selbst in diesem wirklichen Theaterstück handeln würde. Welchem Text würde er folgen, und zu welcher Interpretation würde er gelangen? Welche Rolle beabsichtigte er sich selbst zu geben? Daß ein Geistesgestörter an einer Theatervorstellung teilzunehmen glaubte, war ja nichts Ungewöhnliches. Aber dieser Akteur sah die Wirklichkeit nicht symbolisch oder bildlich und war auch nicht machtlos. Wenn er glaubte, an einer Theatervorstellung teilzunehmen, hatte er die Macht, das Theater zu Wirklichkeit zu machen. Noch war es ja so, daß ein Befehl und eine Vorschrift von des Königs Hand befolgt werden mußten. Er hatte die ganze formale Macht.

Bekam er die Möglichkeit, seine geliebte »Mutter« aufzusuchen und von ihr für ihre Zwecke benutzt zu werden, konnte alles geschehen. Einen Rosenkranz, Gyldenstern oder Guldberg zu töten, war nur allzu leicht.

»Ich wünschte«, hatte Guldberg gesagt, »daß ich Ihnen in dieser äußerst intrikaten Frage Rat geben dürfte, Majestät.«

Christian hatte nur auf seine Füße gestarrt, er hatte die Schuhe ausgezogen, und gemurmelt:

»Wenn nur die Herrscherin des Universum hier wäre. Wenn sie nur hier wäre, und könnte. Und könnte.«

»Was?« hatte Guldberg gefragt, »könnte was?«

»Könnte mir ihre Zeit widmen«, hatte Christian geflüstert.

Da war Guldberg gegangen. Er hatte noch befohlen, daß die Bewachung des Königs verstärkt werden sollte und daß dieser ohne Guldbergs schriftliche Erlaubnis zu niemandem Kontakt aufnehmen dürfe.

Mit Erleichterung fühlte Guldberg, daß seine vorübergehende Schwäche gewichen, seine Verzweiflung verschwunden und er wieder imstande war, vollkommen vernünftig zu handeln.

2.

Der Pastor der deutschen Sankt Petri-Gemeinde, Dr. theol. Balthasar Münter, hatte Struensee im Auftrag der Regierung am 1. März 1772 zum erstenmal in seinem Gefängnis besucht.

Es waren sechs Wochen vergangen seit der Nacht, in der Struensee gefangengenommen worden war. Und er war nach und nach zusammengebrochen. Es waren zwei Zusammenbrüche. Zuerst der kleine, vor der Inquisitionskommission, als er gestand und die Königin preisgegeben hatte. Dann der große, der innere. Zuerst, nach dem Zusammenbruch im Inquisitionsgericht, hatte er überhaupt nichts gefühlt, nur Verzweiflung und Leere, doch dann war die Scham gekommen. Es waren eine Schuld und eine Scham, die Besitz von ihm ergriffen wie ein Krebs und ihn von innen heraus auffraßen. Er hatte gestanden, er hatte sie der größten Erniedrigung ausgesetzt; was würde jetzt mit ihr geschehen? Und dem Kind. Er hatte nicht ein noch aus gewußt und mit niemandem reden können, nur die Bibel war da gewesen, und er haßte die Vorstellung, bei der Bibel Zuflucht zu suchen. Guldbergs Buch über den glücklich bekehrten Freidenker hatte er schon dreimal gelesen, und jedesmal war es ihm naiver und aufgeblasener erschienen. Doch er konnte mit niemandem reden, nachts machte die Kälte ihm schwer zu schaffen, von den Ketten hatte er Schürfwunden an Knöcheln und Handgelenken, die näßten; doch das war es nicht.

Es war das Schweigen.

Man hatte ihn einst »den Schweigsamen« genannt, weil er zuhörte, aber jetzt begriff er, was das Schweigen war. Es war ein bedrohliches Tier, das wartete. Die Geräusche hatten aufgehört.

Da war der Pastor gekommen.

Mit jeder Nacht schien er weiter in die Erinnerung zurückzutreiben.

Er trieb weit. Zurück nach Altona, sogar noch weiter: zurück in die Kindheit, an die er fast nie hatte denken wollen, aber jetzt kam es. Er trieb zurück zu dem Unangenehmen, dem frommen Elternhaus und der Mutter, die nicht streng gewesen war, sondern liebevoll. Der Pastor hatte bei einem der ersten Besuche einen Brief von Struensees Vater mitgebracht, und sein Vater hatte ihrer Verzweiflung Ausdruck gegeben, »deine Erhöhungen, die wir durch die Zeitungen erfahren haben, sind uns nicht erfreulich gewesen«, und jetzt sei die Verzweiflung groß, schrieb er.

Die Mutter hatte ein paar Worte der Sorge und des Mitgefühls hinzugefügt; aber der tiefere Sinn des Briefs war, daß nur eine totale Umkehr und Unterwerfung unter den Erlöser Jesus Christus und seine Gnade ihn retten könnten.

Es war unerträglich.

Der Pastor hatte auf einem Stuhl gesessen und ihn ruhig betrachtet und mit seiner anspruchslosen Stimme sein Problem in logische Strukturen zergliedert. Er war nicht gefühllos. Der Pastor hatte seine Wunden gesehen und sich über diese grausame Behandlung empört und ihn weinen lassen. Aber als Pastor Münter redete, hatte Struensee plötzlich dieses eigentümliche Gefühl der Unterlegenheit empfunden, daß er kein Denker war, kein Theoretiker, daß er nur ein Arzt aus Altona war und immer schweigend hatte dabeisitzen wollen.

Und daß er nicht gut genug war.

Aber das Beste war, daß der kleine Pastor mit seinem scharfen, mageren Gesicht und den ruhigen Augen ein Problem formulierte, das das Schlimmste verdrängte. Das Schlimmste waren nicht der Tod oder die Schmerzen oder daß er vielleicht zu Tode gefoltert werden würde. Das Schlimmste war eine andere Frage, die in ihm bohrte, Tag und Nacht.

Was habe ich falsch gemacht? Das war die schlimmste Frage.

Einmal hatte der Pastor, fast beiläufig, daran gerührt. Er hatte gesagt:

»Graf Struensee, wie konnten Sie in der Isolierung Ihres Arbeitszimmers wissen, was das Richtige war? Warum glaubten Sie, im Besitz der Wahrheit zu sein, da Sie die Wirklichkeit doch nicht kannten?«

»Ich hatte viele Jahre in Altona gearbeitet«, erwiderte Struensee, »und kannte die Wirklichkeit.«

»Ja«, hatte Münter nach einer Pause gesagt. »Als Arzt in Altona. Aber die sechshundertzweiunddreißig Dekrete?«

Und nach einer Weile hatte er, fast neugierig, hinzugefügt: »Wer machte die Vorlagen?«

Und da hatte Struensee, fast mit einem Lächeln, gesagt:

»Ein pflichtgetreuer Beamter macht immer die richtigen Vorlagen, und wären es auch die Pläne zu seiner eigenen Räderung.«

Der Pastor hatte genickt, als erschiene ihm die Erklärung wahr und natürlich zugleich.

Er hatte ja keinen Fehler gemacht.

Er hatte von seinem Arbeitszimmer aus die dänische Revolution durchgeführt, ruhig und friedlich, nicht gemordet, nicht gefangengesetzt, nicht Gewalt angewendet, nicht ausgewiesen, war nicht korrumpiert worden oder hatte seine Freunde belohnt oder sich eigene Vorteile verschafft oder diese Macht aus dunklen egoistischen Motiven angestrebt. Aber er mußte trotzdem einen Fehler gemacht haben. Und in den nächtlichen Alpträumen tauchte ein übers andere Mal die Reise zu den unterdrückten dänischen Bauern wieder auf, und das Ereignis mit dem sterbenden Jungen auf dem hölzernen Pferd.

Da war es. Etwas daran wollte ihn nicht loslassen.

Es war nicht das Faktum, daß er vor dem heranstürmenden Volkshaufen Angst gehabt hatte. Eher, daß er ihnen nur dieses eine Mal nahegekommen war. Doch er hatte kehrt gemacht und war im Schlamm und in der Dunkelheit hinter dem Wagen hergelaufen.

Eigentlich hatte er sich selbst betrogen. Er hatte oft gewünscht, er hätte die europäische Reise in Altona abgebrochen. Aber er hatte sie eigentlich schon in Altona abgebrochen.

Er hatte Menschengesichter auf den Seitenrand seiner Doktorarbeit gezeichnet. Da war etwas Wichtiges, das er vergessen zu haben schien. Die Mechanik zu sehen und das große Spiel, und nicht die Gesichter der Menschen zu vergessen. War es das?

Es war notwendig, dies zu verdrängen. Der kleine logische Pastor formulierte ihm deshalb ein anderes Problem. Es war das Problem mit der Ewigkeit, ob es sie gab, und er reichte dem kleinen Pastor dankbar die Hand und nahm das Geschenk an.

Und so kam er um die andere Frage herum, die die schlimmste war. Und er empfand Dankbarkeit.

Siebenundzwanzig mal sollte Pastor Münter Struensee im Gefängnis besuchen.

Beim zweiten Mal hatte er gesagt, er habe jetzt erfahren, daß Struensee mit Sicherheit hingerichtet würde. Folgendes intellektuelle Problem stellte sich da. Wenn der Tod eine vollständige Auslöschung bedeutete – gut, dann war es so. Dann gab es die Ewigkeit nicht, Gott nicht, den Himmel nicht oder die ewige Strafe. Dann war es gleichgültig, worüber Struensee in diesen letzten Wochen nachdachte. Deshalb! Primo: sollte Struensee sich auf die einzige verbleibende Möglichkeit einrichten, nämlich die, daß es ein Leben nach dem Tod gab, und secundo: untersuchen, welche Möglichkeiten existierten, das denkbar Beste aus dieser verbleibenden Möglichkeit herauszuholen.

Er hatte Struensee demütig gefragt, ob er dieser Analyse zustimme, und Struensee hatte lange geschwiegen. Dann hatte Struensee gefragt:

»Und wenn das Letztere der Fall ist, kommt dann der Pastor Münter fleißig wieder, so daß wir gemeinsam diese zweite Möglichkeit analysieren können?«

»Ja«, hatte Münter gesagt. »Jeden Tag. Und jeden Tag viele Stunden.«

So hatten ihre Gespräche begonnen. Und so hatte Struensees Bekehrungsgeschichte begonnen.

Die über zweihundertseitige Bekehrungsschrift setzt sich aus Fragen und Antworten zusammen. Struensee liest fleißig seine Bibel, findet Probleme, will Antworten, bekommt Antworten. »Aber sagen Sie mir doch, Graf Struensee, was finden Sie in diesem Abschnitt anstößig? Ja, wenn Christus zu seiner Mutter sagt: Weib, was habe ich mit dir zu schaffen?, dann ist dies doch hartherzig, und wenn ich es wagen darf, dieses Wort zu benutzen, unanständig.« Und dann folgt die sehr ausführliche Analyse des Pastors, ob sie Struensee direkt vorgetragen wurde oder im Nachhinein verfaßt ist, bleibt unklar. Jedenfalls viele Seiten ausführlicher theologischer Antworten. Dann eine kurze Frage und eine ausführliche Antwort, und am Ende des Tages und des Protokolls eine Versicherung, daß Graf Struensee jetzt verstanden und eingesehen hat.

Kurze Fragen, lange Antworten und abschließende Einigkeit. Über Struensees politisches Wirken nichts.

Die Bekehrungsschrift wurde publiziert, in vielen Sprachen.

Niemand weiß, was wirklich gesagt wurde. Der Pastor Münter saß dort, Tag um Tag, über seinen Notizblock gebeugt. Dann sollte alles veröffentlicht und sehr berühmt werden: als Abbitte des berüchtigten Freidenkers und Aufklärers.

Es war Münter, der schrieb. Die Königinwitwe nahm später zu dem Text Stellung, bevor er publiziert wurde, nahm gewisse Eingriffe vor und zensierte gewisse Partien.

Dann durfte er gedruckt werden.

Der junge Goethe war empört, als er ihn las. Viele andere waren empört. Nicht über die Bekehrung, sondern daß diese durch Folter erpreßt war. Aber das stimmte ja nicht, und er schwor seinen Aufklärungsideen nie ab; doch er schien sich mit Freuden dem Erlöser in die Arme zu werfen und in seiner Wunde zu verbergen. Anderseits konnten diejenigen, die von durch Folter erzwungenem Abfall und Heuchelei redeten, sich kaum vorstellen, wie es gewesen war: dies mit dem ruhigen, analytischen, leisen, mitfühlenden Pastor Münter, der in seinem weichen, melodischen Deutsch, auf Deutsch!, endlich und schließlich auf Deutsch!, zu ihm sprach und das Schwere vermied, warum er in dieser Welt gescheitert war, und von der Ewigkeit sprach, was das Leichte und Schonende war. Und dies in dem Deutsch, das Struensee manchmal zu einem Ausgangspunkt zurückzuführen schien, der Geborgenheit und Wärme bedeutete: der die Universität in Halle enthielt und seine Mutter und ihre Ermahnungen und die Frömmigkeit und die Briefe des Vaters und daß sie erfahren würden, daß er jetzt in Christi Wunde ruhte, und ihre Freude und Altona und die Pockenschutzimpfung und die Freunde in Halle und alles, alles, das jetzt verloren schien.

Aber das es gegeben hatte und das in diesen Tagen und Stunden wieder wachgerufen wurde von dem Pastor Münter, auf dem Stuhl vor ihm, in diesem eiskalten entsetzlichen Kopenhagen, das er nie hätte besuchen sollen und wo jetzt nur die logischen, intellektuellen, theologischen Gespräche während einiger Stunden »den Schweigsamen«, den Arzt aus Altona, von der Furcht befreien konnten, die seine Schwäche war und am Ende vielleicht seine Stärke.

3.

Das Urteil gegen Struensee wurde am 25. April von der Kommission unterschrieben.

Es wurde nicht damit begründet, daß er mit der Königin Unzucht getrieben habe, sondern daß er zielbewußt daraufhingearbeitet habe, seine Herrschsucht zu befriedigen, daß er das Konseil abgeschafft hatte und die Schuld daran trage, daß Seine Majestät, die ihr Volk so innig geliebt habe, das Vertrauen in ihr Konseil verloren habe, und daß Struensee danach eine Kette von Gewalttätigkeiten, Eigennutz und Herabsetzung von Religion, Moral und guten Sitten in Gang gesetzt habe.

Nichts von Untreue, nur eine dunkle Formulierung über »ein Vergehen, durch das er der Majestätsbeleidigung im höchsten Grade schuldig ist«. Nichts über Christians Geisteskrankheit.

Nichts über das kleine Mädchen. Aber doch »crimen laesae majestatis«, Majestätsbeleidigung, »im höchsten Grade«. Die Strafe wurde in Anlehnung an Buch 6, Kapitel 4, Artikel 1 des dänischen Gesetzes formuliert:

»Daß Graf Johann Friedrich Struensee, sich selbst zur wohlverdienten Strafe und anderen Gleichgesinnten zum Exempel und zur Warnung, Ehre, Leben und Besitz verwirkt haben soll, und soll degradiert werden von seiner gräflichen und anderen ihm vergönnten Würde; weiter, daß sein gräfliches Wappen vom Scharfrichter soll zerbrochen werden; so soll auch Johann Friedrich Struensees rechte Hand ihm lebend abgeschlagen werden und danach sein Kopf; sein Körper zerteilt und aufs Rad gelegt, aber Kopf und Hand auf einer Stange zur Schau gestellt werden.«

Brandt erhielt die gleiche Strafe. Hand, Kopf, Zerteilung, Zurschaustellung von Körperteilen.

Die Urteilsbegründung war jedoch wesentlich anders; es war das seltsame Ereignis mit dem Zeigefinger, das die Begründung abgab für das Todesurteil und die Formen der Hinrichtung.

Er hatte sich an der Person des Königs vergriffen.

Vierundzwanzig Stunden später, am Nachmittag des 27. April, sollte das Urteil von König Christian dem Siebten bestätigt werden. Die Unruhe vor diesem Akt war groß, es bestand das Risiko der Begnadigung. Aus diesem Grund war Christian intensiv beschäftigt worden, als habe man ihn erschöpfen wollen, ihn mit Zeremonien betäuben oder rituell in eine Welt des Theaters einführen wollen, in der nichts Realität besaß, am wenigsten Todesurteile.

Am Abend des 23. April wurde eine große Maskerade veranstaltet, bei der der König und die Königinwitwe alle Eingeladenen persönlich zu begrüßen beliebten. Am 24. wurde in Det Danske Teater ein Konzert gegeben, in Anwesenheit der Königsfamilie. Am 25. wurden die Urteile gegen Struensee und Brandt verkündet, und am Abend besuchte der König die Oper »Hadrian in Syrien«. Am 27. wurde König Christian, Augenzeugen zufolge jetzt völlig erschöpft und stark verwirrt, mit seinem Hof zum Essen nach Charlottenlund gebracht, von wo er um sieben Uhr am Abend zurückkehrte, die Urteile unterschrieb und sogleich zur Oper geführt wurde, wo er, den größten Teil der Zeit schlafend oder mit geschlossenen Augen, eine italienische Oper anhörte.

Die Befürchtung, der König könne eine Begnadigung aussprechen, war sehr groß gewesen. Alle ahnten einen Gegenputsch, und dann würden viele Köpfe rollen. Die Sorge, andere Mächte könnten eingreifen, hatte sich jedoch gelegt, nachdem am 26. ein Kurier aus Sankt Petersburg mit einem Brief an den dänischen König eingetroffen war.

Man las ihn genau.

Katharina die Große war besorgt, drohte aber nicht. Sie appellierte an den König, »die Mitmenschlichkeit, die für jedes ehrliche und empfindsame Herz natürlich ist«, möge ihn »dem Rat der Milde vor dem der Strenge und Härte den Vorzug geben lassen« gegenüber den »Unglücklichen«, die sich jetzt seinen Zorn zugezogen hätten, »wie gerecht dieser auch sein mag«.

Christian bekam den Brief selbstverständlich nie zu lesen. Der Ton war mild. Rußland würde nicht intervenieren. Und auch der englische König nicht. Man konnte die Liederlichen in Ruhe ausmerzen.

Das letzte Problem war Christian.

Wenn nur Christian in seiner Verwirrung nicht Probleme machte, sondern unterschrieb! Ohne Signum keine juristische Legitimität.

Alles war jedoch glatt gegangen. Christian hatte murmelnd, zuckend und verwirrt am Konseiltisch gesessen, schien nur für einen kurzen Augenblick aufzuwachen, klagte über die seltsame und komplizierte Sprache in dem sehr langen Urteil, und stieß plötzlich hervor, wer eine solch eigentümliche Sprache schreibe, verdiene »hundert Peitschenhiebe«.

Dann hatte er hilflos weitergemurmelt und ohne Proteste unterschrieben.

Danach, auf dem Weg zum Wagen, der ihn in die Oper bringen sollte, hatte er Guldberg aufgehalten, ihn beseitegezogen und ihm flüsternd etwas anvertraut.

Er hatte Guldberg anvertraut, er sei nicht sicher, daß Struensee ihn habe töten wollen. Aber, meinte er, wenn es so sei, daß er selbst, Christian, kein Mensch, sondern ein von Gott Auserkorener sei, bedürfe es ja nicht seiner *direkten* Anwesenheit am Exekutionsort, um die beiden zu begnadigen! Reichte es nicht, daß er Gott, als seinem Auftraggeber, die Begnadigung befahl? Mußte er sich selbst und sein Gesicht zeigen? Und, vertraute er Guldberg weiter an, weil er schon lange unsicher sei, ob er ein Mensch aus Fleisch und Blut sei, vielleicht ein Wechselbalg, dessen richtige Eltern jütländische Bauern waren, könnte nicht diese Hinrichtung für ihn selbst ein Beweis werden; Beweis! so daß wenn! wenn!!! er nur mit der Kraft seiner Gedanken diese Begnadigung würde bewirken können, dann wäre es bewiesen, ja bewiesen!!! daß er kein Mensch war. Aber! wenn dies nicht gelang, dann hatte er ebenso! ebenso! trotzdem bewiesen, daß er, wirklich, *ein Mensch* war. Auf diese Weise würde die Hinrichtung zu dem Zeichen werden, das er sich so lange gewünscht hatte, ein Zeichen von Gott, das ihm seine Herkunft verriet, und eine Antwort auf die Frage, ob er wirklich ein Mensch war. Er hatte flüsternd und eindringlich zu Guldberg gesprochen und am Ende nur hervorgepreßt:

»Ein Zeichen!!! Endlich ein Zeichen!!!«

Guldberg hatte dem verworrenen Gedankenstrom gelauscht, ohne mit einer Miene seine Gefühle zu verraten. Er hatte bemerkt, daß der König mit keinem Wort erwähnte, daß Caroline Mathilde seine Mutter sei. Christian Amleth schien für den Augenblick verschwunden zu sein.

»Eine richtige und geniale Analyse«, hatte Guldberg nur gesagt.

Danach war Christian abgeführt worden zur Oper. Guldberg hatte lange nachdenklich hinter ihm her geschaut, und dann begonnen, die, wie ihm jetzt klar war, unbedingt notwendigen Vorsichtsmaßnahmen vor der Hinrichtung in die Wege zu leiten.

4.

Man baute den Hinrichtungsplatz wie eine Theaterbühne.

Unmittelbar nach der Unterzeichnung des Urteils durch den König hatte man mit dem Bau des Schafotts auf Østre Fælled begonnen. Es wurde in Form eines viereckigen Gebäudes aus Holz errichtet, ungefähr fünf Meter hoch; auf dessen Dach war eine zusätzliche Plattform aufgesetzt worden, eine Erhöhung, damit Henker und Opfer gut zu sehen waren, und der Block, auf dem Kopf und Hand abgeschlagen werden sollten, noch ein weiteres Stück erhöht.

Man baute sehr schnell, und ein kleineres Orchester war

herauskommandiert worden, um während der Arbeit einen zeremoniellen Rahmen um dieses Todestheater zu schaffen. Die Neuigkeit verbreitete sich rasch; am Morgen des 28. April um neun Uhr sollte die Hinrichtung stattfinden, und schon ein paar Stunden vorher setzte die Völkerwanderung ein. Ungefähr dreißigtausend Menschen verließen in diesen Morgenstunden Kopenhagen, um nach Fælleden hinaus zu gehen, zu reiten oder gefahren zu werden, einem Feld unmittelbar nördlich der Wälle.

Alles Militär in Kopenhagen wurde aus Anlaß der Hinrichtung herauskommandiert. Man schätzt, daß fast fünftausend Mann um Fælleden herum stationiert waren, teils um den Hinrichtungsplatz zu schützen, teils an verschiedenen Stellen auf dem Feld gruppiert, um bei eventuellen Unruhen einzugreifen.

Die beiden Pastoren, Münter und Hee, hatten sich in den frühen Morgenstunden bei den Verurteilten eingefunden. Die Gefangenen sollten das Kastell um neun Uhr dreißig verlassen, begleitet von einem Wagenzug, der von zweihundert Fußsoldaten mit aufgepflanzten Bajonetten und zweihundertvierunddreißig berittenen Dragonern begleitet wurde.

Die Gefangenen in je einem Mietwagen.

In den letzten Stunden seines Lebens spielte Brandt Flöte.

Er wirkte heiter und furchtlos. Er hatte das Urteil und die Urteilsbegründung mit einem Lächeln gelesen; er sagte, ihm sei das Zeremonielle dieser Komödie gut bekannt, selbstverständlich würde er begnadigt werden, weil die Anklage so absurd sei und die Strafe in keinem Verhältnis zur Anklage stehe. Als man ihm vor der Abfahrt die Flöte fortnahm, sagte er nur:

»Ich beende meine Sonatina heute abend, wenn diese Komödie vorüber ist und ich begnadigt und frei bin.«

Als man ihm mitteilte, daß er vor Struensee hingerichtet werden solle, schien er einen Augenblick verblüfft zu sein, vielleicht beunruhigt; er meinte, das Natürliche beim Begnadigungsprozeß sei, daß der gröbere Verbrecher, also Struensee, zuerst hingerichtet würde, und danach der Unschuldige, also er selbst, auf natürliche Weise begnadet werden konnte.

Aber er ging jetzt davon aus, daß beide begnadigt würden.

Am liebsten, hatte er auf dem Weg in den Wagen gesagt, hätte er es gesehen, daß die Begnadigung auf dem Weg zum Schafott käme, damit er nicht Gefahr liefe, der Gewalt des Pöbels ausgeliefert zu sein. Er meinte, seine Stellung als maître de plaisir, Verantwortlicher für die kulturellen Belustigungen des Hofs und der Hauptstadt, also Kulturminister, habe bei vielen in der Bevölkerung Unwillen hervorgerufen. Es gab im Pöbel eine starke Kulturfeindlichkeit, und würde er auf dem Schafott begnadigt, liefe er Gefahr, daß der Pöbel reagierte, »dann besteht die Gefahr, daß der Pöbel mir bei lebendigem Leib das Fell über die Ohren zieht«.

Er war jedoch mit der Auskunft beruhigt worden, daß fünftausend Soldaten dazu abkommandiert seien, ihn vor dem Volk zu schützen. Er trug seinen grünen Festanzug mit Goldtressen und darüber seinen weißen Pelz.

Die Wagen fuhren sehr langsam.

Am Fuß der Treppe zum Schafott hatte die Freundin und Geliebte gestanden, mit der Brandt in der letzten Zeit verkehrt hatte; Brandt hatte sie mit munterer und kecker Miene begrüßt und die Wachen gefragt, ob er wirklich genötigt sei, aufs Schafott zu steigen, bevor er begnadigt werde, war jedoch aufgefordert worden, dies zu tun.

Der Probst Hee war ihm die Treppe hinauf gefolgt.

Oben angekommen, hatte er Brandt die Absolution erteilt. Danach wurde das Urteil verlesen, und der Scharfrichter, Gottschalk Mühlhausen, trat vor, zeigte Brandts gräfliches Wappen, zerbrach es und sagte die gebräuchlichen und vorgeschriebenen Worte »Dies geschieht nicht ohne Ursache, sondern nach Verdienst«. Der Probst Hee fragte jetzt Brandt, ob er sein Majestätsverbrechen bereue, und Brandt bejahte dies; es war ja die Voraussetzung für die Begnadigung, die jetzt kommen würde. Bevor diese kam, wurde ihm befohlen, den Pelz, den Hut, den grünen Festanzug und die Weste abzulegen; er tat dies auch, wenngleich irritiert, weil er der Ansicht war, es sei unnötig. Er wurde dann gezwungen, niederzuknien und seinen Kopf auf den Block und die rechte Hand ausgestreckt auf den anderen Block daneben zu legen. Er war jetzt blaß, aber noch guter Hoffnung, weil dies der Augenblick war, in dem das Wort »Pardon« ausgerufen werden sollte.

Im selben Augenblick hatte der Henker ihm mit seiner Axt die rechte Hand abgeschlagen.

Erst da hatte er begriffen, daß es ernst war, hatte wie in einem Krampf seinen Kopf gedreht und auf den Armstumpf gestarrt, aus dem jetzt das Blut spritzte, und vor Schrecken zu schreien begonnen; doch man hatte ihn festgehalten, seinen Kopf auf den Block niedergepreßt, und der nächste Hieb hatte seinen Kopf vom Rumpf getrennt. Der Kopf war dann hochgehalten und vorgezeigt worden.

Unter den Zuschauern war es vollkommen still gewesen, was viele verwunderte.

Dann war der Körper entkleidet worden, die Geschlechtsteile wurden abgeschnitten und zu dem Karren hinuntergeworfen, der unter dem fünf Meter hohen Schafott stand. Danach wurde der Bauch aufgeschnitten, die Därme herausgenommen und hinuntergeworfen und der Rumpf in vier Teile geteilt, die in den Karren geworfen wurden.

Brandt hatte sich geirrt. Eine Begnadigung war nicht vorgesehen gewesen, auf jeden Fall nicht seine Begnadigung, und von keinem, der jetzt Macht hatte.

Vielleicht hatte es eine Möglichkeit gegeben. Aber diese Möglichkeit war verhindert worden.

König Christian der Siebte hatte am Abend zuvor befohlen, früh geweckt zu werden; und um acht Uhr am Morgen war er allein und ohne ein Wort darüber verlauten zu lassen, was er zu tun beabsichtige, in den Schloßhof und zum Wagenstall gegangen.

Er hatte dort einen Wagen mit Kutscher zu sich befohlen.

Er hatte einen nervösen Eindruck gemacht und am ganzen Körper gezittert, als habe er Angst vor dem, was er jetzt unternahm, aber weder war ihm widersprochen, noch war er gehindert worden; ein Wagen stand sogar bereit, die Pferde waren gesattelt, und ein Trupp von sechs Soldaten unter dem Befehl eines Offiziers der Leibgarde hatte einen Ring um den Wagen gebildet. Der König hatte sich angesichts dessen in keiner Weise mißtrauisch gezeigt, sondern hatte befohlen, zum Hinrichtungsplatz auf Østre Fælled gefahren zu werden.

Keiner hatte ihm widersprochen, und der Wagen, mitsamt Eskorte, hatte sich in Bewegung gesetzt.

Während der Fahrt hatte er zusammengesunken in einer Ecke gesessen, wie gewöhnlich den Blick auf seine Füße gerichtet; er war bleich und schien verwirrt, aber er hatte nicht aufgesehen, bis der Wagen eine gute halbe Stunde später stehenblieb. Da hatte er hinausgesehen und erkannt, wo er war. Er war auf Amager. Er hatte sich gegen die Türen geworfen, doch beide verschlossen gefunden, hatte ein Fenster geöffnet und der Eskorte zugerufen, daß man ihn zum falschen Ort gefahren habe.

Sie hatten nicht geantwortet, aber er verstand. Man hatte ihn nach Amager gefahren. Er war betrogen worden. Der Wagen stand hundert Meter vom Strand entfernt still, und die Pferde wurden ausgespannt. Er fragte, was dies zu bedeuten habe; aber der befehlhabende Offizier war zum Wagen geritten und hatte mitgeteilt, man sei gezwungen, die Pferde zu wechseln, weil diese erschöpft seien, und die Fahrt würde fortgesetzt, sobald neue Pferde eingetroffen seien.

Dann war er eilig davongeritten.

Die Wagentüren waren verschlossen. Die Pferde waren ausgespannt. Die Dragoner auf ihren Pferden hatten hundert Meter entfernt Aufstellung genommen und warteten, in Linie.

Der König saß allein in seinem Wagen ohne Pferde. Er hatte aufgehört zu rufen und war ratlos auf dem Sitz des Wagens zusammengesunken. Er blickte hinaus auf den Strand, der nicht von Bäumen gesäumt war, und über das Wasser, das ganz still dalag. Er sah ein, daß jetzt die Zeit gekommen war, die Verurteilten zu begnadigen. Aber er kam nicht aus dem Wagen. Seine Rufe erreichten niemanden. Die Dragoner sahen ihn mit dem Arm und der Hand sonderbare zeigende Gesten machen, durch das offene Fenster, hinauf zu etwas da oben; als strecke er seine Hand zum Himmel aus, einem Gott entgegen, der ihn vielleicht zu seinem Sohn ausersehen hatte, der vielleicht existierte, der vielleicht Macht hatte, der vielleicht die Macht hatte zu begnadigen; aber nach einer Weile schien sein Arm zu erlahmen, oder er wurde von Mutlosigkeit befallen; der Arm sank herab.

Er setzte sich wieder in die Ecke des Wagens. Von Osten wälzten sich Regenwolken über Amager heran. Die Dragoner warteten schweigend. Keine Pferde kamen. Kein Gott offenbarte sich.

Vielleicht hatte er schon jetzt verstanden. Vielleicht hatte er sein Zeichen bekommen. Er war nur ein Mensch, nichts anderes. Der Regen begann zu fallen, immer schwerer, und bald würden vielleicht die Pferde kommen, und vielleicht würde man dann umkehren, vielleicht zum Schloß, und vielleicht gab es einen barmherzigen Gott, *aber warum hast Du mir nie Dein Angesicht gezeigt und mir Führung und Rat gegeben und mir von Deiner Zeit gegeben, von Deiner Zeit, mir Zeit gegeben*, und jetzt immer stärkerer eiskalter Regen.

Keiner hörte seine Rufe. Keine Pferde. Kein Gott. Nur Menschen.

5.

Der schwedische König Gustav III. wurde im Jahre 1771 gekrönt, mitten in der Struenseezeit, die er mit so gemischten Gefühlen und so großem Interesse beobachtete. Von dieser Krönung gibt es ein berühmtes Gemälde von Carl Gustaf Pilo.

Es heißt auch »Krönung Gustavs III.«. Pilo war der Zeichenlehrer des jungen Christian gewesen, lebte während der Struenseezeit am dänischen Hof, wurde aber 1772 ausgewiesen und kehrte nach Stockholm zurück. Da begann er sein großes Gemälde von der Krönung Gustavs III., das zu vollenden ihm nie gelang und das sein letztes Werk wurde.

Vielleicht versuchte er, etwas zu erzählen, das allzu schmerzlich war.

Im Zentrum des Bilds der schwedische König, noch jung, er strahlt die gebührende Würde aus, Bildung, aber er ist auch, wie wir wissen, erfüllt von den Ideen der Aufklärung. Es wird noch viele Jahre dauern, bis er sich verändert und bis er ermordet werden wird, auf einem Maskenball. Um ihn herum ist sein ebenso strahlender Hof versammelt.

Das Verblüffende ist der Hintergrund.

Der König und der Hof scheinen nicht in einem Thronsaal abgebildet zu sein; sie sind in einen sehr dunklen Wald mit kräftigen dunklen Stämmen gestellt, als spiele sich diese Krönungsszene mitten in einem viele hundert Jahre alten Urwald, in der nordeuropäischen Wildnis ab.

Nein, keine Säulen, keine Kolonnade in einer Kirche. Dunkle, unergründliche Baumstämme, ein Urwald in bedrohlichem Dunkel, und mitten darin die strahlende Versammlung.

Ist die Dunkelheit Licht, oder ist das Leuchtende Dunkelheit? Man kann wählen. So ist es mit der Geschichte, man kann wählen, was man sieht, und was Licht ist und was Dunkelheit.

6.

Struensee hatte in dieser Nacht friedlich geschlafen, und als er aufwachte, war er ganz ruhig.

Er wußte, was geschehen würde. Er hatte mit offenen Augen dagelegen und lange zur grauen Steindecke der Zelle hinaufgeschaut und sich voll und ganz auf einen einzigen Gedanken konzentriert. Es hatte mit Caroline Mathilde zu tun. Er hatte sich an das gehalten, was schön gewesen war, und er liebte sie, und ihn hatte eine Nachricht von ihr erreicht, sie habe ihm vergeben, daß er gestanden hatte; und dann dachte er daran, wie es für ihn gewesen war damals, als sie ihm sagte, daß sie ein Kind erwartete und daß es seins war. Eigentlich hatte er schon da verstanden, daß alles verloren war, aber daß es nichts machte. Er hatte ein Kind bekommen, und das Kind würde leben, und das Kind würde ihm ewiges Leben schenken, und das Kind würde leben und Kinder gebären, und dann war die Ewigkeit da und nichts anderes bedeutete mehr etwas.

Daran hatte er gedacht.

Als der Pastor Münter in die Zelle trat, hatte seine Stimme gezittert, und er hatte einen Bibeltext gelesen und war ganz und gar nicht so logisch gewesen, wie er sonst war, sondern hatte einem Gefühlssturm nachgegeben, was überraschend war und anzudeuten schien, daß er Struensee keineswegs mit Widerwillen betrachtete, sondern im Gegenteil ihn sehr gern gehabt hatte; aber Struensee hatte sehr freundlich zu ihm gesagt, an diesem Morgen, dem letzten, wolle er sich mit Schweigen umgeben und sich ganz auf den Gedanken an das ewige Leben konzentrieren, und er sei froh, wenn der Pastor dies verstehe.

Der Pastor hatte kräftig genickt und verstanden. Und so hatten sie diese Morgenstunde in Stille und Schweigen verbracht.

Dann die Abfahrt.

Münter war nicht mit Struensee im Wagen gefahren, sondern erst am Schafott in diesen eingestiegen; der Wagen hatte unmittelbar neben diesem gehalten, und sie hatten vom Wagen aus Brandt die Leiter hinaufsteigen sehen und durch die offenen Fenster die Worte des Probsts Hee und des Scharfrichters gehört, und dann Brandts Schrei, als überraschend die Hand abgeschlagen wurde, und danach die schweren, dumpfen Plumpse, als der Körper gevierteilt wurde und die Teile hinabgeworfen wurden in den Lastkarren am Fuß des Schafotts.

Münter war keine große Hilfe gewesen. Er hatte angefangen, aus seiner Bibel zu lesen, aber vollkommen unkontrolliert zu zittern und zu schluchzen begonnen, Struensee hatte beruhigend zu ihm gesprochen, aber nichts hatte geholfen. Der Pastor hatte am ganzen Körper gebebt und geschluchzt und weinend versucht, Worte des Trostes aus seiner Bibel hervorzustammeln, aber Struensee hatte ihm mit seinem Taschentuch geholfen, und schon nach einer halben Stunde war die Vierteilung Brandts beendet gewesen, das Plumpsen der Körperteile hatte aufgehört, und es war soweit.

Er hatte dort oben gestanden und über das Volksmeer geschaut. Wie viele gekommen waren! Das Volksmeer ist unendlich: dies waren die Menschen, die zu besuchen er gekommen war, und ihnen hätte er helfen sollen. Warum hatten sie ihm nicht gedankt!, aber dies war das erstemal, daß er sie sah.

Jetzt sah er sie, *sah ich, o Gott, der vielleicht existiert, einen Spalt und ich war berufen mich hineinzudrängen war es um ihretwillen und jetzt ist alles vergebens hätte ich sie fragen sollen o Gott ich sehe sie und sie sehen mich aber es ist zu spät und vielleicht hätte ich zu ihnen sprechen sollen und mich nicht einschließen sollen und vielleicht hätten sie zu mir sprechen sollen aber ich saß ja da in meinem Zimmer und warum müssen wir uns zum erstenmal auf diese Weise begegnen jetzt wo es zu spät ist*, und sie zerbrachen sein Wappen und sprachen die Worte. Und entkleideten ihn. Der Block war dick beschmiert von Brandt, und er dachte, dies ist Brandt, diese Fleischstücke und dieses Blut und dieser Schleim, was ist denn ein Mensch, wenn das Heilige verschwindet, ist er nur Fleischklumpen und Blut, und dies ist Brandt, und was ist dann ein Mensch, sie griffen seine Arme, und willig wie ein Opferlamm legte er seinen Hals auf den Block und seine Hand auf den anderen Block, und er starrte gerade vor sich hin auf eine unendliche Anzahl von Gesichtern, die bleich und grau und mit offenen Mündern zu ihm aufstarrten, und da hieb ihm der Scharfrichter mit seiner Axt die Hand ab.

Sein Körper wurde von so heftigen Zuckungen geschüttelt, daß der Scharfrichter, als er den Kopf abschlagen wollte, sein Ziel gänzlich verfehlte; Struensee hatte sich auf den Knien aufgerichtet, den Mund geöffnet, als wolle er zu allen diesen Tausenden sprechen, die er jetzt zum erstenmal sah, *nur ein Bild habe ich Herr Jesus und das ist das Bild des kleinen Mädchens aber könnte ich auch zu allen diesen sprechen die nicht verstanden haben und an denen ich gesündigt habe weil ich nicht,* und da hatten sie ihn wieder auf den Block gepreßt, und als der Scharfrichter sein Beil zum zweitenmal hob, waren die letzten Worte, die er zu ihr gesagt hatte, vorbeigeflimmert, *in alle Ewigkeit,* und das Beil hatte am Ende seinen Weg gefunden und den Kopf des deutschen Leibarztes abgeschlagen; und sein dänischer Besuch war vorbei.

Von Osten waren schwere Regenwolken herangerollt, und als die Vierteilung von Struensees Körper begann, hatte der Regen eingesetzt; doch nicht dies ließ die Massen den Platz verlassen.

Man verließ den Schauplatz, als habe man genug bekommen, als wolle man sagen: nein, dies wollen wir nicht sehen, etwas stimmt nicht, dies war nicht das, was wir wollten.

Hat man uns hinters Licht geführt?

Nein, man floh nicht, man wandte sich nur zum Gehen, zuerst ein paar hundert, dann ein paar tausend, dann gingen alle. Als sei es genug gewesen, es war keine Freude in dem, was man gesehen hatte, keine Schadenfreude und keine Rache, alles war einfach unerträglich geworden. Zuerst waren sie eine unendliche Masse gewesen, die schweigend auf das, was geschah, gestarrt hatte, warum so schweigend?, und dann begannen sie zurückzugehen, zuerst langsam, dann immer erregter, wie in Trauer. Sie gingen und liefen zur Stadt, der Regen fiel immer schwerer, aber Regen waren sie gewohnt; es war, als seien sie am Ende von der Gewißheit eingeholt worden, was dieses Schauspiel beinhaltete, und daß sie dies nicht mehr wollten.

War es die Grausamkeit, die sie nicht aushielten? Oder fühlten sie sich betrogen?

Guldberg hatte seinen Wagen hundert Ellen vom Schafott entfernt anhalten lassen, war nicht ausgestiegen, hatte aber befohlen, daß zwanzig Soldaten zurückbleiben sollten, als Wache. Gegen was sollten sie Wache stehen? Alles war planmäßig verlaufen. Doch plötzlich war da etwas, das bedrohlich wirkte und außer Kontrolle, was war mit der Masse, warum verließen sie das Schauspiel, was war das in diesen müden, traurigen, verbrauchten Gesichtern, das ihm ein Gefühl von Unruhe eingab; sie bewegten sich wie eine graue, verbitterte Masse an ihm vorbei, ein Strom, ein schweigender Trauerzug, der keine Worte hatte und keine Gefühle, der nur eins auszudrücken schien – ja, Trauer. Es war eine Trauer, die totenstill und zugleich außer Kontrolle war. Sie hatten dem definitiven Ende der Struenseezeit beigewohnt, und gleichzeitig hatte Guldberg ein Gefühl, als sei die Gefahr nicht vorüber. Als habe die Ansteckung der Sünde auch sie erreicht. Als sei der schwarze Schein der Fackel der Aufklärung nicht erloschen. Als hätten diese Gedanken sie auf eine sonderbare Weise infiziert, obwohl sie kaum lesen konnten und diese Gedanken auf jeden Fall nicht verstanden und nie verstehen würden, und als müßten sie deshalb unter Kontrolle gehalten und geführt werden; aber vielleicht war die Ansteckung trotzdem da. Vielleicht war die Zeit Struensees nicht zu Ende; und er wußte, daß es jetzt darauf ankam, äußerst wachsam zu sein.

Der Kopf zwar abgeschlagen, aber die Gedanken noch da, und das Volk hatte nicht bleiben und zusehen wollen, und warum gingen sie?

Es war ein Warnzeichen. Hatte er einen Fehler gemacht? Was konnte er an diesen verbrauchten, traurigen Gesichtern ablesen, war es Resignation? Ja, vielleicht. Wenn es so wäre. Er saß dort im Wagen, und der gewaltige Volkszug umgab ihn wie ein Strom; nicht am Rand des Stroms! Mitten darin! Mitten darin!, und er wußte nicht, wie dies zu deuten war.

Äußerste Wachsamkeit war jetzt vonnöten. Die Struenseezeit war zu Ende. Aber die Ansteckung.

Die Dreißigtausend hatten den abgeschlagenen Kopf nicht mit Jubel begrüßt. Sie waren geflohen, laufend, humpelnd, die kleinen Kinder schleppend, die dahin gezerrt worden waren, weg von dem Schafott, das jetzt vom immer heftigeren Regen umschlossen war. Sie wollten nicht mehr sehen. Etwas war falsch gewesen. Guldberg saß ganz still in seinem Wagen, gut bewacht. Aber woran er sich immer erinnern sollte, das war diese Volksmasse, wie sie sich bewegte, aber unter Schweigen; diese unendliche Volksmasse, die wie ein Strom gewesen war, der sich um seinen Wagen teilte, und daß er dort gesessen hatte, nein, nicht am Strand als Deuter, sondern in der Mitte des Stroms. Und zum erstenmal gewußt hatte, daß er die Wirbel des Stroms nicht deuten konnte.

Wovon waren ihre Gemüter erfüllt? War die Struenseezeit doch nicht vorbei?

Die Einigkeit war ja, ganz kürzlich, vor nur drei Monaten, so groß gewesen. Er erinnerte sich an die Freudenkrawalle im Januar. Der Volkszorn war groß gewesen. Und jetzt schwiegen sie und gingen davon und wandten sich ab und zeigten keine Freude, in einem gigantischen Trauerzug, der angefüllt war mit einem Schweigen, das Guldberg zum erstenmal Furcht empfinden ließ.

War etwas zurückgeblieben, das nicht hatte abgeschlagen werden können?

Der Karren stand unter dem Schafott.

Als der Wagen, der die Leichenteile nach Vestre Fælled bringen sollte, wo die Köpfe und Hände auf Stangen gesetzt und die Glieder und Gedärme aufs Rad gelegt werden sollten, als der Wagen schließlich beladen war und sich in Bewegung setzen konnte, da war das Feld leer: abgesehen von den fünftausend Soldaten, die unter Schweigen und reglos im strömenden Regen die Leere bewachten, nachdem die Dreißigtausend den Platz verlassen hatten, auf dem man glaubte, die Struenseezeit abgeschlagen und abgeschlossen zu haben.

Epilog

Sie erfuhr es am Tag nach der Hinrichtung.

Am dreißigsten Mai wurde Caroline Mathilde von den drei englischen Schiffen abgeholt und nach Celle gebracht. Das Schloß, das im Zentrum der Stadt lag, war im 17. Jahrhundert erbaut worden und ungenutzt gewesen, aber jetzt wurde es ihr Aufenthaltsort. Sie hatte, hieß es, ihr lebhaftes Wesen behalten, sie widmete der Wohltätigkeit für die Armen Celles großes Interesse und forderte Respekt für das Gedenken an Struensee. Sie sprach oft von ihm, nannte ihn »der selige Graf« und wurde bald sehr beliebt in Celle, wo man sich die Auffassung zu eigen machte, ihr sei Unrecht widerfahren.

Viele interessierten sich für ihre zukünftige politische Rolle. Christian, jetzt ganz in seiner Krankheit versunken, war noch König und sein und Caroline Mathildes Sohn der Thronerbe. Die Krankheit des Königs schuf nach wie vor ein Vakuum im Zentrum, das jetzt von anderen als Struensee ausgefüllt wurde.

Der eigentliche Machthaber war Guldberg. Er wurde de facto absoluter Herrscher, mit dem Titel »Staatsminister«; doch in gewissen Kreisen in Dänemark entstand Unzufriedenheit, und es wurden Pläne geschmiedet, Caroline Mathilde und ihre Kinder durch einen Putsch wieder einzusetzen und Guldberg und seine Partei zu stürzen.

Am 10. Mai 1775 wurde jedoch diese ziemlich weit gediehene Konspiration eingestellt, weil Caroline Mathilde sehr plötzlich und unerklärlich einer »ansteckenden Fieberkrankheit« erlag. Gerüchte, sie sei im Auftrag der dänischen Regierung vergiftet worden, konnten nie bekräftigt werden.

Sie war zu diesem Zeitpunkt erst dreiundzwanzig Jahre alt. Ihre Kinder sah sie nie wieder.

Die Revolution, die Struensee begonnen hatte, wurde

schnell beendet; es dauerte nur ein paar Wochen, dann war alles wieder beim alten oder noch älteren. Als seien seine sechshundertzweiunddreißig revolutionären Dekrete, erlassen in diesen zwei Jahren, die die »Struenseezeit« genannt wurden, als seien sie Papierschwalben, von denen einige gelandet waren, während andere noch dicht über dem Erdboden schwebten und in der dänischen Landschaft noch keinen Platz hatten finden können.

Die Guldbergzeit folgte und dauerte bis 1784, da wurde er gestürzt. Daß während seiner Zeit alles zurückgedreht wurde, war offenbar. Ebenso, daß von der Guldbergzeit nachher nichts übrigblieb.

Struensees phantastische politische Produktivität war bemerkenswert. Aber wieviel davon wurde Wirklichkeit?

Das Bild eines Schreibtischintellektuellen, der mit einer verblüffenden Macht ausgestattet war, ist allerdings kaum zutreffend. Dänemark wurde nach der Struenseezeit nie mehr das alte. Guldberg hatte recht gehabt mit seinen Befürchtungen; die Ansteckung der Aufklärung hatte sich festgesetzt, Worte und Gedanken konnte man nicht köpfen. Und eine der Reformen, die Struensee nicht geschafft hatte, die Abschaffung der Schollengebundenheit und der Leibeigenschaft, wurde schon 1788 Wirklichkeit, im Jahr vor der französischen Revolution.

Struensee sollte auch auf eine andere Art und Weise weiterleben.

Struensees und Caroline Mathildes kleine Tochter Louise Augusta wurde in Dänemark aufgezogen; ihr Bruder, Christians einziges Kind, war eine der aktiven Triebkräfte hinter dem Putsch im Jahre 1784, durch den Guldberg gestürzt wurde, und sollte 1808 seinem geisteskranken Vater auf dem Thron nachfolgen.

Das Mädchen dagegen ging anderen Schicksalen entgegen. Sie wird als sehr schön beschrieben, mit einer »beunruhigenden« Vitalität. Sie schien die politische Grundeinstellung ihres

Vaters zu teilen, hatte intensiv an den Geschehnissen bei der französischen Revolution Anteil genommen, mit Robespierre sympathisiert und über ihren Vater gesagt, sein einziger Fehler sei gewesen, daß er »mehr Geist als Verschlagenheit« besessen habe.

Das war vielleicht auch eine richtige Analyse. Ihre Schönheit und Vitalität hatten sie anziehend gemacht, wenn auch nicht immer zur friedlichsten und bequemsten Partnerin in einer Beziehung. Sie wurde mit Herzog Friedrich Christian von Augustenborg verheiratet, der ihr in kaum einer Hinsicht gewachsen war. Doch bekam sie mit ihm drei Kinder, von denen eine Tochter, Caroline Amalie, 1815 mit Prinz Christian Friedrich, dem dänischen Thronerben und späteren Monarchen, vermählt wurde; und so schloß sich der Kreis wieder, am Hof in Kopenhagen. Manche von Struensees Abkömmlingen glitten auf diese Weise in die eigentümlichen und rätselhaften, bald zerfallenden europäischen Königshäuser, in denen er ein so unwillkommener und kurzzeitiger Gast gewesen war. Seine Ururenkelin wurde die Ehefrau des deutschen Kaisers Wilhelm II. und bekam acht Kinder; es gibt heute kaum ein europäisches Königshaus, das schwedische inbegriffen, das seine Ahnen nicht auf Johann Friedrich Struensee, seine englische Prinzessin und ihr kleines Mädchen zurückführen kann.

Vielleicht war es bedeutungslos. Wenn er im Gefängnis zuweilen einen biologistischen Ewigkeitstraum gehabt hatte, nämlich daß ewiges Leben hieß, in seinen Kindern weiterzuleben, dann war er erhört worden. Mit dem Ewigkeitstraum und dem Menschenbild wurde er wohl nie fertig – mit dem, was er mit seiner charakteristischen theoretischen Unklarheit als »die Maschine Mensch« zu beschreiben versucht hatte. Was war eigentlich ein Mensch, der obduziert oder zerteilt und aufs Rad geflochten werden und dennoch auf irgendeine Art weiterleben konnte. Was war dieses Heilige. »Das Heilige ist, was das Heilige tut«, hatte er gedacht: der Mensch als die Summe seiner existentiellen Entscheidungen und Handlungen. Aber am Ende war es dennoch etwas Anderes, und Wichtigeres, was von der Struenseezeit blieb. Nicht die Biologie, nicht die Handlungen, sondern ein Traum von den Möglichkeiten des Menschen, dieses Allerheiligste und am schwersten Greifbare, das da war wie ein beharrlich nachklingender Flötenton und das sich nicht abschlagen ließ.

Der englische Gesandte Keith hatte in einem Bericht an seine Regierung von einer Begebenheit im Hoftheater an einem Abend im September 1782 berichtet.

Es war die Begegnung zwischen ihm, König Christian VII. und Staatsminister Guldberg. Christian hatte angedeutet, daß Struensee lebe; und Keith hatte die rasende, wenngleich kontrollierte Wut bemerkt, die dies bei Guldberg hervorgerufen hatte.

Alle sprachen von der Struenseezeit. Es war nicht gerecht. Es war nicht gerecht!!!

Christian war später an jenem Abend verschwunden.

Wohin er gerade an diesem Abend ging, wissen wir nicht. Aber man weiß, wohin er zu verschwinden pflegte, und daß er oft verschwand. Und zu wem. Und man kann sich deshalb vorstellen, wie es auch an diesem Abend war: daß er den kurzen Weg vom Hoftheater zu einem Haus im Zentrum von Kopenhagen ging, in der Studiestræde. Und daß er auch nach der Begebenheit, die Keith beschreibt, in das Haus an der Studiestræde ging und von ihr empfangen wurde, die er so beharrlich die Herrscherin des Universums nannte, die jetzt zurück war, die immer die einzige gewesen war, auf die er sich hatte verlassen können, die einzige, die er mit seiner sonderbaren Form von Liebe liebte, die einzige Wohltäterin, die es am Ende gab für dieses königliche Kind, das jetzt dreiunddreißig Jahre alt und vom Leben so mißhandelt worden war.

Es war die Stiefel-Caterine, die nach vielen Jahren und Aufenthalten in Hamburg und Kiel wieder in Kopenhagen war. Jetzt war sie, zeitgenössischen Beschreibungen zufolge, grauhaarig, fülliger und vielleicht auch weiser.

Und man darf annehmen, daß sich auch an diesem Abend die gleichen Rituale abspielten wie früher, die Zeremonien der Liebe, die es ermöglicht hatten, daß Christian in diesem Tollhaus so viele Jahre hatte überleben können. Daß er sich zu ihren Füßen auf den kleinen Schemel setzte, den er stets benutzte, und daß sie ihm die Perücke abnahm, den weichen Stofflappen in einer Wasserschale befeuchtete und den Puder und die Schminke von seinem Gesicht abwischte; und dann sein Haar kämmte, während er dort saß, ganz ruhig und mit geschlossenen Augen auf seinem Schemel zu ihren Füßen und mit seinem Kopf in ihrem Schoß.

Und daß er wußte, sie war die Herrscherin des Universums, sie war seine Wohltäterin, sie hatte Zeit für ihn, sie hatte alle Zeit, und sie war Zeit.

Inhalt

Teil 4
Der vollendete Sommer

Teil 5
Maskerade

Per Olov Enquist

Auszug der Musikanten

Roman

Aus dem Schwedischen von Wolfgang Butt

Band 15741

In der nordschwedischen Provinz Västerbotten lebt seit Generationen die Familie Markström, fest verwurzelt in der ländlichen Gemeinschaft und streng im Glauben. Als zu Anfang des 20. Jahrhunderts der sozialdemokratische Agitator Elmblad aus dem fernen Stockholm ›das finstere Land im Norden‹ bereist und den Sozialismus predigt, trifft er auf taube Ohren, denn die nordschwedischen Eigenbrötler und Dickschädel wollen von den neuen Ideen nichts wissen. Auf seine einzigartige Weise läßt Per Olov Enquist all diese Frommen, Ergebenen, nicht so Vollkommenen, Machtlosen aus dem Halbschatten der Geschichte hervortreten, zeigt sie in ihrer Tragik und oft auch komischen Größe.

»Per Olov Enquist hat sich als Archäologe ungestillter Vergangenheiten einen Namen gemacht.«
Neue Zürcher Zeitung

Fischer Taschenbuch Verlag

fi 15741 / 1

Per Olov Enquist

Die Kartenzeichner

Roman

Aus dem Schwedischen von Wolfgang Butt

Band 15405

Als Kind, so erinnert sich Per Olov Enquist, verbrachte er lange Abende damit, Karten zu zeichnen – von seiner schwedischen Heimat ebenso wie von phantastischen Ländern. Auch die Literatur ist für ihn ein System aus Zeichen, das Reales genauso abzubilden vermag wie Imaginäres. ›Die Kartenzeichner‹ – eine poetische Landvermessung der eigenen Biographie und des 20. Jahrhunderts in Worten – ermöglichen einen persönlichen Zugang zum Denken, Schreiben und der Welt dieses bedeutenden schwedischen Autors, dessen einzigartiger Roman ›Der Besuch des Leibarztes‹ ein großer Publikumserfolg wurde.

»›Die Kartenzeichner‹ sind ein Buch
von europäischem Rang.«
Heinrich Vormweg

Fischer Taschenbuch Verlag

fi 15405 / 1

Per Olov Enquist

Gestürzter Engel

Roman

Aus dem Schwedischen von Wolfgang Butt

Band 15742

Per Olov Enquist hat nicht erst in seinem international erfolgreichen Roman ›Der Besuch des Leibarztes‹ von verbotener Liebe erzählt. In ›Gestürzter Engel‹ sind drei unerhörte Liebesgeschichten kunstvoll miteinander verbunden. Sie streifen den Schrecken, den Schock, das Skandalöse und führen in Grenzbereiche des Menschlichen, wo das kaum noch Erzählbare zum Ereignis wird.

»Man sollte sie lesen wie Offenbarungen
oder hören wie den Gesang von Sirenen.«
Verena Auffermann in Frankfurter Rundschau

Fischer Taschenbuch Verlag

fi 15742 / 1

Miguel Delibes
Der Ketzer
Roman
Aus dem Spanischen von Lisa Grüneisen
Band 15175

Der große spanische Romancier Miguel Delibes erzählt die Lebensgeschichte des Kaufmanns Cipriano Salcedo aus Kastilien. Am selben Tag geboren, an dem Martin Luther seine Thesen in Wittenberg anschlägt, wächst das Kind – ohne die Liebe seiner Mutter – als Halbwaise heran und wird wie sein Vater Kaufmann werden. Als gebildeter Mann seiner Zeit und häufig auf Reisen, kommt Cipriano in Berührung mit den Ideen der Reformation. Die Ereignisse im fernen Deutschland bestimmen fortan sein Schicksal. Denn wer im erzkatholischen Spanien und unter den Augen der Inquisition der großen Idee von der Freiheit des Einzelnen anhängt, spielt mit seinem Leben.

»Ein prachtvoll inszeniertes Plädoyer für die Toleranz.«
magazine littéraire

Fischer Taschenbuch Verlag

fi 15175 / 1

Zwei Jahrzehnte vor Ausbruch der blutigen französischen Revolution hätte sich in Dänemark fast eine sanfte Revolution ereignet, unter der Federführung des Grafen Struensee, Arzt und Aufklärer aus Altona. Wenn dieser sich nicht in die junge Königin verliebt und mit ihr eine leidenschaftliche Affäre begonnen hätte, die ihn schließlich aufs Schafott brachte.
Struensee hatte gezögert, als Leibarzt in die Dienste des dänischen Königs Christian VII. zu treten, der bei seinem Amtsantritt 16 Jahre alt war. Kindlich, kleinwüchsig und krank. In wiederkehrenden Wutausbrüchen stößt er Statuen um und wirft Möbel aus den Fenstern. Man hatte ihn mit der englischen Prinzessin Caroline Mathilde verheiratet, die dreizehn war und weinte, als sie nach Dänemark reiste. Ihre Ehe wurde tatsächlich ein Desaster. »Die Königin ist einsam. Nehmen Sie sich ihrer an!«, befiehlt der König seinem Leibarzt, dem er volles Vertrauen schenkt. Und die drei werden Figuren in einer unaufhaltsamen und bewegenden Tragödie. Doch im Überfluß der Liebe, auf dem Höhepunkt seiner politischen Macht – Struensee will gerade die Dekrete der dänischen Revolution unterzeichnen – verliert er seinen Einfluß und kommt durch ein gemeines Komplott des zwergwüchsigen Reaktionärs Guldberg zu Fall.

Per Olov Enquist, 1934 in einem Dorf im Norden Schwedens geboren, lebt in Stockholm. Er arbeitete als Theater- und Literaturkritiker und zählt heute zu den bedeutendsten Autoren Schwedens. Für seinen Roman ›Der Besuch des Leibarztes‹ wurde er in Leipzig mit dem Deutschen Bücherpreis 2002 ausgezeichnet. Im Fischer Taschenbuch Verlag lieferbar: ›Der gestürzte Engel‹ (Bd. 15742), ›Der Kartenzeichner‹ (Bd. 15405), ›Lewis Reise‹ (Bd. 15997), ›Der fünfte Winter des Magnetiseurs‹ (Bd. 15743), ›Auszug der Musikanten‹ (Bd. 15741) und ›Der Sekundant‹ (Bd. 15744).

Unsere Adresse im Internet: www.fischerverlage.de

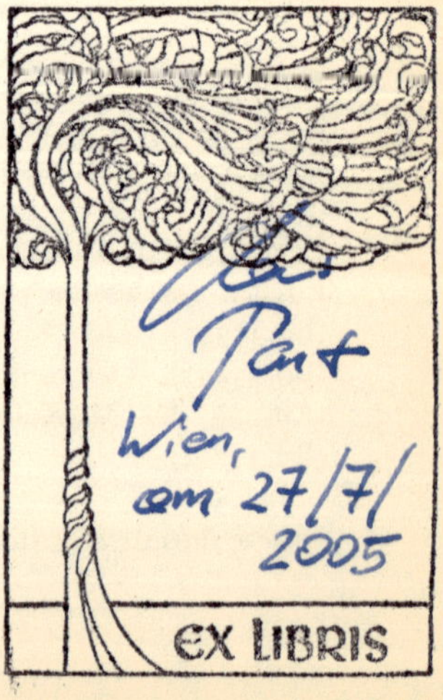
Wien, am 27/7/ 2005
EX LIBRIS